韓國 妖女說話 硏究

張良守 著

국학자료원

머 리 말

　수년 전 서울에 있는 한 대학의 서양문학 전공 교수 한 분이 세계의, 魔女가 등장하는 문학에 대한 이론서를 공동 저작했으면 하는데 필자가 한국 부분을 맡아 쓰지 않겠느냐고 제의해 온 적이 있다. 갑작스런 이야기라 한 번 생각해 보겠다고 하고, 이런 저런 자료들을 챙겨보다가 얼마 후 그 분에게 나로서는 어렵겠다는 뜻을 전했다.

　서양에서 말하는 魔女(witch)는 악마를 숭배하는 사람을 뜻하기도 하지만, 대체로 나이 많은 老婆로 이가 다 빠져 볼이 움푹 꺼지고 잔뜩 굽은 허리에, 고깔모자를 쓰고 지팡이를 짚고 다니거나 빗자루를 타고 날아다니면서 백설공주 같은 천사에게 나쁜 약이 묻은 과일 같은 것이나 먹이는 惡女다.

　그런데, 놀랍게도 우리의 古文獻이나 口傳說話, 어디에도 그런 邪惡하고 추한 늙은이는 없었다. 그 대신 우리에게는 그에 상응하는 惡役의 헤로인으로 輕妄하고 妖邪스런 젊은 여자, 妖女가 있었다. 여기서 필자는 이들 妖女說話에는 어떤 것이 있으며 그것이 우리의 古典文學에서 어떤 의미를 가지는가를 살펴보고 싶었다. 우리의 妖女說話에는 우리 선인들의 소박한 교훈이 있었고, 거기서 우리 사회를 지배해 온 윤리관, 도덕관을 찾아 볼 수 있었다. 그리고 거기에는 우리 민족 특유의 諧謔과 諷刺가 있었다. 이러한 측면의 연구는 상당히 의미 있는 것이 아닐까 생각한다.

그리고 또 한 가지 재미있는 현상을 발견한 것이 있으니, 우리의 현대소설에 의외로 그, 妖女說話를 소재로 하거나 패러디하고 있는 것이 많다는 것이었다. 그리고 두 텍스트의 상호성에서 세월의 흐름 속에 우리들의 세계를, 인간을 보는 눈의 극명한 변화를 볼 수 있었다. 說話 속에서 妖女로 매질 당하던 여성들이, 현대소설에서는 당당하게 결백을 주장하기도 하고 그들에게 씌워진 妖邪스런 여자란 斷罪가 남성 위주 사회의 陰害요 誣告라고 항변하기도 했다.

그러면서도 前代와 현대문학을 통한 우리 민족의 정신에는 善性과 溫氣, 너그러움이 있었고 한 편으로, 끈기와 강인함이 있음을 발견할 수 있었다. 그와 같은 우리 說話와 현대문학의 連脈性을 살펴 본 이 글이 우리 문학의 전통성을 확인하는 일에 조금이라도 기여가 되었으면 한다.

바쁘신 중에도 서투른 글을 책으로 만들어 주신 정찬용 사장님께 진심으로 감사를 드린다.

2006년 11월 일　　著者 識

차 례

第二章 現代小說과 妖女說話

第一章 韓國의 妖女說話

I. 說話의 槪念

　　이 글이 본격적으로 다룰 한국 說話 속의 妖女를 언급하기 전에 說話 일반에 대해 간단히 槪括하기로 하겠다. 우리가 說話라고 말할 때 거기에는 神話와 傳說, 民譚이 포함된다. 그러니까 神話와 傳說과 民譚을 뭉뚱그려 지칭할 때 說話라고 하는 것이다. 그런 만큼 그 셋은 엄밀하게 따져볼 때 구별이 된다.

　　神話(myth, mythus)는 신 또는 어떤 거룩한 존재에 대한 일종의 이야기로 일견 황당한 데가 있는, 거짓 역사인 것 같지만 그렇지 않다. 그것은 종교의 경전과 같은 것으로 神聖性과 莊嚴性을 가지고 있다. 神話를 '神格을 중심으로 한 說話'라고 하는 것도 그 때문이다. 사람들은 神話를 지어낸 이야기가 아닌, 사실로 믿는다. 따라서 여기에는 증거가 있다. 단, 이때의 증거는 개별적인 것이 아닌 포괄적인 것이다. 예를 들어 그리스 神話에서의, 나르시스가 죽어 꽃으로 피었다는 수선화 이야기에서의 이 꽃은 세계 어디에나 있는 모든 수선화가 그 증거다.

神話는 인간에게 공포와 외경의 종교적 감정을 불러일으키면서 한 편으로 거기에는 그것을 예술적인, 詩로 인식하게 하는 면이 있다. 神話를 敍事文學의 원류로, 모든 예술의 근원으로 보는 이유가 바로 여기에 있다.

傳說(legend, saga)은 넓은 의미로 말할 때는 '전해 내려오는 諸說'이라고 하겠으나 좁은 의미로 말할 때는 어떤 민족 또는 지방에서 민간에 전해내려 오는, 자연물 또는 인간과 그 행위를, 주로 한 이야기라고 정의할 수 있다. 傳說은 원칙적으로 입에서 입으로 전해져 오는, 口傳의 그것이다. 따라서 浮動하면서 끊임없이 변모하고 있는 것이 한 특성이다. 傳說도 神話와 마찬가지로 사람들이 그 이야기를 사실이라고 믿으며 증거가 있다. 그런데 이 때의 증거는 神話의 그것과는 다르다. 神話의 증거가 포괄적인 것이라면 傳說의 그것은 더욱 구체적이고 개별적인 것이다. 예를 들어 호랑이가 물어다 준 처녀를 여자로 취하지 않고 누이로 삼은 중의 傳說 중, 남매탑은 오직 忠淸南道 鷄龍山 중턱에 있는 두 개의 석탑만이 그 증거다.

民譚(folktales)은 民間說話 또는 옛날 이야기로 불리는 것이다. 이는 개인의 생애와 운명을 이야기하는 것으로 흥미 본위의 사회적 交歡物이다. 그러므로 여기에는 神話에서와 같은 神聖性도 없고 포괄적이든, 개별적이든 증거도 없다. 구체성도 없어서 시간적으로는 '옛날에, 옛날에…'라고 하고 공간적으로도 '어느 마을에…'가 되기 일쑤다. 또 그것이 사실이라는 전제도 없어서 듣는 사람이 이야기가 아주 황당하게 되었을 때 '그런 게 어디 있느냐'고 항의를 하면 '그러니까 이야기 아니가!'하고 거꾸로 타박을 줄만큼 이야기하는 사람은 책임을 지려고도 하지 않는다. 그 대신 民譚은 거기에 神話나 傳說보다 상상력이 더욱 폭넓게 작용하고 있고 거기서 운명과 대결하고 있는 사람은 특수한 개인이면서 그 민족의 보편적 성격을 보여주고 있다.

굳이 구분해 보면 위와 같이 되지만 실제로는 그 삼자의 성격이 서로 경계를 넘나드는 경우가 많고 따라서 구분이 애매한 경우가 더 많다. 예를 들어, 우리 說話로 가장 널리 분포되어 있는 것 중의 하나인 <해와 달이 된 오누이>를 보자. 어떤 오누이가 어머니를 잡아먹고 자신들도 잡아먹으려는 호랑이를 피해 하늘로 올라가 오빠는 해, 누이는 달이 되고 뒤쫓아 오던 호랑이는 떨어져 죽었다는 이야기이다. 이는 해와 달이 어떻게 해서 생겨났는가를 말해 주는 緣起神話的 성격을 띠면서 동시에 이야기의 배경으로 어느 특정 지역을 말하고 있으면 傳說로 들리고, 그러면서 한 편으로 이야기 자체는 民譚의 성격을 보여주고 있는 것이다. 그래서 이 글에서도 이상 셋을 합하여 說話라고 부르기로 하겠다.

이제 說話와 그것의 문학성, 문학과의 관계에 대해 살펴보기로 하겠다. 說話는 오랜 세월을 두고 많은 사람들에 의해 입을 통해 전해져 내려온 共同作이다. 說話는 여러 사람에 의해 口口傳承 된 것이다 보니 不定形的이고 거기서 예술적 창작 의도도 찾을 수 없다. 그보다는 오히려 원시종교적인 신앙, 민족적 풍습, 정치적 의도 같은 것을 강하게 풍기는 것이 說話다.

그러나 說話는 문학성을 가지고 있고 문학과 뗄 수 없는 관계를 가지고 있다. 說話의 기본 양식은 敍事文學 계열에 속한다. 敍事文學의 鼻祖는 敍事詩인데 敍事詩는 그 原流가 神話·傳說이기 때문이다. 허드슨(W. H. Hudson)은 일찍이 敍事文學의 첫 단계, 成長의 敍事詩는 神話와 傳說을 있는 그대로 모은 것(自然的 集成)이라고 했는데 그 말이 바로 그것을 지적한 것이다. 趙潤濟는,

  說話는 그 自體 內에 文學性을 包有하고 있다 하겠거니와, 說話文
學은 그러한 說話를 母胎로 한 것이며 또 그것을 문학에 再現시킨 것
이다. ― 中略 ― 벌써 說話 그 自體에 있던 文學性이 筆記者를 媒介
로 하여 저절로 나타난 것에 지나지 못한 것이다.

  라고 했다.[1] 이 말은 口碑說話는 採錄者가 그것을 기록하는 순간
바로 문학이 된다는 말과 같다. 그러나 그렇게 말하는 것은 아무래도
어느 정도의 비약이 있다고 해야 할 것 같다. 그런 의미에서 일본의
岡崎義惠가,

  神話·傳說·民譚 등 說話는 충분한 체계도 갖지 않고 있고 예술작
  품으로서의 통일은 없으나 敍事文學의 발생 상태라는 면을 고려할 때
  '亞藝術' '準藝術'의 성격을 부여할 수 있지 않을까.[2]

  라고 한 말이 적절하지 않을까 한다. 說話는 예술적 의식, 예술적
기교로 만든 것이 아니요 무의식과 몰기교 속에서 민중의 생활 감정
과 함께 성장해 온 것이다. 그러므로 예술로서의 세련을 찾기가 어렵
지만 그 대신 문화나 교양에 의해 변모되지 않은, 자연 그대로의 인간
성정을 솔직하게 표현하고 있다는 점에 큰 의의를 둘 수 있을 것이다.
그렇기 때문에 우리는 이들 우리 說話에서 청신하고 소박한 한민족의
체취와 감정을 직접 만날 수 있는 것이다.
  說話의 성격이 이와 같은 이상 이에 대한 연구도 본격 예술작품
연구와는 그 성격이 약간 다를 수밖에 없다. 張德順은 이에 대해,

  요컨대 說話의 文學的 考察은 결국 文學의 源泉, 文學史의 原流를

1) 張德順, 「韓國說話文學研究」(서울大學校 出版部, 1993), p.45에서 재인용.
2) Ibid., p.46에서 재인용.

探求하는 目的이 된다는 것이다. 說話文學의 使命과 그 意義는 과연
여기에 있는 것이다.[3]

　　라고 했다. 說話의 연구는 늘 이 점을 염두에 두고 해야 하지 않을
까 한다. 說話를 연구함에 있어서는 사전에 검토해 두어야 할 몇 가
지의 선결 과제가 있다. 무엇보다 먼저 그 說話가 우리 고유의, 우리
만의 것인가 아니면 우리나라 우리민족 외의 다른 곳, 다른 민족들도
가지고 있는, 세계성을 띤 것인가를 알아보아야 할 것이다. 그리고 그
것이 우리만의 것이 아니라면 그 전파 경로나 영향 관계를 살펴보아
야 할 것이다. 다음 한 가지는 그 說話의 시대적, 사회적 배경은 어
떠한가를 고찰하는 것이 될 것이다.
　　그런 다음 본격적인 연구에 들어가야 할 것인데 그것은 대략 다음
과 같은 과제로 간추려 볼 수 있다.
　　첫째는 가장 기본적인 것으로 그 說話의 構造分析이다. 說話의
內部構造는 基本的 要素(motif)→要素群(揷話, episode)→ 揷話群
(說話型)의 세 단계로 보는 것이 일반론으로 되어 있다. 위에서 基本
的 要素, motif는 說話를 구성하는, 傳承力을 가진 최소 요소로 話
素라고 부를 수 있다. 이 話素들이 모여 간단한 이야기, 揷話를 이루
고 揷話들이 모여 한 편의 說話가 되는 것이다. 바이칼 湖畔에 살고
있는, 부리아트族의 전설 <鵠女說話>에서 파생된 것으로 알려져 있
는 우리나라의 傳說 <나무꾼과 仙女> 이야기를 예로 들어보자. 이
說話는,

　　㉠ 한 총각이 나무하러 갔다가 포수에 쫓겨온 노루를 구해준다.

---

3) Ibid.

ⓛ 노루가 선녀의 날개옷을 감추어 총각이 선녀와 맺어지게 해준다.
ⓒ 아내가 날개옷을 한 번 입어보게 해달라고 한다.
ⓔ 아들을 둘이나 낳았으니 이제 하늘로 가지 않으리라고 생각하고
   날개옷을 주자 선녀는 아이들을 데리고 하늘로 올라가 버린다.

는 줄거리를 하고 있다. 위에서 ⓐ~ⓔ은 4개의 motif다. 그리고 ⓐ과 ⓛ, ⓒ과 ⓔ은 각각 한 개씩의 揷話를 이룩하고 그 두 개의 삽화가 한 편의 說話를 구성하고 있는 것이다. 이와 같은 분석이 중요한 것은 그와 같은 작업이 선행되어야만 비로소 說話의 문학화 과정을 알 수 있기 때문이다.

둘째 과제는 口傳說話와 文獻說話를 비교, 연구하는 것이다. 口傳說話는 오랜 세월, 입에서 입으로 민중 사이에 전해져 내려오는 共同作이다. 그러다 보니 구전과정에서 어느새 없어져 버리는 것도 있고 改作되거나 添削되기도 한다. 그러다가 문자에 정착되면 고정되게 되는데 그렇다고 그 說話는 아주, 그것으로 고정되어 있는 것도 아니다. 文獻으로 고정된 것은 그것대로 있고 다른 한편으로는 여전히 민중 사이에 구전된다. 口傳은 說話의 생명력이요 하나의 존재양태이기 때문이다. 이와 관련된 재미있는 說話가 全羅北道 錦山郡 일대에 구전되고 있다. 한 젊은이가 다음에 다른 사람에게 해 주려고, 사람들한테서 들은 이야기를 그때그때 적어 주머니에 넣어두었다. 그러기를 수년, 이야기들이 주머니에 가득하게 되었다. 오랫동안 주머니에 갇혀만 있다 보니 그 이야기들이 邪가 되고 말았다. 어느 날 그 집 머슴이 그 젊은이의 주머니 안에서 두런두런 이야기하는 소리가 들려서 가만히 들어보니 갇혀 있는 이야기들이 자신들을 가두어 두고 있는 젊은이에게 복수할 의논을 하고 있었다. 邪가 된 이야기들은 그 젊은이가 장가가는 날 계략을 써서 죽이려 하고 있었다. 머슴은 젊은 주인

이 장가가는 날 따라가 그 목숨을 구해 주었다는 것이다. 이 民譚은 다음과 같이 끝맺고 있다.

> 이야기란 것언 적어만 두고 말허지 않으면 邪가 되어 그 사람얼 해 친다고 허고 또 넘한티 들은 이야기럴 다른 사람헌티 해 주지 않으면 그것도 崇럴 부린다고 헌다.[4]

　문자에 정착한 說話와 여전히 口傳하고 있는 說話를 비교하면 그 說話의 原形을 究明할 수 있고 이 原形이 정해져야 說話의 문학화 과정을 알 수 있다. 그런 의미에서 이는 說話 연구의 기초적인 작업 의 하나라 할 것이다.

　셋째 과제는 說話에서 예술성이나 문학성을 추출해 내는 것이다. 앞서 말했듯, 趙潤濟는, 說話가 문자화되면 그것이 곧 문학이라고 한 바 있다. 이는 說話 자체의 문학성을 인정한 말이다. 곧 說話는 그것 이 바로 문학이요 예술이라고 한 말과 같다. 趙潤濟 뿐 아니라 톰슨 도 民譚을 민간예술(folk art) 혹은 口承說話藝術(oral narration)이라 고 했고 토머스와 불핀츠도 '올림포스의 諸神은 이제 神學의 一分野 가 아니라 文學과 嗜好(taste)의 分野에 속한다'고 한 바 있다. 또 그 림 형제도 '民譚은 詩的'이라고 했는데 위와 같은 말들은 모두 說話 의 문학성을 인정한 것이다. 그러나 說話는 어디까지나 廣義의 문학 이요 예술이다. 왜냐하면 說話에 문학성이 있다는 것은 인정되지만 그것은 문학성을 '包有'하고 있다는 것이지 그것이 바로 문학, 예술이 라고 할 수 있느냐 하는 것은 여전히 문제이기 때문이다. 더구나 모든 說話가 다 문학성을 가진 것도 아니다. 경우에 따라 어떤 것은 民俗

---

4) 任晳宰, 「韓國口傳說話」任晳宰全集 8(평민사, 1991), pp.46-8.

學的인 면에서는 연구 대상이 되나, 도저히 문학이라고 할 수 없는 것은 물론 문학성을 가졌다고 할 수 없는 것도 적지 않다. 그러므로 說話의 문학적 考究는 문학의 母胎, 문학의 원초적 모습을 캐어내는 데서 그 意義를 찾아야 할 것이다.

네 번째 과제는 본격 문학작품에 나타난 說話를 고찰하는 것이다. 곧 문학 속에 수용 또는 용해되어 있는 說話의 발굴과 분석, 문학작품 연구다. 곧 說話를 소재로 한 소설, 패러디한 소설, 또는 문학 속에 녹아들어 있는 說話的 요소, 모티프 등을 연구하는 일이다. 외국의 경우도 說話는 흔히 문학작품의 소재가 되고 있다. 셰익스피어의 <햄릿>은 12세기 경 스칸디나비아 지방에 구전되던 傳說을 소재로 쓴 희곡이고 괴테의 <파우스트> 역시 중세 獨逸에 구전되던 마법사 메피스토 傳說을 희곡화한 것이다.

우리의 경우, 古小說 <沈淸傳>에서는 《三國遺事》 卷第五 '貧女養母'條의 뚜렷한 投影을 한눈에 볼 수 있다. 또 蔡萬植의 대표 단편 <痴叔>은 《溪西野譚》 卷三 <柳西崖成龍> 傳說의 명백한 패러디이다. 이러한 소설들과 說話의 관계를 연구하는 것이 이 과제의 주된 일이다.

필자는 說話에 관한 전문지식이 없다. 그러므로 첫째, 說話의 構造分析, 둘째, 口傳說話와 文獻說話의 비교, 대조 연구는 기존의 연구 성과에 의존하는 수밖에 없다.

그래서 필자가 이 책에서 본격적으로 다룰 과제는 세 번째, 說話의 문학의 母胎, 문학의 原初的 모습을 考究하는 것이다. 곧 說話 속에서 그것을 이야기하고, 듣는 또는 읽는 사람들의 세계관, 인생관을 파악하고 그 속에 스며 있는 공포, 연민, 동정의 심리 등 문학과 공통영역에 있는 興味(interest)와 재미(amusement), 그리고 도덕성 등을 찾아보고자 한다. 필자는 이, 문학성의 추출, 분석이야말로 가장 근간적이고 핵심적인 과업이라고 생각하고 있기 때문이다. 필자는, 그러면서 특히 우리 說話의 敎示的 기능에 주목하고자 한다. 古小說이 모두 그렇듯 우리의 說話들도 거의 모두 善惡二元論的인 것이 많고 勸善懲惡的, 교훈적인 것이다. 그런데 古小說은 모두 한편의 소설이 善人은 승리하고 축복받는 반면, 惡人은 패퇴하거나 파멸하는, 詩的 正義(poetic justice)가 실현되는 二重結末로 되어 있다. 說話의 경우는 그와 같은, 二重結末을 하고 있는 것도 있지만 勸善의 說話와 懲惡의 說話로 각각 독립적인 것도 많다. 孝子·孝婦·烈女·忠臣·義人·友愛·積善·報恩의 이야기가 勸善의 說話라면 不孝子·不孝女·淫女·逆賊·惡人·害人·背恩의 이야기가 그 다른 한 짝, 懲惡의 說話이다.

필자가 이 글에서 주로 다룬 說話는 대부분 위의, 懲惡說話, 그 중에서도 여자를 주인공으로 하고 있는 것들이다.

그런 다음 네 번째, 문학작품 속의 說話를 고찰해 보고자 한다. 이는 說話 연구의 최종적인, 가장 뜻있는 과제라고 생각한다. 이는 어떤 특정 연구자에 의해 간단히, 또 결정적인 성과가 이루어지기 어려운 분야이겠지만, 하나의 디딤돌을 놓는다는 마음으로, 필자 나름으로 최선을 다해 論究해 보고자 한다.

Ⅱ. 韓國 說話와 妖女

勸善懲惡, 특히 懲惡 주제의 說話에 의외로 妖女가 등장하는 것이 많다. 필자는 이 妖女說話를 연구 대상으로 하여 앞서 말한 그, 공포·연민·동정 등 문학과 공통영역에 있는 흥미와 재미, 도덕성 등을 고찰해 보고자 한다. 그것은 說話 연구인 동시에 우리 민족의 정서, 감정, 윤리관을 엿볼 수 있는 일이 될 수 있겠고 그것은 바로 우리 祖先과, 우리의 正體性을 알아보는 일이 될 수 있다는 점에서 意義가 있으리라고 생각한다.

'妖女'란 전문용어가 아니고 그냥 평범하게 쓰여온 일상어다. '妖'字는 破字를 하면 '女＋夭'가 되는데 '女'는 '여자'란 뜻이고 '夭'는 '재앙'이란 뜻이다. '妖'字는 字典에 ㉠ 아리따울 요 ㉡ 괴이할 요 ㉢ 재앙 요 ㉣ 요귀 요라고 정의되어 있다.[1] ㉠에서 '아리따울'이라고 하고 있으나 그 아리따움도 품위 있는, 우아한 美와는 다른, 무언가 사람을 홀리는 아름다움의 어감을 주고 있고 나머지 ㉡~㉣은 모

---

1) 李相殷 監修, 「漢韓大字典」(民衆書林, 1981)

두 나쁜 의미를 띤 것이다. 따라서 '妖女'도 妖妄하고 奸邪한 계집, '妖姬' '妖婦'의 의미를 띤 말이다. 이는 서양의 說話에 흔히 등장하는 '魔女(witch)'와는 다른, 영어권에서 말하는 'enchantress' 또는 'wicked woman'에 해당하는 것이다. 우리 說話에 등장하는 '妖女'는 단순한 '惡女'하고는 또 다른 뉘앙스를 지닌 말이다. 간단히 그 개념을 말하자면 우리 조상들이 오랫동안 여자들에게 강하게 요구해 온, 여자로서 지녀야 할 德을 상실한, 또는 그에 역행하는 언행을 한 여자가 '妖女'다.

朝鮮朝의 경우 여성의 德에 관하여 가장 정연하고 명쾌하게 말해 주고 있는 책은 朝鮮 제9대 왕 成宗의 생모 昭惠王后 韓氏가 쓴 《內訓》이다. 1475년, 부녀자들을 가르치기 위해 간행된 이 책은 전 3권으로 되어 있는데 言行·孝·禮 등 여자가 지켜야 할 바를 밝혀 말해 주고 있어 朝鮮 여성의 修身書라고 불려왔다. 《內訓》은 卷第一 「言行章」에서 여자가 갖추어야 할 네 가지 행실을 婦德· 婦言· 婦容· 婦功의 '四行'이라 하여 다음과 같이 말하고 있다.

> 婦德 - 맑고 고요하며 조용하고 절개가 곧고 행동함에 부끄러움을 느끼고 움직임과 멈춤에 법도를 지키는 것.
>
> 婦言 - 말을 잘 선택해서 하고 도리에 맞지 않는 말은 하지 않으며 시간이 조금 지난 후에 말함으로써 다른 사람이 싫어하지 않게 하는 것.
>
> 婦容 - 더러운 것을 씻어서 옷이나 치장을 청결히 하며 자주 목욕하여 몸을 더럽게 하지 않음.
>
> 婦功 - 길쌈에 몰두해 쓸데없이 놀고 즐기지 않으며 술과 밥을 정갈히 마련하여 손님을 극진히 대접하는 것.[2]

2) 淸閑貞靜 守節整齊 行己有恥 動靜有法 是謂婦德 擇辭而說 不道惡語 時然後言 不厭於人 是謂婦言 盥浣塵穢 服飾鮮潔 沐浴以時 身不垢辱 是謂婦容 專心紡績 不好戲笑 潔齊酒食

이 책은 위의 ‘四行’을 바탕으로 간단없이 ‘말을 조심하라’ ‘밤에는 밖에 나가지 말라’ ‘한 남편만 섬기라’ 하고 구체적으로 이르고 있다. 그리고 이 ‘四行’에 어긋나거나 심하게 반하는 언행을 하는 여자는 ‘버린 여자’로 치부했고 妖女는 모두 이, ‘버린 여자’들이라 해도 될 것이다. 그런데 ≪內訓≫은 朝鮮朝에 쓰여진 것이지만 그러한 내용은 그 이전부터 부녀가 지키지 않으면 안 된 것이었을 것이다.

妖女說話는 위의, 여자로서 지켜야 할 바를 지키지 않거나 심하게 어겼을 때 사회로부터, 하늘로부터 어떤 징벌을 받게 되는가를 들려주는 위협적 교훈담이라 할 수 있을 것이다.

以奉賓客 是謂婦功

Ⅲ. 妖女說話의 敎訓

　우리 說話가 敎示的 기능을 가진 것이라는 것은 위에서 거듭 말한 바 있다. 그런데 그 說話들이 무엇을 가르치려 하는가는 애써 찾을 필요가 없다. 그것은 그대로 밖으로 노출되어 있고 경우에 따라서는 話者가 바로 말해주고 있기 때문이다. 그 가르침, 교훈이라는 것은 무수하게 많고 다양하기 때문에 일목요연하게 정리하기는 쉽지 않다. 그러나 굳이 몇 개의 범주로 나누어 보자면 종교, 특히 儒敎와 佛敎, 道敎的인 것이 많고 또 사람들, 특히 여자가 일상에서 지켜야 할, 일견 사소한 것 같으면서도 중요한 德目을 교훈으로 말해주고 있다. 이제 위의 세 가지, 儒敎的인 것, 佛敎的인 것, 道敎的이요 日常的인 것, 세 가지 측면의 교훈을 妖女說話들을 통해서 중점적으로 알아보고 그에 이어 그러한 說話들이 또 어떤 특성을 띠고 있는가를 살펴, 우리 민족의 사상, 정서, 감정, 그리고 그 正體性을 알아보기로 하겠다.

1. 儒敎思想 - 亂行의 警戒 외

朝鮮朝에는 太祖 李成桂의 易姓革命 이후 儒敎가 사실상의 국교가 되다시피 했다. 科擧가 儒敎 經書에 대한 지식을 묻는 것이 됨으로써 국가 경영의 바탕은 자연스럽게 儒學이 되었고 지방에 書院이 다투어 서면서 그 세력은 날로 커져갔다. 따라서 민중에 대한 교화도 儒敎的인 것이 될 수밖에 없었다. 儒敎에서 가장 중시한 것은 忠·孝·烈과 友愛였다. 우리 說話에는 이 忠·孝·烈·友愛에 관한 이야기가 많다. 그러나 妖女가 등장하는 說話의 경우에는 그 주인공이 여성인 만큼, 忠, 不忠 이야기는 거의 찾을 수 없다. 그러다 보니 孝說話 또는 不孝說話가 많기 마련이다. 孝說話는 어느 시대, 어느 지방에서나 들을 수 있었다. 부모를 잘 봉양하기 위해서 어린 자식을 땅에 묻어버리려 했다는 埋兒譚에서부터 자신의 몸을 팔아 그 아버지의 눈을 뜨게 했다는 賣身開眼譚에 이르기까지 孝子·孝女·孝婦說話는 무수하다 할 만큼 많다.

> 孝女知恩, 韓歧部百姓連權女子也, 性至孝, 少喪父, 獨養其母, 年三十二, 猶不從人, 定省不離左右, 而無以爲養, 或傭作或行乞, 得食以飼之, 日久不勝困憊, 就富家請賣身爲婢, 得米十餘石, 窮日行役於其家, 暮則作食歸養之, 如是三四日, 其母謂女子曰, 向食麤而甘, 今則食雖好, 味不如昔, 而肝心若以刀刃刺之者, 是何意耶, 女子以實告之, 母曰, 以我故使爾爲婢, 不如死之速也, 乃放聲大哭, 女子亦哭, 哀感行路, 時孝宗郎出遊見之, 歸請父母, 輸家粟百石及衣物予之, 又償買主以從良, 郎徒幾千人各出粟一石爲贈, 大王聞之, 亦賜租五百石·家一區, 復除征役, 以粟多恐有剽竊者, 命所司差兵番守, 標榜其里, 曰孝養坊, 仍奉表歸美於唐室, 孝宗時第三宰相舒發翰仁慶子, 少名化達, 王謂雖當幼齒便見老成, 卽以其兄憲康王之女妻之[1].

(孝女 知恩은 韓歧部의 백성인 連權의 딸이다. 天性이 지극히 효성
스러워 少時에 아버지를 여의고 혼자서 그 어머니를 봉양하면서, 나
이 서른 둘이 되도록 시집을 가지 않고 朝夕으로 보살피며 곁을 떠나
지 아니하였다. 그런데 먹을거리가 없어, 혹은 품팔이도 하고 혹은 구
걸도 하여 밥을 얻어다 봉양하기를 오래 하니 피곤함을 이길 수가 없
었다. 부잣집에 가서 자청하여 몸을 팔아 婢女가 되고 쌀 十餘石을
받았다. 終日토록 그 집에서 일을 하고, 날이 저물어야 밥을 지어가지
고 돌아와 봉양하였는데, 이렇게 하기를 삼사일 동안 하였다. 그 어머
니가 딸에게 이르기를, "전에는 밥이 거칠어도 맛이 좋았는데 지금은
밥이 좋아도 맛이 전과 같지 않고 속을 칼로 에는 것 같으니, 웬일이
냐?"고 했다. 딸이 사실대로 고하매, 그 어머니가 "나 때문에 네가 종
이 되었다니 빨리 죽느니만 같지 못하다."고 하면서 소리를 내어 크
게 울고, 딸 또한 울어서 그 슬픈 정상이 지나가는 사람을 감동케 하
였다. 이때 花郎 孝宗이 지나가다가 (이 광경을) 보고 집으로 돌아가
부모에게 청하여 곡식 백 석과 옷가지를 실어다 주었다. 또 (그를) 산
주인에게 몸값을 갚아주고 良民이 되게 하였더니, 郎徒 몇 천 명도
각기 곡식 한 섬씩을 내어주었다. 대왕(第五十代 定康王)이 듣고 또
벼 오 백 석과 집 한 채를 내리고 다시 賦役을 면제하니, 곡식이 많
아서 도둑에게 빼앗길 염려가 있으므로 관계 관청에 명하여 군사를
보내어 번차례로 지키게 하고, 그 마을을 標榜하여 孝養坊이라 했다.
또 唐王室에 表文을 보내 그 美行을 드러내기도 했다. 孝宗郎은 당시
第三 宰相인 舒發翰(角干) 仁慶의 아들로 兒名은 化達이었다. 왕이 이
르되 "비록 어린 나이기는 하나 老成함을 볼 수 있다."고 하면서, 그
형 憲康王의 딸로 아내를 삼게 하였다.)

위와 같은 이야기는 입으로 널리, 그리고 오래도록 민중 사이에 전
하다가 문자로 기록되었을 것이다. 그리고 그것은 그 후의 문학작품
속에 소재로 쓰이거나 용해되어 들어갔다. 古小說 <沈淸傳>은 바

---

1) ≪三國史記≫卷第四十八「列傳」第八 '孝女知恩'條. 이 說話는 ≪三國遺事≫에는 '貧女養
   母'이야기로 실려 있다. 卷第五「孝善」

로 <孝女知恩> 說話의 한 變容이라 할 수 있다. 그리고 위의 說話와 古小說은 다시 그 후대, 우리 현대소설에도 뚜렷한 모습을 드러내고 있다. 생활력이 없는 부모를 대신해 가족의 생계를 위해 여공으로 팔려간 한 소녀가 박봉과 열악한 작업 환경 속에서 폐병을 얻어 죽어간다는 스토리의, 蔡萬植의 단편 <病이 낫거든>을[2] 그 예로 들 수 있을 것이다.

그런데 不孝說話는 이상하리 만큼 찾기가 어렵다. 그것은 아마 살아 있는 부모에게 불효하다는 것은 사람도 아니기 때문에 아예 이야기도 안 된다는 생각에서 그렇게 된 것이 아닌가 한다. 몇 가지, 우리 古典에 나타나 있는 不孝 이야기를 찾아보면 다음과 같은 것이 있다. 먼저 ≪三國史記≫와 ≪於于野譚≫에 실려 있는 불효자와 불효한 며느리 이야기를 살펴보기로 하겠다.

≪三國史記≫ 卷第六「新羅本紀」第六 ‘文武王’條는,

> 沙湌如冬 打母 天雷雨震死 身上題須罒堂三字
> (沙湌如冬이 그 어미를 때리매 하늘에서 벼락비(雷雨)가 떨어져 그를 죽였다. 그의 몸에는 ‘須罒堂’이란 세 글자가 씌어 있었다.[3]

자식이 어머니를 때리자 벼락이 떨어져 그 자식을 죽였다고 하고 있으니 그러한 不孝莫甚한 짓을 하면 천벌을 받게 된다고 하고 있는 것이다.

위의 이야기보다 더 무서운 不孝子 징벌의 이야기가 ≪於于野譚≫에 실려 있다.

---

2) 이 소설은 『朝光』1941년 7권 7호에 실려 발표되었다.
3) 罒字는 무슨 글자인지 未詳임. 따라서 이 세 글자의 뜻이 무엇인지도 알 수 없다.

譯官申應澍者 譯官判事申誕之子也 累朝燕京 官至正二品 販貨興家
家業有贏. 誕年八十 不能自業 資諸子爲生 與應澍異室而處. 應澍素薄誠
孝 其妻黯惡無比. 應澍每得時需 具飯飡 令使婢妾進其親 其妻與婢 私
潛餽其女 給應澍示之空器曰 『舅盡食無餘矣』應澍信之. 每回孟俸祿 分
以進其親 妻密減白米一斗 和沙數升 他事如之.

誕一日過其家 時日長食遠. 應澍適有所之 謂其妻曰 『今日日晏 速辦
酒食進之.』 旣出 誕待食至暮 知婦不肯饗 杖履而歸 飢甚矣. 應澍知之
詰責之 妻拊膺而言曰 『若然者有 如陰天震電所明.』 應澍出外 妻女婢俱
在竹肆庄 陰雲四合 大雨異至 一里晦黑 白晝如漆 聞格格之聲 出應澍家
俄而大震三聲 如天裂地坼 劃然而晴. 隣人入其家 其妻女婢三人 騈首震
死 屋上瓦掇成貼 片瓦不碎矣. 國言譁然 皆咎應澍不孝 不檢妻女. 三省
推獄 應澍斃於杖.

吁! 天人之理 間不累添 無肆爲惡 上帝臨汝 其可懼哉. 申雖余門中孼出
其事甚異 不得不大書而懼世也. 或曰 『罪在三人 應澍不知. 故震不及之.』

(역관 신응주는 역관 판사 신탄의 아들이다. (신탄은) 여러 차례 연
경을 조회하였고 관직이 정2품에 이르렀으며, 장사로 집안을 일으켜
가업도 넉넉하였다. 신탄은 80세가 되어 자업할 수 없자 아들에게 의
지하여 살았는데 응주와는 집을 달리하여 거처하였다.

응주는 평소 효성에 박하였고, 그의 아내는 사납고 악하기가 비할
데 없었다. 응주는 시수(時需)⁴⁾를 얻을 때마다 음식을 갖추어 계집종
을 시켜 그의 부친에게 진상하도록 하였는데, 아내와 계집종은 사사
로이 몰래 딸을 먹였다. 그리고 응주에게는 빈 그릇을 보이며, "아버
님께서 남김없이 다 드셨습니다."라고 말하였는데, 응주는 그것을 믿
었다. 또 매번 맹월(孟月)⁵⁾이 돌아와 녹(祿)을 받으면 그것을 나누어
부친에게 드렸는데 아내가 몰래 흰쌀 한 말을 덜어내고 모래 여러 되
를 섞었으니 다른 일도 모두 이와 같은 식이었다.

탄이 하루는 응주의 집을 지나게 되었는데, 해가 길어진 때인지라
식사한 지가 오래 되었었다. 응주가 마침 갈 곳이 있었던지라 아내에

---

4) 제철에 나는 맛있는 음식.
5) 맹월(孟月) : 사맹(四孟), 즉 맹춘(孟春), 맹하(孟夏), 맹추(孟秋), 맹동(孟冬)을 말함.

게 말하였다.

"날이 늦었으니 속히 酒食을 갖추어 아버님께 올리시오."

응주가 집을 나서고 난 후, 탄은 밥이 나오기를 기다리다가 날이 저물어서야 며느리가 대접하지 않으리라는 것을 알고 지팡이에 의지해서 돌아오니 몹시 배가 고팠다.

응주가 이 사실을 알고 아내를 힐책하자 아내는 가슴을 치면서 말했다.

"만약 그런 일이 있다면 하늘이 흐려지고 천둥 번개가 쳐서 밝힐 것입니다."

응주는 밖에 나가고 아내·딸·계집종은 모두 집에 있었는데 검은 구름이 사방에서 모여들더니 큰비가 이상하게 내리고 온 마을이 어두워져 대낮인데도 칠흑같았다. 응주의 집에서는 때려부수는 소리가 들리다가 이윽고 큰 벼락치는 소리가 세 차례에 걸쳐 들리고 마치 하늘과 땅이 찢어지고 갈라지는 듯하더니 이윽고 말짱하게 날이 개었다.

이웃 사람들이 그 집에 들어가 보니 아내 딸 계집종 세 사람이 모두 머리를 나란히 하고 벼락을 맞아 죽어 있었다. 그런데 지붕 위의 기와는 가지런히 붙어 있어 어느 것 한 조각 부서진 곳이 없었다. 나라 안에는 말들이 떠들썩하게 일어나 응주가 불효하여 아내와 딸을 단속하지 않았다고 허물하였다. 삼성(三省)⁶⁾이 합좌(合坐)하여 그의 죄를 추국(推鞫)하여 응주는 마침내 장형(杖刑)⁷⁾을 받다 죽었다.

아아! 하늘과 인간의 이치는 그 사이에 조금이라도 죄를 짓지 않아야 하는데, 삼가지 않고 악한 일을 하면 하늘이 너에게 임하리니 그 얼마나 두려운가. 응주는 비록 내 문중의 서얼 출신이지만 그 일이 매우 기이한지라 부득불 대서특필하여 세상에 경계하는 것이다.

어떤 자는 말했다. "죄는 세 사람에게 있었고 응주는 실상 알지 못했기 때문에 벼락이 그에게 내리지 않았다.")

며느리가 시아버지에게 불효하자 하늘이 벌을 내려 그녀와 그 자식을 모두 죽이고 그 남편까지 법에 따라 매맞아 죽었다고 하고 있으니

---

6) 三省 : 綱常罪人을 推鞫하는 세 衙門, 곧 議政府·司憲府, 義禁府를 통틀어 일컬음.
7) 죄인의 볼기를 치는 형벌.

실로 무서운 이야기라 할 것이다.

앞에서 말했듯, 妖女說話에는 살아 있는 친부모, 시부모에게 불효한 이야기가 그렇게 많지 않다. 그 대신 제사를 잘못 모신 여성에 대한 說話는 여러 지방에서 발견되고 있다. 부모가 세상을 떠났을 때 侍墓가 남자의 몫이라면 그 부모 또는 조상에 대한 제사는 거의 여성 몫이다. 그 집의 며느리는 부모나 조상이 세상을 떠난 날에 음식을 정갈히 장만하여 시간에 맞추어 제사를 차려야 했다. 우리의 선인들은 그렇게, 제사를 잘 모시면 자손이 복을 받고 집안이 흥한다고 믿고 있었다. 우리 說話에는 자기 조상은 물론이고 남의 조상의 제사를 잘 지내도 복을 받는다는 이야기가 간혹 발견된다. 忠淸南道 燕岐郡에서 채록된 다음의 說話가 그런 것이다. 옛날, 어떤 사람이 친척도 없이 내외가 단둘이 살았다. 한식날이 되어 남들은 조상의 묘를 찾는데 제사 지낼 조상이 없으므로 이들은 뒷산의 임자 없는 묘에 제사를 지내주었다. 그 날 밤, 꿈에 한 노인이 나타나 어디어디로 가서 자기 자손을 찾아달라고 했다. 그래서 노인이 가르쳐 준 대로 찾아가 묘의 임자를 찾았다. 그 묘의 자손들은 그 사람에게 감사하며 도와주어서 잘 살았다는 것이다.[8]

반대로 제사를 소홀하게 모셔 그 자손이 벌을 받는 說話는 여러 곳에서 들을 수 있는데 그 가장 전형적인 것이 忠淸道 일원에 口傳되고 있는 다음과 같은 이야기다.

옛날에 소금장사가 등에다 지고 싹 이렇게 마을을 돌 잖어. 그러다 해가 넘어가서, 그전에 기차가 있어 뭐가 있어? 근데 이제 모이가 쌓 모이가 있는 고 가운데서 잠을 잤댜. 지게는 바쳐 놓고. 그라니께, 밤

---

8) 최운식, 「한국 구전설화집」5(민속원,2002), pp.394-6.

중은 되니께, 할어버지가,

"여보게 지사 얻어먹으러 안 갈라나."

이럭하더랴. 그라니께 두 내외가,

"가자."

고 하메 갔댜. 그 밑에 동네로. 그랬는디. 갔다 오더니 그라더랴.

"아이고 밥에는 큰 바위가 들고 국에는 구랭이 토막이 들어서 못 먹고 그냥 왔다."구.

"애를 부에가 나서 화롯불에다 집어너코 왔다."

고 그라드랴. 손자를 그래서 이 소금장사가 그 이튿날 날이 새니께 동네로 그 마을로 내려가서,

"이 동네 어제 저녁에 지사 지낸 집이 어디냐?"

고 그라니께,

"거기 지금 애기가 데워가지고 난리가 났다."

고 그라더랴. 아, 그래서 인저 가 가지고 그랬댜.

"정성껏 다시 인자, 제사를 지내라."고.

"밥에는 바위가 들어서 못 먹고, 돌을 바위라 바위가 들어서 못 먹고, 국에는 구랭이 토막이 들어서 못 먹고 왔다고 그랬쓩께, 깨끗이 다시 해서 제사를 지내라."고 그래. 그 혼들이 무슨 약을 아르켜 줬는지 뭘러. 그래가지구 인저, 깨끗이 해서 정성껏 제사를 지내고 그라니까, 그 할아버지 할머니가 인저, 그 말하자면 손자를 얼른 낫게 해 줬내벼. 그래 인저 깨끗이 해서 지내라는 뜻이지. 그게. 그래 그 소금장사가 그걸 듣고서는 내려와서 아르켜 줘가지고 정성껏 다시 지내니께, 말하자면 손자도 얼른 낫게 해주고 제사도 정성껏 지내라는 뜻이지. 그게.9)

　　제사 음식을 부정하게 차려 그 조상이 그것을 먹지 않고 어린 손자 아이가 화상을 입게 했다는 것이다. 우리 조상들의 자식 사랑은 유별난 데가 있는데, 위와 같이 그 화가 자신 아닌 자손에 미친다고 하고 있으니 예사로 들을 수 없는 무서운 경계의 이야기라 할 수 있을 것이다.

9) 박종익, 「한국 구전설화집」2(민속원, 2002), p.318.

朝鮮時代 여자가 지켜야 할 중요한 것의 하나가 '한 남편만 섬기기(一夫從事)'이다. ≪內訓≫은 "한 번 맺어지면 죽을 때까지 바꾸지 못한다. 설사 남편이 죽어도 개가하지 않는다(一與之齊 終身不改 故 夫死不嫁)."라고 하고 있다.[10] 만약 법도를 지키는 집의 여자가 남편이 죽었다 하여 改嫁를 하면 그 여자는 만인의 손가락질을 받게 되고 그 집안도 망하다시피 되었다. 여자는 절대로 改嫁해서는 안 된다는 것을 가르치고 있는 것이 忠淸南道 燕岐郡에서 구전되어 온 <九夫女> 說話다.

거기서 구부녀라고 있어요. 구부녀 전설이 있지유. 구부녀라는 것은, 저 그러니까 남편이

아니, 아니여. 저 지애비 부(夫)자죠.

그러니까 구부녀니까, 남편이 여덟을 그러니까 잡아먹은, 그러니까 여자라는 거지요. 구부녀니까. 아홉 구자하구, 지애비 부자 하구, 여니까 기집녀니까, 그러니까 남편이 아홉이었던, 그러니까 여자란 말이여. 그런 전설이여. 구부녀 이렇게.

그러니까 그것이, 거기가 그런 그거 저 그 구어밀 테지요. 구어미니까, 저 여호가 사람된, 이런 거시기 아니겠어요. 그래서 그것이 뭐냐면은, 남편을 잡아먹고, 잡아먹고, 잡아먹고, 쳐서 아홉을 잡아먹었단 거죠. 그래서 그런, 그런 그러니까, 거시기가 거기 그저 언고개 거기 살았다는 거요.

그래서, 굉장히 부자였단 거지. 그 여자가. 그래서 거기에 무슨 모이가 묻혔구. 모이가.

또 이런 얘기가 있어요. 그쪽 그쪽을 가면은, 그라구 쭉 그러니까, 뭐냐하면은 거 보면은, 또 모이(묘)가 아홉 개 있었던 거 같애요. 또 거기에. 마자란히 한 마을에 말이에요. 그래 거기를 가면 아홉 개의 모이가, 저 도중에 호릿꾼들에 파인 것도 있구, 이렇지요.

그래서 인제 저 구부녀라구 이렇게 되가지구서는 그런 전설이 있어요.

---

10) ≪內訓≫ 卷第一「婚禮章」

그러니까 언고개요 보통 언고개라구 해요.
예, 순, 언고개 우리말이죠. 그래서 그 언고개가 정말 참 거기가 북
풍 맞이란 말이요. 그래서 옛날 어른들 말이, 야 거기가 춥지 않았나
말이. 그러니까 밤나 얼어서 '언고개'라고 한단 말이지. 뭐 그렇게 들
었지마는 과연 그러니까, 그 언자가 말이지, 그렇게 얼어서, 얼어붙어
서 언짠지, 이것은 모르겠어요.
'찬고개'란 말이지요. 말하자면.11)

옛날에는 남편이 세상을 떠나면 그 아내가 잡아먹었다고 했다. 그런
경우 남편은 제 명에 세상을 떠나는 것이 아니고 여자가 팔자가 세어
서, 과부될 팔자를 타고나서 그렇게 되는 것이라고 생각했다. 위의 說
話는 그렇게 한 남편을 죽였으면 제 팔자 한탄이나 하고, 수절해 살
것이지 왜 改嫁를 했느냐고 꾸짖고 있는 것이다. 그것도 여덟 번이나
해서 남편을 아홉이나(九夫) 죽였으니 이런 요망한 여자가 어디 있느
냐는 것이다. 그러니까 그 여자 때문에 억울하게 죽은 사내들의 한이
맺혀 그 무덤들 있는 고개에는 언제나 얼어붙은 것 같은 냉기가 돈다
는 것이다.

여자는 눈앞에서 아무리 교태를 지어도 믿을 것이 못된다는 이야기
도 우리의 옛날 서사물에 상당히 많이 등장하고 있다. 古小說 <裵
裨將傳>이 그런 경우다. 절대로 여색의 유혹에 넘어가지 않겠다고,
그 처에게 장담을 하고 濟州道로 부임해 간 裵裨將이, 그곳의 名妓
愛娘의 계교에 넘어가 많은 사람 앞에서 흉한 몰골을 보여 망신을 당
한다는 이 국문소설은 판소리 열 두 마당의 하나인 <裵裨將 打슈>
을 소설화한 것이다. 그런데 이들 서사물은 다시 간교한 妓生 이야기
의 說話를 소재로 하고 있다. 그 하나가 ≪太平閑話滑稽傳≫에 실

11) 최운식, 「한국 구전설화집」 5(민속원, 2002), pp.61-2.

려 있는 다음과 같은 이야기이다.

　　雞林, 有一官娼, 美而艶, 有長安一年少, 情頗珍重. 娼紿日, "妾本閥閱,
沒爲婢時, 未經男子." 年少尤惑之. 娼臨別善哭, 年少傾行橐贈之. 娼謝
日, "願得切身之物, 不願財賄." 年少卽斷髮與之, 娼日, "毛髮猶外也, 願
得尤切者." 年少斫板齒與之. 及還京, 忽忽不樂. 人有自鄕來者, 年少廉
問, 娼纔別, 就他家, 怒之, 馳遣蒼頭, 索還板齒. 娼撫掌大笑日, "痴孩子,
屠門戒殺, 娼家責禮, 非愚則妄. 可揀爾痴孩子齒去." 擲一布帒 乃平生所
得男齒也.

　　(계림[12])에 어떤 관창[13])이 있었다.

　　그 기생은 아름답고도 요염하였다. 서울에서 내려간 한 소년이 그
녀를 사랑하여 정이 자못 깊었다.

　　기생이 소년을 거짓말로 속였다.

　　"첩은 본래 벌열가의 딸이었지요. 적몰을 당하여 종이 될 당시에는
아직도 남자를 모르는 처녀였답니다."

　　소년은 기생에게 더욱 빠졌다.

　　이별을 앞두자 기생은 몹시 슬프게 울었다. 소년은 행장을 모두 털
어서 있는 대로 그녀에게 주었다.

　　그러나 기생은 물건을 사양하였다.

　　"신체의 일부로서 소중한 것을 원하옵니다. 재물은 조금도 원치 않
나이다."

　　소년은 즉시 머리채를 잘라서 그녀에게 주었다.

　　기생은 다시 말했다.

　　"머리는 그래도 외물에 속하는 것입니다. 원컨대 더욱 소중한 것을
얻고자 하옵니다."

　　이번에는 소년이 앞니를 부러뜨려서 주었다.

　　소년은 서울로 올라갔다. 그 후로 실의에 빠져 항상 우울하였다.

　　그러던 차에 시골에서 올라온 사람이 있었다.

---

12) 雞林 : 慶州의 별칭.
13) 官娼 : 관가에 속한 娼妓.

소년은 기생의 소식을 염탐하였다.

그런데 그가 뜻밖의 말을 하였다.

"그 기생은 이별을 하자마자 재빨리 다른 집으로 가더이다."

소년은 화가 치밀어 급히 창두를 보냈다. 앞니를 도로 찾아오려는 것이었다.

기생은 창두를 보고 손뼉을 치며 크게 웃었다.

"어리석은 아이로군. 도살장에서 살생하지 말라 가르치고, 창기에게 예의를 지키라 요구하는구나! 정녕 어리석은 것이 아니면 망령이 든 게로구나. 네 어리석은 주인 아이의 이빨을 골라 가거라."라고 했다.

기생은 포대 하나를 창두에게 던졌다. 바로 평소에 얻어 놓았던 사내들의 이빨이었다.)

위의 說話는 모두 아무리 美色이요, 자신만을 사랑하는 것 같아도 妓生은 결국 路柳墙花일 뿐이요, 배신과 망신을 당할 뿐이라고 하고 있다. 그 중 '拔齒' 이야기는 문헌 뿐 아니라 口碑로도 여러 지방에 전해져 오고 있다. 서울 지방에서 구전되던 다음과 같은 줄거리의 說話가 그것이다.

과거 보러 가던 남자가 기생집에서 기생에게 반하여 노자를 다 털리고 떠날 때에 정표를 주고받았다. 기생은 남자에게 반지를 주고, 남자는 기생에게 이빨을 빼주고 헤어졌다. 한양에 간 남자는 과거에 급제하여 내려가던 중에 기생에게 들렀다. 옛날의 정분이 변함이 없으리라는 생각을 가지고, 같이 살자고 했더니 기생은 거절하였다. 남자가 정표를 교환한 것을 따졌더니, 기생은 이빨자루를 보여 주었다. 그래서 세상은 여자 당할 남자 없다는 것이다.[14]

拔齒說話는 그밖에도 여러 가지 유형으로 문헌과 민간에 널리 전해지고 있는데 다음과 같은 것들이 그런 류이다.

14) 장장식·홍태환, 「한국 구전설화집」8(민속원, 2003), p.213.

㉠ 중국 사람 邵氏가 欽差內官 黃儼을 따라 우리나라에 와서, 한 관기를 깊이 사랑했다. 중국으로 돌아가야 할 때가 되었는데, 기생을 붙잡고 놓아주지를 않았다. 친구들이 옆에서 떼어내려 해도 되지 않았다. 그래서 邵氏의 옷에 다음과 같은 시를 썼다.

"첩의 마음 비유하면 연꽃잎의 이슬이라, 한쪽은 둥글고 또 한쪽은 잘렸다네. 낭군 수염 잘라내어 나에게 주게 되면, 방석 엮어 새 낭군을 기다리기 소원이네.(妾心正如荷葉露 一邊圓了一邊斷 願摘郎君頷下鬚 織成美闕待今夫)." 이렇게 써 놓으니, 邵氏는 눈물을 닦으며 떨치고 가더라.

㉡ 한 선비가 평양 기생을 사랑해 수십 일을 머무니, 한 손님이 조롱하는 시를 다음과 같이 지었다.

"십 년 동안 잘라놓은 낭군의 수염으로, 일천 자 털방석을 길고 길게 만들어서, 아침에는 새 낭군과 함께 깔고 앉아 있고, 저녁에는 새 낭군과 함께 깔고 잠들리라(十年摘郎鬚 編作千尺氈 朝與新夫坐 暮與新夫眠)."

"십 년 동안 뽑아 모은 낭군의 앞니는, 아무리 맞춰봐도 같은 것이 전혀 없네. 이것들은 아무 데도 쓸 곳이 없으니까, 더러운 거름흙 속에 던져 넣어 없애리라(十年折郎齒 郎齒萬不同 終然無用處 棄捐糞土中)."

"내 여기 원하노니 이 세상 미인들아, 연꽃잎에 구르는 이슬방울 되지 마오. 수염으로 담요 자리 만들어도 좋지만, 낭군 앞니 진흙 속에 던지지나 말아다오(我願美人心 莫作荷葉露 寧用鬚作氈 莫用齒棄土)."15)

위의 說話들 중 특히 이빨을 뽑아준다는 이야기는 우리의 古代說話에 나오는 信標 이야기의 한 패러디로도 볼 수 있어 흥미롭다. ≪三國史記≫와 ≪三國遺事≫에는 뒷날 서로를 믿고 또 확인하기 위해서 물건을 나누어 가지는 이야기가 각각 한 편씩 실려 있다. ≪三國史記≫ 卷第四十「列傳」第八 '薛氏女'條에는 두 남녀의 信物 교환에 얽힌 아름다운 이야기가 실려 있다. 薛氏 처녀를 사랑한 嘉實은 그녀의 아

---

15) 김현룡, 「한국문헌설화」4(건국대학교 출판부, 2000), pp.538-9

버지 대신 防戍에 불려간다. 그때 두 사람은 거울 한 개를 깨뜨려 그 절반씩을 나누어 갖고 그것으로 믿음의 표시로 삼는다. 嘉實이 돌아올 때가 되었는데도 소식이 없자 주변에서 그녀에게 결혼을 하라고 권했으나 끝내 그녀는 그 말을 듣지 않았다. 늦게야 嘉實이 形骸가 몰라보게 말라빠지고 남루한 차림으로 돌아왔는데 薛氏 처녀는 처음에 알아보지 못 했다가 두 사람의 거울 조각을 맞추어 서로를 확인하고 결혼해 행복하게 살게 되었다 한다. ≪三國遺事≫ 卷第十三「高句麗本紀」第一'琉璃王'條에 나오는 이야기도 그런 것이다.

扶餘에서 禮氏女와 사랑으로 맺어진 朱蒙은 임신한 그녀를 두고 떠나면서 태어나는 아기가 사내거든 七稜石(일곱 모난 돌) 아래 감추어둔 遺物을 찾아 가지고 자신을 찾아오게 하라고 한다. 禮氏의 몸에서 태어난 琉璃는 자기 집의 일곱 모난 주춧돌 아래에 숨겨져 있던 부러진 短劍을 찾아, 高句麗 왕이 되어 있는 그 아버지를 찾아간다. 朱蒙, 東明王은 자신이 가지고 있던 短劍 토막과 맞추어 琉璃가 자신의 아들임을 확인하고 그를 太子로 삼는다. 그리하여 다음 왕이 된 것이 高句麗 2代 琉璃王이라는 것이다.

信標란 위에서 보는 바와 같이 아무리 세월이 흘러도 변하지 않는 마음, 또는 분명한 핏줄을 확인하여 사랑이 이루어지고 한 나라의 王統이 계승되는 그런 것이다. 그런데 拔齒說話의 경우는 뽑은 이빨들을 한 주머니씩 모아두고 있다는 데서 희극성을 더하고 있다. 그리고 그것은 곧 사내들이 遊女들에게 얼마나 어리석게 놀림당하기 쉬운가 하는 것을 일깨워 주고 있다 할 것이다.

그와 같은 <拔齒說話>가 <裵裨將傳>의 전반부의 鄭裨將과 愛娘의 이야기의 소재가 되었다면 ≪天倪錄≫에 실려 있는 <米櫃說話>는 후반부, 裵裨將과 愛娘 이야기의 소재가 되고 있다.

頃年 有一文官 爲慶州提督官 每到本府 見妓女則 必以烟茶竹 叩擊其
頭曰邪氣 或曰妖氣 且曰人豈可近此物耶 衆妓齊憤 府尹亦憎之 乃下令
於群妓曰 有能以奇計 瞞此提督者 將加重賞 有一年少妓 應募而出 時提
督處於鄕校齋室 獨與通引小童居焉 妓乃扮作村婦之樣 進往鄕校 倚門扉
呼小童 或隱半面 或露全身 以示之 小童出應則去 或一日一至 或再至
如是數日 提督問于童曰 彼女何人 每來呼汝 童對曰 此乃小人之妹也 其
夫以行商出去 一年不還 家中無人 故每呼小童 要令替守其家耳 一日向
夕 童以退食不在 提督獨處空齋 妓又往倚扉呼童 提督遂招其女而進之
女佯若羞澁逡巡 而進立於前 提督曰 小童適不在 吾欲飮烟茶 汝可取火
來否 女取火而進

提督曰 汝亦上座 可吸一竹 女曰 小人何敢如是 提督曰 適無人見 庸
何傷乎 女遂奄勉上座 强飮一竹 提督遂以情告之曰 吾見美女多矣 未嘗
見如汝者 一自見汝之後 吾寢食俱忘 汝未可乘夜潛來耶 吾獨宿空齋 人
誰知者 女佯驚曰 官是貴人 妾卽下賤 容貌醜陋 官豈向賤女生此意 無乃
戲之耶 提督曰 吾以實情告汝 豈可戲也 仍發矢言 女曰 官意誠然則 妾
實感激敢不從命 提督喜曰 吾之遇汝 可謂奇矣 女曰 第有一事 妾嘗聞鄕
校齋室 乃至敬之地也 挾女而宿 法禮所禁 此言然否 提督拊髀曰 汝雖村
女 何其穎悟耶 汝言誠是矣 將何以爲計 女曰 官果向意於妾則 妾當爲獻
一策 妾家在校門之外數步 而妾獨居無人 官於深夜 潛來相訪 可得穩會
妾於後夕 使小娚陪童 送一氈笠於官 着此而來則 人必不知矣 提督大喜
曰 汝之爲我畫計 一何奇妙 吾將從汝言 幸勿爽約 與之再三丁寧而送之
妓遂於校門外 空一茅舍而居焉 來夕 使童送一氈笠 提督依約夜往 女迎
入明燭 略備酒肴而進之 酬酌數盃 相與諧謔 提督解衣 覆衾先臥 使女解
衣 故爲遷延 未及臥 聞柴門外 有吃哼呼喚之聲 女側耳聽之 大驚曰 此
乃妾前夫 官奴鐵虎之聲也 妾不幸 曾以此漢爲夫 乃天地間一惡也 殺人
放火 不知其幾 三年前 僅得離却 改得他夫 與之相絕 今者又何故來耶
聞其聲醉矣 官必逢大變 將若之何 女卽出應曰 汝是何人 深夜呼喚耶 門
外大聲吼怒曰 汝豈不知吾聲耶 何不開門 女曰 汝是鐵虎耶 吾與汝相絕
已久 今以何故來此 復聞門外吼怒曰 汝棄吾改夫 吾心常痛之 今欲與汝
有所言 故來耳 仍排門而入 女卽慌忙走入曰 官不可不避 而數間茅室 無
處可隱 房中有空櫃子 官可暫入此中以避之 手開其盖而促之 提督乃赤身
入于櫃中 女卽合其盖以鎖鎖之 其漢倚醉入來 與女一場大閙 女則曰 三

年既棄之後 何事復來 相詰 男則曰 汝既背我改夫 前日吾所給衣裳器皿
吾當盡索之 女卽以衣裳 卽爲擲還曰 還汝舊物 其漢指櫃子曰此亦吾物
今當取去 女曰 此豈汝物耶 吾以常木二疋買之矣 其漢曰 其木一疋 乃吾
所給 今不可仍留 女曰 汝雖棄吾 豈爲常木一疋還奪此櫃乎 吾決不可還
給 兩人以此爭鬧 其漢曰 汝不還我櫃 當訟于官 俄而天明 其漢卽負其櫃
而趨于官門 女隨之 同入訟庭 府尹已坐衙矣 男女爭櫃陳辨則 府尹斷之
曰 買櫃之價 男女各費一疋則 法當平分其半 卽命以大鉅鉅破 其半以分
之 羅卒應命 進鉅于櫃上 兩人引之 鉅聲纔發 聞櫃中大聲疾呼曰 活人活
人 府尹佯驚曰 櫃中何以有人聲 速開之 羅卒掊鎖開櫃 有人赤身而出 立
于庭中 一府上下 莫不駭慘 掩口衆視之曰 此乃提督官也 何爲而在櫃中
也 府尹命 引而上之 提督以兩手掩其陽莖 歷階陞蹲于席上 垂頭喪氣 府
尹大笑良久 命給衣 妓輩故以女人長衣進之 提督只着長衣 露頂跣足 走
還鄕校 卽日逸而遁去 至今慶州府 以櫃提督 爲傳笑之資

（근년에 한 문관이 경주의 제독관이 되었다. 매번 본부에 와서 기생
을 보면 꼭 담뱃대로 기생의 머리를 톡톡 건드리며,

"사악한 것!"

혹은,

"요망한 것!"

하였다. 그리고 또 말하기를,

"사람이 어찌 이런 물건을 가까이 하겠는가?"

하니, 모든 기생들이 하나같이 분하게 여기고, 부윤도 또한 그를 싫
어하였다. 그래서 여러 기생들에게 명하였다.

"능히 기이한 꾀로 이 제독을 속일 수 있는 사람은 장차 많은 상을
주겠다."

어떤 나이 어린 기생 하나가 부윤의 말에 응하여 나왔다.

이때 제독은 향교의 재실에 거처하였는데, 혼자서 나이 어린 통인
과 함께 지내고 있었다.

그 기생이 곧 촌 아낙네의 모습으로 분장하고 향교로 가더니 문간
에 기대서 통인을 부르는데, 때로는 얼굴을 반쯤 숨기다가, 때로는 전
신을 드러내 보여주기도 하였다. 통인이 나가 맞으면 가 버렸다. 어떤
때는 하루에 한 번 오기도 하고, 또 어떤 때는 두 번 오기도 하면서

며칠이 지났다.

제독이 통인에게 물었다.

"그 여자가 누군데 매번 와서 너를 부르느냐?"

"소인의 누이입니다. 매형이 행상을 나간 지 1년이나 되었으나 돌아오지 않아 집안에 사람이 없으므로, 매번 저를 불러 교대로 집을 좀 봐 달라고 하는 것입니다."

어느 날 저녁 무렵에 통인이 상을 물리느라고 나가고, 제독이 혼자 빈 재실에 있었다.

그 기생이 또 와서 문간에 기대어 통인을 부르매, 제독이 드디어 그녀를 불러 가까이 오라고 하였다. 그녀가 거짓 부끄러워서 머뭇거리는 척하면서 제독 앞에 다가왔다.

"애가 마침 없는데 내가 담배를 피우고 싶다네. 자네가 불을 좀 가져다 줄 수 있는가?"

그녀가 불을 붙여 주었다.

"자네도 올라와서 한 대 피우지 그래."

"쇤네가 어찌 감히 그리하겠습니까?"

"마침 보는 사람도 없는데 뭐 안 될 게 있겠느냐?"

그녀는 하는 수 없이 끌려 올라가 억지로 담배 한 대를 피웠다.

제독이 마침내 속마음을 털어놓았다.

"내가 미녀들을 많이 보았지만 일찍이 자네만 한 사람을 보지 못하였네. 한번 자네를 본 뒤로 나는 침식을 모두 잊었다네. 자네, 밤에 몰래 올 수는 없는가? 내가 빈 재실에 혼자 자니, 누가 알 사람이 있겠는가?"

그녀는 거짓 놀라는 체하였다.

"나리께서는 귀하신 분이시고, 저는 천한 아랫것으로 용모도 추하온데, 나리께서는 어찌 이 천한 것을 보고 그런 생각을 하십니까? 저를 희롱하시려는 것이 아니신가요?"

"내가 사실을 너에게 말하는 것인데 어찌 희롱이라고 할 수 있겠느냐?

하고 곧 약속을 하고 말았다.

"나리의 뜻이 진실로 그러하시다면 저는 실로 감격스럽습니다. 어찌 감히 나리의 명을 따르지 않겠사옵니까?"

제독이 기뻐하며 말하였다.

"내가 너를 만난 것은 기이하다고 이를 만하구나."

"다만 한 가지 문제가 있사옵니다. 제가 일찍이 듣기로, 향교의 재실은 지극히 경건한 곳이라고 하였사옵니다. 여기서 여자를 끼고 자는 것은 법으로 금한다고 들었사온데, 이 말이 맞는지요?"

제독이 무릎을 치며 말하였다.

"네가 비록 촌 아낙이라 하나 어찌 그리 똑똑한고? 네 말이 참으로 옳다. 그러니 장차 어찌하면 좋을꼬?"

"나리께서 과연 저에게 뜻이 있으시다면, 제가 마땅히 한 가지 방법을 말씀드리지요. 저의 집이 향교 밖으로 몇 걸음 되는 곳에 있사온데, 저 혼자 살 뿐 아무도 없사옵니다. 나리께서 깊은 밤에 몰래 찾아오시면 조용히 만날 수 있사옵니다. 제가 내일 저녁에 남동생을 시켜 나리께 전립 하나를 보내드릴 테니, 그것을 쓰고 오시면 남들이 필시 알아보지 못할 것이옵니다."

제독이 크게 기뻐하며 말하였다.

"네가 나를 위해 세우는 계획은 하나같이 어찌 그리 기묘한고? 내가 앞으로 너의 말을 따를 테니, 행여 약속을 어기지 말아라."

제독은 그녀에게 재삼 다짐을 받고 보냈다.

기생이 마침내 향교 밖에 빈 초가집 한 채를 얻어 살았다.

다음날 저녁에 통인을 시켜 전립 하나를 보내니, 제독이 약속대로 밤에 찾아왔다. 기생이 그를 맞아 들여 촛불을 밝히고 주안상을 간단히 차려 왔다. 몇 잔의 술을 주고받으며 서로 희롱하여 즐기다가, 제독이 옷을 벗은 뒤 이불을 덮고 먼저 누워서는 그녀에게도 옷을 벗으라고 하였다.

기생이 일부러 시간을 끌면서 아직 자리에 들지 않았을 때, 사립문 밖에서 더듬더듬 크게 부르는 소리가 들렸다. 기생이 귀를 기울이고 그 소리를 듣더니 크게 놀라서 말하였다.

"저것은 저의 전남편이었던 관노 철호의 목소리입니다. 제가 불행히도 일찍이 저 사내를 남편으로 삼았었는데, 세상에 못된 놈이옵니다. 살인을 하고 불을 지른 것이 몇 번이나 되는지 알 수도 없답니다. 3년 전에 간신히 헤어지고 다른 남편을 얻어서 그와는 인연을 끊었는데, 지금 또 무엇 때문에 왔는지 모르겠사옵니다. 목소리를 들어보니 술에 취한 듯하옵니다. 나리께서 필시 큰 봉변을 당하실 듯하니 어찌

하면 좋겠사옵니까?"

하더니, 기생이 곧 나가며 대답하였다.

"당신이 누군데 깊은 밤에 불러댑니까?"

하니, 문 밖에서 크게 노한 소리로 부르짖었다.

"네가 어찌 내 목소리를 모르느냐? 왜 문을 열지 않느냐?"

"당신은 철호인가요? 내가 당신과 인연을 끊은 지 오래되었는데, 이제 무슨 까닭으로 여기에 왔소?"

다시 문 밖에서 화난 소리가 들렸다.

"네가 나를 버리고 새로 시집가서 내 마음이 항상 아팠다. 이제 네게 할 말이 있어서 찾아왔을 뿐이다." 하더니, 그 사내가 문을 밀치고 들어왔다.

기생이 곧 황망히 뛰어 들어와 다급하게 말하였다.

"나리께서는 어쩔 수 없이 피하셔야 되겠습니다. 그런데 좁은 집이라 숨을 만한 데가 없습니다. 방안에 빈 궤가 하나 있으니, 나리께서는 잠시 그 속에 들어가 피하십시오."

하고는 손수 그 덮개를 열고 재촉하였다.

제독이 이에 벌거벗은 몸으로 궤 속에 들어가니, 기생이 즉시 그 덮개를 닫고 자물쇠를 채웠다.

그 사내가 술이 취해 들어와서 기생과 한바탕 크게 싸웠다.

"3년 동안이나 버려 둔 채 있다가 무슨 일로 다시 왔소?'

기생이 힐난하였다.

"네가 나를 배반하고 새로 시집을 갔지? 전에 내가 사준 옷가지와 그릇들을 모두 찾아가리라."

그 기생이 즉시 옷가지를 던져 주며 말하였다.

"당신 물건, 예 있소."

하자, 그 사내는 궤를 가리키며 말하였다.

"이것도 내 것이니 오늘 가져가야 되겠다."

"이게 어찌 당신 물건이요? 내가 상목 두 필을 주고 산 것인데."

"그 상목 가운데 한 필은 내가 준 것이니 이제 여기 놔둘 수 없지."

"당신이 비록 나를 버렸으나 어찌 상목 한 필로 이 궤를 빼앗아 간단 말이오? 나는 결코 돌려줄 수 없소."

하며, 두 사람이 이 때문에 다투었다.

"네가 내 궤를 돌려주지 않겠다면 마땅히 관가에 가서 재판을 받
자."

곧 날이 밝자, 그 사내가 즉시 그 궤를 지고 관가로 달려가고, 기생
도 그를 따라갔다. 함께 관가에 들어가니 부윤이 벌써 자리하고 있었
다.

두 남녀가 궤를 두고 다투게 된 사정을 아뢰니, 부윤이 다음과 같
이 판결하였다.

"궤를 사는 값으로 남녀가 각각 상목 한 필씩 썼으니, 법적으로 마
땅히 반씩 똑같이 나누어야 된다."

하고는 즉시 명하여 큰 톱으로 그 궤를 반씩 나누어 주라고 하자,
나졸이 명을 받들어 톱을 가져다가 궤 위에 올려놓고 두 사람이 톱질
을 하였다.

톱질하는 소리가 나자마자, 궤 안에서 크게 부르짖는 소리가 들렸
다.

"사람 살려, 사람 살려!"

부윤이 거짓 놀라는 체하며 말하였다.

"궤 속에서 어찌 사람 소리가 나느냐? 빨리 열어 보아라."

나졸이 자물쇠를 따고 궤를 여니, 어떤 사람이 벌거벗은 몸으로 뛰
쳐나와 뜰 가운데 섰다.

부내의 모든 사람들이 몹시 놀라서 입을 가리고 그를 살펴보다가
외쳤다.

"이분은 제독관이신데 어찌되어 궤 속에 계십니까?

부윤이 명하여 제독을 올라오게 하니, 제독이 두 손으로 자기 아랫
도리를 가리고 섬돌을 지나서 올라와 자리에 웅크리고 앉아서는 고개
를 떨구고 기가 죽어 있었다.

부윤이 한동안 크게 웃다가 옷을 주라고 명하자, 기생들이 일부러
여자들이 입는 장옷을 주었다.

제독이 다만 장옷만을 입고 이마를 드러내고 맨발로 뛰어 향교로
돌아갔다. 제독은 그 날로 달아나서 사라졌다.

지금까지 경주부에서는 '궤제독'이라 하여 웃음거리로 삼고 있다.)

위의 <米櫃說話>는 여자의 마음이란 믿을 수 없는 것이란 사실을 깨우쳐줌과 함께 또 한 가지, 누구도 여자의 유혹에 넘어가지 않는다고 함부로 장담할 수 없다, 그만큼 화류계의 여자란 간교한 것들이라는 것을 일깨워 주는 것이다. 그래서 이 說話集, ≪天倪錄≫의 編著者 任埅은 이 이야기의 말미에서 예나 지금이나 기생에게 속아 몸을 그르친 사람이 많다, 어사는 높은 벼슬아치인데 두룽다리를 쓰고 잔칫자리에 나갔고 제독은 문신인데 벌거벗은 몸으로 궤에서 나와 한때의 웃음거리가 되고 세상 사람들에게 버림을 받았으니, 참으로 오랑캐가 아니라면 어찌 이 지경에 이를 수가 있겠는가? 무릇 아름다우면서 요사스러운 여인을 만나는 사람들은 어찌 이 이야기를 거울로 삼아 그르치지 않게 하지 않을 수가 있겠는가 라고 하고 있다. (評曰 古今男子 爲娼妓所欺誤身者多矣 御史尊官也 巾幗登筵 提督文臣也 赤身出櫃 傳笑一時 爲世棄人 苟非介狄 何以至此 凡遇妖冶者 盍以此爲鑑勿爲其所誤哉)

여성의 節烈의 아름다움을 예찬하는 說話는 무수하게 많다. 그래서 일일이 이야기하기도 부질없는 일 같이 여겨진다. 여기서는 그 중에서도 가장 널리 알려져 있는 說話 한 두 가지만 살펴보기로 하겠다. 그 중 한 가지가 ≪三國史記≫에 실려 전하는 都彌이야기이다.

都彌, 百濟人也, 雖編戶小民, 而頗知義理, 其妻美麗, 亦有節行, 爲時人所稱, 蓋妻王聞之, 召都彌與語曰, 凡婦人之德, 雖以貞潔爲先, 若在幽昏無人之處, 誘之以巧言, 則能不動心者鮮矣乎, 對曰, 人之情不可測也, 而若臣之妻者, 雖死無貳者也, 王欲試之, 留都彌以事, 使一近臣, 假王衣服馬從, 夜抵其家, 使人先報王來, 謂其婦曰, 我久聞爾好, 與都彌博得之, 來日入爾爲宮人, 自此後爾身吾所有也, 遂將亂之, 婦曰, 國王無妄語, 吾敢不順, 請大王先入室, 吾更衣乃進, 退而雜飾一婢子薦之, 王後知見欺,大怒, 誣都彌以罪, 矐其兩眸子, 使人牽出之, 置小船泛之河上, 遂引其婦, 强欲淫之, 婦曰, 今良人已失, 單獨一身, 不能自持, 況爲王御, 豈敢相違, 今以月經, 渾身汙穢, 請俟他日薰浴而後來, 王信而許之, 婦便逃至江口, 不能渡, 呼天慟哭, 忽見孤舟隨波而至, 乘至泉城島, 遇其夫未死, 掘草根以喫, 遂與同舟, 至高句麗 蒜山之下, 麗人哀之, 丐以衣食, 遂苟活, 終於羈旅[16].

(都彌는 百濟人이었다. 비록 벽촌의 小民이지만 자못 의리를 알며 그 아내는 아름답고도 節行이 있어, 당시 사람들의 칭찬을 받았다. 蓋婁王이 듣고 都彌를 불러 말하기를 "무릇 부인의 덕은 貞潔이 제일이 지만, 만일 어둡고 사람이 없는 곳에서 좋은 말로 꾀면 마음을 움직 이지 않을 사람이 드물 것이다." 하니, 대답하기를 "사람의 情은 헤아 릴 수 없습니다. 그러나 신의 아내같은 사람은 죽더라도 마음을 고치 지 않을 것입니다." 하였다. 왕이 이를 시험하려고, 일이 있다 하여 都彌를 떼어 두고, 近臣 한 사람에게 왕의 의복과 말, 從者를 빌려주 어 밤에 그 집에 가게 했는데, 먼저 사람을 시켜 왕이 온다고 알렸다. 그 부인에게 이르기를 "내가 오래 전부터 너의 아름다움을 듣고 都彌 와 장기 내기를 하여 이겼다. 내일은 너를 들여다 宮人을 삼을 것이 니, 지금부터 네 몸은 나의 소유다."고 하면서 亂行하려 하였다. 부인 이 말하기를 "국왕에게는 망령된 말이 없습니다. 내가 감히 순종하지 않겠습니까. 청컨대 대왕께서는 먼저 방으로 들어가소서. 내가 옷을 고쳐 입고 들어가겠습니다." 하고 물러와 한 婢子를 단장시켜 들어가 수청을 들게 하였다. 후에 왕이 속은 것을 알고 크게 노하여 都彌를 죄로 얽어 두 눈을 빼고 사람을 시켜 끌어내어 작은 배에 실어 물 위 에 띄워보냈다. 그리고 그 부인을 끌어들이어 강제로 상관하려 하였 는데, 부인이 "지금 남편을 잃어버렸으니 혼자 살아갈 수 없게 되었 습니다. 더구나 대왕을 모시게 되었으니 어찌 감히 어김이 있겠습니 까. 그러나 지금은 月經으로 몸이 더러우니 다른 날 깨끗이 목욕하고 오겠습니다." 하니 왕이 믿고 허락하였다. 부인은 도망하여 강어귀에 이르렀으나 건너갈 수가 없어 하늘을 우러러 통곡하니 홀연히 한 척

---

16) ≪三國史記≫ 卷第四十八 「列傳」 第八 '都彌' 條.

의 배가 물결을 따라 왔다. 그 배를 타고 泉城島에 이르러 남편을 만났는데 아직 죽지 않고 있었다. 풀뿌리를 캐어 먹으며 살다 드디어 함께 배를 타고 高句麗 葃山 아래에 이르니, 高句麗 사람들이 불쌍히 여기어 衣食을 주어 구차스럽게 살다 그곳에서 일생을 마쳤다.)

왕이 강압하고 회유해도 목숨을 걸고 정절을 지켰다는 위의 이야기는 그 후 많은 烈女 이야기는 물론 <春香傳>과 같은 우리 古小說의 밑바탕이 되었다고 할 것이다.

또 ≪三國遺事≫에 실려 있는 金堤上 이야기도 그런 것이다. 新羅 訥祗王 때 사람 金堤上은 왕의 명을 받고 倭에 볼모로 잡혀 가 있는 王弟 美海를 구하러 나섰다. 新羅 왕에 죄를 짓고 도망쳐 왔다고 속여 倭王에 가까이 간 그는 자신과 美海가 모두 倭王을 속이고 新羅로 달아날 수는 없겠다는 것을 알았다. 그래서 그는 그들을 속여 美海만 도망가게 하고 자신은 그들 손에 잡혀 죽음을 당했다. 한편, 남편을 倭國으로 보낸 堤上의 아내는 매일 鴟述嶺에 올라가 倭國이 있는 동쪽 하늘을 바라보고 통곡하다 죽어 鴟述嶺 神母가 되었다고 한다.[17]

우리의 說話에는 위와는 반대되는 요사한 악녀들 이야기가 많다. 그 중에서도 가장 흔한 것이 남편을 배신하고 淫行을 저지르는 여자 이야기로 예를 들면, 平安北道 定州에서 채록된 다음과 같은 口傳 說話이다.

넷날에 어떤 사람이 있었드랬는데 이 사람에 색시레 서방질을 잘 해서 이 사람이 그 경우를 알구 서방질하는 걸 잡아낼라구 하루는 나 어데메 좀 나드리 갔다 오갔다 하느꺼니 색시레 도와하며 보꿍디를 싸주멘 잘 대네오시라우 했다.

---

[17] ≪三國遺事≫ 卷第一「紀異」第一 '奈物王 金堤上' 條.

이 사람은 나드리 가는 테하구 집을 나왔다가 색시 몰래 집 뒤에 가 숨어 있었다.

이즉만해서 한 男子레 와서 여보시 나 왔수다 하느꺼니 색시레 나와서 인자 오시우 하면 잘 왔다구 손을 잡구 집안으루 들어갔다. 넌놈이 고기야 밥이야 채레 먹구 한참 잘 노넌데 이 사람은 문 열으라구 소리텠다. 색시레 당황해서 그 男子를 뒤지 안에 들어가 있으라 하구 문을 열어 주며 와 인치 오우 했다. 이 사람은 "내레 가다가 배레 아파서 더 가딜 못하구 도루 돌아왔넌데 오다가 무당한테 점을 테보느꺼니 이 뒤지짝 때문에 병이 났으니 타테 버리라는 占卦가 나왔다. 이 놈에 뒤지 태와 버리야갔다." 하면 그 뒤지를 내다놓구 불을 드리놨다. 샛서방놈은 고만에 뒤지 안에서 나오딜 못하고 타죽구 말았다.

이 사람은 저 색시두 쥑이구 샛시방놈이 부자놈이 돼서 그 집이서 돈을 많이 받아내 개지구 다른 색시를 얻어서 잘 살았다구 한다.[18]

남편을 배신하고 음행을 저지른 계집과 간부가 모두 죽고 그 남편은 잘 살았다는, 전형적인 二重結末의 이야기이다.

다음과 같은 說話는 여자의 정조란 것은 얼마나 믿을 수 없는 것이냐 하는 것과 또 淫行을 일삼는 여자란 얼마나 간교한 요물인가 하는 것을 말해주는 것이다.

京城武士 有別業在密城 往來尙星間 尋所善儒士 常多宿留 四五年不遑京家事 不得往 萬曆十年 復下密城 於行路 尋其友於尙星間 其友亡已三年矣 日暮不得之他 仍卸裝暫歇 其友妻自內聞之 哭聲益悲之 命蒼頭掃客舍處之

武士念舊疚心 夜久不寐 客舍之北 墻垣甚峻 陸上有密竹成林 時月色微明 竹間勃窣有聲 疑其有虎豹狸牲 潛身熟視之 有僧露頂闖亂竹裏四顧 俄而挺身 入直向閨閤 武士輕步而進 見閨窓照燈 遂唾指端 鑽紙而窺之 則有年少婦女 淡粧濃艶 方熾炭靑銅爐 燒牛炙煖酒 以饗僧 僧喫訖 於燈

---

18) 任晳宰, 「韓國口傳說話」 任晳宰 全集 1(평민사, 1987), pp.248-9.

下 恣其淫戲

武士不勝其忿 遂拔弓滿彎 從窓穴射之 僧乃一聲而斃 武士藏弓就寢 陽作鼾睡聲 良久聞自內 婦人高聲疾呼 擧家奴婢叫 四隣而喧鬧 武士驚 起而問之 則曰『主家士族也 寡婦獨處 夜間有狂僧豕突 寡婦拔釰殺其僧 剮某百體 仍自斷指毀形欲自殺 擧家力救而止之』武士藏笑而發歎 俶裝 而去 越明年 武士還京過閭 已豎節婦旌門矣19)

(경성의 한 무사는 그의 별장이 있는, 尙州와 星州 사이를 왕래할 때는 항상 그와 사이가 좋은 儒生을 찾아가 그 집에 머무렀다. 4, 5년 동안 경성의 집안 일 때문에 겨를이 없어 별장에 가 보지 못했다가 萬曆 10년(1582)에야 다시 밀성에 내려갔다. 가는 길에 상주와 성주 사이에 살고 있던 친구를 찾아갔더니 그 친구가 죽은 지 이미 3년이 나 지나 있었다. 날은 이미 저물고 달리 갈 만한 곳도 없었던지라 친 구집에 행장을 풀어놓고 잠시 쉬었더니 친구의 아내가 안에서 그 소 식을 전해 듣고 곡성을 슬프게 하면서 종에게 명하여 손님방을 치우 게 하고 무사를 그 곳에 거처하게 했다.

무사는 옛 친구 생각에 마음이 아파 밤늦도록 잠들지 못하고 있었 다. 손님방의 북쪽 담장은 몹시 높았고 섬돌 위로는 빽빽한 대나무가 숲을 이루고 있었다. 달빛이 은은히 비치는데 대나무 사이를 느릿느 릿 걷는 소리가 들려 혹시 호랑이나 표범이 아니면 너구리가 있는 것 이 아닌가 하여 몸을 숨기고 바라보니, 중이 어지럽게 자란 대나무 숲 속에서 머리를 내밀고 사방을 둘러보더니, 이윽고 몸을 빼내어 곧 장 규방 안으로 들어가는 것이었다. 무사가 살금살금 걸어가 규방 창 문에서 불빛이 새어나오는 것을 보고 손가락 끝에 침을 묻혀 구멍을 뚫고 엿보니 나이 젊은 부녀자가 짙게 화장을 하고 요염하게 앉아 청 동 화로에 불을 피워 쇠고기를 굽고 술을 데워 중을 먹이고 있었다. 중이 음식을 다 먹고 난 뒤 둘은 등잔불빛 아래서 마음껏 음란한 짓 을 벌이는지라, 무사는 분함을 참지 못하고 화살을 꺼내 활을 잔뜩 당겨 창 틈 새로 중을 향해 쏘니 중은 외마디 소리를 지르고 죽었다. 무사는 활을 숨기고 손님방으로 돌아와 거짓으로 코고는 소리까지 내 며 잠자는 체 했다. 한참 있으니 안에서 부인이 높은 소리로 급하게

---

19) ≪於于野譚≫

부르짖는 소리가 들려오고 집안 노비들이 놀라 사방에서 소리치는 바람에 집안이 온통 떠들썩하였다. 무사가 놀라 일어나 까닭을 물으니 그들이 대답했다.

"주인집은 양반입니다. 과부가 혼자 거처하는데 간밤에 미친 중놈이 앞뒤를 가리지 않고 멧돼지처럼 달려드는지라 과부가 칼을 빼어 중을 죽이고 그 놈의 몸을 난자한 뒤 스스로 손가락을 잘라 몸을 훼손시키고 자살하려 한 까닭에 온 집안 사람들이 애써 죽지 못하도록 말렸습니다."

무사는 냉소를 감춘 채 탄성을 발하고는 행장을 꾸려 그 집을 떠났다. 다음 해에 무사가 서울로 돌아가는 길에 그 집을 지나게 되었는데, 그 집에는 이미 旌閭門이 세워져 있었다.)

한 여자가 중과 음행을 저지르다 발각되어 살인이 일어났는데도 얄밉게 奸智를 발휘해 열녀로 세상에 이름이 들어나게 했다는 것이다. 이 이야기는 오늘날의 시각으로 보면, 여자에 대한, 상당히 가혹한 이야기로 들리는 면이 없지 않다. 젊은 여성이 남편과 사별한 지 3년이 지나 다른 남자와 정분이 났다면 오늘날 같으면 조금도 이상할 것이 없을 뿐 아니라 어쩌면 자연스런 일로 받아들일 수 있을 것이다. 그러나 그것은 지금 우리들의 시선으로 볼 때 그런 것이고 이 說話集 편찬 당시인 1600년대 초반에는 용서받을 수 없는 짓이었던 것이다.

다음의, 음탕한 여자의 유혹에 넘어가지 않아 죽음을 면할 수 있었다는 한 선비의 이야기는 집을 나선 남자가 몸가짐을 어떻게 해야 할 것인가를 가르치는 것이다.

洪宇遠少時 作鄉行 入一店幕 無男子主人 而只有女主人 年可二十餘
容貌頗美 其淫穢之態 溢於面目 見洪年少容美 喜笑而迎之 冶容納媚 殆
不忍正視 洪視若不見 坐於房中 其女頻數入來 手撫房堗 而問曰『得無
寒乎』時以秋波送情 洪端坐不答 至夜深時 洪臥于上房 女則臥于下房 微

以言誘之曰『行次所住之房漏湫 何不來臥于此房乎』洪曰『此房亦足容膝
挨過一夜 何處不可 不必更移也』女又曰『行次或以男女之別 爲難乎 吾
輩常賤 有何男女之別 斯速下來 爲好矣』洪不答 微察其氣色則 必有鑽穴
來劫之慮 以行中麻索 縛其隔壁之戶 而就寢矣 其女自語曰『來客無乃宦
侍乎 吾以好意 再三誘之 使入於佳人懷中 穩度良夜 不害爲風流好事 而
一向牢拒 甚至於縛戶不納 可謂天宇怪物 可恨可恨』洪佯若不聞 而就睡
昏夢中忽聞 下房有怪底聲 已而窓外 有咳嗽之聲曰『行次就寢乎』洪驚訝
而應曰『汝是何許人 而深夜來問』對曰『小人卽此家主人 今將欲開戶擧燭
別有禀白之事耳』洪乃起坐 而開戶則 主人持火而入明燭 而坐進酒肴一床
而勸之 (曰洪)洪曰『此何爲 汝是主人 晝往何處 而夜深後始來』主人漢曰
『行次今夜經一場危境矣 小人之妻 貌雖美 而心甚淫 每乘小人之出他 行
奸無常 小人每欲捉贓 而終未如意 今日必欲捉奸 稱以出他懷利刃匿于後
面矣 俄者行次酬酌 已悉聞之 行次如或爲其所誘則 必也殞命於小人劒頭
矣 行次以士夫之心事 鐵石肝腸 終始牢拒 至於鎖門之境 小人暗暗欽歎
之不暇 敢以酒肴 以表此歎服之心 厥女欲誘行次 事不諧意則 淫心難制
與越便金總角同寢 故小人以一刃 斷其男女之命 事已到此 行次須卽出門
可也 少留則 恐有意外之禍 小人亦從此逝矣』洪大驚起趣裝 而出門則 主
人漢因擧火而燒其家 與洪同行數十里 因分路作別曰『行次早晚間 必顯達
此別之後 會難得 萬望保重』殷勤致意而去

　　洪登第以繡衣 暗行山谷間 只有一草舍 日勢已暯 仍留宿 見其主人 卽
是厥漢呼問曰『汝知我乎』主人曰『未嘗承顔 何以知之』洪曰『汝於某年
某邑某地 逢一過客 有所酬酌 夜間放火其家 而與我同行數十里之事 汝
能記憶乎』主人怳然而悟 起拜曰『行次其間 必也登第而就仕矣』洪不以諱
之以實言之 仍問曰『汝何爲獨處 於四無鄰里之地乎』對曰『小人自其後 寓
居於鄰邑 又娶一女 而頗亦妍美 若在村閭熱鬧之中 恐或更有前日之慮
擇居於深山無人之地云』[20]

　　(洪宇遠[21]이 젊었을 적 고향 가는 길에 한 주막에 들렀다. 남자 주
인은 없고 여주인만 있었는데, 나이는 이십여 세 가량으로 용모가 제
법 아름다웠으나 음탕하고 더러운 자태가 얼굴에 넘쳐났다. 洪이 나

---

20) ≪溪西野譚≫
21) 洪宇遠(1605-1687) : 朝鮮朝 문신, 禮曹判書를 지냈다.

이 젊고 용모가 준수한 것을 보고는 기쁘게 웃으며 맞이하였다. 얼굴을 단장하고 교태를 부리는데 차마 바로 볼 수 없을 지경이었다. 洪이 보아도 못 본 척 하고 방에 앉아 있었더니, 그녀가 자주 들어와서 손으로 방구들을 만져보면서 물었다.

"춥지는 않으십니까?"

때때로 추파를 던지며 정을 보냈지만, 洪은 단정히 앉은 채 대답하지 않았다. 야심한 때에 이르러 洪은 윗방에 누워 있고 여자는 아랫방에 누워 있었는데 은근한 말로 꾀었다.

"행차께서 계신 방은 누추하온데, 어찌하여 이 방에 내려와서 눕지 않으십니까?"

洪이 말했다. "이 방도 족히 몸을 붙일 수 있다. 하룻밤 넘기는데 어느 곳에선들 못 자겠느냐? 다시 방을 옮길 필요는 없겠다."

여자가 또 말했다.

"행차께서는 남녀의 분별 때문에 어려워하십니까? 저희같이 천한 것들에게 무슨 남녀의 분별이 있겠습니까? 속히 내려오시는 것이 좋겠습니다."

洪이 대답하지 않은 채 가만히 그 기색을 살피니, 억지로 들어와서 들어붙을 염려가 있었다. 행낭 중의 삼끈으로 칸막이 벽의 지게문을 묶어 놓고는 자려 하는데, 그 여자가 혼잣말로 쫑알댔다.

"손님은 내시가 아닌가? 내가 좋은 뜻으로 재삼 꾀어서 佳人의 품으로 들어오게 하였으니, 좋은 밤을 안온하게 지내면 풍류 호사에 해될 것도 없으련만. 한결같이 요지부동으로 거절하고 심지어 문을 묶기까지 하며 들이지 않으니, 하늘이 괴물을 낳았다 하겠구먼. 한심스럽군, 한심스러워."

洪이 짐짓 못 들은 척 하고 있다가 잠들었는데, 혼몽 중에 홀연 아랫방에서 나는 괴이한 소리를 들었다. 이윽고 창 밖에서 기침소리가 났다.

"행차께서는 주무십니까?"

洪이 놀라서 응답하였다.

"너는 어떤 사람이기에 깊은 밤에 와서 묻느냐?"

"소인은 바로 이 집 주인입니다. 지금 문을 열고 불을 밝힌 다음 따로 아뢸 일이 있습니다."

洪이 이에 일어나 앉아 문을 여니, 주인이 불을 가지고 들어와 촛불을 밝히고 앉아 술과 안주를 한 상 내놓으며 권했다.

洪이 말했다.

"왜 이리 하느냐? 네가 주인이면 낮에는 어디에 갔다가 야심한 후에야 비로소 왔느냐?"

주인이 말했다.

"행차께서는 오늘밤에 한바탕 위험한 고비를 넘기셨습니다. 소인의 처는 용모가 비록 아름다우나 마음이 몹시 음탕하여 매번 소인이 출타한 틈을 타서 무상으로 간음을 해왔습니다. 소인이 매번 은밀한 행적을 포착하려 하였으나 종내 여의치 못하였습니다. 오늘은 반드시 간통 현장을 포착하고자, 출타를 핑계하고 잘 드는 칼을 품고 집 뒤에 숨어 있었습니다. 아까 행차와의 수작을 이미 다 들었습니다. 행차께서 혹여 꼬임에 빠지셨더라면 소인의 칼끝에 죽었을 것입니다. 행차께서는 선비의 심사와 철석간장으로 종시 굳게 거절하시고 문을 잠그기까지 하셨으니, 소인이 암암리에 흠모하고 감탄하였습니다. 감히 술과 안주로 탄복하는 마음을 나타내고자 합니다. 그년은 행차를 꼬이려다 뜻대로 되지 않자, 음탕한 마음을 억제하기 어려워 건너편 김 총각과 동침하였던 고로 소인이 한칼로 연놈의 목숨을 끊어버렸습니다. 일이 이에 이르렀으니 행차께서는 모름지기 즉시 문을 나서시는 것이 좋겠습니다. 조금이라도 머무르시다가는 뜻밖의 화가 있을까 두렵습니다. 소인 또한 이제 떠나겠습니다."

洪이 크게 놀라 일어나서 서둘러 행장을 차려 문을 나섰다. 주인은 횃불을 켜서 그 집을 태워버리더니 洪과 함께 수십 리를 가다가 갈림길에서 작별하며 말했다.

"행차께서는 조만간에 필시 현달하실 것입니다. 이제 헤어지면 이후로는 만나기 어려우리니, 천만 보중하시기를 바랍니다."

은근히 흠모하는 뜻을 전하고는 사라졌다.

洪은 등과하여 암행어사로 산곡간을 암행하고 있었는데, 단지 초가집만 한 채 있는 곳에서 날이 이미 저물었는지라 그 집에 유숙하였다. 주인을 보니 바로 그 사람이기에 물었다.

"너, 나를 알겠느냐?"

주인이 말했다.

"일찍이 뵌 적이 없으니 어찌 알겠습니까?"

洪이 말했다.

"너는 모년 모웝 아무 곳에서 한 과객을 만나서 수작한 일이 있었을 것이다. 밤중에 그 집에 불을 놓고, 나와 함께 수십 리 길을 간 일을 기억할 수 있겠느냐?"

주인이 깜짝 놀라더니 일어나 절하고 말했다.

"행차께서는 그간에 반드시 등과하여 벼슬길에 나가셨을 것입니다."

洪이 꺼리지 않고 사실대로 말하고 나서 물었다.

"너는 어찌하여 사방에 이웃 하나 없는 곳에 혼자 사느냐?"

주인이 대답하였다.

"소인은 그 후로 이웃 고을에 임시로 살면서 한 여자에게 장가들었는데 여자가 또한 자못 반반했습니다. 만약 시골 마을의 떠들썩한 가운데에 있으면 혹 다시 전날과 같은 변이 있을까 하여 깊은 산, 사람이 없는 곳을 택하여 살게 되었습니다.")

위에 소개한 說話 속의 淫女의 남편은 세상 여자들이란 것들은 믿을 것이 못된다 하여 심산 중에 살고 있다고 하고 있는데 그와 같은 여성 불신의 說話가 다음과 같은, ≪罷睡錄≫에 실려 있는 한, 중의 이야기이다. 여러 문사들이 절에서 봄놀이를 하면서 각자 자기 아내 자랑에 열을 올리고 있었다. 이때 그 절의 중 한 사람이 자신의 지난날 이야기를 들려준다. 그는 본래 선비였는데 그 부인이 죽어 후처를 맞았다. 그때 丙子胡亂이 일어나 자신도 마땅히 나라를 위해 나가 싸워야 했으나 아름다운 후처에 빠져 난을 피해 다녔다. 그러다가 둘이 함께 적병에게 붙들려버렸다. 그 아내의 미모에 혹한 적병은 선비를 묶어 놓고 휘장 안에서 그녀와 음행을 했다. 가만히 들으니 그의 아내가 적병에게 말하기를 "남편이 밖에 있으니까 어쩐지 불안하고 부담스러우니 죽어버리면 좋겠다."고 했다. 적병이 그 말을 듣고 그러는 것이 좋겠다고 했다. 그 말을 들은 선비는 사력을 다해 자신을 묶은

끈을 풀고 적병의 칼로 두 남녀를 쳐죽였다. 그러고는 머리를 깎고 중이 되었다는 것이다. 이야기를 마친 중은 여러분의 아내란 사람들도 다 믿기는 어려울 것이라고 하고 있다.

우리의 先人들이 淫行과 마찬가지로, 여자가 범해서는 안 된다고 하고 그것을 說話로 들려주어 머릿속에 각인하게 하려 한 것이 嫉妬, 妬忌였다. 우리 조상들은 여자를 쫓아낼 이유가 되는 일곱 가지 사항을 '七去之惡'이라고 하고 있다. 이는 중국 前漢의 戴德이 孔子의 72제자들의 禮說을 모아 엮은 책 ≪大戴禮≫「本命篇」에 실려 있는 것이다. 그 일곱 가지는 ① 不順舅姑(시부모에게 순종하지 않음) ② 無子(자식을 낳지 못함) ③ 淫行(행실이 음란함) ④ 嫉妬(질투를 함) ⑤ 惡疾(나쁜 병을 가지고 있음) ⑥ 口舌(말썽을 일으킴) ⑦ 盜竊(도둑질을 함) 등이다. 그 七去之惡 중에서 嫉妬를 淫行에 이어 네 번째 惡으로 들고 있으니 우리의 옛 사람들이 이를 얼마나 경계했는가를 알 수 있다. 그런 만큼 이와 관련된 說話도 비교적 많다. 口傳說話는 물론 文獻說話에도 嫉妬가 심한 여자의 이야기, 그로 인해 일어난 갖가지 禍에 관한 이야기가 나오고 있다.

먼저 우리의 古史書 ≪三國史記≫와 ≪三國遺事≫에서부터 그, 嫉妬로 인한 살인과 處刑 이야기를 찾아 볼 수 있다. ≪三國史記≫에는 高句麗 中川王이 왕후와, 자신이 귀애한 한 여인이 서로 시샘하는 바람에 견디다 못해 그 여인을 죽였다는 기록이 나와 있다.

王以貫那夫人, 置革囊投之西海, 貫那夫人, 顔色佳麗, 髮長九尺, 王愛之, 將立以爲小后, 王后椽氏恐其專寵, 乃言於王曰, 妾聞西魏求長髮, 購以千金, 昔我先王, 不致禮於中國, 被兵出奔, 殆喪社稷, 今王順其所欲, 遣一介行李, 以進長髮美人, 則彼必欣納, 無復侵伐之事, 王知其意黙不答, 夫人聞之, 恐其加害, 反讒后於王曰, 王后常罵妾曰, 田舍之女, 安得

在此, 若不自歸, 必有後悔, 意者后欲伺大王之出, 以害於妾如之何, 後王
獵于箕丘而還, 夫人將革囊, 迎哭曰, 后欲以妾盛此, 投諸海, 幸大王賜妾
微命, 以返於家, 何敢更望侍左右乎, 王問知其詐, 怒謂夫人曰, 汝要入海
乎, 使人投之[22].

　　(왕이 貫那夫人을 가죽주머니에 넣어 西海에 던지게 하였다. (처음)
貫那夫人은 얼굴이 아름답고 頭髮의 길이가 아홉 자나 되어 왕이 총
애하여 장차 小后를 삼으려 하였다. 王后 椽氏는 그가 王寵을 독차지
할까 하여 왕에게 말하되, "내가 들으니 (지금) 魏에서는 千金을 주고
長髮을 구한다 합니다. 前日에 우리 先王이 中國에 禮聘을 보내지 않
았기 때문에 (마침내) 兵禍를 입고 왕이 出奔하여 거의 社稷을 잃을
뻔했던 것입니다. 지금 왕께서 魏의 所欲에 순응하여 사람을 시켜 長
髮美人을 보내면 魏에서는 필연코 반기어 받아들여 다시는 (우리나라
를) 侵伐하는 일이 없을 것입니다." 하였다. 왕이 그녀의 뜻을 알고
잠자코 대답하지 아니하였다. 貫那夫人이 (이것을) 듣고 자기에게 해
가 미칠까 두려워하여 도리어 后를 왕에게 참소하되, "王后가 항상
나를 꾸짖기를 시골 계집이 감히 여기에 있으려고 하느냐, 만일 도로
가지 아니하면 반드시 후회가 있으리라 하니 생각건대 王后가 대왕의
외출을 기다려 나를 해치려 하는 모양이니 어찌하면 좋을까요?" 하였
다. 후에 왕이 箕丘에 사냥을 갔다가 돌아오매 貫那夫人이 가죽자루
를 가지고 나와 울며 말하되, "王后가 나를 여기에 넣어 바다에 버리
려고 하니 대왕께서 나에게 명을 내리어 집에 돌아가게 하여주시면
감히 더 좌우에 모시기를 바라겠습니까?" 하였다. 왕은 그 거짓임을
들어 알고 노하여 부인에게 "네가 (정말) 바다에 들어가려고 하는구
나." 하고 사람을 시켜 바다에 던졌다.)

　　왕의 총애를 다투어 한 쪽은 상대를 먼 중국 땅으로 내쫓으려 하고,
다른 한 쪽은 상대가 자신을 죽이려 한다고 모함하니 국사에 시달리
고 있던 왕으로서는 견디기 어려운 노릇이었을 것이다. 그리고 그 결
과는 왕의 사랑이 더 두텁고 신분이 확실한 왕후가 이겨 적대했던 여

---

22) ≪三國史記≫ 卷第十七「高句麗 本紀」第五 '中川王' 條.

인은 비명에 목숨을 잃고 있는 것이다.

《三國遺事》에 실려 있는 花郎制度의 창시에 관한 글에도 여자의 嫉妬로 인한 끔찍스런 비극이 실려 있다.

又天性風味. 多尙神仙. 擇人家娘子美艶者. 捧爲原花. 要聚徒選士. 敎之以孝悌忠信. 亦理國之大要也. 乃取南毛娘, 峧(峻)貞娘兩花. 聚徒三四百人. 峧貞者嫉妬毛娘. 多置酒飮毛娘. 至醉潛昇去北川中. 擧石埋殺之. 其徒罔知去處. 悲泣而散. 有人知其謀者. 作歌誘街巷小童, 唱於街. 其徒聞之. 尋得其尸於北川中. 乃殺峧貞娘. 於是大王下令. 廢原花, 累年. 王又念欲興邦國. 須先風月道. 更下令, 選良家男子有德行者. 改爲花娘. 始奉薛原郎爲國仙. 此花郎國仙之始[23].

(왕은 또한 천성이 溫雅하여 크게 神仙을 崇尙해서 娘子 중 아름다운 자를 가리어 原花로 삼았다. 그것은 무리를 모아 人物을 선발하고, 孝悌忠信으로써 이들을 가르치려 함이었으니, 또한 나라를 다스리는 大要이었다. 이에 南毛娘과 峧(俊)貞娘의 두 原花를 선출하니 聚徒가 三四百人이었다. 峧貞娘은 南毛娘을 嫉妬하여 酒宴을 베풀고 南毛娘을 취하도록 술을 먹인 후 몰래 北川으로 데리고 가서 돌로 쳐죽여 묻어버렸다. 그(南毛娘) 무리가 南毛娘의 간 곳을 몰라 슬피 울면서 헤어졌다. 그 음모를 아는 자가 있어 노래를 지어 거리의 어린애들을 꾀어 부르게 하니 그(南毛娘)의 무리들이 듣고 그 시체를 北川 가운데서 찾고 이어 峧貞娘을 죽였다. 이에 대왕은 영을 내리어 原花를 폐하더니 그 후 여러 해에 또 생각하되 나라를 흥하게 하려면 반드시 風月道를 먼저 일으켜야 된다고 하여 다시 영을 내리어 良家 男子 중 德行 있는 자를 뽑아 花娘(郎)이라고 改稱하였다. 처음에 薛原郎을 받들어 國仙을 삼으니 이것이 花郎國仙의 시초였다.)

위의 기록에 따르면 眞興王은 처음 原花制度를 만들어, 아름다운 여성을 중심으로 청년들의 심신을 단련하여 이후 나라를 위해 큰일을

---

23) 《三國遺事》 卷第三 「塔像」 第四 '彌勒仙花 末尸郎 眞慈師' 條.

할 인재를 양성하려고 했다. 그러나 嫉妬로 인하여 살인이 일어나자 왕은 그 제도를 폐하고 남성을 중심으로 한 花郎制度를 만들었다는 것이다. 그리고 그 후 新羅가 三國統一을 이룩한 데는 金庾信을 비롯한 花郎 출신 인재들의 공이 컸으니 여자를 앞세운 제도를 폐하고 남자 중심의 제도를 신설한 것은 현명한 처사였다 할 수 있을 것이다. 그것은 또 한편으로 당시 사람들이 妬忌心을 가진 여자들로서는 큰 일을 이룩할 수 없다고 생각했다는 것을 말해 준다 할 것이다.

한편 ≪稗官雜記≫에는 남의 나라에까지 가서 嫉妬로 사건을 일으켜 목숨을 잃은 이 나라 여인들의 이야기가 실려 있다.

永樂 戊子, 欽差太監黃儼 奉聖諭而來. 令選女子幾名, 本國以權氏任氏李氏呂氏崔氏, 偕黃儼送獻, 帝封權氏爲顯仁妃, 封任氏以下美人昭容等爵, 又拜權氏兄永均光祿寺卿, 任氏父添年鴻臚寺卿 李氏父文命呂氏父貴眞俱光祿寺少卿, 崔氏父得霏鴻臚寺少卿, 辛卯呂氏嫉權妃專寵, 令本國內官金得金良等, 交結中國內二人 借砒礵於銀匠家, 作末子, 投糊都茶, 與權妃喫, 未幾權妃薨, 帝初不知其事, 後二年, 權妃之婢罵呂氏婢曰, 汝主藥殺我妃子, 帝聞而訊之, 果然, 遂誅內官銀匠, 以烙鐵烙呂氏者一月, 竟烙殺之.

(영락 무자년에 흠차태감 황엄이 명나라 황제 명령을 받들어 와서, 우리나라 처녀 몇 명을 뽑아달라 했다. 그래서 權·任·李·呂·崔氏 등 다섯 처녀를 뽑아 황엄을 딸려 보냈다.

명나라 황제는 권씨 처녀 한 사람만 현인비로 삼고, 나머지 임씨 등 네 처녀는 '미인' '소용' 등에 봉했다. 그리고 권씨 오빠와, 나머지 네 처녀의 어버지에게는 각각 중국 작위를 제수했다.

이렇게 3년이 지난 신묘년에 여씨 처녀가, 현인비 권씨 혼자 황제의 총애를 받는 것에 질투를 느끼고 모해를 꾀했다. 우리나라 내관 김득과 김량을 시켜 명나라 내관과 내통하게 해, 은 다루는 집에서 砒礵을 구하게 하고, 이를 가루로 만들어 권비가 마시는 차에 섞어 그를 죽게 했다.

　황제가 처음에는 권비가 왜 죽었는지를 몰랐다가, 2년 후 권비를
모시던 종이 여씨의 종과 싸워, "너의 주인이 우리 주인을 독살했다."
고 소리쳐 황제가 듣고 심문해 독살 사실을 밝혔다. 곧 황제는 관련
내관들과 은 다루는 사람을 처단하고, 여씨에게 한 달 동안 불에 달
군 쇠로 몸을 지지는 烙刑을 계속해 죽였다.)

　나라가 힘이 없어 큰 나라의 요구에 못 이겨 젊은 여성을 뽑아 보
낸 것만 해도 분한 일인데 그 이국에 가서까지 서로 샘을 내어 한 쪽
이 다른 한 쪽을 독살하고 그러한 짓을 한 쪽은 참혹한 형벌을 받아
죽었다니 여자의 妬忌는 실로 무서운 것이라 하지 않을 수 없다.

　우리의 先人들은 嫉妬란 이 무서운 병을 고쳐보려고 무진 애
를 쓴 것 같다. 우리의 口碑, 文獻說話에 그와 관련된 이야기가
상당히 많이 등장하고 있는 것을 보면 그것을 알 수 있다. 그러
한 노력은 때로 성공을 거두기도 하지만 그렇다고 반드시 그런
것만도 아니었던 것 같다.

　다음의 說話는 한 여인의 妬忌病을 고치는 데 성공한 예이다.

　安東權進士某者　家計最饒富　性嚴峻　治家有法　有獨子而娶婦　婦性行
悍妬難制　以其舅之嚴　不敢使氣　權如有怒氣　則必鋪陳於大廳而坐　或打
殺婢僕　若不至傷命　必見血而止　以此　如鋪陳　則家人喘喘　知其有必死之
人也　其子之妻家　在於隣邑　其子爲見其妻父母而行　歸路遇雨　避入店舍
先見一少年　坐於廳上　而廏有五六匹駿馬　婢僕又多　若率內眷之行　與權
少年 ·與之寒喧　以酒肴饌盒勸之　酒甚淸冽　肴又佳旨　相問其姓氏與居住
權生則以實先告之　少年則只道姓氏　不肯言所在處曰『偶爾過此　避雨入
此店　幸逢年輩佳朋　豈不樂乎』仍與之酬酌　以醉爲期　權少年先醉倒　夜
深後始覺　擧眼審視　同盃少年已無影響　而自家則臥於內房　傍有素服佳娥
年可十八九　容儀端麗　知其非常賤　而的是洛下卿相家婦女也　權生大驚訝

問曰『吾何以臥於此處　君是誰家何許婦女　在於何處乎』其女子羞澁而不
答　叩之再三　終不開口　最後過數食頃　始低聲而言曰『吾是洛下門地繁盛
仕宦家之女子　十四出家　十五喪夫　而嚴親又早棄世　倚在娚兄主家矣　兄
之性執滯不欲從俗而執禮　使幼妹寡居也　欲求改適之處　則宗黨之是非大
起　皆以污辱門戶　峻辭嚴斥　兄不得已罷議　因具轎馬　駄我而出門　無去向
處而作行　轉而至此　其意以爲　若遇合意之男子　則欲委託之　自家因而避
之　以遮宗族之耳目也　昨夜乘君之醉　而使奴子負以入臥內家　兄則必也遠
走』仍指在傍之一箱曰『此中有五六百銀兩　以此　使作妾之衣食之資云爾
』權生異之　出外而視之　則其少年及許多人馬　并不知去處　只有蒙騃之童
婢二名在傍　生還入內　與其女同寢　已而百爾思量　則嚴父之下　私且卜妾
必有大擧措　且其妻悍妬之性　必不相容　此將奈何　千思萬量　實無好個計
策　反以奇遇之佳人爲頭痛　使婢子謹守門戶　而言于其女曰『家有嚴親　歸
當奉稟而率去　姑俟之』申飭店主而出門　直向親朋中智慮者之家　以實告
之　願爲劃策　其友沈吟良久曰『大難　大難　實無好策　而只有一計　君於歸
家之日後　吾當設酒席而請之　君於翌日　又設酒筵　請我　我自有方便之道
矣』權生依其言　歸家之數日　其友送伻懇請　以適有酒肴　諸益畢會　此會
不可無兄　須賁臨云　權生稟于父　而赴席　翌日權生　稟其父『某友昨日擧
酒相邀　而酬答之禮　不可無也　今日略有酒饌　而請邀諸友　則似好矣』其
父許地　爲設酒席　而邀其人　且邀洞中諸少年　諸人皆來　先拜見之權生老
父　謹曰『少年輩迭相酒會　而一不請老我　此何道理乎』其少年對曰『尊
丈若主席　則年少侍坐　坐臥起居　不得任意爲之　且尊丈性度嚴峻　侍生輩
暫時拜謁　十分操心　或恐其見過　何可終日侍坐於酒席　尊丈若降臨　則可
謂殺風景矣』老權笑曰『酒會豈有長幼之序乎　今日之酒　我爲主矣　擺脫
拘束之儀　終日湛樂　君輩須百番失儀於我　我不汝責　盡歡而罷　以慰老夫
一日孤寂之懷也』諸少年一時敬諾　長幼匝坐而擧觴　酒至半　其多智之少
年近前曰『侍生有一古談之奇事　請一言之　以供一粲』老權曰『古談極好
君試我言之』其人乃以權少年之客店奇遇　作古說而言　老權節節稱奇曰『異
哉　異哉　古則或有此等奇緣　而今則未得聞也』其人曰『若使尊丈當之　則當
何以處之　中夜無人之際　絕代佳人在傍　則其將近之乎　否乎　旣近之　則其將
蓄乎　抑棄之乎』老權曰『旣非內侍之人　則逢佳人於黃昏　豈有虛度之理也
旣同寢則不可不率蓄　何可等棄而積惡乎』其人曰『尊丈性本方嚴　雖當如此
之時　而必不毀節矣』『彼之入內　非故爲也　爲人所欺　此則非吾之故犯也　年

少之人 見美色而心動 自是當事 彼女旣以士族 行此事 則其情憾矣 其地
窮矣 如或一見而棄之 則彼必含羞含冤 而豈非積惡乎 士大夫之處事 不
可如是齷齪也』其人又問曰『人情事理 果如是乎』老權曰『豈有他意 斷
當行 薄倖之人 豈可爲也』其人笑曰『此非古談 卽允友日前事也 尊丈旣
以事理當然 再三有質言敎之 則允友庶免罪責矣』老權聽罷半晌無語 仍
正色厲聲曰『君輩皆罷去 吾有處置之事矣』諸人皆驚惻而散 老權高聲曰
『斯速設席於大廳』家中皆悚然 不知將治罪何許人矣 老權坐於席上 又高
聲曰『速持斫刀以來』 奴子惶忙承命 置斫刀及木板於庭下 老權又高聲
曰『捉下書房主 伏之斫刀板』奴子捉下權少年 以其項置之刀板 老權大
叱曰『悖子 以口尙乳臭之兒 不告父母 而私蓄(少)小妾者 此是亡家之行
吾之在世 猶尙如此 況吾之身後乎 此等悖子 留之無益 不如吾在世之時
斷頭以杜後弊 可也』言罷號令奴子 擧趾而斫之 此時上下遑遑 無人色
其妻與其子婦 皆下堂而乞哀曰『彼罪雖云可殺 何忍目前斷却 獨子之頭
乎』泣諫不已 老權高聲而叱 使退去 其妻驚惻而避 子婦以頭叩地 血流
被面而告曰『年少之人 設有放恣自擅之罪 尊舅血屬 只此而已 尊舅何忍
作 殘酷之事 使累世奉祀 一時絕嗣乎 請以子婦之身 代行其死』老權曰
『家有悖子 而亡家之時 辱及先祖矣 吾寧殺之於目前 更求螟嗣 可也 以
此以彼 亡則一也 不如亡之乾淨之爲愈也』仍號令而使斫之 奴子口雖應
諾 而不忍加足 其子婦泣諫益苦 老權曰『此事 亡家之事 非一矣 以侍下
之人 擅自蓄妾 其亡兆一也 以汝之悍妬 必不相容 如此 則家政日亂 其
亡兆二也 有此之兆 不如早爲除去 爲好也』子婦曰『子婦亦是 具人面人
心矣 目見此等光景 何可念及 妬之一字乎 若蒙尊舅一番容恕 則子婦謹
當 與之同處 少不失和矣 願尊舅勿以此爲慮 特下廣蕩之典』老權曰『汝
雖迫於今日擧措 而有此言 必也面諾而心不然矣』婦曰『寧有是理乎 如
或有近似此等之言 則天必殛之 鬼必誅之矣』老權曰『汝於吾之生前 無
或然矣 而吾死之後 汝必復肆其惡 此時則吾已不在 悖子不敢制 此非亡
家之事乎 不如斷頭以絕禍根』婦曰『焉敢如是 尊舅下世之後 如或有一
分非心 則犬豚不若 當矢言而納侤矣』老權曰『若然 則汝以矢言 書紙以
納』其子婦書 禽獸之盟 且曰『一有違背之事 子婦當天雷震死 矢言至此
而尊舅終不聽信 有死而已』 老權乃赦之 仍命呼首奴分付曰『汝可牽轎馬
人夫 往某村店 迎書房主小室以來』奴子承命而率來 行視舅姑之禮 又禮拜於正
配而使之同處 其子婦不敢出一聲 到老和同 人無間言云爾[24]

(安東의 권 진사 아무개는 가계가 고을에서도 가장 부유하였는데, 성품이 嚴峻하여 집안을 다스리는 데 법도가 있었다. 외아들이 아내를 맞아들였는데 그녀의 性行이 사납고 투기가 심해 제압하기가 어려웠지만, 시아버지가 엄한 까닭으로 감히 멋대로 하지는 못하고 있었다.

권이 만일 화가 나면 반드시 대청에 자리를 펴고 앉는데 간혹 婢僕을 때려죽이기도 하고, 만약 목숨을 상하게 하는 지경에 이르지 않는다고 하더라도 반드시 피를 보고서야 그쳤다. 이러므로 자리를 펴게 되면, 집안 사람들이 숨을 죽이고, 반드시 죽는 사람이 있을 것으로 알았다.

그 아들이, 이웃 고을에 있는 처부모를 보려고 갔다가 돌아오는 길에 비를 만나 객점으로 피하여 들어갔다. 보니, 한 소년이 마루 위에 앉아 있는데, 마구간에는 대여섯 필의 준마가 있고 비복도 많아, 內眷의 행차를 이끌고 있는 듯하였다. 그 소년이 권 소년과 더불어 인사를 나누고 술과 안주를 갖춘 찬합을 권하는데, 술이 매우 청렬하고 안주 또한 맛깔스러웠다. 서로 성씨며 거주지를 묻는데, 권생은 사실대로 먼저 고하였으나, 소년은 다만 성씨를 말할 뿐 사는 곳은 말하기를 꺼리며 말했다.

"우연히 이곳을 지나다가 비를 피해 객점에 들었는데, 다행히 같은 또래의 좋은 벗을 만났으니 어찌 즐겁지 않겠소?"

이어 서로 술잔을 주거니 받거니 하며 취할 때까지 마시기로 기약하였는데, 권 소년이 먼저 취하여 쓰러졌다.

밤이 깊은 뒤에 비로소 깼었는데, 눈을 들어 살펴보니 함께 술 마시던 소년은 이미 그림자도 없고, 자기는 안방에 누워 있었다. 그리고 곁에는 소복한 미인이 있었는데, 나이는 열 여덟이나 아홉쯤 됨직하고 용모와 거동이 단아하고 고운지라 常賤은 아니고 틀림없이 서울 卿相家의 아낙네임을 알 수 있었다. 권생은 몹시 놀라서 물었다.

"내가 어찌하여 여기에 누워 있으며, 그대는 뉘 집의 어떠한 아낙이기에 여기가 어디라고 계신 것이오?"

그 여자가 부끄러워 대답을 못하는지라, 재삼 다시 물어도 끝내 입을 열지 않았다. 마침내 두어 식경이 지나고서야 비로소 목소리를 낮추어 말하는 것이었다.

---

24) ≪溪西野譚≫

"저는 서울의 문벌이 번성한 벼슬아치 집안의 딸이온데, 열 넷에 출가하여 열 다섯에 喪夫하였지요. 엄친께서 일찍 세상을 뜨시고 오라버님 집에 의지해 있었답니다. 오라비의 성품이 꽉 막히지 않았는지라, 시속의 예에 따라 어린 누이를 과부로 살게 하려고 하지 않으셨지요. 개가할 곳을 구하려고 하자 집안 사람들의 시비가 크게 일어났는데, 모두 문호를 더럽힌다며 준엄한 말로 배척하는지라, 오라비는 부득이 罷議하고 말았습니다. 그러자 이어 가마와 말을 갖추어 저를 태우고 문을 나섰는데, 갈 곳도 없이 길을 나서 전전하다가 이곳에 이르렀지요. 그 뜻은, 만약 뜻에 맞는 남자를 만나면 저를 맡기고, 오라비는 빠짐으로써 집안의 이목을 가리고자 한 것입니다. 어제 밤 그대가 취하신 틈을 타서 종을 시켜 저를 업어다 안채에 누였던 것인데, 오라비는 틀림없이 멀리 가버리셨을 것입니다."

이어 옆에 놓여 있는 상자 하나를 가리키며,

"이 안에 오륙 백 량의 은이 있으니 이것으로 첩의 衣食을 감당할 수 있을 것입니다."

라고 하였다. 권생이 기이한 느낌이 들어 밖에 나가 보니, 그 소년과 허다한 人馬는 모두 어디로 사라졌는지 알 수 없고, 다만 어리숙한 童婢 두 명만 곁에 있을 뿐이었다.

권생이 도로 안으로 들어와 그녀와 동침하였다. 그러고 가만히 생각해 보니 엄부 시하에 있으면서 몰래 첩을 얻었으니 큰 일이 있을 것이고, 또 아내가 사납고 투기하는 성품인지라 반드시 서로 용납될 수 없을 것 같았다. '이를 장차 어찌 할꼬' 천 번 만 번 생각해 보아도 좋은 계책이 없었으니, 기이한 인연으로 만난 佳人이 거꾸로 두통거리가 된 것이었다.

권생은 계집종으로 하여금 조심해서 문을 지키도록 하고 그 여자에게는,

"집에 엄친이 계시는지라, 돌아가서 아뢰고 데려가야 마땅할 것 같으니, 잠시만 기다리시오."

라고 했다. 객점 주인에게도 신칙해 두고, 문을 나와 곧장 친구 가운데 지모가 있는 자의 집으로 가서 사실대로 말하고 꾀를 내주기를 부탁했다. 그 친구는 오랫동안 생각에 잠겨 있다가 말했다.

"큰 일이군, 큰 일이야! 실로 아무런 좋은 계책이 없으니 말일세.

다만 꾀 하나가 있기는 하네 만. 자네가 집으로 돌아가고 난 뒤 내가
술자리를 차려 놓고 자네를 청함세. 자네는 다음 날 또 술자리를 차
려 놓고 나를 청하면, 나에게 그것으로 방편을 삼을 도리가 있을 걸
세.”

권생이 그 말을 따랐는데, 집에 돌아온 지 수일 만에 그 친구가 심
부름꾼을 보내 간청하기를,

“마침 술과 안주가 있어 여러 벗님네가 모두 모이는데, 이 모임에
형이 없을 수 없으니 부디 왕림해 주십시오.”

라고 하였다.

권생이 아버지에게 아뢰고 그 자리에 나아갔다. 다음날 권생이 그
아버지에게 아뢰기를,

“아무개 친구가 어제 술자리를 베풀어 초대하였는데, 응답하는 예
가 없을 수 없겠습니다. 오늘 간략하게 술과 음식을 갖추어 놓고 여
러 벗들을 오도록 청하는 것이 좋을 듯합니다.”

라고 하자 아버지가 허락하였다. 술자리를 베풀어 그 사람을 초청
하고, 또 마을 안의 여러 소년들을 불렀는데, 모두 와서 먼저 권생의
늙은 아버지에게 절하며 알현하자, 그 아버지는 기뻐하며 말하였다.

“젊은 사람들이 번갈아 가며 서로 酒會를 가지면서, 한번도 늙은
나는 청하지 않으니 이것이 무슨 도리인가?”

그 소년이 대답하였다.

“어르신께서 자리에 계시면 연소한 시생들이 坐臥起居를 임의로 할
수 없고, 또 어르신의 성품이 嚴峻하셔 시생들이 잠시 배알하면서도
십분 조심하여 혹시 허물을 보이지 않을까 두려운데, 어찌 종일 주석
에 모시고 앉아 있겠습니까? 어르신께서 만약 자리에 계신다면 가위
살풍경이라고 할 것입니다.”

늙은 권이 웃으며 말하였다.

“酒會에 어찌 長幼의 차례가 있겠는가? 오늘의 술자리는 내가 주인
이 될 것이니 擺脫하고 종일 마음껏 즐기게. 자네들은 모름지기 나에
게 백 번 실례를 한다고 해도 내가 꾸짖지 않을 테니, 실컷 즐겨 늙
은이의 쓸쓸한 하루의 회포를 위로해 주게나.”

여러 소년들이 일시에 공손히 응락한 지라 長幼 간에 둘러앉아 잔
을 들었다. 술기운이 한창 무르익자, 그 꾀 많은 소년이 앞으로 다가

가 말하였다.

"시생에게 기이한 사건의 고담이 있는데, 한 번 말씀드려 웃음거리나 삼게 해드렸으면 합니다."

늙은 권이 말하였다.

"고담이라면 더할 나위 없이 좋아한다네. 자네가 어디 한 번 말해보게나."

그 사람이 이에 권 소년이 객점에서 겪었던 기이한 만남을 고담으로 꾸며서 말하자, 늙은 권은 구구절절이 기이하다고 칭찬하며 말하였다.

"기이하도다! 기이해! 옛날에는 간혹 이런 기이한 인연이 있었다지만, 요즈음에는 들어보지 못하였네."

"만약 어르신께서 그런 경우를 당하게 되신다면 어떻게 처리하시겠습니까? 한밤중에 다른 사람은 아무도 없을 즈음, 절대가인이 옆에 있다면 장차 가까이 하시겠습니까? 안 하시겠습니까? 이미 가까이 하셨다면 그를 장차 데려가시겠습니까? 아니면 버리시겠습니까?"

"기왕에 내시가 아니라면, 황혼에 가인을 만났는데 어찌 헛되이 보낼 이치가 있겠는가? 또 기왕에 동침하였다면 불가불 데려가야지. 어찌 등한히 버려 積惡할 수 있단 말인가?"

"어르신의 성품이 본래 방정하고 엄하시므로, 비록 이와 같은 때를 당하신다고 해도 틀림없이 훼절하지 않으실 것입니다."

"그 사람이 안으로 들어갔던 것은, 고의로 그랬던 것이 아니라 속아서 그런 것이니, 이것은 자기가 고의로 범한 것이 아닐세. 또 나이 젊은 사람이 미색을 보고서 마음이 동하는 것은 본래 당연한 일일세. 그 여자는 士族인데 이런 일을 행하였다니 그 정상이 가엾네. 그 처지가 궁한데, 만일 한 번 버린다면 틀림없이 부끄러움과 한을 품을 터인데, 어찌 積惡이 아니겠나? 사대부의 처사가 이처럼 악착스러울 수는 없는 것이네."

"인정과 사리가 과연 그러합니까?"

"어찌 다른 뜻이 있겠는가? 단연코 마땅히 그렇게 행해야지. 불행한 사람을 어떻게 한단 말인가?"

그 사람이 웃으며 말했다.

"그것은 고담이 아니라 바로 아드님이 일전에 겪었던 일입니다. 어

르신께서는 이미 사리가 당연하다고 하시며 재삼 꾸밈없는 말씀으로
가르침을 주셨으니, 아드님의 죄책이 면해지기를 바라겠습니다.”

늙은 권이 듣기를 마치자 한참 동안이나 말이 없더니, 정색을 하고
소리질러 말하는 것이었다.

“자네들은 모두 그만 파하고 가게. 나는 처리할 일이 있네.”

여러 사람이 놀라 겁을 먹고 흩어지자, 늙은 권이 고래고래 소리를
질렀다.

“속히 대청에 자리를 설치하도록 하여라.”

집안이 모두 두려워하면서도 장차 누구를 치죄하려는 것인지 알 수
가 없었다. 늙은 권이 자리에 앉자 다시 큰 소리로 말하였다.

“속히 작두를 가지고 오너라.”

종이 황망히 명을 받들어 작두와 나무판을 뜰 아래에 가져오자 늙
은 권이 다시 소리쳤다.

“서방놈을 잡아다가 작두 판에 엎드리게 하여라.”

종이 권 소년을 잡아다가 그 목을 작두 판에 두게 하자, 늙은 권이
큰 소리로 꾸짖었다.

“패륜아 놈아! 입에서 젖비린내 나는 아이가, 부모에게 아뢰지도 않
고 몰래 어린 첩을 두는 것은 집안 망할 행실이로다. 내가 세상에 있
는데도 오히려 이와 같으니 하물며 내가 죽은 뒤에랴? 이런 패륜아는
두어야 무익한지라, 내가 세상에 있을 때에 목을 베어 뒷날의 폐단을
막는 것이 좋겠다.”

말을 마치자 종에게 발을 들어 작두 날을 내리치라고 호령하였다.

이 때에 상하가 황황하여 모두 얼굴빛이 하얗게 질렸는데, 그의 아
내와 며느리가 마루에서 내려와 애걸하였다.

“저 애의 죄가 비록 죽일 죄라고 하더라도, 어찌 차마 목전에서 외
아들의 목을 잘라버린단 말이요?”

울며 간청해 마지않았으나, 늙은 권이 소리쳐 꾸짖으며 물러가게
하였다. 그의 아내는 놀라서 겁을 먹고 피하였으나, 며느리는 머리를
땅에 찧어 흐르는 피가 얼굴을 덮은 채 아뢰었다.

“나이 젊은 사람이 설령 방자하여 자기 마음대로 한 죄가 있다고
하더라도, 아버님의 혈속은 다만 이 사람이 있을 따름입니다. 아버님
께서는 어찌 차마 잔혹한 일을 하셔서, 누대 동안 받들어 온 제사가

일시에 끊어지게 하려하십니까? 청컨대 저의 몸으로 그 죽음을 대신
하겠습니다.”

“집에 패륜아가 있으면, 집안이 망할 때에 욕이 선조에게까지 미치
나니, 내가 차라리 눈앞에서 죽이고 다시 양자를 구하는 것이 좋겠다.
이렇게 하나 저렇게 하나 망하는 것은 한가지이니, 망해도 아주 깨끗
하게 망하는 것이 낫겠다.”

이어 호령하여 작두를 내려치게 하였다. 종이 입으로는 비록 응락
하였지만, 차마 발에 힘을 주지 못하고 있는데, 그 며느리가 울며 간
청하기를 더욱 괴롭게 하는지라, 늙은 권이 말하였다.

“이 일로 집안 망할 일이 하나가 아니다. 시하에 있는 놈이 마음대
로 첩을 둔 것이 그 망할 징조의 하나이다. 그리고 너의 사납고 투기
가 심한 것으로 보아 반드시 서로 용납하지 못할 터인데, 그렇다면
집안이 날로 어지러워질 터이니, 이것이 망할 징조의 둘째이다. 이러
한 망조가 있으면, 일찍이 없애버리는 것이 오히려 좋을 것이다.”

“저 또한 사람의 얼굴과 사람의 마음을 하고 있습니다. 눈으로 이
러한 광경을 보고서야 어찌 투기라는 妬자 한 자에 생각이 미치겠습
니까? 만약 아버님께서 한 번 용서해 주시는 은덕을 내려주신다면, 저
는 함께 살면서도 삼가 조금치도 화목을 잃지 않겠습니다. 바라옵건
대 아버님께서는 그런 염렬랑은 마시고, 다만 넓은 은전을 내려주소
서.”

“네가 비록 오늘의 조처에 몰려서 이런 말을 하고 있지만, 틀림없
이 앞에서는 응락하면서도 마음으로는 그렇지 않을 것이다.”

“어찌 그럴 리가 있겠습니까? 만일 그런 말씀이 조금이라도 사실이
라면, 하늘이 반드시 저를 죽일 것이고 귀신이 반드시 죽일 것입니다.”

“네가 내 생전에는 혹시라도 그럴 리가 없다 하더라도, 내가 죽은
뒤에는 틀림없이 다시 악을 부릴 것이다. 그 때에는 내가 이미 없을
것이고 패륜아놈도 감히 제압하지 못 할 것이니, 이것이 집안 망할
일이 아니겠느냐? 차라리 머리를 잘라 화근을 자르는 것이 낫겠다.”

“어찌 감히 그렇겠습니까? 아버님께서 세상을 뜨신 뒤에라도 만약
일분이라도 그릇된 마음을 먹는다면 개돼지 만도 못할 것이니, 맹세
의 말씀으로 다짐장을 드리겠습니다.”

“만약 그렇다면 너는 맹세를 종이에 써서 내어라.”

며느리가 금수만도 못하다는 맹세를 쓰더니, 또 말하였다.

"하나라도 위배되는 일이 있으면, 저는 하늘의 벼락을 맞아 죽어 마땅할 것입니다. 맹세가 여기에 이르렀는데도 아버님께서 끝내 믿지 않으신다면, 죽음이 있을 따름입니다."

늙은 권이 이에 용서해 주더니, 이어 首奴를 불러 분부하였다.

"너는 가마며 말과 인부를 이끌고 아무개 마을의 객점으로 가서, 서방님의 소실을 맞이하여 오너라."

종이 명을 받들고 데려오자, 舅姑에게 뵙는 예를 행하게 한 다음, 다시 正室에게 예배하게 하고 함께 살도록 하였다. 그 며느리는 감히 한 소리도 내지 못하였는데, 늙을 때까지 화목하여 다른 사람이 이간하는 말을 하지 못하였다고 한다.)

아들의 법도 어김과 그 며느리의 심한 妬忌를 한 번에 책하고 고쳤다는 이야기이다. 그러나 그것이 가능했던 것은 그가 평소에 잘못을 범한 婢僕을 죽이거나 심하게 상하도록 엄했기 때문이었다.

《記聞叢話》에 실려 있는 다음과 같은 說話도 그 아내의 妬忌하는 버릇을 고쳤다는 이야기이다. 앞의 이야기와 같은 심각성은 없으나 한 편의 笑話로서 재미있는 것이다.

有一朝官 喜躡梨園 室人劇妬 朝官患之 一日袖鼈頭就內 室人又勃蹊 朝官佯憤大語曰 『凡男兒被妬 皆由阿物 如非阿物 必無是患』 遂索刀奄 作斫鳥之狀 卽投鼈頭于庭 室人大呼而前 把腰痛哭曰 『我縱妬悍 胡至此 耶』 乳媼走就庭中 遞視疾呼曰 『這物二眼而色班 必非陽物 勿憂勿憂』 室人大笑不復妬

(한 관원이 기생집 출입을 좋아했는데, 아내가 너무 질투가 심해 고민이었다. 하루는 집에 돌아갈 때 자라 머리를 잘라 바지 속에 감추고 들어갔다. 아내가 평소처럼, 기생집에 갔다 왔다고 소란을 피우면서 소리치자, 관원은 화를 내면서 "모두가 이 양근 때문이니 내 이 것을 잘라 화근을 없애겠다."고 하면서 칼로 자르는 체하고 숨겨갔던 자라 머리를 밖으로 던졌다.

아내가 울면서 "아무리 그래도 그것을 자르면 어떻게 하느냐." 고
한탄했다. 여자 종이 뜰에 내려가 던진 자라 머리를 보고는, "마님 안
심하십시오. 눈이 둘 달렸고 무늬가 있는 것으로 보아 그게 아니고
다른 무엇인 것 같습니다."고 소리쳤다. 이에 아내는 웃고 다시는 질
투하지 않았다.)

　그러나 妬忌하는 버릇을 고쳤다는 이야기보다는 그러한 시도가 실패
했다는 이야기, 하늘도 어쩔 수 없는 것이 여자의 시샘이라는 이야기가
훨씬 더 많다. 전형적인 예가 다음에 든 한 재상부인의 이야기이다.

　宋相國軼25) 中宗朝名相也 有一女 性奇妬處子 時洞里中有妬婦. 夫斷
其手 輪示一洞 女聞之 使婢取來 安於床卓 侑之酒曰 君爲女子 死得所
當吾何不弔乎 自此所聞傳播搢紳 無敢娶之者 公亦不之責 任之而已　黙
齊洪相國彦弼 兒時頗負氣 聞女天性妬悍 哂曰 此在男子之善駕馭耳 吾
何畏彼哉 遂請婚於宋相 公許之 翌日有小婢 奉酒肴以進 黙齊故執其手
欲試之 婦在座視 若無見 及出坐外堂 婦斷其手出送 黙齊卽還家 以示永
絕之意 宋相與夫人 責其悍妬 婦終不悔過 數歲黙齊擢第 首戴御花 率舞
童過宋相門外 而不入 夫人與婦登樓而望 婦潸然淚下 夫人曰 汝若悔過
洪郎寧可絕永絕耶 婦曰 從今當改過矣 夫人喜甚 卽告宋相 以婦悔過之
意 通於黙齊 始與婦和好 自後黙齊對婦 恒矜莊 不露喜怒之色 婦甚嚴憚
及公入相 年過半百 與夫人共寢 曉當赴闕 忽微哂 夫人問曰 妾與明公同
室 至於偕老 而平日未嘗見喜怒之色 今忽微哂何也 公欣然哂曰 夫人見
瞞於我 故 哂之耳 夫人曰 見瞞何事 公曰 夫人悍妬 若不嚴正 難以制之
故吾嘗喜怒不形矣 夫人勃然變色曰 公之瞞我 何若是太甚乎 遂將其鬚滿
掬 公未及回避 卒當此境 甚蒼黃 及入侍 上見公忽作公然一婆 怪問其故
公慚悚伏地曰 臣不能齊家所致也 上震怒 使內侍齎藥賜夫人死 盖砂糖汁
也 夫人不變顏色 對內侍 一飮而盡 上聞之 哂曰 此眞悍婦也 自此公更
不能制之矣 後夫人偶到荳湖讀書堂 把玩玉盃 堂直妻曰 非先生不得把玩
此杯矣 夫人哂曰 吾父自湖堂至於領相 夫亦自湖堂至領相 吾子亦自湖堂

---

25) 朝鮮 中宗 때의 문신으로 領議政을 지냈다.

至於領相 吾寧不可把玩此盃乎 盖忍齊相國暹 卽夫人之子 而明宗朝賢相
也 世傳爲美談[26]

    (송질은 中宗 때의 유명한 재상이었다. 그에게는 딸이 하나 있었는데 성품이 남다르게 투기가 많았다.

    이때 그 동네에 투기가 심한 부인이 있었는데, 그 남편이 그녀의 손가락을 잘라 온 동네에 돌려 보이며 이를 경계했다. 그런데 송 처녀는 이 말을 듣고 여종을 시켜 그 손가락을 가져오게 한 다음 이를 상 위에 올려놓고 술을 부어 위로하며 말하기를,

    “그대는 여자로서 죽음도 두려워하지 않으니, 내 어찌 조상하지 않으리오?” 하였다.

    이 소문이 벼슬아치들의 집안에 알려지고부터는 감히 그 처녀에게 장가들려고 하는 사람이 없었다.

    그 아버지 송 정승도 또한 그를 책망하지 않고 그녀가 하는 대로 내버려두었다.

    묵재 홍언필은 어릴 때 자못 남들이 할 수 없는 짓을 하는 성품이 있었는데, 그 처녀의 질투가 심하다는 말을 듣고 웃으면서 말하기를,

    “이는 남자가 다루기 나름이지. 내 어찌 그런 것을 두려워하리요?” 하고, 드디어 송 정승에게 혼사를 청하니, 송공은 이를 허락했다.

    결혼한 다음 날에 예쁜 여종이 술과 안주를 가지고 와서 올릴 때 묵재는 일부러 그녀의 손을 잡으며 귀애하는 척하여 아내의 거동을 시험했는데, 아내는 그 자리에 앉아서 이를 보고도 못 본 체하였다.

    묵재가 외당으로 나와 있었더니 부인이 그 여종의 손가락을 잘라서 그에게 보내었다.

    이런 꼴을 본 묵재는 곧 집으로 돌아와서는 그와 영원히 인연을 끊으려는 뜻을 보였다.

    송 정승은 그 부인과 함께 딸의 질투를 책망했으나, 딸은 끝내 뉘우칠 뜻을 보이지 않았다.

    수년 후에 묵재는 장원급제하여 머리에 어사화를 꽂고 무동을 거느리고 송 재상의 문밖을 지나면서도 들어가지 않았다. 그 딸이 송 정승 부인과 누각에 올라 이를 바라보다가 몰래 눈물을 흘렸다. 이를

---

26) ≪錦溪筆談≫

보고 부인이 말하기를,

"네가 만일 잘못을 뉘우친다면 홍 도령이 어찌 영원히 인연을 끊기야 하겠느냐?" 하니 그 딸이 말하기를,

"지금부터는 마땅히 잘못을 고치겠습니다." 하였다. 이에 부인은 몹시 기뻐하며 즉시 송 정승에게 딸이 잘못을 뉘우친다는 뜻을 알리고 곧 묵재에게 이 사실을 전하여, 비로소 아내와 화목하게 지냈다.

그런데 그 뒤로부터 묵재는 부인을 대할 때 항상 장엄한 태도를 하여 노여움이나 기뻐하는 빛을 나타내지 않으니 아내도 매우 삼가고 두려워했다.

홍공이 재상이 되고 나이 50이 넘었을 때였다. 어느 날 부인과 함께 잠자리에 들었다가 새벽에 대궐에 들어갈 때 그는 갑자기 미소를 지었다. 이를 본 부인이 묻기를,

"나와 공이 결혼하여 같은 방에서 해로하면서 평생을 살아왔는데 평소에는 일찍이 기쁨과 노여운 빛을 보이지 않더니, 지금 갑자기 미소를 짓는 까닭은 어찌된 일입니까?" 하였다. 공이 기쁜 듯 미소를 지으며 말하기를,

"부인이 나에게 속임을 당한 꼴이 우스워서 웃을 따름이요." 하니, 부인이 말하기를,

"속임을 당했다는 말은 무슨 뜻입니까?" 하자, 공이 말하기를,

"부인의 질투는 만약 엄격하고 바르게 행동하지 않으면 다스리기가 어려울 것 같은 까닭으로 나는 일찍이 기쁨과 노여움을 얼굴에 나타내지 않았소." 하니 부인은 발끈, 얼굴색이 변하면서 말하기를,

"공이 나를 속임이 어쩌면 이리 심하오." 하고는 곧 달려들어 그 수염을 움켜쥐고 쑥쑥 뽑아버렸다. 공은 미처 피하지도 못하고 갑자기 이런 지경을 당해서 몹시 당황했다.

공이 그 길로 대궐에 들어가니, 임금이 공이 홀연히 수염이 하나도 없이 노파같이 된 것을 보고 괴이하게 여겨 그 까닭을 물었다. 공이 부끄러움을 이기지 못하고 땅에 엎드려 말하기를,

"신이 집안을 잘 다스리지 못한 까닭입니다." 하니 임금은 크게 노하여 내시로 하여금 약을 가지고 가서 부인을 죽게 하라고 하였으나, 그것은 사약이 아니라 사탕물이었다. 그런데 부인은 얼굴빛 하나 변하지 않고 이를 한 번에 다 마셨다.

　　임금은 이 말을 듣고 웃으면서 말하기를,

　　"이는 참으로 질투가 심한 부인이로구나." 하였다. 그 뒤로부터 공은 다시는 부인을 제압할 수 없었다.

　　그 뒤에 부인이 우연히 두호의 독서당에 이르러서 옥술잔을 가지고 희롱하니 당직하는 사람의 아내가 말하기를,

　　"선생님이 아니면 이 술잔을 가지고 희롱할 수가 없습니다." 하자, 부인은 웃으면서 말하기를,

　　"내 아버님이 호당으로부터 영의정에 이르렀고, 내 남편도 호당으로부터 영의정에 이르렀으며, 내 아들 또한 호당으로부터 영의정에 이르렀으니, 내 어찌 이 술잔을 가지고 희롱하지 못하겠는가?"라고 하였다. 인재 홍섬은 곧 부인의 아들로서 명종 때의 어진 재상이었다. 이 사실이 세상에 전하여져 아름다운 이야기가 되었다.)

　　남편이 그 손을 잡았다 하여 계집종의 손가락을 자르고, 자신을 속였다 하여 남편의 수염을 잡아 뽑은 것도 대단한 氣라 할 것이고 그 위에 남편에게 그런 행악을 했다면 죽어 마땅하다고, 임금이 내렸다는 독약을 조금도 주저하지 않고 마셨다 하니 여자의 성질 다스리기가 얼마나 어려운가를 짐작할 만한 이야기라 할 것이다.

　　여자의 嫉妬에는 임금도 어쩔 수 없다는 이야기는 또 있다. 朝鮮 正祖 때 한 재상의 처가 질투심이 강했다. 임금이 이를 듣고 옥졸을 시켜 어느 사형수의 머리 자른 것을 그 집에 가지고 가서 부인에게 보여주고 "질투가 매우 심한 부인을 처단한 머리이니, 이를 보고 질투심을 고치도록 하라."는 왕명을 전하라고 했다. 재상의 처가 이 말을 듣고는 그 머리를 받들어 안치하고 술과 과일을 차린 다음, 절을 하고, "이러한 열녀가 그런 일로 죽었으니 매우 안타까운 일입니다." 하며 슬퍼했다. 옥졸이 돌아가 그 이야기를 전하니 임금이 듣고 말하기를 "질투 버릇은 임금도 금할 수가 없도다."라고 하고 웃었다 한다.[27]

심한 嫉妬로 마침내 스스로 죽음에 이른 웃지 못할 비극도 文獻에
전하고 있다.

李俊民[28]與府使文益成[29] 通家相善 兩婦人亦相往來交厚 兩性皆妬忍‥
其相會也 益成妻曰『吾家翁 一宿房外 吾便絶食 惟飮冷水 故家翁 不敢
有所眄』
後俊民 外間置副室 婦人聞之 不食只飮冷水 仍病死．密探益成家 其
妻外雖不食 密與信任婢約 託以如厠 婢以一大盂 藏飯和糅美饌 令極鹹
日再三進 故渴以飮水 家人不知也．俊民聞之哭曰『妖哉！老狐之女也 敎
吾夫人不食 而胡不敎 如厠而食鹹』哭泣之哀 聞者莫不掩口而笑[30]．

(이준민의 집안은 부사 문익성의 집안과 서로 왕래하면서 친하게
지냈다. 두 집 부인들은 모두 질투가 심했는데, 하루는 문익성 부인이
이준민 부인에게, "나는 남편이 외입하고 들어오면 밥을 굶고 물만
마시기 때문에, 남편은 절대로 여색을 가까이하지 않는다."고 말했다.
뒤에 이준민이 첩을 두니, 그 부인이 밥을 먹지 않고 물만 마시다
가 마침내 사망했다. 이준민이 슬퍼하면서 알아보니 문익성 부인은
남편이 외도할 때 겉으로는 밥을 안 먹는 것같이 하면서, 변소에 가
서 몰래 종을 시켜 음식을 가져오게 해 먹었었다. 그래서 문익성의
부인은 물만 먹는 것 같으면서도 죽지 않았던 것이다.
이준민이 울면서, "요사스런 늙은 여우 같은 여자가 내 아내에게
물 마시는 것만 가르치고, 변소에서 몰래 밥 먹는 것은 왜 가르치지
않았느냐?"고 하면서 슬픔을 금치 못했다. 이 이야기를 들은 사람들이
웃음을 참지 못했다.)

굶는 척하면서 몰래 먹은 쪽은 영악하다 하겠지만 끝내 죽음을 택

---

27) 김현룡, 「한국문헌설화」3(건국대학교 출판부, 1999), p.430.
28) 朝鮮 中宗朝의 고관. 벼슬이 左參贊에 이르렀다.
29) 朝鮮 中宗 - 宣祖朝의 고관. 벼슬이 獻納에 이르렀다.
30) ≪於于野譚≫

한 쪽은 그 투기심이 실로 무섭다 하지 않을 수 없다. 이는 심한 嫉妬로 인해 자기 몸을 죽인 이야기지만 그로 인해 남편을 죽인 이야기도 있다.

이전에 어떤 분 하나가 상을 보니까, 고 시간만 피하면은 참 장생불사(長生不死)할 수가 있시유. 그런디 그 독 안에다 묻어 달라구 했네유.
"독에다 넣구서 딱개(뚜껑)를 엎어라."
자기 부인 보구서 아주 일르구 들어 갔시유.
그런디, 그 사자가 잡으러 오면서, 가만히 그 사람을 잡아 갈라구 보니께 틀렸어, 싹수가. 그런께 훌륭한 미인으루다 변형을 했네유. 말하자면 초패왕(楚覇王)의 우미인(虞美人)이나 당명황(唐明皇)의 양귀비(楊貴妃)루다 변형을 했네유. 그리구서 그 딱개 덮으라구 했으니께, 그 속으로 들어 갔시유. 그 사자가,
"그 냥반 어디 갔느냐?"
구 본부인 보구 물으니께, 부인들이란 시새하는 그 마음이 있습니다. 훌륭한 여자가, 자기보담 훌륭한 여자가 오너 찾으니께,
'아하, 우리 남자가 바람피구, 저 구름타고 다니면서 저 여자를 사귀었구나.' 그 오감(꽁하고 맺힌 감정)을 샀시유. 그래서 하두 부아가 나니께,
"저기 저 독 속에 들었지, 워디 가요, 가기는."
그래서, 구렁이가 돼 가꾸서 독을 이렇게(손으로 원을 그리면서) 감았는데, 물이 됐드래요. 그래서 불가대명은 독 안에서도 못 피한다, 이런 말씀이 있시유.[31]

忠淸南道 瑞山지방에 口傳되고 있는 위의 이야기가 바로 嫉妬心때문에 남편 죽인 說話이다.

≪天倪錄≫에 실려 있는 禹尙中節度使 이야기는 시샘 많은 부인

---

31) 최운식, 「한국 구전설화집」4(민속원, 2002), pp.231-2.

때문에 남편이 장래를 망쳤다는 것이다. 全羅道 水軍節度使를 제수 받은 禹尙中은 戰船에 기생을 태우고 호기를 보였다. 그 소식을 들은 嫉妬 심한 그 처가 달려가 배에 뛰어올랐다. 그리고는 남편을 꿇어앉힌 다음 볼기를 까고 곤장 30대를 치니 피가 낭자했다. 그것으로도 성이 안 풀린 그녀는 칼로 남편의 수염을 모두 잘라버렸다. 당시 水軍統制使 李浣이 이를 알고 "장수된 자가 능히 제 아내도 제압하지 못하면서 어찌 능히 적을 제압하겠는가?" 하고 그를 파면했다 한다. 이 책의 編著者 任堕은 옛날 唐太宗 같은 위엄 있는 황제도 그 부인 方玄齡의 질투를 제압하지 못했다 하나, 禹尙中과 같은 용기와 힘으로도 그 아내를 제압하지 못해 매를 맞고 수염까지 잘리게 되었다니 어찌된 일인가? 尙中의 처를 여장군으로 삼아 적을 막게 하지 못한 것이 한스럽다고, 어이없어 하고 있다.

儒敎 질서의 사회에서는 아내는 무조건 남편에게 순종해야 하는 것으로 되어 있었다. 그렇지 못하면 그 여자 역시 용서할 수 없는 惡妻가 되었다. 다음의 說話는 그렇게 흔하지 않는, 포악한 처 이야기이다.

光海時有成進士夏昌者 以簪纓盛族 年少有才名 而性素懦拙 娶妻亦盛族 才色絶人 且善治家 供夫之衣服飮食 極其華美 而但其性情悍暴 其夫少不愜意 輒加詬罵 繼以毆打 生大畏之 莫敢抗衡 遂爲妻所制 在其掌握中 立云則立 坐云則坐 一動一靜 不得自由 家中大小奴僕 皆用妻之號令 只知其有內而不知其有外 威權盡歸 有若武后之於唐高宗 生唯恐其見忤 惴惴常愼 而毫末失意 卽逢大變 盡裂衣冠 痛加詬打 囚諸樓上 以門隙傳食 或至數日見囚 怒解始獲赦出 如此者甚數 生極憤恨而無知之何 生一日 潛逃隱匿於城中 一親族之家 喘息稍定 翌日 聞門外有喧乎之聲 其妻乘轎追來矣 生驚惶罔措 妻入其家 使奴僕打破其醬甕 毁散其器皿曰 這漢逃至汝家 則何不卽來奔告於我 其家婉辭懇乞而後始止 遂率生而還 以其罪重 故特令杖脚三十 如官府訊杖之法 仍囚諸樓上累日而後乃赦 自是

親戚之家 無敢容接者 生一日 忽思湖南遠邑有奴婢 我若逃隱於此 則庶
保無事 遂以匹馬脫身而逃 千里作行累日始抵奴居 衆奴迎入供奉 生如離
虎口 寢食稍安 居數日 聞門外有喧嘩之聲 問之 則其妻乘駕轎到矣 生大
驚懼 而無處可避 妻盡捉奴入 加以重刑曰 這漢逃來則 汝曹何不急送一
人 飛報于余乎 因命生免冠以罪人 載于後馬到京家 大加刑訊 囚于樓上
數月而後得赦 生之親戚朋友爲生議 皆曰 國法離異之外 無他法 此則不
受法之人 非離異 可却殺之之外無他道 殺則不可 成(咸)曰無策 憂嘆而散
居數年 其妻忽病死 生之儕友咸喜曰 成某今可保活矣 遂聚會造賀 生旣
喪其妻 未免成服 及衆友聚見 謂其來弔對之發哭 其中一友 以手批生之
頰厲聲叱之曰 吾爲賀汝而來 何曾弔汝乎 是何哭 爲生一笑而止[32]

(광해군 때에 성하창이라는 진사가 있었는데, 번성한 양반 가문 출
신으로 어려서부터 재주와 명성이 있었으나, 성품이 본래 게으르고
못났다. 그의 아내도 역시 번성한 가문 출신으로 재주와 용모가 빼어
났다. 또한 집안을 잘 다스려 남편에게 옷을 지어주고 음식을 만들어
주는 것을 매우 잘 하였다. 그러나 다만 그 성질이 사납고 포악하여,
남편이 조금이라도 뜻에 맞지 않으면 문득 꾸짖다가 때리기까지 하
니, 성생이 아내를 매우 두려워하여 감히 항거하지 못하고 드디어 아
내에게 잡히고 말았다.

아내에게 장악되어, 서라면 서고 앉으라면 앉아서 모든 일에 자유
가 없었다. 집안의 모든 종들도 성생 아내의 호령에 따랐다. 다만 안
주인 있는 것을 알 뿐, 바깥주인이 있는 것은 알지 못하였다. 권위가
모두 아내에게 돌아가 있으니, 마치 당나라 고종에 있어서 측천무후
와 같았다.

성생은 다만 아내에게 거슬릴까 두려워 벌벌 떨며 항상 조심하였
다. 털끝만큼이라도 뜻에 맞지 않으면 곧 큰 봉변을 당하였으니, 의관
이 모두 찢어지고 꾸짖음을 듣고 매를 맞는 등 고통을 당한 뒤 다락
방에 갇혔다. 문틈으로 음식을 받아먹으며 며칠씩 갇혀 있다가, 아내
의 노여움이 풀리면 그제야 비로소 용서를 받고 나올 수 있었다. 이
와 같은 일이 매우 잦았다. 성생은 분하고 한스러웠으나 어찌할 도리
가 없었다.

---

32) ≪天倪錄≫

하루는 성생이 몰래 도망하여 성안에 사는 한 친척집에 숨으니 가쁜 숨이 차차 진정되었다. 다음날 문 밖에서 시끄럽게 부르는 소리가 들리더니, 그의 아내가 가마를 타고 쫓아 들어왔다. 성생은 놀라고 겁이 나서 어찌할 바를 몰랐다. 그의 아내가 그 집에 들어서서 데리고 온 종들을 시켜 그 집의 장독을 때려부수고, 그릇을 깨뜨려 흩어버리고는 말했다.

"저 사내가 달아나 자네 집에 왔으면 어째서 즉시 내게 달려와 고하지 않았는가?"

그 집 사람들이 좋은 말로 간절히 빈 뒤에야 비로소 그녀는 행패를 그쳤다.

성생을 끌고 집으로 돌아가서, 그의 죄가 무겁다 하여 특별히 종아리 30대를 때리도록 명하니, 마치 관가에서 매를 때리며 심문하는 것과 같았다. 그리고는 다락방에 며칠 동안 가두었다가 풀어주었다. 이때부터 그의 친척집에서는 감히 그를 받아들여 주지 못 했다.

하루는 성생이 문득 호남의 먼 고을에 자기 집안의 노비가 있다는 사실에 생각이 미쳤다. '내가 만약 그곳으로 달아나 숨으면 아마도 틀림없이 무사할 것이다.' 하고 드디어 한 필의 말을 타고 몸을 빼서 달아났다.

천 리 길을 며칠에 걸쳐 가서 비로소 그 종이 사는 곳에 이르렀다. 여러 종들이 그를 맞아들여 받들어 모셨다. 성생은 마치 호랑이 굴에서 빠져 나온 듯 먹고 자는 것이 점차 안정되었다.

며칠 뒤 문 밖에서 시끄럽게 떠드는 소리가 들리므로 물어보니, 그의 아내가 가마를 타고 이르렀다는 것이었다. 성생은 크게 놀라고 두려웠으나 피할 만한 곳이 없었다.

그의 아내가 종들을 모조리 잡아들여 중형을 가하며 꾸짖었다.

"저 사내가 도망쳐 왔으면 너희들은 어째서 사람을 급히 보내어 나에게 알리지 않았느냐?"

성생에게는 죄인이니 갓을 벗으라고 하고는 말에 태워 서울 집으로 데리고 왔다. 그리고는 크게 벌을 주었다가 몇 달이 지난 뒤에야 풀어 주었다.

성생의 친척들과 친구들이 그를 위해 모여 의논하였다. 사람들이 말하였다.

“국법으로 이혼시키는 길밖에는 다른 방법이 없네.”

“이런 사람은 국법도 받아들이지 않을 테니 이혼은 안 될 것이요, 죽이는 수밖에 다른 길이 없네. 그렇다고 죽일 수는 없지 않은가?”

“대책이 없네.”

모두들 탄식하며 흩어졌다.

몇 년 뒤에 그의 아내가 갑자기 병들어 죽으니, 성생의 친구들이 모두 기뻐하며 말하였다.

“성 아무개가 이제는 살게 되었다.”

드디어 모두 모여 축하하러 갔다. 성생이 아내를 잃고 아직 탈상을 하지 못했는지라, 여러 친구들이 몰려오는 것을 보고 ‘친구들이 조문을 하러 오는구나.’하며 그들 앞에서 곡을 하였다.

친구들 가운데 하나가 손을 들어 성생의 뺨을 때리며 성난 소리로 꾸짖었다.

“우리들은 너에게 축하를 하러 왔지, 누가 조문을 하러 왔느냐? 곡은 다 무슨 곡이야.”

그들은 성생을 두고 한바탕 웃고 말았다.)

氣가 센 처에게 쥐어 사는 사람은 옛날에도 많았던 모양이다. ≪於于野譚≫에는 10만 명의 사내 중에 그 처를 겁내지 않는 자는 한 사람도 없더라는 笑話가 실려 있다.

自古難化者婦人 男子剛腸者幾人 不畏婦人 古者有將軍 領十萬兵 陣于廣漠之坰 分東西樹大旗 一旗靑一旗紅 遂三令五申於軍曰 『畏妻者 立紅旗下 不畏妻者 立靑旗下』 十萬之軍 皆就紅旗下而立 有一人獨立靑旗下 將軍傳令問之 答曰 『吾妻常戒我曰 ‘男子三人會 必論女色 三男會處 汝則一切勿入’云 況今十萬男子所會處乎 是以不敢違命 獨立靑旗下』

(자고로 교화시키기 어려운 것은 여자다. 부인을 두려워하지 않는 배짱 좋은 사내가 과연 몇 사람이나 될까? 옛날에 어떤 장군이 10만 군사를 거느리고 광막한 들에 진을 쳤다. 동쪽과 서쪽을 나누어 큰 깃발을 세워 놓았는데, 한 깃발은 청색이고 다른 한 깃발은 홍색이었

다. 그리고는 군사들에게 진지하게 말했다.

"아내가 두려운 자는 붉은 색 깃발 아래 서고, 두렵지 않은 자는 청색 깃발 아래 서라."

10만 군사가 모두 붉은 색 깃발 아래 섰으나 오직 한 군졸만이 홀로 청색 깃발 아래 서 있었다. 장군이 傳令을 통해 그 이유를 물으니 그 군졸이 대답했다.

"제 처가 항상 저에게 경계하기를, '남자가 셋이 모이면 반드시 女色 이야기를 하니 당신은 남자 셋 이상이 모여 있는 곳에는 일절 가지 마시오.'라고 하였는데 하물며 남자가 10만 명이나 모여 있는 곳이야 더 말할 것이 있겠습니까? 그래서 감히 아내의 명을 어기지 못하고 혼자 청색 깃발 아래 서 있습니다요.")

앞서, ≪內訓≫에는 四行이 있는데 그 중 婦功은 헛되이 놀지 말고 손님을 극진히 대접하는 것이라고 한 바 있다. 옛날에는, 이 婦功을 행하지 않는 여자도 惡女, 妖女 취급을 받았다. 그리고 우리 說話에는 이 婦功과 관련된 이야기가 상당히 많이 등장하고 있다. 이는 손님 대접을 잘 해서 흥한 사람 이야기와 손님을 박대하여 망한 사람 이야기로 나누어 볼 수 있다.

忠清南道 瑞山 지방에서 채록된 아래의 口碑說話는 어렵게 살면서도 과객을 잘 대접해 축복을 받은 이야기이다. 어떤 내외가 가난하게 살면서도 길손이 묵어 가기를 청하면 거절하지 않고 잘 대접해 보냈다. 어느 날 그 집을 찾은 길손이 묵고 있었는데 밥 지을 쌀이 없었다. 길손이 그 집 변소에 가 앉아 있는데, 그 부인이 안에 들어가 있는 사람이 자기 남편인 줄 알고 "여보, 그 손님 가신다고 하거든 붙잡지 말아요. 동네에 쌀을 꾸지 않은 집이 없어, 이제는 더 이상 꿀 집이 없습니다." 라고 했다. 그 말을 들은 손님은 그들 내외가 쌀을 꾸어서까지 자신을 대접한 것을 알고는 크게 감동했다. 그는 집으로

돌아가자 곧 많은 재물을 보내 그들 내외가 잘 살게 해 주었다는 것
이다.[33)

　平安北道 定州 지방에 口傳되는 다음의 이야기도 손님 대접을 잘
해 죽을 고비를 넘기게 됐다는 것이다.

　　넷날에 쇠경(소경 = 필자 註) 서이서 길을 가다가 날씨가 저물어서
　한 집에 들어서 자게 됐다. 그집 쥔은 저낙상을 잘 채레서 주었다. 쇠
　경들은 잘 먹구 나서 우리 이 쥔네 신세를 많이 졌으니꺼니 점이나
　테주자 하구서 서이서 각각 점을 텄다.
　　쇠경 하나이 점괘가 고약하군, 하구 말하느꺼니 다른 쇠경두 나두
　점괘가 고약하게 나왔다, 나두 점괘가 고약하게 나왔다 하구 말했다.
　쥔이 이 말을 듣구 어드런 점괘가 나왔기 점괘가 고약하다구 하능가
　말해 보시라구요, 하구 말했다. 그래두 쇠경은 입맛만 쩌억쩌억 다시
　멘 말을 하디 안 했다.
　　"여보시, 무순 점괘가 나왔기에 말하디 않소? 아무러턴 말 좀 하시
　구레." 쥔이 이렇게 말하느꺼니 쇠경들은 "우리 서이서 점을 테봤더니
　모두 똑같이 났넌데 온나즈 쥔이 죽을 괘레 나와서 그러무다."구 말
　했다. 쥔은 이 말을 듣구 깜작 놀라서 고롬 안 죽을 방도는 없갔능가
　하구 물었다. 쇠경들은 또 점을 테보더니 말이던 망이(매 = 필자 註)
　던 훛이던 그 서이 둥에 아무거이거나 하나를 활루 쏴 쥑이믄 살 수
　레 있다구 말했다.
　　쥔은 활을 개지구 말한데 가서 쏠라구 하느꺼니 말은 꽁뎅이를 슬
　슬 두르멘 오호호 하구 소리질렀다. 말이 그러느꺼니 차마 죽이디 못
　하구 망이한데루 가서 쏠라구 하느꺼니 망이는 꼬리를 내저으멘 방울
　을 달랑달랑 소리내멘 손에 와서 앉았다. 그래서 이것두 차무 죽이디
　못하구 훛이 있는 방으루 가서 활로 쏠라구 했다. 그러느꺼니 훛은
　새파라데서 벌벌 떨멘 눈깔을 헬끗헬끗 하구 있었다. 쥔넝감은 이걸
　보구 "말이며 망이며 즘성덜은 쥔을 보구 반가와하넌데 너는 어드래
　서 새파래 개지구 벌벌 떨구만 있네?" 하멘 활을 쐈넌데 화살이 빗나

<hr>

33) 최운식, 「한국 구전설화집」4(민속원, 2002), PP.385-6

가서 뒤에 있는 농에 가 맞았다. 그러느꺼니 농 안에서 어구어구 하
는 소리가 났다. 쥔넝감이 가서 농을 열구 보니꺼니 농 안에는 사내
놈 하나이 화살에 맞아 죽어 있었다.[34]

이 이야기는 요망한 첩이란 기르는 말이나 매만도 못한, 악독한 것
이라 함과 앞못보는, 불우한 사람들을 후대하면 죽을 목숨도 살 수 있
다는 가르침을 주는 것이다.

그런 반면 아래에서 보는 바와 같이, 게으른데다 손님 대접마저 거
절한, 婦功에 완전 역행한 여자 때문에 망한 집 이야기도 있다.

　　부석면 월계리 얘긴데, 우리 큰집이 살구 있는 집이여유. 옛날에 아
주, 기와집이라는 게 한 동네에 하나, 둘밖에 없잖아요? 그런데 부잣
집으루 사는 집인데, 어느 날 중이 와서 동냥을 달라구 하니까, 그 부
인이 한 소리가,
　　"아이구, 나 손에 물 말르게 해 달라."
　　구 그랬어요. 매일 손님이 오니 술 걸르고 뭐 하느라구 그냥 늘 일
을 허니께. 그러니, 중이,
　　"꼭 말르게 해 주랴? 손에 물 말르게 해주랴?"구.
　　"꼭 그렇게 해달라."구.
　　데리고 가더니 집 모퉁이로 가서,
　　"여기를 긁으라."
　　구 그랬어요. 긁으니께 피가 나더랍니다. 그래서 그 피가 난 뒤로
그 집이 폭삭 망했어요.
　　지금 우리 큰댁이 살구 있는 그 집이 폭삭 망했어요. 지금 우리 큰
댁이 살구 있는 집인데, 그런 전설이 있습니다.[35]

儒敎 도덕률의 가정에서 여자가 반드시 지켜야 할 것이 가족 구성

---

34) 任晳宰, 「韓國口傳說話」任晳宰全集 2(평민사, 1988), pp.297-8.
35) 최운식, 「한국 구전설화집」4(민속원, 2002), p.98. 忠淸南道 瑞山에서 채록.

원이 화목하게 지내는 것이다. 가족을 학대하고 음해하는 여자는 특히 요사한 인간 취급을 받았고 우리 說話에 그런 이야기가 흔히 등장하고 있다. 그러한 이야기의 예로 平安北道 宣川·龍川·鐵山·定州郡 일대에 口傳되고 있는 說話를 소개한다. 古小說 <薔花紅蓮傳>의 소재가 된 바로 그 이야기이다.

> 네날에 鐵山 골에 裵左首라는 사람이 있었드랬는데 본댕내가 죽어서 훗댕내를 얻었다. 裵左首한데는 장화와 홍년이란 딸이 둘 있었는데 훗댕내는 이 딸한테 페랍게 굴구 당창 욕질하구 밥 한 끼두 잘 주딜 않구 일만 힘들게 시키군 했다.
> 훗댕내는 큰 쥐를 잡아서 깍데기를 베께서 피를 무테서 장화가 자구 있는 니불 안에 살제기 네두구 "야! 날레 니러나람. 놈덜은 볼세 니러나서 일하구 있넌데 이 화낭년는 송구두 자구 있네? 날래 니러나라!"구 과티멘 니불을 홱 걷어올렜다. 장화는 놀래서 니러나느꺼니 깍데기 버긴 쥐 알몸이 탁 떠러뒀다. 훗오마니는 이걸 보구 "이거 머가? 아 아니가? 체네가 아를 났구나 이거 야단났다. 데따위 화낭년 덩배 보내야디 가만 둘 수 없다!"구 또 과뒀다.
> 裵左首는 딸에 이 따위루 체네가 알 났다구 해서 장화를 덩배 보내기루 했다. 장화는 아무 말두 못하구 집을 나와서 鐵山에 있는 어떤 늪에 빠져 죽었다.
> 장화으 동생 홍련이는 뮌이 누명을 쓰구 죽은 거이 너무너무 분해서 맨날 울구만 지나다가 마감에는 뮌이 빠져 죽은 늪에 가서 빠져 죽었다.
> 물에 빠져 죽은 두 체네의 魂은 怨鬼가 돼서 그 골 사뚜한데 가서 누명쓰구 죽은 원한을 풀어 달라구 했다. 사뚜는 裵左首와 훗댕내를 잡아다가 도사하구 훗댕내에 나쁜 죄상이 나타나서 裵左首 夫妻를 쥑이구 두 체네의 원한을 풀어 줬다구 한다.[36]

이 說話는 아마 어떤 실제 사건에서 나온 이야기일 것이다. 전처

---

36) 任晳宰, 「韓國口傳說話」 任晳宰 全集 1(평민사, 1987), pp.129-30.

소생에게 극악하게 한 어떤 계모의 실제 행악이 소문으로 전해지다가
그것이 傳說이 되고 그것은 다시 뒷날 古小說이 되었을 것이다. 우
리는 그와 같은, 실제 사건이 소설이 된 예를 <洪吉童傳> <林巨
正> <張吉山> 같은 작품에서 분명하게 확인할 수 있다.

2. 佛教思想 - 虐僧의 殃禍 외

우리나라에 佛敎가 가장 처음 들어온 것은 高句麗 小獸林王 2년 (372) 順道가 前秦에서 佛經과 佛像을 가지고 온 것으로 알려져 있다. 이후 384년에는 摩羅難陀가 東晋으로부터 百濟에 佛敎를 전하고 新羅에는 訥祇麻立干(417-458) 때 高句麗에서 阿道가 들여와 535년에 공인이 되었다 한다. 이후 그 敎勢가 급속하게 확장되어 우리 문화에 큰 영향을 미쳐 왔다. 寺刹·佛像·佛畵·佛經·佛塔에 많은 국보와 보물이 있는 것만 보아도 그 영향의 일단을 알 수 있을 것이다. 우리 문화 중 문학에 미친 영향도 커서 說話·鄕歌·時調·歌詞·小說에 뚜렷한 그림자를 드리우고 있다.

그 중에서도 특히 說話에서 佛敎的인 요소를 많이 찾을 수 있다. 寺刹 창건에 얽힌 이야기, 高僧의 행적 이야기 같은 것이 그런 것이다. 그 중에서 우리의 古史書에 실려 있는 佛敎 관련 說話 두 세 가지를 살펴보기로 하겠다. ≪三國遺事≫에 실려 있는 다음의 이야기는 왕이라 할지라도 언행을 함부로 해서는 안 된다는 준엄한 가르침을 주는 것이다.

> 八年丁酉, 設落成會. 王親駕辦供. 有一比丘, 儀彩疎陋. 局東立於庭. 請曰. 貧道亦望齊. 王許赴床杪. 將罷. 王戲調之曰. 住錫何所. 僧曰 琵琶岊. 王曰. 此去莫向人言赴國王親供之齊. 僧笑答曰. 陛下亦莫與人言, 供養眞身釋迦. 言訖. 湧身凌空, 向南而行. 王驚愧. 馳上東岡. 向方遙禮. 使往尋之. 到南山參星谷. 或云. 大磧川源石上, 置錫鉢而隱. 使來復命. 遂創釋迦寺於琵琶岊下. 創佛無事(寺)於滅影處. 分置錫鉢焉.[37]
> (八年 丁酉에 落成會를 열고 왕이 친히 가서 供養할 때, 한 比丘가

---

37) ≪三國遺事≫ 卷第五「感通」第七 '眞身受供' 條.

초초한 모양을 하고 꾸부리고 뜰에 서서 청하기를 "貧道도 또한 齊하기를 바라나이다." 하니 왕이 허락하고 말석에 참여케 하였다. 齊가 파할 때 왕이 희롱하여 "어디 있는가?" 하니 중이 "琵琶巖에 있나이다." 하였다. 왕이 "이제 가거든 他人에게 국왕이 親供하는 齊에 가보았다고 하지 말라." 하였다. 중이 웃으며 대답하되 "폐하도 他人에게 眞身釋迦를 供養하셨다고 말하지 마소서." 하고 말을 마치자 몸을 솟치어 공중에 떠서 남쪽으로 날아갔다. 왕이 놀라고 부끄러워 서둘러 東岡에 올라 遙拜하고 사람을 시키어 그 방향을 찾으니, 南山 參星谷 혹은 大磧川源이라는 데에 이르러 돌 위에 錫杖과 鉢을 놓고 어디로 갔는지 없었다. 使者가 와서 復命하니, 왕은 드디어 釋迦寺를 琵琶巖 下에 세우고 佛無寺를 그의 자취가 없어진 곳에 세워 錫杖과 鉢을 分置하였다.)

景德王이 절의 낙성 행사에 참석한 한 초라한 행색의 중을 업신여겨 웃음거리로 삼았는데 알고 보니 그 중은 부처의 현신이었다는 것이다. 크게 잘못을 뉘우친 왕은 그 중이 마지막으로 모습을 보인 곳에 釋迦寺(부처님 절)를, 그 몸이 사라진 곳에 佛無寺(부처님이 없어진 절)를 지었다는 것이다.

또 한 편의 說話는 한 高僧이 도적떼를 교화한 이야기다.

釋永才性滑稽. 不累於物. 善鄕歌. 暮歲將隱于南岳. 至大峴嶺. 遇賊六十餘人. 將加害. 才臨刃無懼色. 怡然當之. 賊怪而問其名. 曰永才. 賊素聞其名. 乃命□□□作歌. 其辭曰. 自矣心米 皃史毛達只將來呑隱日遠鳥逸□□過出知遣 今呑藪未去遣省如 但非乎隱焉破□主次弗□史內於都還於尸朗也 此兵物叱沙過乎好尸曰沙也內乎呑尼 阿耶 唯只伊吾音之叱恨隱𪫏陵隱安攴尙宅都乎隱以多

賊感其意, 贈之綾二端. 才笑而前謝曰. 知財賄之爲地獄根本. 將避於窮山. 以餞一生. 何敢受焉. 乃投之地. 賊又感其言. 皆釋劒投戈. 落髮爲徒. 同隱智異. 不復蹈世. 才年僅九十矣. 在元聖大王之世. 讚曰. 策杖歸山意轉深. 綺紈珠玉豈治心. 綠林君子休相贈. 地獄無根只寸金[38].

(중 永才는 천성이 滑稽하여 재물에 매이지 않고 鄕歌를 잘하였다.
만년에 장차 南岳에 은거하려 하여 大峴嶺에 이르렀을 때 도적 60 여
명을 만났다. (賊이) 장차 해하고자 했으나 永才는 그 칼날 앞에 (조금
도) 두려워하는 빛이 없고 화기롭게 대하였다. 賊이 이상히 생각하여
그 이름을 물으니 永才라고 대답했다. 賊이 평소에 그 이름을 들은지
라 (그에게) 노래를 지어 보라 하였다. 永才가 노래를 지으니, 그 가사
에 가로되 "내 마음에 모든 形骸를 모르려 하던 날 멀리 지나치고 이
제란 숨(藪 = 寺)에 가고쇠다. 오직 그르친 破戒僧을 두려워할 形骸에
또 돌아가노니, 이 칼을 지내고나면 좋은 날이 새리러니 아 -오직 요
맛 善은 새집이 안 되니이다." 賊이 그 뜻에 감동하여 비단 二端을
주었다. 永才가 웃고 사양하여 가로되 "財賄가 지옥에 가는 근본임을
알아 장차 窮山에 숨어 일생을 보내려고 하거든 어찌 감히 이것을 받
으리요." 하고 땅에 던졌다. 賊이 그 말에 더욱 감동하여 모두 그 가
진 칼과 창을 버리고 머리를 깎고 그의 徒弟가 되어 같이 智異山에
들어가 다시 世上에 나오지 않았다. 당시 永才의 나이 90이니, 元聖大
王 때 일이다. 讚하노니, "지팡이 짚고 산에 돌아가니 그 뜻은 더욱
깊은데 비단 구슬이 어찌 마음을 다스리랴. 綠林의 君子가 서로 선물
을 하였으나, 지옥은 다름 아닌 寸金이 根因이다.")

바가지를 들고 춤추며 다녔다는 元曉의 이야기도 한 편의 재미있는
佛敎說話이다.

曉旣失戒生聰. 已後易俗服. 自號小姓居士. 偶得優人舞弄大瓠. 其狀瑰
奇. 因其形製爲道具. 以華嚴經一切無导人, 一道出生死, 命名曰無导. 仍
作歌流于世. 嘗持此. 千村萬落且歌且舞. 化詠而歸. 使桑樞瓮牖獲猴之
輩. 皆識佛陀之號. 咸作南無之稱. 曉之化大矣哉.[39]

(曉가 이미 失戒하여 薛聰을 낳은 후로는 俗服으로 바꿔 입고 스스
로 小姓居士라 하였다. 우연히 광대를 만나 큰박(瓠)을 들고 춤을 추

---

38) ≪三國遺事≫ 卷第五「避隱」第八 '永才遇賊' 條.
39) ≪三國遺事≫ 卷第四「義解」第五 '元曉不羈' 條.

없는데, 그 형상이 기괴하였다. (曉가) 그 바가지의 形狀대로 한 물건을 만들어 이름을 華嚴經의 一切無(碍)人이라 하였다. 이는 한결같이 생사를 벗어난다는 뜻이다. 그는 '無(碍)'라는 노래를 지어 世上에 널리 퍼뜨렸다. 일찍이 수많은 촌락을 돌아다니며 노래하고 춤추어, 가난하고 무지몽매한 무리들까지도 모두 佛陀의 號를 알게 하여 누구나 南無(念佛)를 할 줄 알았으니 曉의 法化가 크도다.)

元曉와 같은 得道의 승에게는 이미 그를 얽맬 戒律 같은 것이 있을 수 없다는 것이다. 그래서 결혼을 하여 세상을 떠받칠 인재를 낳고 골목을 누비고 다니며 춤을 추어 무지한 중생을 부처님 앞으로 이끌어 냈다는 것이 위의 傳說이다.

그밖에도 虎食에 갈 운명을 타고 난 아이를 절로 데리고 가 중이 되게 하여 그 액을 면하게 해 주었다는 이야기, 천재지변을 미리 알려 주어 사람들이 화를 면하게 해 주었다는 이야기 등이 민간에 널리 전해져 佛敎와 민중의 사이를 더욱 가깝게 해 왔다. 釜山의 梵魚寺 주변에서 지금도 들을 수 있는 禪師들의 이야기는 그 중에서도 민중으로 하여금 한 걸음 더 절에, 佛敎에 가까이 다가가게 해 주는 것이다. 樂安禪師란 중은 상당히 많은 재산을 가난한 이웃에 나누어 주어 버리고 산으로 들어가 중이 되었다. 그는 釜山市 機張의 칼치재에 오두막을 얽고 거기에 살면서 짚신을 삼아 지나가는 길손에게 나누어 주는 보시를 했다. 그는 또 釜山市 東萊 溫泉川 가에 외밭을 일구어 오가는 사람들에게 외를 따 주어 허기를 면하게 해 주었다. 그러던 그는 늙어 남에게 아무것도 베풀어 줄 것이 없어지자 梵魚寺 뒷산으로 올라가 배고픈 호랑이에게 먹혀 人身供養을 함으로써 그 생을 마쳤다 한다.[40]

---

40) 韓國 佛敎硏究院, 「梵魚寺」(一志社, 1989), pp.17-8.

그러나 옛날 三國時代에도 妖女가 등장하는, 중과 관계된 상스럽지 못한 일이 있었다는 이야기가 있다. 新羅에서는 해마다 正月 보름을 '烏忌日'이라 하여 찰밥을 지어 제사를 지냈는데 이 歲時風俗에 관한 傳說이 그것이다.

第二十一, 毗處王.(一作炤智王) 卽位十年戊辰, 幸於天泉亭. 時有烏與鼠來鳴 鼠作人語云. 此烏去處尋之.(或云. 神德王欲行香興輪寺. 路見衆鼠含尾. 怪之而還占之. 明日先鳴烏尋之云云. 此說非也.) 王命騎士追之. 南至避村.(今壤避寺村在南山東麓). 兩猪相鬪. 留連見之. 忽失烏所在. 徘徊路傍. 時有老翁自池中出奉書. 外面題云. 開見二人死. 不開一人死. 使來獻之 王曰. 與其二人死, 莫若不開, 但一人死耳. 日官奏云. 二人者庶民也. 一人者王也. 王然之開見. 書中云, 射琴匣. 王入宮見琴匣射之. 乃內殿焚修僧與宮主潛通而所奸也. 二人伏誅. 自爾, 國俗每正月上亥上子上午等日. 忌愼百事. 不敢動作. 以十五日爲烏忌之日. 以糯飯祭之. 至今行之. 俚言怛忉. 言悲愁而禁忌百事也. 命其池曰書出池[41].

(第二十一代 毗處王(혹은 炤智王이라고 쓴다) 즉위 10년 戊辰에 왕이 天泉亭에 거동했을 때 까마귀와 쥐가 와서 울더니 쥐가 사람의 말을 하여 가로되 이 까마귀의 가는 곳을 따라가 보라 하였다.(혹은 이르기를 神德王이 興輪寺에 行香하려 할 새, 절에서 여러 쥐들이 꼬리를 물고 있는 것을 보고 괴상히 여겨 돌아와 占을 치니 이틀날 먼저 우는 까마귀를 따라 가라 하였다 한다. 그러나 이 말은 그릇된 것이다.) 왕이 騎士에 명하여 좇게 했는데, 남으로 避村(지금의 壤避寺村이니 南山 東麓에 있다.)에 이르러, 마침 돼지 두 마리가 싸우고 있는 것을 보다가 홀연 까마귀의 간 곳을 잃어버리고 길에서 헤매고 있었다. 이때 한 노인이 못 가운데서 나와 글을 올리니 겉봉에 쓰였으되, "이를 떼어보면 두 사람이 죽을 것이고 떼어보지 않으면 한 사람이 죽을 것이다."고 하였다. 騎士가 이를 가져다 왕께 드리니 왕이 말하되, "떼어 보면 두 사람이 죽을신대 차라리 떼어보지 않고 한 사람만

---

41) ≪三國遺事≫ 卷第一「紀異」第一 '射琴匣' 條.

죽는 것이 옳겠다."고 하였다. 日官이 아뢰되 "두 사람이란 서민이요,
한 사람이란 왕이나이다."라 했다. 왕이 그렇게 여겨 떼어보니 그 글
에 "琴匣을 쏘라." 하였다. 왕이 곧 宮에 들어가 琴匣을 쏘니 거기에
內殿에서 수도하는 중이 궁녀와 相姦하고 있었다. 두 사람은 伏誅되
었다. 이로부터 國俗에 매년 正月 上亥·上子·上午日에는 百事를 삼가
動作을 아니하고, 十五日을 '烏忌日'이라 하여 찰밥으로 제사지내니
지금도 행하고 있다. 俚言에 이것을 '怛忉'라 하니, 슬퍼하고 근심해
서 만사를 삼가라는 뜻이다. 그 못을 命名하여 書出池라 하였다.)

그러나 위와 같은 傳說은 三國·統一新羅와 高麗時代에는 그리
흔한 것이 아니고 상당히 예외적인 것이다. 炤智王 때라면 佛敎가
공인이 되고도 한참이나 지난 때라 그 敎勢가 한창 커지고 있을 때
다. 아마 그 무렵, 궁정 주변에 중과 궁녀 사이에 불미스런 일이 있었
고 그것이 위와 같은 傳說이 된 것이라고 보아야 할 것이다. 그러니
까 그와 같은 傳說은 佛敎가 융성함에 따라 일어날 수 있는 폐해를
미리 경계하는 의미를 담고 있는 것이 아닌가 한다.

三國, 統一新羅, 高麗時代에도 그랬지만 그 후에도 佛敎, 중과
관계된 說話에는 미담의 성격을 띤 것이 대부분이었다. 예를 들면 절
에 시주를 하거나 중을 후대하면 천복을 받는다는 식의 이야기가 특
히 많다. 서울 지방에 口傳하는 다음과 같은 이야기가 그런 것이다.
과거 보러 가던 선비가 절에 머물게 되었다. 먼 길을 나선 형편이라
부처님께 바칠 것이 없는 그는 그래도 그냥 가기가 마음 편하지 않아
지니고 있던 좁쌀 한 움큼을 불전에 드리고 떠났다. 그는 과거에 급제
를 하고 집으로 돌아가는 길에 다시 그 절에 들르게 되었다. 부처님께
예불을 드리던 그는 그의 좁쌀을 그저 받을 수 없어서 그가 과거에
급제하게 해 주었다는 부처님의 목소리를 들었다. 선비는 그제야 자신

이 급제한 것이 부처님의 음덕이었다는 것을 알았다 한다.[42] 과거, 급제는 지난날 최고의 영달이자 입신 출세의 길이었다. 좁쌀 한 주먹은 하찮은 것이지만 부처님을 위하는 정성이 지극하면 그런 복을 받게 된다는 이야기이다. 과거 못지 않은 축복이 자손 번창과 부귀영화를 누리는 것이다. 忠淸南道 洪城郡에는 곤경에 처한 중을 돌본 사람이 그러한 복을 받았다는 이야기가 전해오고 있다. 옛날 어떤 형제가 산에 나무하러 갔다가 한 스님이 산길에 쓰러져 있는 것을 보고 정성을 다해 간호하여 살려 주었다. 그 스님이 보답으로 형제의 묘 자리를 잡아 주고 갔다. 형에게는 후손이 번창하는 자리를, 동생에게는 후손이 부귀영화를 누리는 자리를 잡아 주었는데 두 사람의 후손이 모두 그렇게 되었다 한다.[43]

위와는 반대로 托鉢 나온 중을 박대하거나 모욕한 사람은 천벌을 받는다는 說話가 많은데 그 중 가장 널리 口傳되고 있는 것이 <장자못> 傳說이다. 이는 부자가 동냥 나온 중에게 시주는 하지 않고 욕을 보여 하늘의 저주를 받았다는 유형의 이야기이다. 京畿道 坡州에서 채록된 다음의 口碑傳說이 그런 것이다.

> 장자못이라는 그 못이 명지 실을 세 타래를 풀어 넣어도 땅에 안 닿는다는 그런 내력인데 장자못에 대한 것이, 그 거기 못자리가 옛날에 아주 참 엄청난 부자가 살았어요. 그 장자못이라는 데 아주 그냥 백만장자라더구만요. 어쨌든 저 부자가 살았는데 웬 중이 와서 시주를 해 달라고 그러니까 이 주인 영감이 그 때 소를 멕였는데 똥을 치면서,
> "우린 이거밖에 없으니까 이거 가지구 가라."
> 고 쇠똥을 내밀었다는 거야. 그래 인제 헐 수없이 중이 돌아서서

---

42) 장장식·홍태환, 「한국 구진설화집」8(민속원,2003), pp.206-7.
43) 최운식, 「한국 구전설화집」6(민속원,2000), pp.48-51.

이 우물 곁을 지나가다 보니까 그 집의 메누리가 쌀을 씻쳤대요. 그
래선,

"우리 아버지가 원체 구두쇠 영감이오니 이거라도 시주로 드리니
이거라도 가져가시라구."

그래 인제 그 메누리 허는 얘기가 하두 고맙구 해서 아마 그 쌀을
받았는지 안 받았는지는 확실히는 모르지만,

"나를 따라서 오시게 되면은 사실 텐데, 만일에 기냥 여기 계시면
은, 얼마 안 있으면 여기가 연못으로 변할 거다. 그니까 나를 따라오
시오."

하구선 얘기를 하드래요. 그래 인제 바로 장자못을 지나서 쪼금 지
나게 되면 임진강이라는 강이 있는데 고랑포라고 그 고랑포에, 배로
조그만 배로 건너는데, 그 배를 타고 건너갔어요. 배를 타구선 며누리
허구, 건너가서 어느만큼 올라가다 보니까 산길을 따라서 올라가다
보니깐 별안간 천둥번개가 치면서 비가 쏟아지는데 뭐 퍼부어도 엄청
나게 쳤었나 봐요. 그게. 그래 자기 집이 어떻게 됐나 궁금하니까 그
니깐 그 중이 하는 얘기가,

"뒤는 돌아다보지 말고 나를 따라와라."

그래가지군 따라오다가 하두 비가 퍼붓고 하니깐 돌아봤다는 거예
요. 이렇게. 돌아서다보니깐 그 자리가 시방 저 부처, 부처로 변했고.
[채록자 : 며느리가요?] 어, 메누리가. 그리구 그 백만장자가 살던 집
이 천둥번개루다 베락을 쳐가지구서 거기가 웅덩이가 파지구서 우물
이 됐어요. 그래 그 웅뎅이가 돼가지구서, 거기 그 옆으로 풀이 우거
지다 보니깐 풀을 갖다 이렇게 메게 되면은 이 소가 코뚜레만 남아있
고 그 연못 가운데 떠 있다 이거야. 근데 이 이무기라는 게 거기서
살았다는 거지. 그 연못이 파지구나서. 그래서 그 근처 가게 되면 소
를 못 멧다는 거야. 나두 국민학교 때 담임 선생님이 얘기해 주셔서
그래서 들은 얘기가 있어요. 그래서 한참 가물거나 또 비가 안 올 때
모낼 때쯤 되면 거기 가서 그 물을 떠서 길에다 까부우면 비가 쏟아
졌다 하는 그런 내력도 있지요.[44)]

---

44) 이기형, 「한국 구전설화집」11(민속원,2005), pp.251-2.

위와 같은, 소위 虐僧 모티프 說話는 한반도 전역에 널리 분포되어 있는데 忠淸南道 禮山에 口傳하는 이야기도 그런 것이다.

> 옛날에 여기가 저, 큰 개와집(기와집)으로다가 지어 가지구 큰 부잣
> 집이 살었었는디, 에- 여기는 연못이었었시유. 큰 강마냥 연못이었었
> 는디, 그 어느 대사가 지나다가 시주를 좀 허라고 허니까, 안 주더라
> 는 거여. 그 주인네가 안 줬으니까 저- 그 대사가, 보니까 참 이, 옛날
> 이루다 말허면 천지개벽(天地開闢)이지. 천지개벽을 뭣하면 하겠는디,
> 이 위다가 소금을 뭐 및(몇) 주먹 등에다 놓고, 호미루다가 세 번 긁
> 어주며는 아주 잘 사는 부자가 된다구, 그랬단 말여.
> 그니까 그 부자가 참 더 부자가 될라구, 그 위 가서 참 소금을 놓
> 구 호미루다 세 번 긁었는디, 느닷없이 비가 쏟아져 가지고 그게 떠
> 내려갔다는 거여. 그래 자기는 인저 파묻혀 죽고, 그 산이 떠니려 가
> 서, 저 근너가 저 청련끝이라구 하나 붙어 있는 디가 있거든유. 청련
> 끝이라구 해 가지구 지금 산 하나가 붙어 있는 게 있다구. 여기서 떠
> 내려 갔다는 거지. 옛날 어른들 말씀이 그랬었어. 그런디 확실한 건
> 우리네가 보길 했나 어트게 압니까.[45]

중의 동냥은 求乞, 비럭질과 같은 것으로 보아서는 안 된다. 그것은 佛家에서의 行乞과 같은 성질을 띤 것으로 볼 수 있겠기 때문이다. 고대 인도의 전통적인 바라문 사회에서는 사람이 태어나 어느 정도 성장을 하고 나면 스승을 찾아가 경전을 배우는 學生期를 지나고 다시 집에 돌아와 가정 생활을 하는 家住期를 거친다. 그런 다음 그 바라문은 숲으로 들어가 신앙생활을 하는 林住期를 거치는데 그 기간이 끝나면 모든 것을 다 버리고 떠도는 旅行期 修行에 들어간다. 이때 그는 모든 소유를 다 버리고 지팡이와 물병만 가지고 걸식을 하면서 편력을 한다. 佛敎에서의 出家가 그러한 것으로 이때 그들이 얻어

---

45) 최운식·최진형, 「한국 구전설화집」10(민속원,2005), p.35.

먹는 것은 托鉢이라 하는, 그 또한 하나의 修道이므로 그들은 일반인
의 존경을 받는다. 그런 중을 모욕한다는 것은 벌을 받아 마땅하다는
것이 虐僧說話의 정신 밑바닥에 깔려 있는 것이다.

　여자가 방정맞은 말로, 托鉢僧을 욕되게 했다가 끔찍스런 일을 당
했다는 傳說이 있으니 소위 <에밀레종> 由來說話가 그것이다. 崔
常壽는 자신이 들은 이 傳說 이야기를 다음과 같이 말하고 있다. 新
羅 36代 惠恭王이, 先王이 일으킨 佛事, 奉德寺 12만근 종을 만들
때의 일이다. 몇 번이나 종이 터져 주조에 실패해 고심하고 있던 중
하루는 한 老僧이 나타나 어린 계집아이를 넣어 만들어야 성공할 수
있을 것이라고 했다. 이에 鑄造工匠은 몰래 한 어린 아이를 끓는 쇠
가마 속에 집어넣어 끓여 드디어 종을 만들었다는 것이다. 어린 아이
를 넣어서 銅鐘을 만들었다는 傳說은 이 밖에도 平壤 大同門 공원
안에 있는 동종에도 전해온다고 한다.[46] 그런데 위의 傳說보다 더 구
체적인, 妖妄한 여성이 등장하는 <에밀레종> 이야기가 아래에 소개
하는 것이다.

　　금부덕산 아양땅에서 인경을 만들려고 화주승을 인간에게 내려보내
　어 면면촌촌을 다니며 쇠를 걷어오게 하였다. 그런데 한 중이 원산이
　네 집에 가서 쇠동냥을 달라고 하니 원산이 어머니가 원산이밖에 없
　다고 하였다. 그 뒤 금부덕산에 인경이 만들어지지 아니하였다. 그래
　서 화주승들을 잡아 내어 쇠동냥을 다닐 때 부정한 일이 없었느냐고
　물으니 한 화주승이 원산네 집에서 겪은 이야기를 하였다. 할수없이
　원산이를 잡아오게 하였는데, 이 말을 들은 원산이 어머니는 원산이
　를 팔만왕방에 숨겨 놓았다. 그리고 중에게 원산이는 죽었다고 속였
　으나 중은 집을 뒤져 원산이를 데리고 갔다. 원산이는 쇠탕에 다리를
　놓아 달라고 하고 떨어져 인경이 되었다. 이 때 원산이 사촌 원목이

---

46) 崔常壽, 「韓國 民族傳說의 硏究」(成文閣, 1985), p.81.

가 이 소문을 듣고 금부덕산으로 올라가 인경을 못 다는 것을 모래섬
을 쌓아 놓고 그 위에 인경을 올리고 모래를 치게 하여 달도록 하였
다. 그리고 원목이는 죽어서 망치가 되겠다고 하고 쇠탕에 뛰어들어
망치가 되었다.[47]

<에밀레종> 이야기는 人柱傳說의 일종이다. 人柱傳說은 건축·토목·鑄造工事 등에 그 일이 잘 되도록 하기 위해 사람을 희생으로 묻었다는 이야기로 세계 여러 민족 사이에 퍼져 있다. 우리나라의 경우 高麗와 朝鮮 시대에 그와 같은 소문이 널리 퍼진 적이 있는 것으로 나타나 있다. ≪高麗史≫「列傳」卷第四十二 '崔忠獻'條에는 崔忠獻이 闊洞에 웅장하고 화려한 집을 짓는데, 뜬소문에 의하면 童男童女를 잡아 오색 옷을 입혀 집 네 모퉁이에 묻어 土木의 기운을 없앤다 하니 아이 가진 이는 모두 이를 깊이 숨기어 업고 멀리 도망하는 자가 있기에 이르렀다고 하고 있다. 또 ≪朝鮮王朝實錄≫ 成宗 25년 5월條에는 翁主의 집을 지을 때 어린 아이를 묻어 禳災했다는 소문이 파다해, 京畿·忠淸·黃海 등지에서는 사람들이 아이를 업고 산으로 달아나 마을이 비었다, 黃海道에는 여러 왕자의 집을 지을 때 어린 아이를 묻는다는 소문이 나, 아이를 배에 태워 달아나고 혹은 산과 들로 숨었다고 하고 있다. 이와 같은 이야기는 헛소문임이 분명할 것이다. 그러나 여기에는 힘없는 민중의 지배계급에 대한 불신과 피해의식이 깔려 있다고 보아야 할 것이다. ≪高麗史≫에 나오는 崔忠獻은 明宗 26년 李義旼을 죽이고 새로운 武人政權을 수립해 절대권력을 휘두른 사람이고, ≪朝鮮王朝實錄≫의 경우도 집을 짓는다고 한 사람들이 모두 王女, 王子라는 것을 보면 그것을 짐작할 수 있을 것이다.

---

47) 張德順, 「韓國說話文學 研究」(서울大學校 出版部, 1993), pp.347-8.

그런데 <에밀레종> 傳說에서 우리의 시선을 끄는 것은 여자가, 시주할 것이라고는 자기의 어린 자식 밖에 없다고 말했다는 것이다. 그러고는 시주를 하지 않았으니 입을 함부로 연 죄, 托鉢僧을 학대한 죄로 그 자식이 산 제물이 되었다는 것이다. 물론 虐僧으로 해서 마을이 망하고, 집이 망하고, 죄 없는 희생이 생겼다고 하는 것은 佛敎의 근본정신과 맞지 않는 것이다. 佛子에 있어서 복수, 보복이란 있을 수 없는 것이다. 托鉢僧이 모욕을 당하고 쫓겨나는 것도 일종의 修行이다. 이때 그 중은 忍辱이라는 도닦음의 과정을 그치고 있는 것이다. 虐僧說話는 아마 중을 박대, 모욕해서는 안 된다는 소박한 교훈을 주기 위해 민간에서 만든 이야기가 아닌가 한다.

그런데 妖女說話에는 의외로 중이 부정적인 모습으로 등장하고 있는 것이 많다. ≪於于野譚≫에 실려 있는 불륜남녀 이야기도 그런 것이다.

寧邊校生郭太虛 定虜衛金無良之甥也 喜佛事 多與釋徒交. 太虛出外而其妻私於僧 太虛自外至 壓太虛而踞其胸 太虛力弱而不能轉 僧拔劍 太虛手批之 擲劍於地. 僧指其妻曰『將此劍來!』妻不忍於手 而以足漸近於前. 於是犬臥其側 太虛慨然而言曰『犬乎! 犬乎! 爾若有知 當去此劍.』犬乃聞言 輒起咬劍 棄於外復入 咬僧喉僧遂斃. 太虛說其事於妻黨 牽犬而去 已渡野陟嶺 其家疾呼邀之 太虛不應而顧之 妻黨繫妻頸於樹 以巨椎椎其胸矣.

(寧邊 校生 郭太虛는 定虜衛, 金無良의 사위로 부처 섬기기를 좋아하였고 많은 중들과 교제하였다. 太虛가 외출하자 그의 아내가 중과 사통하였는데 太虛가 밖에서 들어오니 중이 太虛를 내리누르고 그의 가슴 위에 걸터앉았다. 太虛가 힘이 약해 빠져나오지 못하고 있는데 중이 칼을 뽑아 들었다. 太虛가 손으로 칼을 쳐 땅바닥에 떨어뜨리니, 중이 太虛의 아내에게,

“칼을 가지고 와!”

라고 했다. 아내는 차마 손으로 가져다 주지는 못하고 발로 점점 앞으로 밀어 주었다. 그때 개가 곁에 누워 있었는데, 太虛가 분개하여 말했다.

“개야, 개야. 네가 만약 내 마음을 안다면 그 칼을 당장에 가지고 가 버려라.”

개가 太虛의 말을 듣고 갑자기 일어나더니 칼을 입에 물어 밖에 갖다버린 뒤 다시 돌아와 중의 목을 물어뜯어 죽였다.

太虛는 처가로 가 그 사실을 처갓집 식구들에게 말한 뒤 개를 끌고 돌아섰다. 그가 들판을 건너 고개를 오르는데 그의 아내가 太虛를 다급하게 부르며 돌아오라고 소리쳤다. 太虛가 뒤돌아보니 처갓집 식구들이 그녀의 목을 나무에 매달아 놓고 큰 몽둥이로 가슴을 때리고 있었다.)

한 음탕한 여자가 중과 사통하고 그것이 탄로 나자 중과 함께 남편을 죽이려 했다는 것이다. 그러다 개가 중을 물어 죽였다니 이는 다른 말로, 천벌을 받았다는 이야기일 것이다. 간통한 여자는 친정에서 벌을 주었다고 하는데 가문을 심하게 욕되게 한 여자를 친정 부모가 죽였다는 것은 다른 이야기에도 흔히 등장하는 것이다.

≪溪西野譚≫에도 다음과 같은, 음탕한 여자가 중과 추한 짓을 하다 탄로나 죽음을 맞는 이야기가 실려 있다.

一儒生投筆 而業武藝 習射於慕華館 夕陽罷歸 有一內行 駕轎而來 後無陪行 只有童婢隨後 而頗妍美 儒生見而欲之 腰矢肩弓而隨 或前或後 風吹簾捲見轎內 女人素服而坐 眞國色也 儒生精神怳惚 心內暗忖 此是誰家女子 第往探知其第矣 隨後而行入新門 轉向南村某洞一大第而入 儒生彷徨門外 日勢已暯 向店買食 而帶弓矢 周察其家前後 無可闖入處 後(場)墙依一小阜而不高 踰墙而下則 其家後面 東西兩房 燈光熒然 照後雙窓 往其窓下 潛窺東房則 有一老嫗 倚於枕上 而俄者所見之女子 讀諺册

燈下 聲音琅琅 (而已)已而老嫗曰『今日似必困憊 可歸汝房休息』其女子退
歸西房 儒生自外 又往西房 窓外窺見則 女子喚童婢謂曰『行役之餘 汝亦
困憊 可出宿于汝母房 明早入來』童婢出門 女子起 而閉上窓戶 儒生暗喜
曰『此女子獨宿 吾當乘間 突入可也』云而屛氣窺見則 女子開籠 而出鋪
錦衾 吸烟(茶)草而坐燈下 若有所思想者 然儒生心窃訝之 少焉 後園竹林
有人跡 儒生驚怵 隱身以避 而見之 一禿頭和尙 披竹林而來 叩後窓 而
自內開窓迎之 儒生隨後窺見則 其和尙摟抱其女 淫戲無所不至 已而其女
起 向卓上拿下 酒壺饌盒 滿酌而勸之 和尙一吸而盡 問曰『今日墓行 果
有悲懷否』女笑答曰『惟汝在吾 何悲懷 且是虛葬之地 亦有何悲懷可言乎』
又與僧一場淫戲 而裸體同入衾中 相抱而臥 此時儒生初來欲奸之心 雲散
霧消 而憤慨之心 倍激矣 仍彎弓注矢 從窓外 滿的射去 正中和尙之禿頭
頂門上揷去 其女驚起戰慄 急以衾裹僧之尸 置之樓上 儒生細察其動靜
踰後墻而出

　時已罷漏 仍爲還家 其夜似夢非夢間 有一靑袍儒生 年可十七八矣 來
拜於前曰『感君之報讐 是以來拜』儒生驚問曰『君是何人 所仇何人 吾無
報仇之事 君何以來謝』其人掩抑而對曰『某乃某洞宰相之子也 讀書于山寺
時 使主僧 持粮饌往來于家中 淫婦見而通奸矣 某於歸覲之時 此僧同行
到無人之地 蹴吾殺之 以尸置於山後巖穴 于今三年矣 寃死而報讐 昨夜
君之所射殺者 卽其僧 其女卽吾之妻也 此仇已雪 感謝無地 又有一事奉
託者 君須往見吾父親 告吾之尸在處 使之移窆則 恩又大也』言訖不知去
處 儒生驚覺 而心甚異之

　翌日更往其家 通刺而入則 一宰相起迎 坐定 儒生問曰『子弟有幾人』主
人揮淚而言曰『老夫命途奇窮 無他子女 五十後得一兒 愛如掌珠 纔成婚
禮 往山寺課工 爲虎所噉去 終祥未過矣』曰『小生有一疑訝事 第隨我而訪
尸可乎』主人驚曰『君何由知之』曰『第往見之』主人具鞍馬 與之同行 至某
寺 不馬登山行幾步 有巖石而有穴 以土石塞其口 使隸去土石 以手探之
則 有一尸 出而見之 果其子 顏色依舊 老宰抱尸哭 幾絶而甦 向其儒生
曰『汝何由知之 必是汝之所爲也』儒生冷笑曰『吾若行之則 何可見公而道
之乎 第爲治喪 而歸問其由 於令子婦 其房樓上 有一物可證者 公須速行
之』老宰一邊運尸安于僧舍 而歸家

　直入子婦房問曰『吾有朝服之置 於汝樓上矣 吾可出而見之 須開樓門』
其婦慌忙而對曰『此則兒當出來 何必尊舅之親搜也』云而氣色頗殊常 老宰

仍向樓 開鎖而入則 有穢惡之臭 搜之至籠後 有以錦衾裹者 出而置於房
內則 一少年胖大和尙之屍 而揷箭於頂門之上矣 老宰問曰『此何爲也』其
子婦面如土色 戰慄不敢對 仍出 請其父與兄 道其事而黜之 其父以刃割
而殺之云矣

　仍改葬其子之屍 於先山下矣 一夜其儒生 又於似夢非夢間 其少年又來
百拜致謝曰『君之恩無以酬之 今科擧不遠 而場中所出之題 卽吾之平日所
做之文 吾可誦傳之 君須書之 入場後呈卷則 可做第矣 誦傳一首賦 題是
秋風悔心萌也 其儒生受而書之 日後科擧已迫則 入場果出此題 仍書其賦
而呈券 至秋風颯兮夕起 玉宇廓而崢嶸之句 秋字誤書以金字矣 時竹泉金
公鎭圭 主試 見此券曰『此賦果是善作 而似是鬼神之作 無乃欲試 吾輩
(試)詩鑑之故耶云矣』至金風颯兮夕起之句 笑曰『 (此乃鬼作)此乃非鬼作』
乃擢第一 人問其故 竹泉答曰『鬼神忌金 若鬼作則 必不書金字 故知其非
鬼作云矣』榜出 其儒生登第 其姓名考之科榜則 可知其誰某 而未及考見
云爾

　(한 유생이 붓을 던지고 무예를 닦았는데 모화관에서 활쏘기를 연
습하였다. 석양에 파하고 돌아가는데 한 내행이 가마를 타고 갔다. 뒤
에 배행(陪行)이 없이 다만 동비(童婢)가 따르는데 여자가 자못 아름다
웠다. 유생이 보고 욕심을 내어 허리에는 화살을, 그리고 어깨에는 활
을 맨 채 앞서거니 뒤서거니 하며 따랐다. 바람이 불자 주렴이 걷히
며 잠깐 가마 안이 보였는데, 소복을 하고 앉아 있는 여인이 정말 경
국지색이었다. 유생이 정신이 황홀한지라 마음 속으로 몰래 '이게 어
느 집 여자인가? 다만 가서 그 집을 알아내야지' 하고 생각하였다. 뒤
를 따라 가는데, 새 문(新門)으로 들어가더니 남촌 모 동의 어떤 큰
집으로 방향을 바꾸어 들어갔다. 유생이 문밖에서 맴돌다가 날이 이
미 저물자 주막으로 가서 밥을 사 먹고, 다시 활과 화살을 차고 그
집 앞뒤를 두루 살폈으나 들어갈 곳이 없었다. 뒷담은 작은 언덕을
끼고 있었는데 높지 않은지라 담을 넘어서 내려가니 그 집 뒷면이었
다. 동서 양쪽에서 등불이 뒷벽의 두 창을 비추고 있었다. 그 창 아래
가서 몰래 동쪽 방을 엿보니 한 노파가 베개 위에 기대어 있고, 아까
본 여자는 등불 아래서 언문 책을 읽고 있는데 목소리가 낭랑하였다.
이윽고 노파가 말하였다.

"오늘은 필시 피곤할 테니 네 방으로 돌아가 쉬어라."

그 여자가 물러가 서쪽 방으로 돌아왔다. 유생이 밖에서 또 서쪽 방으로 가서 창 밖에서 엿보니 여자는 동비를 불러서 일렀다.

"길을 걸은 뒤라 너도 피곤하겠다. 나가서 네 어미 방에서 자고, 내일 아침 일찍 들어오너라."

동비가 문을 나가니 여자가 일어나 위 창문을 닫았다. 유생이 암암리에 기뻐하며 말했다.

'이 여자가 혼자 자니, 나는 마땅히 틈을 타서 돌입하는 것이 좋겠다.'

숨을 죽이고 엿보니, 여자가 농을 열고 비단 이불을 꺼내어 깔았다. 담배를 피우며 등불 아래 앉아 있는데, 마치 그리워하는 사람이 있는 양하였다. 그러자 유생은 마음 속으로 은근히 의아하게 여겼는데, 조금 있다가 후원죽림에 인적이 있었다. 유생이 놀라기도 하고 겁이 나서 몸을 숨겨 피하고 보니, 한 대머리 화상이었다. 죽림을 헤치고 와서 뒷창을 두드리자 안에서 문을 열고 맞았다. 유생이 뒤에서 엿보니 그 화상이 여자를 끌어안고 음란하게 희롱하는데, 못 하는 짓이 없었다. 이윽고 그 여자가 일어나 식탁에 술병과 찬합을 내려놓고 술을 가득 따라 권하니, 화상이 단숨에 다 마시고는 물었다.

"오늘 묘소 행에는 과연 슬픈 감회가 있던가?"

여자가 웃으며 말했다.

"오직 당신만 있다면 무슨 슬픔이 있겠어요? 또 이는 허장(虛葬)한 곳인데, 무슨 슬픔이 있다는 게 말이나 됩니까?"

다시 중과 더불어 한 바탕 음란한 희롱을 하더니, 알몸으로 이불 속에 들어가 서로 안고 누웠다. 이때 유생은 처음에 일었던 음란한 마음이 구름이 흩어지고 안개가 씻기듯이 사라지고, 분개하는 마음이 더욱 격동했다. 이에 활을 당기고 화살을 매겨 창 밖에서 힘껏 당겨 쏘니, 화살이 화상의 대머리 정수리에 명중하여 꽂혔다. 여자가 놀라 일어나 전율하더니, 급히 이불로 중의 시신을 싸서 다락에 얹어 두었다. 유생이 세심히 그 동정을 살피다가 뒷담을 넘어서 나갔다.

때는 이미 파루(罷漏)할 때라 집에 돌아가게 되었는데, 그 날 밤 비몽사몽간에 푸른 도포를 입은, 나이 십 칠팔 세 가량 된 한 유생이 와서 절하며 말했다.

"그대가 원수를 갚아주신 것에 감사하여, 이에 절을 드리러 왔습니다."

유생이 놀라 물었다.

"그대는 어떤 사람이며, 누구의 원수를 갚았다는 거요? 나는 원수를 갚은 일이 없는데, 그대는 무엇 때문에 와서 감사하다는 거요?"

그 사람은 비통한 감정을 억누르며 대답하였다.

"저는 모동(某洞) 재상의 아들입니다. 산사에서 글을 읽을 적에 주지로 하여금 양식과 찬거리를 가지러 집안을 왕래하게 하였는데, 음부가 그를 보고 통간(通姦)을 했습니다. 저가 어른들을 뵙고 돌아올 때, 그 중이 동행하다가 아무도 없는 곳에서 저를 발로 차서 살해했습니다. 시신을 산 뒤의 바위굴에 둔 지가 지금까지 삼 년인데, 그대가 억울하게 죽은 원수를 갚아주었습니다. 어제 밤에 그대가 쏘아 죽인 자가 바로 그 중이고, 그 계집이 바로 제 처입니다. 저의 원수를 갚아주셨으니 감사하여 몸둘 바를 모르겠습니다. 또 한가지 부탁드릴 일이 있는데, 그대는 모름지기 가셔서 제 부친을 뵙고 제 시신이 있는 곳을 아뢰어 주십시오. 저의 유해를 이장하게 해 주신다면 은혜가 또한 크겠습니다."

말을 마치더니 간 곳을 알 수 없었다. 유생이 놀라 깨었는데 마음 속으로 매우 이상하게 여겼다.

다음 날 다시 그 집에 가서 손님이 왔다고 알리고 들어가니 한 재상이 일어나 맞이하였다. 좌정하고 나서 유생이 물었다.

"자제 분이 몇 분이십니까?"

주인이 눈물을 흘리며 말했다.

"이 늙은이의 팔자가 기박하여 다른 자녀는 없고, 오십 후에 한 아이를 얻어 손안의 구슬처럼 사랑하였더니, 겨우 성례를 치르고 산사에 가서 공부에 힘쓰다가 호랑이에 물려가게 되었는데, 아직 탈상도 하지 못 했다네."

"소생에게 의아한 일이 하나 있는데, 다만 저를 따라서 시신을 찾으시겠습니까?"

주인이 놀라 말했다.

"자네가 어떻게 찾는단 말인가?"

"다만 가서 보기나 하십시오."

주인이 안장을 얹은 말을 갖추어 그와 동행하였다. 한 절에 이르자 말에서 내려 산을 오르다가 몇 걸음 가니 암석이 있고, 거기에 다시 구멍이 있었는데 그 입구는 흙과 돌로 막혀 있었다. 종에게 토석을 치우게 하고 손으로 더듬으니 거기에 사람의 시신이 있었다. 꺼내어 보니 과연 그 아들이었는데 안색이 예와 같았다. 재상이 시신을 안고 통곡하며 거의 기절할 뻔하다가 깨어났다. 재상이 유생을 향해 말했다.

"자네는 어떤 연유로 알았느냐? 필시 네가 한 짓이로다."

유생이 냉소하며 말했다.

"만약 저가 그랬다면 어떻게 공을 뵙고 말씀드릴 수 있었겠습니까? 다만 치상을 하고 돌아가 그 연유를 자부님께 물어보십시오. 그 방 다락 위에 증거가 될 만한 것이 있으리니, 공께서는 모름지기 속히 행하십시오."

재상이 시신을 절에 옮겨 안치하는 한편, 귀가하자 곧 자부의 방으로 들어가 물었다.

"내가 朝服을 너의 다락에 두었구나. 꺼낼 테니 다락문을 열어라."

자부가 황망히 대답하였다.

"이는 제가 마땅히 꺼낼 것인데, 하필 아버님께서 몸소 찾으십니까?"

하면서 기색이 자못 평상시와 달랐다. 재상이 자물쇠를 열고 다락으로 들어가니 지독한 냄새가 났다. 냄새나는 곳을 찾으며 농 뒤에 이르자, 비단 이불에 쌓인 것이 있기에 꺼내어 방안에 펼치니, 바로 어떤 비대한 소년 和尙의 시신이었는데 화살이 정수리 위에 꽂혀 있었다.

재상이 물었다.

"이것이 어떻게 된 일이냐?"

자부가 얼굴이 흙빛이 되어 전율하며 감히 대답하지 못했다. 그리하여 재상은 밖으로 나가 그 아비와 오라비를 불러서 그 일을 말하고 며느리를 쫓아냈다. 그러자 그 아비는 딸을 칼로 찔러 죽였다. 재상은 곧 그 아들의 시신을 선산 아래에 묻었다.

어느 날 밤 그 유생이 또 비몽사몽간에 있는데, 그 소년이 다시 와서 백배 치사하며 말했다.

"그대의 은혜를 갚을 수가 없군요. 이제 과거가 멀지 않은데 과거

에 나오는 문제는 바로 제가 평일 지었던 문장입니다. 제가 외워서
전해줄 수 있으니, 그대는 모름지기 그것을 써 두었다가 입장 후에
답안지를 내면 급제할 수 있을 것입니다."

하고는, 賦 한 수를 외워서 전했는데, 글제는 '秋風悔心萌'이었다.
유생이 그것을 받아썼다. 며칠 후에 과거가 있어 과장에 입장하였다.
유생은 과연 그 글제가 나오는지라, 그 부를 써서 답안지로 냈다.

'가을 바람 쓸쓸히 석양에 부는데, 하늘은 광활하고 한껏 높다.(秋風
颯兮夕起 玉宇廓而崢嶸)'는 구절에 이르러 추(秋) 자를 금(金) 자로
잘못 썼다. 이때 竹泉 金鎭圭 공이 주시(主試)였는데 이 답안지를 보
고 말했다.

"이 賦는 과연 잘 썼지만 마치 귀신이 쓴 것 같구나. 우리들의 시
고르는 안목을 시험하고자 하는 까닭인가?"

그러더니 '금풍삽혜석기(金風颯兮夕起)'의 구절에 이르러서 웃으
며 말했다.

"이것은 귀신의 작품이 아니구나."

이에 제일로 뽑았다. 사람들이 그 연고를 물으니 竹泉이 말했다.

"귀신은 쇠(金)를 꺼리는데, 만약 귀신이 지었다면 반드시 금(金)
자는 쓰지 않았을 것이다. 그래서 귀신이 짓지 않은 것임을 알았다."

방이 나오니 과연 그 유생이 등제(登第)했다. 그 성명은 과방(科榜)
을 살피면 아무개인지 알 수 있을 터이나, 미처 살펴보지는 않았다고
한다.)

≪靑邱野談≫에도 위와 비슷한 說話가 실려 있는데 그 줄거리를
보면, 다음과 같다.

Ⓓ 한 儒生이 활쏘기 연습을 하고 돌아오다가 素服을 한, 아름다운
    여자가 가마를 타고 가는 것을 보고 그 미모에 끌려 뒤따라간다.
Ⓔ 그 여자가 南村에 있는 큰 저택으로 들어가자 담을 넘어가 엿본다.
Ⓕ 후원에서 인기척이 나더니 한 중이 나타나 그 여자와 음행을 한다.
Ⓖ 분개한 선비가 창 틈으로 활을 쏘아 중을 죽였다. 여자는 급히
    중의 시체를 치웠다.

ⓜ 집에 돌아와 눈을 붙이니 한 소년이 나타나 사례한 다음 山寺의
중이 자신의 아내와 짜고 자신을 죽여 바위틈에 암장했으니 장
례를 치러 달라고 한다.
ⓑ 儒生이 그 집을 찾아가 사실을 말해 주었다.
ⓢ 그 여자가 쫓겨나 친정으로 갔는데 그 아비가 죽였다.
ⓞ 어느 날 그 소년이 다시 儒生 앞에 나타나 과거의 試題와 답을
불러 주었다.
ⓩ 儒生이 과거에 나가 소년이 불러 준대로 써서 及第하였다.

위의 두 편의 說話에서 본 바와 같이 淫行을 저지르다 발각되어
쫓겨난 여자는 보통 친정 부모의 손에 죽는 것으로 되어 있다. 그런데
간혹 천벌을 받아 죽음보다 더한 고통을 당하는 것으로 되어 있는 것
도 있다.

洪宰樞微時路逢雨 趨入小洞 洞中有舍 有一尼年十七八 有姿色儼然獨
座 公問何獨居 尼云 三尼同居 二尼乞糧于下村耳 公遂與叙歡 約日 某
年月迎汝歸家 尼信之 每待某期 期過而竟無影響 遂成心疾而死 公後爲
南方節度使在鎭 一日有小物如蜥蝎 行公褥上 公命吏擲外 吏遂殺之 翌
日有小蛇入房 吏又殺之 又明日蛇復入房 始訝爲尼所祟 然恃其威武 欲
殲絶之 自後無日不至 至則隨日而漸大 竟爲巨蟒…48)

(洪宰相이 출세하기 전 길을 가다가 갑자기 비를 만나 굴속으로 들
어갔다. 굴 안에는 집이 있고 열일곱 여덟쯤 된 한 비구니가 혼자 있
었는데 자색이 아름다웠다. 洪宰相이 어찌하여 혼자 있느냐고 물으니
비구니 셋이 있는데 두 사람은 양식을 구하러 마을에 내려갔다고 했
다. 洪公은 그 비구니와 관계를 가졌다. 그는 아무 해, 아무 달 그녀
를 자기 집으로 데리고 가겠다고 약속하고 그곳을 떠났다. 비구니는
그 말을 믿고 기다렸지만 약속한 날이 지나도 그는 오지 않았다. 그
녀는 상심하여 결국 병이 나 죽고 말았다. 公이 뒤에 南方節度使가

48) ≪慵齋叢話≫

되어 갔는데 하루는 작은 도마뱀이 公의 요 위에서 기고 있었다. 公
이 부하를 시켜 내다 던져버리게 했다. 부하가 그것을 죽여버렸다. 다
음 날 조그마한 뱀 한 마리가 방에 들어와, 公의 부하가 또 죽여버렸
다. 다음 날 또 뱀이 방에 들어왔다. 그것이 비구니인 것 같다고 생각
한 公은 위엄을 갖추어 아주 죽여 없애버리려 했다. 그 후 안 나타나
는 날이 없고 자꾸 커져 나중에는 아주 큰 뱀이 되어…)

그런 일이 계속 되자 洪宰相은 결국 정신이 혼미해져 병들어 죽고
말았다 한다. 위의 이야기에서는 남녀 둘이 모두 벌을 받고 있다. 먼
저 洪宰相은 佛道를 닦고 있는 어린 비구니로 하여금 破戒를 하게
한 위에, 데리고 같이 살겠다는 약속을 저버렸기 때문에 벌을 받았다
고 할 수 있다. 그리고 비구니는 修行하는 女僧으로서 戒를 어겼기
때문에 業報를 받은 것이다. 佛家에서는 七業이 있는데 그 비구니가
받은 것은 나쁜 짓을 했을 때 짐승으로 태어나는 報를 받은 것이다
(行於邪添 得畜生報). 그러므로 그녀가 환생한 것은 '死化爲蛇'의
報인 것이다.

그런데 여기서 한 가지 의문으로 떠오르는 것은 妖女, 淫女의 好色
이야기에 왜 중이 그렇게 자주 등장하는가 하는 것이다. 好色說話에
등장하는 부정한 여성의 淫行 파트너로 중이 자주 등장하는 데는 분
명히 어떤 이유가 있을 것인데 그것이 무엇인가가 문제인 것이다.

인간의 性行爲와 그 心理는 인류 보편의 현상으로 지극히 정상적
인 것이다. 그러므로 정상적인 남녀 관계는 이야기거리도 되지 않고
재미도 없다. 그것이 話題가 되고 사람들의 흥미를 끌려 하면 그 관
계가 奇異하거나 怪常하거나 變態的, 비정상적인 것이어야 한다. 보
통 사람이 결혼을 하고 密愛를 하고 첩을 얻은 경우는 이야기거리가
못 되지만 그래서는 안 될 사람이 그랬을 때는 떠들썩한 話題가 되는

것이다. 그것은 외국의 경우도 마찬가지다. 나타니엘 호손의 <朱紅글씨>가 그렇게 센세이셔널한 소설이 된 것도 유부녀 헤스트 프린이 간통한 상대가 아서 팀즈테일이라는 목사였기 때문이다. 목사는 聖職者로 사람들로 하여금 '간음하지 말라'는 모세의 戒命을 지키게 해야 할 사람이다. 그런 그가 불륜을 저지르고 그것을 숨기고 살았으니 충격적인 이야기가 될 수밖에 없었던 것이다.

또 한 가지, 불륜을 저지른 남녀의 신분의 격차가 흥미를 불러일으키는 요소가 된다. 특히 여자에 비해 남자가 상대적으로 卑賤한 신분일 때 그 기이한 不均衡性이 야릇한 흥미를 불러일으키는 것이다. 猥藝物이라는 논란으로 법정문제까지 되었던 D.H.로렌스의 <차탈레이 부인의 사랑>도 準男爵 부인이라는 고귀한 신분의 여성이 사냥터지기란 연하의 賤人과 혼외정사를 벌인 이야기였기 때문에 더욱 떠들썩한 話題가 되었었다.

19세기 후반 이후 釜山 지방에서 민중의 인기를 끌었던 東萊野遊 중 양반과장도 양반 댁 大夫人이 下人 말뚝이와 간음하는 이야기였기 때문에 더 큰 박수갈채를 받았다고 보아야 할 것이다.

妖女說話의 경우, 淫事에 중이 자주 등장하는 것은 위의 이유 중 두 가지 때문인 것으로 보인다. 첫째, 중은 여자를 가까이 해서는 안 되는 사람이다. 가장 엄격하게 지켜야 할 戒가 바로 여자를 멀리 하는 것이다. 이는 철저해서 절에서는 벌과 나비를 부르는, 향기를 가진 꽃을 심지 않으며 음식도 陽氣를 자극하는 것은 먹지 않는다. 그런 세계에 사는 중이 여자와 私通했다는 이야기는 비정상적이고 怪奇한 면에서 사람들의 관심을 끌게 되었을 것이다. 또 한 가지 과거, 특히 朝鮮朝에는 중이란 사람의 신분이 이야기 거리를 제공하는 것이었다. ≪經國大典≫에 의하면 중은 朝鮮時代 여덟 賤人의 하나였다.[49] 그리고 그러한 說話에 나오는 부정한 여자는 대부분 士大夫家의 부인이다. 양반집의 부인과 천한 중의 淫行이란 이 怪異性이 이야기를 자극적인 것, 재미있는 것으로 만들었고 그것이 그러한 好色說話가 아닌가 한다.

마지막으로 시대 상황이 佛敎에 불리하게 전개된 것도 好色僧說話 등장의 배경이라고 할 수 있을 것 같다. 新羅를 거쳐 高麗로 접어 들어 크게 융성한 佛敎는 그 말엽으로 오면서 확실히 타락한 일면을 보였던 것 같다. 高麗末에서 朝鮮朝에 이르는 시기에 妖僧 이야기가 자주 나오게 된 것도 그런 점을 말해 주는 것으로 보아야 할 것이다. 高麗의 경우, 말년의 辛旽(?~1371) 이야기가 그런 것이다. 玉川寺란 절의 여자 중의 몸에서 태어난 그는 恭愍王의 눈에 들어 國師의 자리에 올라 권력을 휘둘렀다. 그는 왕의 신임을 잃자 반역을 꾀하다 참형을 당했다. 그에 대해서는 왕비와 간음을 했다느니, 생활이 말할 수 없이 문란했다느니 하는 이야기들이 많이 전해 오고 있다. 朝鮮의 경우 明宗 때의 중 普雨를 예로 들 수 있다. 그는 明宗의 어머니인 과부 文定王后와 가까운 사이로 궁중에 드나들면서 실력 행사를 한 바 있다. 文定王后가 죽자 台諫에 의해 濟州道로 유배되었다가 그곳에서 피살되었는데 王后와 불미한 관계가 있었다느니, 妖僧이라느니 하는 말을 많이 들었다. 辛旽이나, 普雨나 어느 정도 비판 받아야 할만한 짓을 저질렀을 수도 있겠지만 그보다는 그들이 권력 싸움에서 밀려나거나 패배하여 비명에 죽었기 때문에 부정적인 면이 더 크게 부각되어 있는 것이 아닐까 한다. 실제로 한 史書는, 辛旽의 경우 三重大匡領都僉議의 직에 앉아 권문세가가 빼앗은 토지

---

49) 중과 함께 八賤人에 드는 사람들은 巫覡·廣大·妓生·喪輿軍·私奴婢·白丁·醫員 등이었다.

와 노비를 본 소유주에게 되돌려 주거나 해방하여, 백성들로부터 '聖人'의 칭호를 들었다고 하고 있다. 또 普雨의 경우도 禪敎兩宗을 설치하고 僧科 과거를 시행해 佛敎界에 활기를 불어넣은 '名僧'이라고 하고 있다.50)

　　결국 朝鮮朝에 들어 강하게 시행된 佛敎에 대한 탄압이 여러 가지 부정적인 佛敎 이야기를 낳지 않았나 한다. 朝鮮 太祖는 高麗 때에 佛敎와 佛僧이 타락하여 폐해가 컸다 하여 度牒制를 실시하여 승려의 증가를 막고 절을 함부로 짓지 못하게 했다. 이어 太宗은 탄압을 더 가혹하게 해 전국의 절을 2백 42개만 두고 나머지는 모두 없앴으며 그에 속한 토지와 노비를 몰수하여 관 소유로 함으로써 佛敎는 사실상 재기가 불가능할 정도의 큰 타격을 받았다. 이후 世宗과 世祖朝, 그리고 明宗 初에 다시 약간 활기를 띠는 듯 하다가 앞서 말한 文定王后 사후에 다시 된서리를 맞았다. 요는 朝鮮朝는 高麗와 달리 儒家가 지배하는 세계라 佛敎는 어쩔 수 없이 몰락의 길로 들어선 것이다. 그러니 儒學者들이 쓴 文獻에는 자연 못된 중에 관한 이야기가 많이 등장할 수 밖에 없었을 것이다. 妖僧說話가 口碑 쪽보다 文獻說話 쪽에 훨씬 더 많이 등장하고 있다는 것도 그러한 사정의 일단을 말해주는 반증이라 할 것이다. 成俔이 쓴 ≪慵齊叢話≫에 나오는 妖僧과 妖女에 관한 이야기는 거기서 朝鮮 儒家의 佛敎에 대한 혐오의 마음을 읽을 수 있는 것이다.

　　寺傍老翁 有年少妻 僧與之相通 翁家貧 欲賴僧庇 率妻來寓寺中 僧亦
　　愛翁 多給衣食 三人同被共宿 不相忌妬 生一子一女 僧曰 翁之子 翁亦
　　曰 和尙子

---

50) 이상 李基白, 「韓國史新論」(一潮閣, 1989), pp.195-241.

(어떤 절 곁에 한 늙은이가 젊은 처를 데리고 살고 있었는데 그 절
의 중과 친했다. 늙은이는 가난하여 그 중의 도움을 받고자 하여 처
를 데리고 그 절에 가서 살았다. 중 역시 그 늙은이를 좋아 해 많은
옷이랑 음식을 주었다. 세 사람이 한 이불을 덮고 살면서 서로 시기
하지 않았다. 아들 하나와 딸 하나가 태어났는데 중은 노인네 자식이
라고 하고 늙은이는 중의 자식이라고 했다.)

명색이 중이라는 사람이 混淫까지 했다는 것이다.

3. 道敎思想 외 - 妄動이 부르는 破綻

妖女說話들은 일상의 언행을 어떻게 해야 할 것인가에 대해서도
때로는 재미있는, 때로는 무서운 이야기로 들려준다. 거기서는 세속적
인 道敎思想, 우리 전래의 巫俗思想 같은 것을 볼 수 있다.

이러한 면의 교훈은 어떤 의미에서 우리가 오래 전부터 들어온 俗
談들을, 이야기로 듣는 기분을 느끼게 한다. 예를 들면 말은 함부로
하는 것이 아니라는 교훈을 '입이 도끼다' '실없는 말이 송사 간다'
'말 많은 집은 장맛도 쓰다' '혀 아래 도끼 들었다' 같은 俗談으로 들
어 왔다. 說話는 그것을 말을 함부로 하면 어떤 화를 당하는가 하는
이야기로 들려준다. 平安北道 定州에서 채록한 다음의 說話가 그러
한 경우다.

넷날에 나무나 즘성이나 말할 줄 알던 시대에인데 그 시대에 한 사
람이 거북이를 잡아 개지구 이거를 삶넌데 아무리 불을 때두 삶아디
디 안해서 거북이를 도루 바다에다 넣갔다구 개지구 가다가 뽕나무
밑에 앉아서 쉬고 있었다. 가만히 듣구 있누라느꺼니 거북이와 뽕나
무레 하는 말이 들렜다.

거북이레 하넌 말이 사람이 나를 잡아서 삶을라 해두 삶아디디 안
해서 도루 바다에 넣게 간다구 했다. 그러느꺼니 뽕나무레 나를 떡어
다가 삶으문 잘 삶아딘다구 했다. 이 사람은 그 말을 듣구 그 뽕나무
를 떡어 개지구 와서 거북이를 삶았더니 잘 삶아뎄다.
　　뽕나무와 거북이레 그런 말을 하디 안했더라문 둘 다 살았갔넌데
쓸데없는 소리 했다가 둘 다 죽구 말았다구 한다.[51]

아무 말 안 했으면 무사했을 것인데 쓸 데 없이 말을 해서 둘 다
죽었다니, 위 俗談에서의 '입이 도끼다' '혀 아래 도끼 들었다'고 한
그대로인 것이다.

平安北道 鐵山郡 일대에는 경망스런 여자의 입 방정으로 남편이
죽게 된 이야기가 전해져 오고 있다.

넷날에 어떤 사람이 산길을 가드랬넌데 범은 칼을 무서워해서 칼
든 사람한테는 달라들디 못한다는 말을 들었기 때문에 이 사람은 큰
날즘성에 날개를 얻어 개지구 이거를 칼터럼 메구 갔다. 범이 나와서
잡아먹디 못하구 이 사람에 뒤만 따라갔다. 이렇게 해서 이 사람은
집에꺼정 다 왔넌데 색시레 나와서 당신 어드래서 그따우 날개쭉지를
들구 오능가 하구 말했다. 범은 이 말을 듣구 그거이 칼이 아니구 아
무것도 아닌 날개구나 하구서 이 사람에게 달라들어 물구 갔다. 낸이
차부없이 입을 놀리다가 서나를 잃게 됐다구 한다.[52]

동양에서는 옛날부터 言語에 대해서 부정적인 사상이 강했다. 老子
는 ≪道德經≫에서 처음부터 '道可道非常道' 곧 '道를 말로 했을
때는 이미 道가 아니다.'라고 해 言語의 존재에 대한 열등성을 말하
고 더욱 言語는 존재를 왜곡한다고까지 말했다. 孔子도 ≪論語≫「子

---

51) 任晳宰, 「韓國口傳說話」任晳宰全集2(평민사,1988), p.273.
52) Ibid.

路篇」에서 '剛毅木訥近仁' 곧 '강직하여 굴하지 않고 순진하고 느리며 말주변이 없는 것이 仁에 가깝다.'고 했다. ≪內訓≫「言行章」도 '진실로 말을 조심하지 않으면 모든 재앙과 액운이 이로부터 비롯된다(苟不愼樞機 災厄從此始).'라고 하고 이어 '말은 원한을 사게도 하고 적대감을 불러일으키게도 한다(結怨興讐).' '심사숙고하지 않은 말을 입 밖에 내지 말며 장난삼아 말을 해서는 안 된다(不出無稽之詞 不爲調戲之事).'라고 하고 있다. 입조심 說話는 일상인에게 위와 같은 교훈을 주는 것이다.

또 한 가지 말과 관련된 說話로 약속을 함부로 해서는 안 된다는 것이 있다. 大田 지방에서 들을 수 있는 아래의 說話는 특히 여자들을 향해 던지는 교훈이라 할 수 있다.

    홀아버지가 외딸 하나, 무남독녀 외딸이지. 외딸 하나 데리고서 외딴 집에 말을 한 필 가지고 살았대. 말을 한 필 가지고 살으니까, 옛날에는 그 있는 사람들이고 없는 사람들이고 차가 없으니까 말이잖어. 말을 한 필을 가지고 사는데 세 식구가 이제, 말 하구 아버지랑 딸 하구 세 식구지. 그래서 사는데, 한 날은 아버지가 딸보고,
    "애야, 내일은 장을 보고 와야겠다."
    그러더래. 그래서 딸은 혼자 있구 말을 타구서 아버지가 장에 가셨대. 장에 가시더니 삼사일 돼도 안 돌아오시더래. 아버지가. 그래서,
    "이상하다?"
    고. 외동 무남독녀 외딸이 있는데, 말이 혼자서 들어오더래. 말이 혼자서 들어오더래. 아버지를 안 모시고 오고. 땀을 쭉 흘리고 마굿간을 들어가더니 한숨을 푹 쉬더래는 거야. 그래서 딸이 물었대. 가서 말한데.
    "너는 어째 우리 아버지를 안 모시고 너 혼자서 왔느냐?"
    물으니까, 이 말이 하는 이야기가 아버지를 못 모시고 왔다는 그 표정을 짓더래. 그래서 안 되겠더래는 거야. 딸이. 무남독녀 외딸이. 그래서 딸도 밥을 못 먹고 말도 밥을 못 먹고. 그래서 거기, 그러다

그러다 인저 딸이 안 되겠서서 이 딸이 말한테다가 말 빚을 졌대요.

"말아. 말아. 니가 가서 우리 아버지를 모시고 오면 내가 결혼을 해주겠다."

이러니까, 말이 좋은 표정을 짓더니,

"히힝 -!"

하고 가더라는 거야. 가더니 삼일만에 가서 아버지를 모시고 오더래요. 그러니까 이 딸이 말 빚을 졌잖아. 짐승한테라도. 숫말인데 아가씨고. 무남독녀 외딸이고. 그래가지고 이 말이 오더니 아버지를 모셔다 놓고서 영 밥을 안 먹더라는 거야. 밥을. 그래서 아버지가 이상할 꺼 아냐? 말도 밥을 안 먹고 딸도 밥을 안 먹고 죄 들어눠서 밥을 안 먹더라는 거야. 그래서 아버지가 물었대 딸한테다가.

"세상에 세 식구가 사는데, 왜 너도 안 먹고 말도 병이 나고, 왜 그러냐?"

물으니까, 딸이 하는 말이,

"아버지 저는 말한테 말 빚을 졌습니다."

그러더래요. 그래서,

"도대체 무슨 말 빚을 졌길래 밥을 둘 다 안 먹느냐?"

물었대. 그러니까,

"아버지를 안 모시고 와가지고 하도 아버지를 기다리다 안 오시길래 말한테 물었더니, 저렇게 안 오셔서 내 못 모시고 왔다고 얘기를 해서… "

옛날 전설이니까 말을 했지. 인제.

"그래서 너는 아버지를 모시고 오면은 내가 너랑 결혼을 해주겠다고 얘기를 했다."

고.

"그랬더니 말이 와서 아버지를 모시고 와 가지고서 밥을 안 먹는다."

고 그랬대요. 그러니까 그 아버지가, 옛날에는 왜 그 싸리대문으로 해가지고선 혼자 살았대. 외딴집에 혼자 살았대. 그 아버지가,

"세상에 이럴 수가 있느냐?"

고.

"이런 놈의 말 안 되겠다."

고 말이여. 말 한 필 있는 거를, 나무 없는 데가 사태복이라고 하지. 사태복. 옛날에 그 산에를 가서 말을 잡았대. 말 한 필 있는 거를 잡아가지고 그 말을 고기는 사태복에 나무 없는 데다 묻고, 그깐 짐승이라도 얼마나 그 말귀를 알아듣고 그 아가씨를 사모했겠냐구? 그래가꾸 말은 갖다가 사태복에다 고기는 묻고서 그 가죽을 갖다가 싸리 대문에다 널어놨대. 껍데기를 갖다 널어놨대. 널어노니까 여름이니까 비가 오다가 눈이 오다가 이럴 꺼 아닌가 배. 그러니까 말 가죽에서 벌레가 나오더래. 벌레가 나오더니 싸리대문 옆에, 옛날에는 자꾸 이렇게 나무를 심어가지고 담장이 없고 나무가 있으니까, 그 나무로다가 젤루 가서 벌레가 뜯어 먹더래. 그 뽕나무를 그 벌레가 나와서 뽕나무를 뜯어먹더래. 그러니까 집을 하얗게 져 놓더래. 그러니까 누에 고추가 된거야. 그게. 그래서 말의 누에 전설이 이 아가씨가 말 하구, 말한테다가 말빚을 졌잖아 졌는데 결혼은 못해줬으니까, '내가 죽어서라도 이 몸에 갬겨보겠다'고 그 뜻으로다가 누에가 돼서, 그 뽕나무를 뜯어먹고서 하얀 고추를 지어줘가지고 고추로다가 실을 짜서, 명주를 짜서 아가씨 몸에 갬겼대요. 갬기니까 이 몸에 갬긴 거 아녀. 그러니까 결혼을 한 거죠. 근데 그 옷을 입고서 결혼을 한거나 마찬가지잖아요. 건데 그 누에를 볼 적에는 뽕을 뜯어 먹을 적에 보면은 얼굴이 끼더란 게 말이 죽은 넋이 누에라고, 누에가 됐다는 거여. 기서 얼굴을 이렇게 볼 적에는 누에 얼굴이 말하고 똑 같애요. 그래서 말 죽은 넋이 누에라. 누에 전설이 그거예요.[53]

한 처녀가 말에게 사랑의 약속을 하고는 지키지 않으니까 말이 상사병이 걸려 비극을 맞게 됐다는 것이다. 이 이야기는 한 마리 畜生도 사랑 약속에 목숨을 거는데 사람, 사내의 경우는 어떻겠느냐는 뜻을 감추고 있다. 그러니까 이 說話는 처녀는 이성을 상대로 언행을 가벼이 해서는 안 된다는 것을 가르치고 있는 것이다.

여자 입장에서는 부당하기 짝이 없는 일이지만 옛날에는 여자는 남편이 하는 일에 이러니 저러니 간섭을 해서는 안 되는 것으로 되어

---

53) 박종익, 「한국 구전설화집」3(민속원,2000), pp.179-81.

있었다. 그에 대한 교훈으로 한 여자의 경솔한 짓으로 남편이 비극적인 죽음을 맞았다는 傳說이 있다.

　예전에, 이저, 덕산 개꿀이유. 덕산이라는 디는 어디 땅이냐 하면 예산땅이유. 덕산 개꿀에 황팔도란 분이 있시유. 성은 황씨구 이름이 팔도요.
　자기 어머니가 무슨 병을 앓으시는지 물러. 그래 점 꽤나 치구 하는 분에게 가서 물어 봤시유. 그러니께,
　"당신 자당님은 무슨 약을 드려야 하는고 하니, 개"
　우리 집에서 먹이는 개가 있지 않습니까? 개 간을 천 보를 먹여야 한다고 그러드래유.
　"천 보를 먹이면은 낫습니다."
　이러거든유.
　그러니, 인력으로는 그게 참 어려운 일이유. 재산이나 잔뜩 있으면, 개를, 팔도 개를, 그때는 팔도니께유, 사들여 가꾸서 잡아서 그저, 개 간 천 보를 능히 대접하지만, 없는 사람이 어떻게 그걸 대접합니까. 그런디, 그분이, 책이 하나 요만한 책이 있는디, 변형(變形)하는 책이유. 인간이 변형하는 책. 뭐라구 뭐라구 하면 호랑이가 되네요. 그래 가꾸서 팔도에 댕이면서 개를 잡아 날르다가, 하루에, 개 간이라는 게 한 보밖에 더 있습니까. 이렇게 대접을 해 내려오는디, 차차 그 병환이 좀 차도가 있으시유.
　그런디, 자기 부인이 재미가 없던 모양이유. 또, 개사냥을 나갔시유. 그 부모 대접 할라구. 해서 나갔는디, 자기, 그, 남자가 오노서 뭐라고 뭐라구 해 가꾸서, 호랑이가 아니구 사람이 됐을 적에 갖다 그 책을 소화(燒火)했으면 괜찮은디, 개 잡으러 나간 뒤 느닷없이 그 책을 갖다가, 그 책만 들여다 보면 변형되니께 미섭지(무섭지). 갖다 구락쟁이다(아궁이에다) 처넣서 소화했네요. 아, 개를 잡아 가꾸 오너서 그 책을 들여다 보구서 메라구 해야 그 사람이 되는디, 호랑이가 됐네요. 아 이러니께, 예전에는 강계 포수라구 있습니다. 저 함경도 강계유, 그 포수들이 인제,
　"그, 그 집에는 호랑이가 있어 가꾸서, 아주 전국의 개를 말린다."

이 소문이 났네요. 그러니 가만히 생각해 보니께,

"내가 부모에 효를 하느라 이럭했는디, 저 사람들한테 총 맞아 죽으면 효두 소용 없구 이름두 읎어."

그러니께, 돌아댕이며 뭐라고 헌고 하니,

"내가 호랑이 변형을 하고 돌아다녔는데, 나를 잡을 테걸랑은 팔도 분들이 문 앞에다가 '출천지효자(出天之孝子) 황팔도'라고 써 붙여라."

지금으루 말하면 문패 붙인 거지유. 그러라구. 그러면 잡힌다구 했으니께, 인저 나라에서두 명령 내리지 않았겠시유. 그저 시속이 불란하니께.

"야, 그러면 집집마다 아주."

대통령, 지금 특명야, 말하자면 공문 내린 게.

"느이덜 집집마다 그 황팔도가, 출천지효자는 황팔도라구 안 써 붙인 집은."

지금으루 말하면,

"몇 억대루 벌금 물린다."

니께, 안 써 붙일 사람이 어딨시유? 즈이 아버지 지사는 못 지내더라두 써 붙이야 벌금을 안 무니께, 다 써 붙인 뒤서 저 개산에서, 저기 저 부석면(浮石面) 도비산이라구 있시유. 도비산으루 갔다 이렇게 피허네요. 그러다가,

"야, 이제는 내가 한국 사람이 죄(모두) 출천지 효자는 황팔도라고 써 붙였으니께, 나는 인제 총 맞아 죽으야 한다."

그러구 총 맞아 죽었다는 겨.

여자구 남자구 지혜는 있시야 혀. 그저, 자기 남자가 그 가이(개) 잡아 가꾸 들어오면서, 인형(人形)으로 변했을 적에 그걸 불 났으면, 사람이니께 괜찮은디, 호랑이일 때 불 났네유.[54]

忠淸南道 瑞山지방에 구전하는 위의 이야기는 한 효자의 이야기인 동시에 여자는 남자 하는 일에 나서서는 안 된다는 가르침을 주는 것이다.

---

54) 최운식, 「한국 구전설화집」4 (민속원,2002), pp.335-6.

지난 날, 선비의 아내로서 해서는 안 될 일 중 가장 큰 것이 공부하는 남편에게 방해가 되는 일을 하는 것이었다. 그것은 바로 남편의 장래를 막는 악덕이라고 생각했던 것이다. 朴趾源의 소설 <許生>에 등장하는 許生의 처가 바로 그런 사람이다. 아무 짝에도 쓸모 없는 공부만 한다고 공박을 받은 許生은 10년을 작정한 글읽기를, 거기서 3년을 채우지 못 하고 그만 둔다. 책을 덮고 집을 나선 그는 장사와 무인도 개척으로 큰돈을 손에 쥐어 일견 큰 일을 성취한 것으로 보이나 반드시 그렇게 볼 수도 없다. 왜냐하면 이 소설의, 許生이 공부를 중단하고 일어서는 장면은, 그 아내가 방해를 하지 않고, 그가 처음 계획대로 10년을 채워 공부를 했더라면 그 정도 성취가 아니라 천하를 경영할 大器가 되었을 것이라는 것을 암시하고 있기 때문이다. 이 소설은, 朴趾源이 쓴 ≪熱河日記≫ 중 「進德齋夜話」에 실린 後識에 의하면 著者가 스무 살 때 奉先寺에서 공부하고 있을 때 尹映이라는 노인한테서 들은 이야기를 소설화한 것이라고 하고 있다. 이 말은 작가가 그냥 둘러댄 말이고, 사실은 全篇이 그의 순수 창작인지도 모른다고 생각할 수 있을 것이다. 그러나 필자는 이것이 우리 說話를 작품화한 것이라고 생각한다. 왜냐하면 ≪溪西野譚≫에 소설 <許生>과 줄거리가 거의 같은, '許生者 方外人也'라는 제목의 說話가 실려 있기 때문이다. 그 說話의 요지는 다음과 같다.

    ① 선비 許生이 가난하게 살면서 독서만 한다.
    ② 그 아내가 어려움을 견디다 못 해 머리를 잘라 판다.
      그것을 본 許生은 책을 덮고 일어나 松京의 甲富 白 某를 찾아
      가 千金을 빌린다.
    ③ 許生은 그 돈을 箕城의 名妓 楚雲에게 탕진한다.
      네 차례나 그렇게 허비하고 다시 白 富者를 찾아가 또 빌려 빚

이 만냥에 이른다.

④ 마지막으로 楚雲과 작별할 때 그녀의 집에 있던 烏銅爐를 얻어 온다. 그 화로는 秦始皇이 사용하던 천하의 奇寶라 西域 상인에게 십 만금을 받고 판다.

⑤ 許生이 그 십 만금을 白 富者에게 주니 白 富者는 매월 許生의 양식을 대 준다.

⑥ 相公 李浣이 許生이 큰 인재라는 소식을 듣고 밤에 微服으로 찾아가 국사를 위해 조언을 해 달라고 부탁했다. 許生이 세 가지 정책을 제시했는데 李浣이 그것은 모두 어렵겠다고 말한다. 이에 許生이 화를 내 그를 쫓아내 버린다.

⑦ 다음 날 李浣이 다시 許生의 집을 찾아갔으나 그는 어디론지 가 버리고 없었다.

위의 이야기는 文獻說話다. 그리고 이를 쓴 사람은 朝鮮 正祖 - 憲宗 연간의 사람, 李羲平(1772-1839)으로 그는 朴趾源(1737-1805)보다 약간 후대 사람이다. 소설 <許生>이 나온 이후에 위와 같은, <許生>과는 줄거리가 상당히 다른 說話가 文獻에 수록되어 있다면, 그 이전에 이미 그런 이야기가 전해오고 있었다고 해야 할 것이다. 그리고 선비가 쓴 글에는, 공부하는 선비를 그 아내가 방해하는 이야기가 잘 등장하지 않는다. 그들의 고정관념에서 그것은 있을 수 없는 일이었기 때문이다. 그래서 선비, 李羲平이 이야기를 '살림이 어려워 그 처가 머리를 자르자 책을 덮었다.'고 하고 있는 것이다. 그런데 口碑說話에서는 문제가 달라진다. 소설 <許生>에서와 같이 가난에 견디다 못 한 아내가 남편을 향해 '먹고 살 일을 해 보라.'고 다그칠 수도 있는 것이다. 朴趾源이 尹映 노인으로부터 들었다는 이야기가 바로 그러한 口碑說話가 아니었나 한다.

여자는 무슨 일에나 듬직하지 못하다, 궁금함을 참지 못한다는 고정

관념은 동서양을 막론하고 같이 가지고 있은 것 같다. 그리스의 <판도라의 상자> 神話가 그 전형적인 예라 할 것이다. 우리 說話에도 그런 이야기가 있다. 忠淸北道 淸州市 일원에 口傳되고 있는 다음의 說話가 그런 것이다.

그 전에 한 사람이 있는데, 이 미친년이 베를 짜는데 이제 마지막 뒤집어 놓고서 짜다짜다 질력이 나니께, 마지막 베를 놓고서 점을 하러 갔대요.
"언제 다 할라나?"
점쟁이가 그러더래요.
"아줌마는 석달 만에 다 한다."
구. 그 베를 석달 만에. 그 미친년이지 뭐야?
다 해놓고서 다시 점을 보러 가. 그러니께 인제 오다가 오주미 매렵더랴. 오줌을 누는데 독사가 거기를 꼭 깨물었어. 그래가지구 석달 만에 나았다. 석달 만에 그러니 아랫도리가 이만큼 부었지. 걸음을 걸을 수가 있어? 밥을 해먹을 수가 있어? 석달 만에 나은 겨. 그게.
그 남편이 그 점쟁이한테 그랬대.
"아이구 여보세요. 어쩜 그렇게 용하게 맞췄냐?"
구 그랬대.
"사람이, 안에서 미쳤지 않으냐?"
구 그러드랴.
"아 마지막 뒤집어 놓고 미쳤다구 점을 보러 가느냐?"
구. 그러니께 인제 그만 오다가 오줌이 매려워가지고 누다가 독사가 부화가 나서 그만 깨물었든 겨. 내가 그렇게 하는 꼴을 봤어.[55]

그냥 묵묵히 짜던 베만 짜고 있으면 아무 일 없을 것을, 그 일이 언제 끝나겠느냐고 묻는 바람에 물려서 화를 입었다는 것이다. 위에서 구연자가 거듭 '미친 년, 미친 년'하고 있는 것을 보면 우리의 선인들

---

55) 박종익, 「한국 구전설화집」2 (민속원,2000), p324.

이 경망한 여자를 얼마나 경멸했던가를 알 수 있다. 위의 이야기에는 또 占이라는 巫俗에 대한 비판도 깃들어 있다. 統一新羅時代까지만 해도 巫覡은 상당히 우대를 받았던 것으로 보인다. 新羅 景明王代의 다음 이야기가 그 일단을 보여 준다.

> 神母本中國帝室之女. 名娑蘇. 早得神仙之術. 歸止海東. 久而不還. 父皇寄書繫足云. 隨鳶所止爲家. 蘇得書放鳶. 飛到此山而止. 遂來宅爲地仙. 故名西鳶山. 神母久據玆山. 鎭祐邦國. 靈異甚多. 有國已來. 常爲三祀之一. 秩在群望之山. 第五十四景明王好使鷹. 嘗登此放鷹而失之. 禱於神母日. 若得鷹, 當封爵. 俄而鷹飛來止机上. 因封爵大王焉.[56]

(神母는 본시 中國 帝室의 딸로 이름을 娑蘇라 하여 일찍이 神仙의 術法을 배워 海東에 往來하여 오랫동안 돌아가지 아니하였다. (그러므로) 父皇이 편지를 (소리개) 발에 매어 부쳐 가로되 소리개가 머무는 곳에 집을 지으라 하였다. 娑蘇가 편지를 보고 소리개를 놓으니 이 山에 날아와 멈추므로 드디어 와서 地仙이 되었다. 그래서 이름을 西鳶山이라고 했다. 神母가 오랫동안 이 산에 웅거하여 나라를 鎭護하여 靈異가 매우 많았다. 나라가 선 이래로 항상 三祀의 하나로 하였고 그 次序가 群望의 위에 있었다. 第五十四代 景明王이 매(鷹) 사냥을 좋아하여 일찍이 이 산에 올라 매를 놓아 잃어버리고 神母에게 祈禱하여 가로되 만일 매를 (다시) 얻으면 爵을 封하리라 하였더니, 갑자기 매가 날아와서 机 위에 앉았으므로 '대왕'의 爵을 주었다.)

위에서의 '神母'는 무당으로 보아야 할 것이다. 그러니까 왕이 무당에게 占을 쳐 매를 찾고 그 대신 처음의 약속대로 爵位를 주었다니 당시만 해도 무당이 상당한 우대를 받았다는 것을 알 수 있다. 그러던 것이 高麗 末 중국으로부터 朱子學이 들어오고부터 巫覡이 배척당

---

56) ≪三國遺事≫ 卷第五「感通」第七'仙桃聖母隨喜佛事'條.

하게 되었다. 이때부터 巫堂과 판수는 惑世誣民하는 자들이라 하여 잡아다 벌을 주었다. 《高麗史》에 보면 忠肅王 6년 8월 己未日에 왕이 龍泉寺 들에 사냥을 나갔다가 德水縣으로 들어갔는데 사냥하는 매, 海靑과 타고 온 內廏馬가 갑자기 죽었다. 왕이 화를 내 가까이에 있던 城隍神祠를 불태워 없앴다는 기록이 나와 있다.[57] 이는 왕이 당집을 요사스런 곳으로 보았다는 것을 뜻한다 할 것이다. 이후 巫覡 은 賤人 중에서도 賤人 취급을 받았고 占 또한 요사스런 헛된 것이 라는 생각이 널리 퍼졌는데 위의 說話에도 그런 사상의 일면이 비쳐 있다 할 것이다.

옛날 우리 여성들이 지켜야 했던 또 하나의 미덕은 근검절약이었다. 특히 곡식은 소중한 것으로 여겨 개숫물에 쌀낟이 하나라도 흘러가면 바로 천벌을 받을 것처럼 겁내었다. 忠淸北道 淸州市에서 채록한 다 음의 이야기는 일견 황당한 것 같지만 곡식을 소중히 하라는 교훈을 주는 것이다.

이저 쌀, 쌀을 밥쌀 갖고 오잔여. 갖고 나오면은 그 쥐를 한 움큼씩 줬디야. 쥐를. 그냥 이 쥐가 고 때만 되면 나오거덩. 때만 되면 그러 니까, 인져 한 웅큼씩 주면 다 먹고선 자꾸 크드래요. 뭐 남산 만큼 크드랴. 그래서 인져 그러니께, 아유 그래설랑은 쥐를 자꾸 또 멕이는 겨. 그러니께 인제 면밀히 봤어. 쥐를 때려 잡아야 한다는데 쌀을 자 꾸 줘서 키워 놔.

그래 인제 그러다보니께 소만 하더래유. 쥐가. 이제, 그래 소만한데 황소만 하드랴.

"아이구, 큰일 났다."

인져, 아 그러다 보니께 자기 영감이 되었돼. 쥐가. 쥐가 영감이 됐 는데, 이거 왜냐면은, 이 왜냐면은 환갑이 다 왔댜. 그 영감 환갭이

---

57) 《高麗史》 卷第三十四, 忠肅王 六年 八月 條.

한갭 닷다는 겨. 아 똑같이 앉았드래유. 똑같드래유. 어떤 사낸지 모
르겠는데 똑같드래유. 음. 으,

  "클났다? 정말 이게 왠 일이냐?"

  사람들이 그냥 뭐 백배 같이 뭐 수근수근 할 거 아니여? 으음 큰일
났어. 이거 쌈도 안 하네. 아이 그래설라문 음 해니께, 뭐 난중에 보
니께 말만 났지. 애들 모두 절을 할라고 보니께, 아 들어 온 거 때매,
뒤에 온 거 때매 할 수가 있어야지. 절을.

  아, 그래서 인제 어떡햐? 고얭이가 이렇게 보더니 그냥.

  "튀. 튀."

  그러더래유. 아 쥐 땜에 이 주인은 옆집에 피접을 갔는데, 아 그랬
는데 그 고얭이가 그 방 안에 그 영감을 날름 이렇게 쳐다보드래유.

  "쨩쨩 힝힝."

  아 이라드래유. 그러더니 난큼 가서는 영감 모가지를 꽉 물드랴. 무
니께 큰 쥐가 됐댜. 아, 그게 쥐하고 똑같으니께. 아 그래서나믈랑 동
네 사람들이 난리가 났었따잔유. 사람이 죽어서 쥐가 됐으니까. 음 그
러니까 고양이는 저기 쥐를 알고 있는 겨. 고양이는 그러니 쥐를 알
아보고 사람들은 그걸 몰랐어. 음, 그래서는 쌀 자꾸 주니께는 사람이
된 거 아니여? 미친년. 그래 미친년이지. 그래 어떡햐 그만 물어 죽여
서 원수를 갚드래유. 이게 다 끝이유.[58]

  쥐를 잡아야 할 것인데 쌀을 먹여 키웠으니 그런 변을 당하게 되었
다고 하고 있는데 이때 먹여 키웠다는 것은 조심 없이 해 쌀을 흘려
쥐가 먹게 했다는 것을 그렇게 꾸민 것으로 보아야 할 것 같다.

  《於于野譚》에 실려 있는 다음의 說話는 두 가지 교훈을 주는
것이다. 한 가지는 과욕을 해서는 안 된다는 것이고 다른 한 가지는
미물이라 할지라도 생물을, 함부로 죽여서는 안 된다는 것이다.

  長興漁人 得龜如車 獻之府使 府使朴瑞 奇而蓄之衙軒 以爲玩戲 有一
客曰 吾聞海中龜鼈腹中 多夜光珠 可剖而取之 瑞之妾玉生者名妓也 善

58) 박종익, 「한국 구전설화집」2(민속원, 2000), pp.355-6.

歌琴者石介之女也 亦以唱彈名長安 請瑞殺龜出珠 瑞曰 靈物不可殺 玉
生密令其客 剖其腹無物焉 不數月 家室火 玉生二子死 其勸剖之客 及操
刀之甕(翁)子 相繼而死 邑人皆曰 殺龜之故也 余按龜莢傳 民家得大龜不
殺之者 果不虛矣

　　(장흥의 어부가 수레 같은 거북이를 얻어 부사에게 바치니 부사 박
상은 기이하게 여겨 관아 동헌에서 기르며 가지고 놀았다. 한 객이
말하였다.
　　"제가 들으니 바다에 사는 거북이와 자라의 뱃속에는 야광주가 많
다 합디다. 배를 갈라 취하십시오."
　　박상의 첩 옥생은 이름난 기생이었다. 노래와 거문고에 뛰어난 석
개의 딸이었으며 그녀 또한 노래 잘 하고 가야금 잘 뜯는 것으로 장
안에 이름나 있었다. 그녀는 박상에게 거북이를 죽여 야광주를 꺼내
가지자고 졸랐다. 그러나 박상은 "영물을 죽여서는 안된다."고 거절하
는지라, 옥생은 몰래 그 객을 시켜 거북이의 배를 가르게 했지만 아
무 것도 없었다. 그런지 몇 달 지나지 않아 집에 불이 나 옥생의 두
아들이 죽었고 거북이의 배를 가르자고 부추킨 객과 칼을 잡았던 노
인의 아들이 뒤를 이어 죽었으니, 읍 사람들은 모두 거북이를 죽인
때문이라고 말하였다.
　　내가 구협전(龜莢傳)을 살펴보니 민가에서 큰 거북이를 얻으면 죽이
지 않는다 했는데, 과연 헛된 말이 아니다.)

　　위의 說話에는 동물에 대한 민간신앙 비슷한 것도 깃들어 있다. 거
북은 예로부터 신령스런 동물로 불려 왔다. 이는 기린·봉황·용과 함
께 四靈獸의 하나로 꼽히고 있다. 그리고 거북은 제비·사슴·노루·
까치와 더불어 報恩의 동물로 알려져 있다. 古小說 <淑香傳>에 보
면 김전이 어부에게 잡힌 거북을 살려주는데 이 거북은 나중 그가 물
에 빠져 위기에 처했을 때 목숨을 구해주고 진귀한 구슬도 준다. 거북
은, 말하자면 '동물 도움 話素(animal aid motif)'에 자주 등장하는 동

물이다. 위의 說話는 그와 같은 神獸, 吉獸를 해쳐서는 안 된다는 것을 가르쳐 주고 있다.

우리나라 어디서나 들을 수 있는, <아기장수> 傳說에 등장하는 아기의 어머니는 民衆의 한숨을 자아내는 못 난 여자다. 장수가 될 아기가 태어나자 그 아기가 역적이 되어 滅族, 滅門의 화를 당할까 겁내어 부모나, 門中 사람이 아기를 죽여버린다는 이야기가 <아기장수> 傳說이다. 그런데 아기를 죽이는 사람이 의외로 그 어머니로 되어 있는 것이 많다. 傳說들은 아기의 어머니가 아기를 맷돌 또는 곡식 섬으로 눌러 죽이기도 하고 겨드랑이에 난 날개를 인두로 지져 태워 죽였다고 하고 있다. 이 傳說을 口演하는 사람들은 그 어머니를 '이 놈우 할망구'라고 하는 등 비난하는 어조로 이야기한다. 거기에는 그 어머니가 民衆의 꿈을 짓밟는, 어리석고 잔인한 짓을 했다는 원망이 담겨 있다고 보아야 할 것이다. 다음의, 慶尙南道 巨濟郡에서 口傳되는 傳說이 그런 것이다.

멘데서 장수가 났는데 아아(아이)를 낳고 난께나, 할무이가 그 아아 하나밖에 못 낳아 놓고 난께나, 방에다 아아를 눕히 놓으몬 매양 하는 것이 달라. 애린 기 매양 하는 것이 달라서로 그래서 인자 살긋이 뭣을 하다가 와서 인자 문을, 문구영(문구멍)을 뚫어서 살 볼라치몬 고만 아아가 방에서 안 눕어 있고 말이지 고만 포리(파리)가 되어서 부텄다가 마마 별짓을 다 해. 천장에 올라붙었다가 별짓을 다 해. 인자,

"어험 어험"(기침소리를 내며)

첨만(기침)을, 이라몬 방에 딱 누우 가아 있고 이래 갖고 이랬는데, 그랬는데 저 인자 저 눔의 아아가 그 짓을 한께나 저 해미(할미) 저기, 해미랑 영감이랑 관가에 가 알리삤던 모양이재. 전에는 관청을 관가라 안 했입니까? 관가에다가 알라 삐리 가앗고 그래 관청에서 나와

서로 아 그렇쟎에(앞말을 정정하며) 관가에서 알루쟎에(알리지 않고)
저 놈우 할망구, 영감이 저 아아를 쥑이 삘라고, 안 쥑이몬 즈거가(자
기네가) 죽을 판이 되니께나, 그 아아 자석을 쥑이고 즈거들이 다 죽
어도 자석을 나아 두었이몬 큰 성공을 하고 말긴데, 아이구, 세상에
그래 갖고 (탄식조로) 멧돌로 갖다가 두 개로 갖다가 때리 눌러 낳아
도 아아가 안 죽더라데. 힉끈 떠내 삐리고 힉끈 떠 내 삐리고 그래
결국에는 아아로 쥑이삐렸어.

  쥑이삐리 가 성공을 못 하고 이랬는데 그 아아 죽은 사흘만에 저
너머 남방산에 그 지금 그 전에 개가 무슨 학교가 돼 있었다고 와 있
다고 전에 남방산에, 지금, 그 전에 게가 무신 뭐꼬 핵교가 돼 갖고
안 있었다고. 전에 남방산에서 멘데로 쳐다 보는데 핵교가 돼 갖고
지금 (조사자 : 예, 수산학교) 수산학교 그 뒤 어디서로 큰 용마가, 백
마가 나와서 사흘을 울더라 쿠데. 이 건네로 건네다 보고 사흘을 울
더마는 그마 물에다 둘러다 빠져 갖고 마 흔적도 없이 죽어삤다 쿠
데. 그랬다고 항상 우리 할바시가 그리 이바구를 하데.[59]

  이 傳說에서 흰 용마가 울다가 죽었다고 하고 있는 것은 民衆의
恨을 상징하는 것으로 보아야 할 것이다.

59) 韓國精神文化硏究院, 「韓國口碑文學大系」8-2(朝銀文化社, 1980), pp.357-8.

Ⅳ. 妖女說話의 특성

이상에서 妖女 등장 우리 說話를 주로 그 教訓性을 중심으로 살펴보았다. 그런데 이들 說話들은 다른 說話와 다른 특별한 성격 몇 가지를 가지고 있어 주목을 끈다. 그것이 무엇인가를 살펴보는 것도 우리 說話를 바르게 아는 데 도움이 될 것 같다.

첫째, 다른 說話의 경우도 대체로 그런 경향을 가지고 있지만 妖女가 등장하는 說話에서는 강한 女性卑下思想을 볼 수 있다. 언제부터 우리 조상들이 男尊女卑思想을 가지게 되었는지는 분명하지 않지만 그것이 儒教가 國教가 되다시피 한 朝鮮朝에 들어와서 더욱 심해진 것은 분명한 것 같다. 儒教의 가장 중요한 經典이라 할 ≪論語≫부터가 그런 성격을 강하게 보여 주고 있다는 데서도 그러한 사상의 근원을 찾아볼 수 있을 것 같다. 孔子는 ≪論語≫「陽貨篇」에서 "여자와 小人은 다루기 어렵다. 조금만 가까운 척하면 체모없이 굴고 조금만 멀리하면 불평을 한다(唯女子與小人 爲難養也 近之則不孫 遠之則怨)."고 해 여자라는 이유 하나만으로 그 모두를 小人으로, 상대할 바 못되는 사람으로 못박고 있다. 이 女性卑下思想은 說話의 곳곳에서 발견되는데 그 두드러진 경우만 살펴보도록 하겠다.

먼저 ≪三國遺事≫에 실려 있는 惠恭王에 관한 이야기가 그런 성격을 띤 것이다.

王一日詔表訓大德曰. 朕無祐不獲其嗣. 願大德請於上帝而有之. 訓上告於天帝. 還來奏云. 帝有言. 求女卽可. 男卽不宜. 王曰. 願轉女成男. 訓再上天請之. 帝曰. 可則可矣. 然爲男則國殆矣. 訓欲下時. 帝又召曰. 天與人不可亂. 今師往來如隣里. 漏洩天機. 今後宜更不通. 訓來以天語諭之. 王曰. 國雖殆. 得男而爲嗣足矣. 於是滿月王后生太子. 王喜甚. 至八歲王崩. 太子卽位. 是爲惠恭大王. 幼冲故, 太后臨朝. 政條不理. 盜賊蜂起. 不遑備禦. 訓師之說驗矣. 小帝旣女爲男, 故自期晬至於登位, 常爲婦女之戲. 好佩錦囊. 與道流爲戲. 故國有大亂. 修爲宣德與金良相所弒. 自表訓後. 聖人不生於新羅云[1].

(왕이 하루는 表訓大德을 불러 "내가 복이 없어 아들이 없으니 大德은 上帝께 청하여 아들을 얻게 해 달라." 하였다. 表訓이 天帝에게 올라가 告하고 돌아 와서 아뢰되 "上帝께서 말씀하시기를 딸은 가하나 아들은 불가하다 하십디다."라고 했다. 왕이 말하되 "딸을 바꿔 아들로 해주기를 원한다."라고 했다. 表訓이 다시 올라가 天帝께 청하니 天帝 가로되 "그렇게 할 수는 있으나 아들이 되면 나라가 위태하리라." 하였다. 表訓이 내려오려 할 때 天帝가 다시 불러 이르기를 "하늘과 사람 사이를 문란케 못할 것이니, 지금 大師가 이웃과 같이 往來하여 天機를 누설하니, 금후에는 다시 다니지 말라." 하였다. 表訓이 돌아 와서 天語로써 이르매 왕이 가로되 "나라는 비록 위태하더라도 아들을 얻어 뒤를 이으면 족하다." 하였다. 그 후 滿月王后가 太子를 나으니 왕이 매우 기뻐하였다. 太子가 八歲때 왕이 돌아가므로 卽位하니 이가 惠恭大王이다. 왕이 어린 까닭에 太后가 攝政하였는데 政事가 다스려지지 못하고 盜賊이 벌떼와 같이 일어나 막을 수 없었

---

1) ≪三國遺事≫ 卷第二 「紀異」 第二 '讚耆婆郎歌' 條.

으니, 表訓의 말이 맞았다. 왕이 여자로서 남자가 되었으므로, 돌날로
부터 王位에 오를 때까지 항상 婦女의 짓을 하여 비단주머니 차기를
좋아하고 道流(道士)와 함께 희롱하므로, 나라가 크게 어지러워졌다.
마침내 왕은 宣德과 金良相이 죽인 바 되었고, 表訓以後에는 新羅에
聖人이 나지 아니하였다 한다.)

위의 이야기에 따르면 惠恭王은 남자가 아니다. 본래 여자로 점지
되어 있은 아이를 景德王의 심부름으로 간 중 表訓의 부탁을 받고
남자로 태어나게 했다는 것은 그가 육신의 1次性徵은 남자지만 실은
여자란 것이다. 여자가 남자 모습을 하고 왕이 되었으니 나라가 온전
할 수 없었다는 것이다. ≪三國遺事≫는 남자 모습을 한 여자가 왕
이 되었기 때문에 일어난 괴변을 다음과 같이 열거하고 있다. 康州(지
금의 晉州) 관공서 大堂 동쪽의 땅이 꺼져 큰 못이 되었다. 天狗(별
이름)가 東樓 남쪽에 떨어졌는데 머리가 항아리 만하고 꼬리는 석자
가량 되었으며 빛은 烈火와 같고 천지가 진동했다. 北宮 뜰 안에 세
별이 떨어져 땅속으로 들어갔다. 범이 궁성 안에 들어온 것을 잡으러
쫓아갔으나 놓쳤다. 角干 大恭의 賊徒가 일어나고 王都 및 五道州
郡 96 角干이 서로 싸워 나라가 크게 어지러웠다고 하고 있다. 그리
고 그것은 모두 '여자 남자'를 왕으로 삼았기 때문이라고 했다.[2]

아들 두었으면 됐지, 다시 그 위에 딸 낳기를 기원했다가 집안이
망한 說話도 널리 口傳되고 있다. 忠淸南道 燕岐郡에서 채록한 요
지, 다음과 같은 이야기가 그것이다.

옛날에 한 소장수가 아들 삼형제를 두었다. 그의 아내가 딸을 하나
얻고 싶어서 서낭에다 백일기도를 드렸다. 그 후 딸을 하나 얻었는데,

---

2) ≪三國遺事≫ 卷第二「紀異」第二 '惠恭王' 條.

여우 같이 예뻤다. 그 딸이 자라 열 일곱 살이 되자, 그 때부터 소가 한 마리씩 죽어 나가기 시작하였다. 이상하게 생각한 소장수는 아들들을 시켜서 소를 지키게 하였다. 밤중이 되자 여동생이 나와, 소의 하문을 찌르더니 창자를 꺼내 먹었다. 그것을 지켜 본 큰아들은 못 본 척 하였다.

소장수가 둘째 아들에게 시키니, 둘째아들 역시 못 본 척 하였다. 그 다음 날 소를 지키던 막내아들은 여동생이 수상한 짓을 하는 것을 보고 호통을 쳤으나, 어머니의 보호로 여동생을 어쩌지 못하였다. 그 모습을 본 큰아들은 괴나리봇짐을 싸 가지고 정처 없이 길을 떠났다. 마침 용왕의 비호로 용왕굴에서 잘 지낼 수 있었으나, 집에 일이 궁금하여 견딜 수가 없었다. 용왕은,

"집에 있는 큰 가마솥을 열어 보지 말라."

며 급한 때 쓰라고 빨간 병, 파란 병, 푸르스름한 병을 주었다.

집에 도착한 큰아들은 가마솥을 열어 보고, 그 속에서 나온 여동생의 대접을 받았으나, 자신을 해치려고 하는 여동생의 의도를 알고 도망가기 시작하였다. 쫓아오는 여동생을 막으려고 병을 하나씩 던져 가시덤불, 강물, 불길을 만들었으나, 여동생은 끝까지 쫓아왔다.

마침 둥그나무가 있어 그곳으로 피했으나, 여동생은 둥그나무를 타고 쫓아왔다. 그때, 갑자기 구렁이가 나타나 여동생을 감아 죽였는데, 보니 그것은 빨간 불여우였다. 그 사람의 여동생은 여우고개 서낭에 빌어 얻은 여우였다.[3]

딸 가지기를 바랐다가 여우가 딸로 태어난 바람에 아들 삼 형제를 두고 부자로 살던 집이, 큰아들 한 사람만 빼고 모두 죽음을 당하고 집도 폐가가 되었다는 것이다.

밖에 나 다니는 여자, 특히 밤에 밖에 나온 여자는 옳은 여자가 아니라는 발언을 강하게 하고 있는 說話도 흔하다. 忠淸南道 瑞山 지방에 口傳되고 있는 다음의 이야기가 그런 것이다.

---

3) 최운식, 「한국 구전설화집」5(민속원,2002), pp.227-32.

옛날 어떤 남자가 걸어서 밤길로 오르막 고개를 가는디, 어떤 여자가, 참 이쁜 여자가 보텡이를 딱 차고, 참 새각씨같이 길 옆으로 싸악 지나가드랴. 그래서는 인저 그이가 한참 가다가는, 남자가 욕심이 생겨서 되돌아선거라.

'저놈의 여자 아무래도 밤에, 저가 난질(계집의 오입질)하는 여자지. 혼자 저렇게 이쁜 여자가 밤길 안 걷겠다.'

이 맘이 들어서, 한참 가다가 뒤돌아 서서, 자꾸 쫓아가는 거라. 자꾸 쫓아가면 이 여자는 더 빨리 가네. 아무래도 남자가 더 뛸 거 아니여. 암만 뛰어도 달랑달랑, 달랑달랑해도 못 쫓아가는 거라. 그래서는 막 뛰어가서 앞을 가로막으면서,

"아, 이 밤중에 젊은 여자가 혼자 어디 가느냐?"

구 그러니께는,

"아, 나 저 고개넘어 시방 주막집에, 우리 남편이 술 받아 오라고 해서 술 받으러 간다."

구 말을 하더랴. 그래서는,

"아, 술 받으러 가면, 아무것도 가지고 가지 않고 이렇게 가느냐?니께,

"아, 그래도 우리 남편이 술 받으러 가라구 해서 술 받으러 간다."

구. 그럼 같이 동행하자구 하구서 가는데, 욕심이 생긴 거라, 남자가.

욕심이 있어 자꾸 가는데, 가만히 생각하니께, 거기에는 주막이 없는데, 술 받으러 간다고 하거든. 그래서 이 남자가 '아무래도 이 여자가 도망가는 여인인가 보다.' 하고 자꾸 쫓아간 거라. 욕심으로 쫓아가서 붙잡을려고 하면, 싹 도망가구, 그래서는 '에이 이놈의 여자 오늘 붙잡아야지. 아무래도 도망가는 여자다.' 하고 무진장 쫓아갔다는 거여. 쫓아가서 그 여잘 붙들고,

"우리 여기 앉아서 이야기를 좀 합시다."

"우리 남편이 기둘려서 혼납니다. 쫓겨나니께 빨리 가야 합니다. 당신도 어서 날 따라오시오."

그래서 무진장 따라가다가, 가만히 남자가 생각하니께, '이게 사람이 아니지, 거기에는 주막도 없는데, 무슨 젊은 각씨가 술을 받으러 가나?' 이런 의심이 생겨서 '에이 이놈의 여자 한번 붙잡아서 넘어뜨려 볼 것이다.' 그러고는 그 여자를 확 붙잡았다는 거여. 확 붙잡아서

넘어뜨리니께는 하얀 백여시가 되더라는 거여. 백여우가 되어서, 꼬리
가 하얀 쭉 뻗은 여우가 되더라는 거야. 여우가 되어서 남자를 갈루
넘어뜨리드란 거여. 그 남자가 그때부터 정신을 바짝 차리고는 가만
누워서 보니께는, 그 여우가 가슴에 올라타는 거라.

　　'아이구, 이제 내가 여자로 알았더니 불여우구나. 내가 오늘 저녁
에 죽겄다. 저 여자 죽인다고 하다가 내가 죽겄다.'

　　그래도 그이가 의견이 좋았던 모양이여. '내 힘으로는 못 이기니께.'
하구, 호주머니에서 담배 필라구 넣어 가꾸 있던 성냥통을 꺼내서 그
놈을 워치게 확 그었다는거여, 불을. 그, 털짐승은 불을 미서워 하니
까, 그 불을 확 그어서 집어던지니까는 백여시가 도망을 가더라는 거
여. 이 남자가 정신을 차려서 일어나 보니까는 그 여우가 가는 디가
주막이 아니라 상여집이더래야. 그 상여집으로 막 들어가더라구. 그러
자, 그 고개서 사람들이 넘어와서 살았다는 이야기를 들었어요.[4]

　　페미니스트 월스톤 크래프트는 과거 歐美의 여성들이 오랫동안 감
금당한 채 살아왔다고 한 바 있다.[5] 그런데 동양, 특히 한국의 경우
그 감금 사정이 歐美의 그것과는 비교할 수 없을 만큼 심했다. 朝鮮
時代에는 婚喪과 같은 때와 떳떳이 허용된 출입 이외에는 여자는 內
房과 內庭에나 있을 일이지 대문 밖 출입은 고사하고 外庭에도 나가
지 못했다.[6] ≪內訓≫은 "여자는 집안에서 날이 저물어야 한다(女
及日乎閨門之內)."고 하고 있다. 이 책은 또 부모의 喪을 당했을 때
에 대해 여러 가지 엄격한 禮를 이르고 있으면서도 여자는 "백리가
넘는 거리이면 친상을 당해도 갈 수 없다(不百里而犇喪)."고 하고 있
는 것만 보아도 여성의 바깥출입을 얼마나 엄격하게 금했던가를 알
수 있다.

---

4) 최운식, 「한국 구전설화집」4 (민속원,2002), pp.204-6.

5) 로즈 마리 통, 「페미니즘사상(이소영옮김)」(한신문화사,1995), p.20에서 재 인용.

6) 申貞淑,"韓國 傳統社會의 內訓에 대하여", 「국어국문학」10(太學社,1982), p.106.

위와 같은 說話는 여자가 밤에 밖에 나와 도는 것은 있을 수 없는
해괴한 일이라는 것을 가르치고 있다고 보면 될 것이다.

다음의, 소금장사 이야기도 해진 뒤 여자를 만나서는 안 된다는 것
이다.

옛날에 소금을 한 짐을 해가지고 가는데, 날이 저물어서 캄캄한데
불이 번뜩번뜩 하드래. 그래서 갔더니 한 여자가 나오더니 반가워 하
드래. 그러더니 저녁 상을 차려 주는데 국이 이상하드래. 그래서 보니
깐 사람 고기국이드래. 그래서 몰래 버리고,

"다 먹었다." 고 한 거여. 주인 아줌마가 상을 가지고 나가드래. 밤
쯤 되니깐 남편이 오는 소리가 나드래. 남자는 골방에서 자는데 남편
은 다른 곳에서 잔다는거여. 잔다니깐 밖에서 남자가,

"인(人)내가 난다."

고 하드래. 그러니깐, (여자가)

"무슨 냄새가 나냐?"

고 그러더니, 가만히 하는 얘기를 들으니깐,

"저 방에요 장사꾼이 와서 잔다."

고 하드래. 그래서,

"소금도 빼앗고 잡아먹자."

고 그러드래. 그러니깐 잠을 못 자드래. 나갈라니깐 문을 잠궈 나갈
길이 없드래. 그런데 칼 가는 소리가 실겅 실겅 나드래. 그래서 얼마
나 애가 타드래. 그래서 아줌마를 불렀대.

"아줌마. 아줌마."

하고 부르니깐, 오드래.

"아줌마. 나는 조갈병에 걸렸으니깐 물을 한 보재기 좀 주오."

고.

"그래야 잠을 자지 그러지 않으면 못 잔다."

고 그러드래. 그래서 여자가 물을 가져다 주드래. 그래 그걸, 벽을
흙으로 지어 놓았으니깐, 밤새도록 물을 끼언져가며 자기가 가지고
있는 조그만 칼로 벽을 뚫었대. 그래서 그 구멍으로 도망가면서,

"걸음아 날 살려라."

하고 뛰어가드래. 그래서 살았대. 옛날에는 그렇게 무섭고 어둡게
살았대.[7]

소금은 무게가 무겁다. 그래서 소금장사를 하려면 힘이 세어야 한
다. 옛날 이야기에 난리가 나면 소금장사 중에서 장수가 나오는 것도
그 때문이다. 그런 장사도 밤에 요괴 같은 여자를 만나 목숨을 잃을
번했다는 이야기니까 으스스하게 들리는 說話였을 것이다.

그 밖에도 여자로 변신해 소년을 해하려는 여우 이야기도 흔하다.
平安北道 宣川郡에 口傳되는 다음과 같은 이야기가 그렇다.

옛날 서당에 다니는 한 소년이 있었다. 서당 가는 길에 쑥대밭이
있었는데 거기서 한 색시가 나와 소년을 데리고 어떤 기왓집으로 가
서 같이 놀았다. 그런 일이 있는 후로 소년은 점점 몸이 약해졌다. 같
은 서당에 다니는 소년이, 왜 몸이 그렇게 나빠지느냐고 물었다. 소년
은 서당 오는 길에 어떤 색시를 만나 논 다음부터 그렇다고 한다. 소
년의 친구가 뭐, 그런 일이 있겠느냐면서, 이 번에는 자신이 그 쑥대
밭으로 갔다. 과연 한 색시가 나오더니 그 소년을 데리고 어떤 기와
집으로 들어가 소년을 눕혀놓고 웬 구슬을 꺼내더니 그것을 소년의
몸 위에서 이러 저리 굴렸다. 그 구슬이 턱앞까지 왔을 때 소년은 그
것을 삼켜버렸다. 그랬더니 색시는 아흔 아홉 잡아먹은 靈을 그만 먹
혀버렸다 하면서 넘어졌다. 그러니까 기왓집도 없고, 색시도 없고 다
만 여우 한 마리와 소년만 쑥대밭에 있었다. 소년이 그 여우를 때려
죽이고 보니 꼬리가 아홉 개 달린 九尾狐였다. 소년은 아흔 아홉 사
람의 靈을 먹어서 힘이 센 사람이 되어 뒤에 都元帥가 되었고 먼저
소년은 큰 文章이 되었다는 것이다.[8]

여우는 옛날부터 妖物, 害物로 여겨져 왔다. 속설에 무덤을 파 송

7) 박종익, 「한국 구전설화집」1(민속원,2000), p.330.
8) 任晳宰, 「韓國口傳說話」任晳宰全集 1(평민사, 1987), pp.157-8.

장을 꺼내 먹는 짐승이라는 말도 있고 우리 民俗과 巫俗에서는 여우
는 그 울음 소리가 죽음을 상징하며 그 울음소리가 북쪽 곧 北邙山
이 있는 곳에서 들려오면 그 동네에 초상이 난다고 믿고 있다.[9] 위에
서 본 바와 같이 여자를 요사스런 여우의 변신이라고 한 이야기가 그
렇게 많으니 여성 卑下가 어느 정도인가를 알 수 있다.

　남녀가 다 같이 부정을 저지른 경우에도 남자 쪽은 거의 흠될 것도
없다시피하고 여자 쪽은 심한 비난과 가혹한 징벌을 받아야 했다. 朝
鮮朝에는 여자가 음행을 한 경우 때에 따라서는 國法마저 무시한 처
벌을 하기도 했다. 成宗朝의 淫女 於于同 사건이 그 좋은 예가 된
다. 士大夫의 딸로 역시 士大夫와 결혼한 그녀는 외간남자와 私通한
것이 탄로나 시가에서 쫓겨난 다음 관리·儒生·匠人 등 수십 명의
남자와 상관한 것이 문제가 되어 법의 심판을 받게 되었다. 오늘날 같
으면 이런 일은 경범죄에 해당돼 최고 1개월 미만의 구류에 처하는
위법에 해당한다. 당시에도 이는 일종의 風俗事犯으로 얼마 동안의
귀양에 처할 죄였다. 朝廷에서는 이를 분명히 지적했는데도 成宗은
기어이 교수형에 처하게 했다.[10] 국법을 무시하고 극형에 처한 것이니
당시 세상이 淫行을 한 여자를 얼마나 혹독하게 다루었던가를 알 수
있다.

　또 앞서 說話들의 예에서 보았듯이, 姦通을 한 여자는 그녀와 아
무 상관없는 행인도 서슴없이 죽이고 있다. 그리고 그 사람은 누구의
허락도 없이 사사로이 사람을 죽인 그 공으로 벼슬을 하고 축복을 받
고 있다.

　그와는 반대로 여자는 사내가 무슨 짓을 하든지 참아야만 하게 되

---

9) 韓國文化象徵辭典編纂委員會, 「韓國文化상징사전」(東亞出版社, 1992), ‘여우’項.
10) ≪成宗實錄≫ 卷一百二十二, 成宗 十一年 十月 甲子.

어 있었다. 다음의 說話는 자기 남편이 이웃 여자와 姦淫하는 현장을
보고 질투심을 가졌다 하여 비난하고 있는 것이다.

경상도의 거가 어느 한 마을에 한 사람이 살고 있었다. 그 사람이
그 이우지집이 참 여자한티루 마음을 주었댜. 마음을 뒀는데, 한 날
이제 그 남자가 밤중인디, 오밤중에 여자한티 갔는디, 참 그 마누래
가, 본 마누래지. 마누래가 몰래 살고마니 뒤따라 갔다네. 방정맞은
여잔디. 그래, 참 뭐루다, 이 사내가 그 이우지 여자랑 거시기 하고
응? 동품을 하고 있는디, 아 그냥 문 밖이서 잉? 그거를 그냥 낑낑대
는 걸 응? 거시기 하는 것을 다 들었단, 알았단 말여. 그래 이 여자가
분이 나서루 들어가던 못하구, 분통이 그냥 해서 지 냄편 신짝을 들
구서 집으루 왔단 말여. 오죽하믄 그려.
그런디, 이 참 남자가 그라구서 나왔는디, 그 뭐 없잔어? 신발이. 그
럴 꺼 아녀. 지 마누래가 쥐고 갔으니께 없잔어. 사방으로 쥐 찾지만
없지 있을 꺼. 그래, 참 맨 바닥으루다 왔는디, 와서루 참 생각이 퍼
뜩 했던지,
"내 신발 가져갔지?"
막 따지는 거여.
"안 가져갔다."
구.
"내가 무슨 신발 가져가냐?"
구. 잡아떼더라는 겨. 뭐 딱.
"이럴 수 있냐?"
말여.
"사람을 두고 신발을 그 걸루 가져가면 어떡하냐?"
구 말여 막 하는 겨. 그라는디, 그 대호 할미가 그 집 마당으로 왔
댜. 와서 방문을 그냥 발로다가,
"덕. 덕."
긁더랴. 긁으면서루,
"으르렁! 으르렁!"
하더랴. 그라니 뭐 혼이 나가서, 참, 뭐기 두 년놈이 질겁을 해서

나갈라고 문을 찾는디, 경상도에서는 뒷문을 거시 만들어 놓커덩. 놓
는디, 뒷문으로다 내빼서 숨을라고 어디 찾는디, 고 마참 장독대에 여
러 개 고 독이 있잖어? 골로다가, 큰 장독에는 여자가, 아, 큰 장독에
남자를 느코 인자 뚜껑을 닫었어. 여자가. 그라고 인제 여자는 피신을
하고. 그래, 그 호랭이가 냄새를 맡은 겨. 장독이루다 와서 그 참 왔
다갔다루, 이제 어슬렁 어슬렁 하지. 그라구 인제 알았단 말여. 알구
서는 인제 고 장독을 이리 뛰어넘고 저리 뛰어넘고 그랴. 그래두 뭐
뚜껑을 열던 못하니까 그냥 포기하지. 수채구녕으로 어슬렁 어슬렁
걸어나가는 겨. 밖으로 나가. 그래 호랭이가 나가니께 인제 여자가 안
심을 했지.

　그래, 장독대로 고 가서 뚜껑을 열었단 말여. 열었는디, 아 없어 이
사내가. 지 남편이 없어. 아 그냥 바닥에 가서 빨알간 그 그냥 핏물
밖이 없단 말여. 이 뭐 무신 조화여. 이게. 그래 참 알고 보니 이 사
내가, 그 장독에 참 물이 그득하니 그랬는디, 이 사내가 물에 잔뜩 감
수해서 그냥 녹아버렸더랴. 천당에 간 겨. 그래 참 천당에서루,
　"너는 죽지 않아두 되지만 그 여자 방정으루다가 죽었다."
　그러더랴. 그래 죽었다고 하더랴. 끝이여.[11]

　또 한 가지 우리 說話들이 가지고 있는 문제점은 孝를 지나치게
강조하고 있다는 것이다. ≪三國遺事≫에 실려 있는 孝 이야기들 중
어떤 것은 사람을 소름끼치게 하는 것이다. 孫順이라는 사람의 孝行
은 아무리 이야기라 하지만 외국에 알려질까 겁이 날 정도로 무지하
고 잔인한 것이다. 이야기의 요지는 다음과 같다. 그는 늙은 홀어머니
를 극진히 봉양했는데 그의 어린 자식이 자꾸 어머니의 음식을 뺏아
먹었다. 이에 그는 그 처와 '아이는 다시 얻을 수 있으나 어머니는 다
시 얻을 수 없다. 아이가 자꾸 어머니 음식을 가로채 먹으니 어머니를
제대로 봉양할 수 없다. 아이를 없애버려 어머니가 배불리 먹도록 하

---

11) 박종익, 「한국 구전설화집」2(민속원,2000), pp.325-6. 忠淸北道 淸州에서 채록.

자.'고 의논한 다음 아이를 땅에 묻으러 갔다. 아이를 묻으려고 땅을 팠더니 기이한 鐘 하나가 나왔다. 이를 이상하게 생각한 내외는 아이를 묻지 않고 鐘을 가지고 와서 쳤다. 興德王이 신이한 종소리를 듣고 어디서 나는 무슨 소리인지 알아오도록 했다. 왕의 신하가 자초지종을 조사하여 보고 하니 왕은 그의 효성을 높이 사 그에게 집 한 채를 내리고 매년 벼 50석을 주었다는 것이다.[12]

그에 못지 않은 야만스런 孝 이야기가 있으니 ≪三國史記≫에 실려 있는 聖覺의 孝行이 그것이다. 菁州(지금의 晉州) 사람인 聖覺은 늙은 그의 어머니가 음식을 제대로 먹지 못하자 자신의 다리 살을 베어, 먹게 했다는 것이다.[13] 아무리 孝도 좋지만 지나치기가 이 정도에 이르면 참으로 어이없는 야만극이라 하지 않을 수 없을 것이다.

그렇게 孝를 권장하다 보니 나중에는 그것이 인간의 善行 아닌 폐단이 되어버린 경우가 허다했다. 대표적인 것이 '三年擧喪'이다. 이는 부모가 세상을 떠나면 자식은 3년 동안 죽만으로 연명해야 한다는 喪禮다. 朝鮮朝에는 많은 사람들이 이 三年喪을 지내다 세상을 떠났다. 이에 대해 ≪於于野譚≫은 다음과 같이 말하고 있다.

相國洪暹 老母年過九十 暹每食罕御滋味曰『有親臨年爲子者 喪食淡爲習』及親亡 終喪不久而沒. 柳克新夢學之子也 其喪也 歠粥三年曰『吾氣力之壯兼他人 又不傷酒色 以吾之健 不以禮終 天下無以禮居喪者.』服垂闋病瘠而卒. 李爾瞻 三年不食鹽醬 只歠淡粥 免喪之後 始進鹽醬 日飲水十餘鉢 一身盡浮 幾死而甦. 吾先君小祥之前 不進菜果 小祥之後 因毀始進菜. 吾甥崔衍氣弱人也 處母喪日 以淡糜數合充腸 滿數三月病毀不求. 以此觀之 孰非孝子也 抑因氣體强弱而死生分也.
鄭相光弼曰『吾願家不孝才.』時人多以爲 光弼語俚得罪聖賢 是爲人子

12) ≪三國遺事≫ 卷第五「孝善」第九 '孫順埋兒' 條.
13) ≪三國史記≫ 卷第四十八「列傳」第八 '聖覺' 條.

者 所不忍聞 而爲父母者 不可無此言. 余則目見崔甥之死 爲子弟有是記.
　三年之喪蔬食飲水者 在禮經. 我國喪禮一遵禮文 自古善居三年喪 歠
粥毀而不死者 多記三綱行實孝子傳. 蓋孝子哀戚之情 出於悃愊 熬煎之
火 焚其五內 如大病之人 絕食飲累月而不死 賴其熱而綿延也. 然而我國
之地 水陸交所會 民俗無論貴賤 悉以魚肉充腹 而京都八方所都會 尤多
滋味 齊民保養之資 中國之民所不及. 平日奢華自奉 而一朝執喪遵禮 溢
米以糊口 未經三年 而徑殞者多矣 歷數三綱行實. 我國人粥飲終喪者 率
多山野窮養之士 而京都人罕與焉.

　(상국 홍섬은 노모의 연세가 90이 넘은지라 매 식사 때마다 맛있는
음식을 거의 먹지 않으며 말했다.

　"어버이가 돌아가실 연세면 아들 되는 자는 담박하게 먹는 喪食 습
관을 들여놓아야 한다."

　그러나 그는 모친이 돌아가시자 삼년상을 마친 뒤 얼마 지나지 않
아 죽었다.

　유극신은 몽학의 아들이다. 그가 부친상을 당했을 때 죽을 삼년간
마시면서 말했다.

　"나의 기력은 장건하기가 다른 사람의 두 배는 되고, 주색으로도
상하지 않았다. 나처럼 건강한 사람이 예에 따라 삼년상을 마치지 않
는다면 천하에 예를 갖추어 상을 치를 수 있는 자가 없을 것이다."

　그는 삼년상을 마치자 병이 들어 말라 죽었다.

　이이첨은 삼년 동안을 소금과 장이 들어간 음식을 먹지 않고 묽은
죽만 마셨다. 삼년상이 끝난 후 비로소 소금과 장이 들어간 음식을
먹고는 매일 물을 십여 주발씩을 마신지라 온 몸이 부어 거의 죽을
지경에 이르렀다가 소생하였다.

　나의 선군께서는 소상 전에는 채소와 과일을 들지 않으시다가 소상
이 지난 후에야 비로소 건강 훼손으로 말미암아 채소를 드셨다.

　나의 사위 최현은 기질이 약한 사람이다. 모친 상에 처해 묽은 죽
몇 홉만으로 배를 채웠는데 불과 몇 개월만에 병으로 건강을 훼손하
여 구제할 수 없었다.

　이로 보건대 누군들 효자가 아니겠는가. 단지 몸의 강약으로 인해
사생이 갈라지는 것이다. 재상 정광필이 말했다.

"나는 우리 집에 불효하는 자제를 원한다."

당시의 많은 사람들은 광필의 말이 비루하여 성현에게 죄를 얻었다고 여겼는데, 광필의 말은 자식의 입장에서는 차마 들을 것이 못되지만 부모되는 자 입장에서는 하지 않을 수 없는 것이다. 나는 내 사위가 죽는 것을 내 눈으로 직접 보았기 때문에 자제들을 위해 이 기록을 남겨 둔다.

삼년상에 처해 있을 때는 거친 음식에 물만 마신다는 것이 ≪예경≫에 실려 있다. 우리나라의 상례는 한결같이 ≪예경≫의 글을 따랐으니, 옛부터 삼년상 동안 죽만 먹어 몸은 상했어도 죽지 않고 잘 치뤘던 사람들에 대한 이야기가 ≪삼강행실≫『효자전』에 많이 기록되어 있다. 대개 효자의 슬퍼하는 정은 진실하고 참된 마음에서 나와 뜨거운 불꽃이 오장을 불사르는 것은 마치 큰 병든 사람이 여러 달 식음을 전폐하여도 죽지 않고 열기에 의지하여 생명을 계속 유지하는 것과 같다.

그러나 우리나라의 땅은 바다와 육지가 교차하는 곳이어서 백성들 습속은 귀천을 막론하고 모두 어육으로 배를 채운다. 서울은 팔방의 물산이 모두 모여드는 곳인지라 맛있는 음식들이 더욱 많다. 백성들이 보양하는 자료는 중국사람들조차도 미치지 못할 정도이다.

평상시에는 사치스럽고 화려하게 스스로를 봉양하다가 하루 아침에 부모상을 당하면 예를 좇아 한웅큼의 쌀로 입에 풀칠만 하는지라 삼년을 채우지 못하고 갑작스럽게 죽는 사람들이 많았으니, ≪삼강행실≫에 그 사례들이 낱낱이 적혀 있다. 우리나라 사람 가운데 죽만 마시고 상을 마치는 사람은 대개 산야에 사는 가난한 선비이지 서울 사람들은 드물다.)

鄭光弼 정도되는 강단있는 사람이니까 그런 孝는 필요없다고 말할 수 있었겠지만 세상의 눈을 두려워한 많은 사람들은 그것이 무용하고 有害한 虛禮라는 것을 알면서도 행하지 않을 수 없었을 것이다.

사정이 그러했으니까 說話 속에서의 孝도 과장되거나 지나치게 강요되는 것이 많다. 앞서 소개한, 조상의 혼령이 자신의 제사에 갔더니 차려 놓은 음식이 부정해 어린애가 불에 데게 하고 그냥 돌아왔다는 <제사 부정> 說話만 해도 그렇다. 제상에 차려놓은 음식이라는 것이 밥에는 바위만한 돌이 들었고 국에는 뱀 토막이 들었더라고 하는데 그것은 지나친 과장이 분명하다. 우리 선대들은 모두 제사를 지극 정성으로 모셔 왔다. 조금이라도 정성이 부족하면 조상으로부터 벌을 받는다고 믿고 있었기 때문이다. '제사 부정'보다는 제사 준비를 하는 여성들의 고충이 컸을 것이다. 아무리 살림이 어려워도 제사상에는 술은 물론이고 생선(佐飯)과 떡, 나물, 고른 과일은 반드시 있어야 했다. 남자는 살림살이에 대해 모르는 것이 원칙이고 그 모든 것을 여자가 마련해야 했다. 그 고충이 이만저만한 것이 아니었을 것인데 그런 이야기는 없고 위와 같은 음식 투정으로 애꿎은 어린 손자에게 화상이나 입히는 이야기가 떠돈 것이다.

마지막으로 妖女說話의 특성 중 하나는 좋게 말해서 敬老思想이고 나쁘게 말해서 젊은 여성에게 지나치게 가혹한 면을 가지고 있다는 것이다. 서양의 說話에는 魔女(witch)가 많이 등장하는데, 이 'witch'란 단어는 본래 兩性에 다 쓰이는 魔鬼란 뜻이다.[14] '魔鬼'는 '魔法을 부리는 사람'과 '악마를 숭배하는 악마의 종'의 두 가지 의미를 가진 말이다. 그런데 우리 동양 사람들이 일반적으로 받아들이고 있는 것은 '魔鬼할멈'의 이미지로서이다. 실제로 'witch'란 단어 자체가 '魔女' 외에 '간악한 노파' '추한 노파'의 의미를 가지고 있어 아예 처음부터 '늙은 여자'로 되어 있다. <백설공주>에게 독이 든 과일을 먹이는 魔女처럼 대체로 진무른 빨간 코는 비뚤어졌고, 볼은 움푹 꺼졌고 비쩍 마른 몸에 고깔모자를 쓰고 지팡이를 짚고 있다. 용모는 위와 같이 추하고 성질은 邪惡한 늙은 여자가 魔女다. 그런데 우리 說話

---

14) 제프리 버튼 러셀, 「마녀의 문화사(김은주 옮김)」(르네상스, 2004), p.10.

에는 아무리 찾아도 서양의 魔女와 같은 존재는 없다. 어디를 보아도 늙은 여자가 등장하는 경우에는 慈愛로운 할머니가 있을 뿐이다. 그런데 젊은 여자는 경우가 다르다. 지금까지 살펴보았듯이 妖女는 모두 젊은 여성이다. 우선 口演者의 視角부터가 그렇다. 大田市 일원에 口傳되는 다음의 설화를 보자.

옛날 사람이 인저 엄청히 부우자로 사는데, 그 집에서 인자 며느리를 얻어 왔뗘. 며느리를 얻어왔는데, 옛날에 며느리를 얻어왔는데 그냥 시어머니가 꼬옥 쌀을 내준뎌아. (청중:쌀?) 응. 쌀을 꼬옥 내준뎌. 그냥. 밥 할 쩍마다. 때때로. 하루 세 때씩 꼭 내주는디, 밥을, 며느리 밥만 음씨 내주는 겨. (청중:아, 왜?) 며느리는, 며느리 안 줄라고. 그래가서 며느리 밥이 없으니게 그냥 누룬밥 있잖아? 인쟈 누룬 것. 밥 푸면 누른밥 있는데 그걸 가이를 줘야할껴 아녀. 가이(개). 크은 개가 있는데, 큰 개가 있는데 인져 그 개를 줘야하는데, 이냥 자근(자기는), 인쟈 자기 밥도 없고 자기 배고프니께 그냥 그늠을 싹 글거 먹고 싹 글거 먹고, 이걸 글거가지고 지가 그냥 다 먹고 먹고 그랬대.

며느리가 개는, 개는 굶기고 그렇겠는데 인져 개가 얼마나 서운하겠어. 짐승잉께 그러지 사람 같이 싸우지도 못하고. 그래가지고는 인재 몇 해를 그냥 그렇게 했는디. 나중에는 개가 오래 살으니께는 이제 죽었댜야. 개가. (청중:너무 밥을 안 줘서?) 아니. 그냥. 인저 밥도 못 으더먹었지만은 그냥 개가 인저 오래 있으니께 죽었댜야. 그러는디, 죽었는디, 아이 나중에 그냥 그 시아버지가 이렇게 보니께 크은 구렝이가 됐더랴. 개가 죽어서 그게 그냥 크은 구렝이가 됐는데, 인저 며느리한테 인저 앙가품할려고 그, 그 구렝이가 그랴니까, 그냥 저기 시아버니가 그걸 알고서 구렝이가 이냥 이게 돼가지고서 들어오는디, 시아버지가 그걸 쳐다보고 그냥 깜짝 놀라가지고로,

"아이구 며느리가 그케 밥을 안주고 그라더니 개가 저렇게 구렝이가 돼가지구서루 원수를 갚을라고 저라나베다?"

그 생각이 쑥 들어가가서루 며느리를 그냥,

"얼른 오라."

　　고 그래서 고앙으로 데려갔대. 인저 그 옛날은 광이 쌀뚜가리가 엄
청 큰 게 있꺼든. 근데 그 도가지 안에다가,

　　"들어가라."

　　고 했댜야. 며느리를. 그래서 그 안에다 들어가서 그냥 꽈악, 이렇
게 위에다 올려놨댜. 구렁이 들어갈께미 그렇게 했는디, 구렁이가 못
들어가고서, 인져 그걸 어떻게 들어가? 그러니께 그냥 단지를 칭칭 감
았더래. 구렁이가. 그 큰 느무 구렁이가 칭칭 감아가지서루 있는데,
그려. 인져 그 안에 안 들어갔으니 사람은 살은 긴 줄 알았지. 이. 그
랬더니 나중에 보니께는 구렁이가 감고서 얼마 있다가 나중에 보니께
는, 그 구렁이 감는 걸 안 감께. 이렇게 안감게 이렇게 할 수도 없고,
사람이. 그래서 내비뒀는디 나중에 인저 그러카고서 나중에 열어 보
니께 죽었더랴. 사람이. 껍띠기만 남았더랴. 그게 인져 구렁이가 독이
들어가가서루 저 사람이 껍데기만 남았더랴. 죽어가지고 그냥.

　　그래가서루는 옛날에 그렇게 해가지고서루, 가이 같은 것도 그런
거 굶기면 안 된댜아. 그것도 죄로 가는 거랴. 저거(밖의 개를 가리키
며), 그거 그냥 그런께 그것도 잘 먹이고 사람도 먹고 그러야지 그래
사람만 먹고 그걸 안 줘 가꼬 죄, 죄 값으로 그러케 구렁이가. 응? 그
러케 앙가픔을 하는 거야. 인쟈. 그래가서루. 옛날에 그런 사람이 있
었댜야. 그러케. 어?[15]

　　위의 說話에서 문제가 되는 사람은 시어머니다. 부자로 살면서 며
느리 밥을 제대로 안 주니까 며느리는 하는 수 없이 누룽지를 먹고
연명을 했다. 그러니까 개는 굶을 수밖에 없은 것이다. 그렇다면 마땅
히 벌을 받아야 할 사람은 시어머니다. 그런데도 개의 원혼은 가련한
며느리에게 복수를 했다는 것이다.

　　위와 같은 측면에서 자세히 살펴보면 우리 說話, 특히 妖女說話에
서는 여러 가지 논의거리가 발견되리라 생각한다.

---

15) 박종익, 「한국 구전설화집」3 (민속원,2000), pp.60-1.

第二章 現代小說斗 妖女說話

상당히 오랫동안 국문학계의 적지 않은 사람들이 우리 문학이 근대화를 경계하여 그 前後의 것으로 나누어져 전통이 단절되어 있다는 생각을 해왔던 것 같다. 그러한 생각은 문학 장르 개념 자체가 1910년대 후반 西歐로부터 수입되었고 거기서부터 근대 혹은 현대문학의 문이 열렸으니 그럴 수밖에 없다는 논리에 바탕을 둔 것이었다. 이와 같은 二分法的 사고는 스스로 우리 문학을 二元單位로 兩斷하는 자기 모순을 불러 왔다.

그러나 세월이 흐르면서 사람들은 우리 문학에 아무래도 우리 고유·우리 특유의 어떤 連綿한 맥이 흐르고 있음을 깨닫게 되었다. 우리의 현대문학은 神話批評에서와는 또 다른 의미에서 白紙狀態(tabula rasa)에서 西歐 문학이란 충격을 받아 평지 돌출처럼 생겨난 것이 아니었고, 수치스런 混血의 私生兒도 아니었던 것이다. 더욱 주목할 만한 사실은 오늘의 우리 소설이 막연히 前代 문학을 모방함에 그치지 않고 어떤 발전적 변모를 추구해 왔다는 것이다.

우리 說話와 현대문학 작품과의 관계도 그렇다. 지금까지 우리는 우리의 說話가 현대문학 작품에 흔히 단순한 소재로, 또는 창작상의 한 모티브로 수용된 것으로만 생각해 왔다. 그런데 그렇게 생각해서는 안 될 것이, 우리의 前代 문학과 현대문학 사이에서 강한 텍스트의 상호성을 찾을 수 있기 때문이다. 妖女說話와 현대문학 작품과의 텍스트의 상호성은 크게 패스티쉬(pastische)와 패러디(parody)에서 어떤 의미를 찾을 수 있다. 이 글에서는 주로 우리의 說話와 현대소설(일부 戲曲 포함)의 패러디 관계를 집중 조명하고자 한다. 차츰 좀 더 자세히 언급되겠지만 패러디는 源泉 텍스트를 모방하면서 變換하는 것이다. 곧 모델과의 관계에 있어서 상호간의 차이를 추구하고 변형을 지향하는 것이다. 이에 대해서는 구체적인 작품에 대한 언급에서 좀 더 자세히 이야기할 것이다.

패스티쉬는 源泉 텍스트와 같은 장르 안에 머물면서 유사성과 相應에 의해 모델을 모방하는 模作이다. 먼저 우리의 古說話에서 古小說로 작품화된 것으로 알려져 있는 <春香傳>과 현대소설, 金周榮의 <외설 춘향전>[1]으로 패스티쉬로서의, 텍스트의 상호성을 살펴본 다음 패러디 쪽으로 들어가기로 하겠다.

이 소설은 <春香傳>을 源泉으로 하여 쓴 것이지만 이야기가 많이 달라져 있다. 우선 이 소설에는 <春香傳>에는 없던 인물들이 상당수 등장하여 그들이 중요한 역할을 하고 있다. 춘향의 生父인 成참판의 부인 최씨, 夢龍과 손발을 맞추어 변학도를 농락하고 있는 장돌림과 妓生 채련 등은 작가 金周榮이 만들어낸 새로운 인물들이다. 스토리도 <春香傳>과는 많이 달라져 있다. 夢龍이 변사또와 상면하고 있다든지, 최씨 부인이 춘향을 서울로 빼돌려 苦境에서 구한다든지 하는 것이 그렇다. 또 이 소설 안에서는 夢龍이 급제를 하여 御史가 되고 있지도 않고 그와 춘향과의 상봉도 이루어지지 않는다. 그런 점에서 보면 <외설 춘향전>은 <春香傳>과 이질성이 아주 큰 소설이라 할 수 있다. 그런데도 이 소설은 <春香傳>의 패러디가 아닌 패스티쉬라 해야 한다. 왜냐하면 첫째, 이 소설에는 <春香傳>을 우스꽝스럽게 만들려거나 비판하려는 의도가 전혀 없다. 반대로 중요한 점에서 <春香傳>과 유사성을 가지고 있으며 相應하고 있는데, 무엇보다 주제 면에 그것이 뚜렷하게 나타나 있다. <春香傳>의 주제에 대해서는 주장들이 많지만 대체로 동의를 얻고 있는 것은 여성의 정절의 소중함과 피지배 민중의, 지배층의 부당한 힘에의 항거라는 것이다. 정절이라는 점에서 볼 때 <외설 춘향전>의 주인공은 <春香

1) 이 소설은 1994년 民音社에서 출판했다.

傳>에서와 조금도 다름없는 곧은 절개를 보여주고 있음을 알 수 있다. 다음, 지배층에 대한 민중의 항거라는 면은 이 소설에서 상당히 더 강화되어 있다. 주인공이 여전히 변사또에 굴하지 않고 있는 것이 그렇고 관아의 이속들이 혹정을 하는 지방 수령에게 부대끼면서도 그 부정, 부당함을 비판하고 있다는 점에서 그렇다.

이제 본격적으로 妖女가 등장하는 古說話를 수용한, 주로 패러디적인 현대소설에 대해 고찰해 보기로 하겠다.

Ⅰ. 民衆의 마음 속에 살아 있는 아기장수
　　崔曙海의 <底流> 외

1. <아기장수> 傳說과 의미

　장수가 될 아기를 낳고는 그 아기가 역적이 되어 멸족을 당할까봐, 지배체제에 겁을 먹고 어머니(때로는 아버지 또는 문중 사람)가 그 아기를 죽이는 天倫背反의 슬픈 이야기, <아기장수> 傳說이 현대의 서사물에 수용되어 있는 것이 있어 흥미를 끈다. 崔曙海의 단편소설 <底流>, 李箱의 단편소설 <날개>, 崔仁勳의 戲曲 <옛날 옛적에 훠어이 훠이> 같은 것이 그런 작품이다. 여기서는 우선 우리 說話 속의 <아기장수> 傳說은 어떤 것이며 어떤 의미를 띠고 있는가를 살펴본 다음 그것이 현대문학 작품에, 어떻게 수용되어 있는가를 알아보기로 하겠다.

　<아기장수> 이야기에 대해서는 먼저 그 용어를 간추리고 들어갈 필요가 있을 것 같다. 이 이야기에 나오는 주인공을 '아기장수' 또는

'아기장사'라고 부르기도 하고 이를 '說話' '傳說' 또는 '이야기'라고
도 하기 때문이다. 필자는 이를 '<아기장수> 傳說'이라고 부르고자
한다. 확실히 장사(壯士)와 장수(將帥)는 그 뜻이 다르다. 장사는 몸이
우람하고 힘이 아주 센 사람인 반면 장수는 군사를 거느리는 우두머
리이기 때문이다. 그런 점에서는 태어나자말자 다른 아기보다 월등하
게 힘이 세고 신이한 재주를 가진 아기는 장수보다는 장사에 가깝다.
그러나 민중이 그 아기를 힘만 센 사람이 아니라 잘못된 세상을 뒤엎
고 새 세상을 열 사람으로 믿고 있다는 점에서 '장수가 될 사람'이고
그러니까 '장수'라고 부르는 것이 좋지 않을까 한다. 또 說話라고 부
르면 그것이 傳說과 神話와 民譚을 아우르는 이름이라 무난하기는
하지만 '아기장수'의 경우는 天地創造나 開國 이야기, 사물의 起源
을 이야기하는 神聖性을 가진 神話와는 다르고, 아무런 증거도 가지
고 있지 않고 神聖性도 없으며 사실이라고 믿지도 않는 民譚들과는
확실한 차별성이 있으며 구체적이고 개별적인 증거가 있고 口演者나
聽取者가 모두 사실이라고 믿는다는 점에서 전형적인 傳說이라고 할
수 있다. 그러므로 일단 이를 <아기장수> 傳說이라고 부르고 들어가
기로 하겠다.

　<아기장수> 傳說은 한반도 전역에 널리, 그리고 많이 분포, 전승
되는 이야기이다. 남북 분단 이후 북한 쪽에 대한 연구는 구체적으로
알려진 것이 없으므로 남북한 통털어서 어느 정도 많은 개별적인 이
야기들(이를 흔히 各篇, version이라고 부르고 있다.)이 전승되고 있는
지는 알 수 없다. 그러나 한 연구논문의 통계를 보면 남한에만 해도
상당히 많은 各篇들이 전승되고 있다는 것을 알 수 있다. 이 논문은
여러 자료를 수집, 정리한 끝에 2백 13편의 <아기장수> 傳說 목록
을 만들어 놓고 있다. 이 중 黃海道 3, 平安南道 1, 平安北道 3,

咸鏡南道 1편 등 8편만이 북한에 口傳되는 것이고 나머지 2백 5편은 모두 남한에서 채록된 것으로 되어 있다.[1] 이는 상당히 많은 숫자라 할 수 있을 것인데 실제로는 훨씬 더 많은 各篇이 口傳되고 있다고 보아야 할 것이다. 왜냐하면 남한 것만 하더라도, 口傳되고 있는 <아기장수> 傳說이 모두 채록되었다고는 할 수 없고 또 위의 목록이 지금까지 확인된 모든 各篇을 다 모았다고 할 수 없을 것이기 때문이다.

이렇게 많고 다양한 各篇이 전해오고 있는 것이 <아기장수> 傳說이기 때문에 이를 일목요연하게 분류 정리하기는 어렵고 더구나 그 중 어떤 것이 이 傳說의 한 典型이라고 하기는 더욱 어렵다. 그래서 여기서는 몇 연구자의 견해를 살펴본 다음 필자 나름으로 이 傳說의 한 기본적인 典型이 될 만한 이야기가 어떤 것일까를 생각해 보기로 하겠다. 앞서 말한 논문은 '날개 系列'의 <아기장수> 이야기 중 '犧牲部類'와 '受難部類'가 그 핵심적인 것이 될 것이라고 했다.

犧牲部類의 뼈대話素는 ① 이름 없는 상민의 아이가 비상한 능력을 지녔다. ② 부모가 역적이 된다고 두려워해서 아이를 죽이기로 했다. ③ 부모가 온갖 방법으로 죽이려 했으나 아이를 죽일 수 없었다. ④ 아이가 스스로 죽이는 법을 알려 주어서 부모가 죽였다. ⑤ 용마가 나타나 처참하게 울다가 죽어버렸다는 것이다. 筆者는 그보다는 다음과 같은 뼈대話素의 '受難部類' 이야기를 그 전형으로 보고 싶다. ① 이름없는 상민의 집에 신이한 능력의 아기가 태어났다. ② 역적이 된다고 두려워해서 부모가 죽이기로 했다. ③ 손쉽게 죽지 않는 아기

---

1) 金守業, 「아기장수 이야기 연구」 慶北大學校 박사학위논문, 1994. 9. 18. 남한의 경우 京畿道에 13, 江原道에 38, 忠淸北道에 5, 忠淸南道에 5, 全羅北道에 16, 全羅南道에 14, 慶尙北道에 38, 慶尙南道에 54, 濟州道에 22편이 口傳되고 있는 것으로 되어 있다.

를 부모가 억지로 죽였다. ④ 용마가 나타나 처참하게 울다가 따라 죽었다는 것이다. 논문 작성자 역시 이 部類가 가장 널리 퍼져 전승되고 있는 「아기장수 이야기」의 대표적인 것이라고 하고 있다.[2]

또 다른 한 편의 논문은 <아기장수> 傳說을 제1, 제2의 두 유형으로 나누고 있다. 제1유형은 ① 모처에 용소(또는 장수바위, 장군묘)가 있다. ② 어느 집에서 아기를 낳았는데, 겨드랑이에 날개(비늘)가 있어 날아다니는 등 신이한 모습을 보였다. ③ 부모(또는 문중, 마을사람)가 화가 미칠 것을 두려워하여 아기를 죽였다. ④ 아기가 죽자 용마가 나와서 울다 죽었다.(또는 울다 사라졌다.) ⑤ 지금도 그 용소(장수바위, 장군묘)가 남아 있다는 것이다.

제2유형은 ① 어느 집에서 아들을 얻었다.(또는 아들을 얻었는데 윗도리만 있었다.) ② 어느 장군이 와서 아이를 죽였다. ③ 아이는 어머니에게 곡식 일정량을 청하여 바위 밑(또는 바위속, 땅속, 연못 속)으로 들어갔다. ④ 장군(혹은 이성계, 병정)이 잡으러 와서 다그치자 죽음이 두려운 어머니가 아이가 간 곳을 발설하고 말았다. ⑤ 곡식이 변하여 된 군사를 이끌고 막 일어서려던 장수가 죽임을 당했다는 것이다.[3]

필자는 위의 두 유형 중 제1유형이 이러한 傳說의 기본적인 것이 아닌가 한다. 아래의 傳說이 곧 위에서 말한 '受難部類', '제1유형'이라고 할 수 있을 것이다.

황해도 사리원에 사는 김한림이 사십 세가 넘도록 아들이 없었다. 어느 날 중의 안내로 백일기도를 올리고 아들을 얻게 되었다. 이름을

---

2) Ibid., p.72.

3) 이상 신동흔, "아기장수 설화와 진인출현설의 관계", 『古典文學硏究』(韓國古典文學硏究會, 1990), pp.105-15.

三成이라 했다. 이 아이는 힘이 장사였다. 열 일곱 살에 결혼을 했다. 결혼한 지 몇 달이 지난 겨울날 三成은 매일밤 밖에 나가서 북받쳐 나오는 힘을 남몰래 發散했다. 그리고는 집에 들어와서 차디찬 몸으로 아내를 못견디게 굴었다. 아내는 이것이 귀찮아졌다. 三成이 잠든 사이에 겨드랑이에 붙어 있는 학의 날개 같은 것을 인두로 지져서 태워버렸다. 그 날개는 힘의 根源이었던 것이다. 이에 三成은 죽고 말았다. 어느 날 근처 연못에서 한 마리의 망아지가 뛰어나와 주인을 부르다가 큰 고함소리를 지르며 사라지고 말았다.[4]

능포 동리 어귀에 방석같이 평평한 (장수) 바위가 있는데, 전설에 의하면 村婦가 노경에 낳은 아들이 신묘하게 빨리 장성하고, 겨드랑이에 날개가 돋혔다는 소문에, 어리석은 촌부가 겁에 질려 이 아들을 죽였는데, 그런 지 3일 후 白馬가 슬피 울다 이 바위에서 죽었다고 하며, 그때의 발자국이 지금껏 이 바위에 새겨져 있다. (慶南 巨濟郡 長承浦邑 菱浦里 傳說)[5]

위에서 겁에 질려 장수가 될 아기를 제 손으로 죽이고 있는 어머니는 어리석은 民衆이라 해야 할 것이다.

여기서 먼저 韓完相의 주장에 따라 民衆의 개념을 간략하게 살펴보고자 한다.[6] 그는 사회구조를 지배구조와 피지배구조로 이분하고 이에 따라 세 가지 기준에 의한 民衆이 있게 된다고 했다. 첫째, 통치 수단을 독점한 정치적 지배집단이 있고 거기에서 소외된 정치적 피지배집단이 있는데 이 정치적 피지배집단이 곧 정치적 民衆이다. 다음으로 재화를 생산, 소비를 자극하고 재화의 분배를 장악하는 힘을 두루 가진 경제적 지배집단과 그로부터 소외된 경제적 피지배집단으로

---

4) 張德順,「說話文學研究」(二友出版社, 1980), p.250.

5) Ibid., pp.61-2.

6) 이하 韓完相, "民衆의 社會學的 概念", 劉載天 編,「民衆」(文學과 知性社, 1984), pp.48-64에서 인용.

나누어지는데 이 경제적 피지배집단이 경제적 民衆이다. 마지막으로 고급문화를 창조하고 그것을 분배하는 문화적 지배집단과 그러한 문화 수단을 갖지 못한 문화적 피지배자가 있는데 이 문화적 피지배자가 문화적 民衆이다.

이러한 세 가지 기준에 의한 民衆은 다시 두 가지 모습을 띠게 된다. 그 하나가 卽自的 民衆으로 이는 잠자는 民衆이다. 다른 하나는 對自的 民衆으로 이는 잠에서 깨어난 民衆이다. 이들은 자신들이 부당하게 조종·동원되고 억울하게 빼앗기고 있으며 비참하게 따돌림당하고 있는 피지배자임을 정확하게 깨닫고 이에 분개한다. 對自的 民衆은 다시 단계에 따라 그 수준과 종류를 셋으로 나눌 수 있다. 첫째 단계는 民衆 자신이 정치, 경제 및 사회적 피지배자라는 것을 희미하게나마 알고 있다. 그들은 자신들이 부당하게 피해를 입고 있다는 자의식을 갖고 있어 自意識의 民衆이라 불린다. 그러나 이 단계의 民衆은 그러한 부당한 피지배 사실을 의식하고 있을 뿐 이에 대한 비판에까지는 이르지 못하고 있다. 둘째 단계는 지배집단의 허위의식을 꿰뚫어 보고 그것을 폭로하는 民衆으로 批判的 民衆이라 할 수 있다. 셋째 단계는 모순된 기존 질서를 바꾸기 위해서 행동하는 民衆으로 行動人으로 불린다.

아기장수를 죽인 어머니는 위의 이론에서의 卽自民衆, 잠자는 民衆이다. <아기장수> 傳說은 체제 곧 지배계층과 아기, 곧 피지배 서민계층이 대립, 갈등하는 二元的인 구조다. 그리고 거의 모든 <아기장수> 傳說에서 아기가 패배, 파멸하고 있는데 그것은 '어머니'로 표상된 겁에 질려 체제에 굴복하고 있는 우리들 民衆 때문이다. 그러므로 이 傳說은 우리들 民衆이 언제까지나 체제에 굴복하여 빼앗기고, 밟히고, 부림당하고, 따돌림당하는, 노예와 같은 삶을 살아야 할 것인

가 하는 의문을 던져주고 있다. 趙東一이 이러한 傳說에는 인재가
나면 역적으로 몰고 무서운 보복을 하는 통치방식에 대한 분노가 서
려 있다고 한 것도 그 때문일 것이다.[7]

2. 天時를 苦待하는 民衆
崔曙海의 <底流>[8]

<아기장수> 傳說을 소설 속에 한 이야기로 수용한 작품이 崔曙
海의 단편 <底流>다. 이 소설에는 아기장수와 겁에 질려 아기를 죽
이려 하는 어머니 이야기가 나오고 있다. 그런데 이 소설 서술의 초점
은 傳說에서와는 상당히 다른 데에 모아져 있다. 그만큼 傳說이 變
容, 수용되었다고 보아야 할 것 같다. 趙東一은 이 작품에 대해 변혁
에의 기대를, 유행하던 이론이 아닌, 오랜 내력을 가진 민간전승에 의
거해 나타내서 주목된다고 말한 바 있다.[9]

이 소설은 여름밤 모깃불 가에 둘러앉은 노인들의 이야기를 뼈대로
하고 있는데 <아기장수> 傳說은 그 중 한 노인이 들려주는 것으로
줄거리는 다음과 같다.

간도에서 나온 마흔 살 된 영감의 할멈이 절에도 다니고 칠성단을
묻고 기원을 한 끝에 아이를 가지게 되었다. 産日이 되자 밤중에 선
녀가 내려와 할멈의 왼쪽 겨드랑이로 아기를 받아냈다. 아기는 키가
여나믄 살 된 아이 만하고 눈, 귀가 크고 팔다리, 손이 모두 鐵骨이
고, 바로 말을 했다. 새벽이 되니 아기가 부모에게 자기는 ○○산으로

---

7) 趙東一, 「한국문학통사」3(지식산업사, 1990), p.427.
8) 이 소설은 1926년 10월 『新民』 18호에 게재 발표되었다.
9) 趙東一, 「한국문학통사」5(지식산업사, 1990), p.148.

공부하러 간다고 하직 인사를 했다. 아기장수는, 그래도 몇 달 동안은 새벽에 젖을 먹으러 오겠다고 하고 날개를 펴더니 금방 어디론가 사라져버렸다. 아기장수는 아무한테도 자신의 이야기를 하지 말라고 여러 번 당부를 하고 갔는데 그 어머니가 며칠 뒤 그 말을 해버렸다. 소문을 들은 고을 원이 사령을 보내 아기장수를 죽이라고 했다. 사령은 그 어머니에게 아기장수가 젖을 먹으러 오거든 날개를 인두로 지져 태우라고 했다. 어머니와 사령이 기다리고 있으니 아기장수가 왔다. 그리고는 사령이 자기를 죽이려 해서 이제 아주 떠나는데 10년 후에 다시 오겠다고 하고 가 버린다. 아기장수를 죽이지 못한 원이 그 부모를 잡아다 옥에 가두었다. 그 날 밤, 원이 피를 토하고 죽고 옥문은 깨어지고 아기장수의 부모는 간 데가 없었다는 것이다.

위의 이야기는 앞서 살펴본 '受難部類'나 '제1유형'의 <아기장수> 傳說과 다른 것이다. 무엇보다 아기의 어머니가 아기를 죽이지 못했고, 아기도 용마도 죽지 않고 다음 날을 기약하고 어딘가로 가버리고 있다는 점에서 그렇다. 이는 다음에 한 번 더 언급하겠거니와 우리나라 몇몇 곳에서 간혹 들을 수 있던 '사라진 아기장수' 유형이라 할 것이다. 이 소설은 그 서술의 초점이 <아기장수> 이야기 밖에 모아져 있다. <底流>는 1920년대 중반 일제치하, 식민지 한국의 현실에 대한 개탄과 새 세상 도래에의 기원을 담고 있는 소설이다. 다시 말하자면 당시 한민족의 悲願이 무엇이었던가를 보여주는 것이 이 단편이라고 할 수 있다.

이 소설의 발단 단층은 농민들의 날씨 걱정으로 되어 있다. 노인들은 가뭄이 계속되어 조, 콩 같은 밭작물이 말라 죽어가고 沼의 물이 말라 바닥이 드러나고 있는데 비가 올 기미는 보이지 않는다고, 애를 태우고 있다. 그런데 이는 단순히 좋지 못한 天候를 걱정하고 있는 것으로 읽어서는 안 될 것이다. 소설에서, 天候는 흔히 상징의 도구로 쓰여지는데 <底流>의 경우도 그런 것으로 보아야 하지 않을까 한다. 땅이 타들어 가게 하고 식물을 말려 죽이고 있는 날씨는 당시 식민지 한국인의 삶의 터의 척박함, 생의 고달픔, 가파름을 말해 주는 것이다. 당시 한국 민중의 삶의 고통스러움은 등장인물들의 대화에 잘 나타나 있다.

> 그 이마 벗어진 늙은이는 눈을 끔벅하면서 큰일이나 난 듯이 말하였다.
> "망해두 어서 망하구 흥해도 어서 흥해야지, 이거 이러구서야 어디 견디겠소……. 글쎄, 술두 맘대루 못 해먹구 담배두 맘대루 못 저먹는 세상에 살아서는 뭘 하겠소……. 참 우리야 쉬 죽겠으니 또 모르겠소마는 이것들이 불쌍해서…….
> 김 도감이란 영감은 악 절반 한탄 절반으로 뇌면서 무릎에 앉은 손자를 내려다본다. 꼼지락거리던 어린 것은 푸른 달빛을 받고 고요히 잠들었다.
> "허 유사너처리 저 간도루 멀찍하니 ○○가는 게 해롭지 않지……(한참 끊었다가) 어서 빨리 ○○이 뒤집히구 ××이 나야 하지……."

위의 대화에서 첫 번째 '○○'은 '이민', 두 번째 '○○'은 '세상', '××'는 '혁명' 쯤으로 채워 읽어도 되지 않을까 한다.[10] 노인들의 대화는 이래서는 이 땅에서, 도저히 살 수 없고, 하루빨리 세상이 뒤집어져야 한다는 것이다. 그것은 또 지금의 현실은 일제가 망하고 한국이 독립이 되지 않고는 살 수 없다는 뜻으로 받아들여도 될 것이다. 그런데 그들은, 자신들에게는 그런 새 세상을 열 힘이 없다는 것을 잘 알고 있다.

---

10) '○○', '××' 등은 검열로 인한 伏字인 것으로 보이는데 '××'는 '전쟁'으로 읽을 수도 있을 것 같다.

그러나 그들은 모두, 잘못된 세상을 뒤집어엎고 그들을 그 고통스런
桎梏에서 해방시켜 줄 인물이 나타날 것을 확신하고 있다. 다음과 같
은 그들의 대화가 그것을 말해 주고 있다.

흐린 달을 치어다보는 여러 늙은이의 눈에는 근심이 그득한 것이
장차 올 세상을 보는 것도 같고, 하늘에서 무엇이 내려와 안아 주기
를 기다리는 것 같기도 하였다.
　"시방두 어디 제갈량 같은 성인이 있기는 있으련마는 소식이 없
어……."
　원숭이 같은 김 도감은 담배를 빨다가 말했다. 그 목소리는 어디든
지 무엇이 있으리라고는 믿는 어조였다.
　"있다뿐이오. 제갈량이며 장비며 이순신같은 이가 다 있지만, 그렇
게 쉽사리 나서겠소?"

사람들은 위에서 볼 수 있는 바와 같이 새 세상을 열 사람이 있는
것은 틀림없는데 아직 그런 사람이 나올 때가 이르지 않았다고 생각
하고 있다.

그런데 여기서 주목해야 할 것은 노인들이, 아무리 현실이 어렵더라
도 때를 기다려야지 함부로 날뛰어서는 안 된다고 하고 있다는 것이다.

　"괜히 시방 젊은 아이들은 철은 모르고 덤비지만 세상이 바루 돼두
때 있는 게지 어디 그렇게 됨메?"
　박 관청은 혀를 툭 채었다.
　"아, 더 이를 말이오. 시방 우리 늠아두 공부를 함메 하구 성화를
대구 서울 가서 댕기더니 젠년(前年)에 만센지 떡센지 부르고 시방 징
역을 하지만 어디 그렇게 되겠소! 다 운이 있는 건데…… 아 홍길동
이며 소대성이 같은 장쉬(將帥)두 때를 기다렸는데……."
　이마 벗어진 영감은 제 뜻은 이러한데 세상이 모른다는 듯이 푸닥

거리를 놓았다.

"여부 있소! 다 덕을 닦아 그런 아들을 낳는 게지…… 그리구 그런
장쉬더러 백두산이나 계룡산 같은 데야 있겠지만 때가 안 되구사 나
오겠소?"

김 서방은 모든 것을 자기 혼자나 아는 듯이 말했다.

"나오기는 어느 때든지 나올 걸? 에구 어서 나와서……"

이마 벗어진 영감은 말끝을 뚝 끊어 버린다.

"나오구 말구! 하지마는 다 때가 있는 건데…… 시방 시속 사람들
은 괜히 위야하고 우리네××이나 가져가믄 소용이 있어야지… 다 때
가 돼서 장쉬가 나야지!"

天時가 이를 때까지 기다려야 한다고 하고 있는 것은 작가 崔曙海
의 말로 받아들여도 되지 않을까 한다. 崔曙海를 공산주의 사상이 철
저한 작가로 속단하는 사람이 있을지 모르지만 그렇게 보아서는 안
될 것 같다. 그렇게 생각하는 것은 그가 초기 KAPF의 주도자인 金基
鎭의 권유로 1925년 그 조직에 가입한 때문이 아닌가 한다. 그러나
그는 그후 人道主義的인 경향으로 돌아섰고 그 때문에 KAPF 측으
로부터 '회색분자'라는 심한 비난을 받고 1929년 거기서 탈퇴했다. 설
사 그가 한동안 공산주의 사상을 가지고 있었다 해도 그것은 진정한
의미에서의 그 사상이 아니었을 것이다.

당시 한국인들이 가지고 있던 공산주의 사상이란 것은 민족주의 사
상과 혼합되어 제대로 분간이 안 되는 성질의 것이 되어 있는 경우가
많았다. 본래 공산주의와 민족주의는 공존할 수 없는 성질의 것이다.
陳德奎는 초기 마르크스주의가 사회 변동이나 근대화와 관련된 이데
올로기 중에 民族主義에 대해 가장 저항적이고 비판적이며 경쟁적인
것이었다고 말했다.[11] 또 오스본은 마르크스에 의한 프롤레타리아 혁

---

11) 陳德奎, 「現代 民族主義의 이론구조」 (지식산업사, 1983), p.198.

명의 종국적 진전은 「민족적 차이가 사라진 거대한 초민족적 사회(tra ns-national society)」였다고 하고 있다.[12] 그런데도 일제 치하의 한국에 는 공산주의와 민족주의 사이의 간극성을 깨닫고 있는 사람이 그렇게 많지 않았던 것 같다. 조국의 독립쟁취를 위한 투쟁이 곧 공산주의사 회 건설을 위한 투쟁과 다를 것이 없는 것으로 본 사람이 상당히 많 았던 것 같다. 1922년 모스크바에서 열린 제1차 極東人民會議에 참 석한 한민족 대표 李東輝·朴鎭淳·金始顯·張建相·呂運亨·金 奎植·朴憲永 등에 대해 부하린이 "당신들 중 누구도 사회주의와 공 산주의에 관한 진정한 사실들을 알고 있지 않소. 당신들은 다만 獨立 運動에 종사하고 있을 뿐이요."[13]라고 했다는 것이 바로 이 점을 잘 지적하고 있다. 崔曙海도 그런 의미에서의, 공산주의를 내세운 민족주 의자 쯤으로 보아야 하지 않을까 한다. 그것도 그의 사상은 과격 일변 도가 아닌 온건하면서도 굳건한 민족주의의 그것이 아니었을까 한다. 그것이 '아기장수'가 올 때까지, 天時를 기다려야 한다는 작중인물들 의 말로 나타나 있다고 보아도 될 것이다.

위에서 살펴본 바와 같이, 언젠가는 잘못된 세상을 뒤엎고 새 세상 을 열어줄 영웅이 나타나기를 바라는 민중의 간절한 염원이 담겨 있 는 것이 이 소설이고 標題를 <底流>라 한 것도 그 때문일 것이다. 그렇게 생각하고 읽으면,

높은 하늘 푸른 달 아래 엉긴 안개 속에는 무슨 큰 거령(巨靈)이 그 윽히 숨은 듯이 보였다.

---

12) Robert J. Osbon, The Evolution of Society Politics, Homewood Illinois, The Dorsey Press, 1974, p.414.

13) 李廷植·스칼라피노, 「韓國共産主義運動의 起源」(韓國硏究圖書館, 1961), p.58.(鄭漢淑, 「解放文壇史」, 高麗大學校出版部, 1980, p.75에서 재인용.)

뜰 앞 밭을 우수수 스쳐오는 바람결에 산새 소리가 두어 마디 들렸다. 늙은이들은 여전히 돌아갈 것을 잊고 말없이 앉아서 강 안개와 푸른 달을 본다. 그 모양은 달과 하늘에 말없는 기도를 드리는 것 같이 침묵한 속에 그윽한 위엄이 흘렀다.

라고 한 이 소설의 결말은 독자를 숙연하게 하는 데가 있다 할 것이다.

3. 한 將帥의 죽음의 집 脫出
李箱의 <날개>

李箱 단편 <날개>는 이 소설이 1936년 『朝光』 9월호에 발표된 이래 지금까지 많은 화제를 뿌려왔고 꾸준히 연구 대상이 되어 왔다. <날개>는 발표 당시 崔載瑞가 '리아리즘을 深化'한 작품이라고 말한[14] 이래 新心理主義의 '非리얼리즘性의 소설'[15] '사춘기의 習作'에 불과한 것[16]이라고 한 혹평들도 들었다. 그러나 이 소설은 발표 70년이 지난 지금까지 꾸준히 읽히고 있고 많은 연구자들에 의해 한 편의 自意識小說로 우리 문학사에 있어서 기념비적인 秀作이라는 평가를 받고 있다. 이 소설에 대한 연구도 상당한 축적을 보이고 있는데 그것은 대부분 한 편의 현대소설로서의 해석과 감상과 평가를 한 것이었다.

그런데 한 고전문학 연구자가 이 소설과 우리 說話와의 관계에 대해 언급해 주의를 끌고 있다. 崔來沃은 <날개>가 아기장수 이야기

---

14) 崔載瑞, "≪川邊風景≫과 ≪날개≫에 관하여", 「崔載瑞評論集」(弘文閣, 1987), pp.312-5.
15) 金文輯, "날개의 詩學的 再批判", 「李箱」(文學과 知性社, 1979), pp.113-5.
16) 宋稶, 「詩學評傳」(一潮閣, 1974), p.101.

의 '날개' 모티프와 관련이 있다고 하고 이 소설에서 주인공 '나'는 '뚜—하는 정오의 싸이렌' 소리에 환기되어 아내에게 얽매인, 종속과 죽음의 세계로부터 탈출하고 있는데 이 때 그를 탈출시키는 구체적인 장치가 바로 아기장수 이야기의 아기장수에게 부여되어 있던 그 '날개'라고 했다.17)

　필자는 위의 견해에 동의하면서 이 소설과 <아기장수> 傳說의 텍스트의 상호성에 대해 고찰해 보고자 한다. <날개>를 <아기장수> 傳說의 현대적 버전(version)이라고 할 수 있는 근거는 다음과 같은 점에서 찾을 수 있다. 먼저 <날개>에서의 '나'는 <아기장수> 傳說에서의 아기장수라 할 수 있고 '아내'는 傳說에서 아기를 죽이는 어머니라 할 수 있다.

　　　『剝製가 되어버린 天才』를 아시오?

　라고 한, 이 소설의 前文 제1행부터가 그런 의미를 띤 것이다. 이 문장은 한 뛰어난 인재가 죽어 있는 것이 이 소설의 주인공 '나'라고 하고 있기 때문이다. 그리고 그에 이은 이 소설, 前文의 후반은 누가 그 천재를 죽이는가에 대해서 분명하게 말해주고 있다.

　　　女王蜂과 未亡人 - 世上의 하고 많은 女人이 本質的으로 임이 未亡
　　人 아닌 이가 있으리까? 아니! 女人의 全部가 그 日常에 있어서 개개「
　　未亡人」이라는 내 論理가 뜻밖에도 女性에 대한 冒瀆이 되오? 굳바이.

　세상의 모든 여인은 女王蜂이요 未亡人이라고 하고 있는데 여기에

---

17) 崔來沃, "전설의 날개와 소설의 날개 비교", 『한국문학』121(한국문학사, 1983)

는 약간의 부연 설명이 필요할 것 같다. 본래 여왕벌은 수컷과 짝짓기를 하고 나면 바로 그 수펄을 죽여버린다고 한다. 그와 마찬가지로 당시의 모든 여인은 남편을 죽이는 毒婦라는 말이다. 결국 天才의 목숨을 앗는 것은 이 소설에서의 '아내'라는 것이다. 그러니까 <날개>는 傳說 속에서 아기장수를 죽이는 어머니와 같이, 그 아가장수와 같은 오늘의 천재를 죽이는 '아내' 이야기인 것이다.

傳說에서는 아기장수가 태어날 때부터 초인적인 몸과 신이한 능력을 가지고 있어 역적이 되어 삼족을 멸하는 화를 당할까 두려워해서 죽이는 것으로 되어 있다. 그렇다면 <날개>에서는, 왕도 없는 오늘날 '아내'는 무엇 때문에 '나'를 죽이는가를 살펴볼 필요가 있을 것 같다. 창녀인 '아내'는 '내'가 한 사람의 인격체, 한 사람의 남편, 家長으로서 '생명'을 가지는 것을 용납할 수 없기 때문에 그를 죽이려 하고 있다. 이 소설에서 '나'는 사육 당하는 한 마리 畜生으로서만 존재할 것이 허락되어 있다. 그럴 때 '나'는 생존에 아무런 문제가 없다. <날개>에서의 '나'는 볕 안 드는 골방에서 돋보기로 아내만이 사용하는 '지리가미'를 끄실려 가면서 불장난을 하고, 아내의 손잡이 거울을 가지고 여러 가지로 놀고, 아내의 화장품 병마개를 뽑아 향기를 맡고, 벙어리 금고에 아내가 준 50전짜리 동전을 떨어뜨려 넣는다. '나'는 또 아내가 준 고무밴드가 끼어 있는 '사루마다'를 입고 낮잠을 자고 아내가 차려주는 대로 '너무 맛없는 밥'을 '닭이나 강아지처럼' 말없이 넙죽넙죽 받아먹는다. '나'는 아내 방에서 아내의 손님이 '아내와 나도 좀 하기 어려운 농'을 서슴지 않고 해 던지는 데도 그것을 건성으로 듣는다. '나'는 아내에게 직업이 있는지, 그 직업이 무엇인지 모른다. 또 아내가 쓰는 돈은 까닭 모를 내객들이 놓고 가는 것이라는 것은 알았지만 그들이 무엇 때문에 돈을 주는지 모른다. 아니 모르려

한다. 위와 같은 '나'는 숨쉬고 먹고, 배설한다는 면에서 살아있다고
할 수 있지만 사실상 죽어 있는 것과 다름없다. 또, 어떤 의미에서 이
때의 '나'는 <아기장수> 傳說에서의, 힘없고 무지한 농민에게 태어
난, 평범한 젖먹이일 때의 아기와 같다. 그런 아기를 죽일 이유도, 필
요도 없었듯, 이 소설 초반까지의 '나'는 아내에게 아무런 문제 될 것
이 없는 존재였다.

그런데 어느 날 무엇 때문에 아내를 찾아오는 사내들이 아내에게
돈을 주는가에 의문을 가지기 시작하고부터 문제가 발생한다. '나'는
또 '아내'가 무엇 때문에 자신에게 돈을 주는지에 대해서도 알 수 없
었다. 그러다 보니 아내가 준 돈이 어떤 의미도 없는 것으로 생각되어
벙어리 금고를 변소에 버린다. 이 때부터 '내'가 달라지기 시작한다.
변화는 '내'가 외출을 시작하고부터 뚜렷하게 나타난다. '나'는 전후
다섯 차례에 걸쳐 외출을 한다.

'나'는 어느 날 하오 아무 생각없이 밖으로 나가 한참을 이리저리
지향없이 서성대다가 돌아온다. 외출에서 집으로 들어서는 순간 '나'는
'아내'가 그녀의 방에서 어떤 낯선 남자와 같이 있는 것을 본다. '아
내'는 '나'를 보고 노기를 띠었는데 '나'는 그것이 자신이 자정 전에
돌아왔기 때문이라고 생각한다. '나'는 '아내'가 준 돈 5원을 주고 처
음으로 '아내'의 방에서 잔다. 그런데 여기서 '아내'가 노기를 띤 것은
그녀 나름의 심각한 이유가 있었기 때문이라고 보아야 할 것이다. 그
와 같은, '나'의 전에 없던 행동은, 傳說에서 평범한 젖먹이인 줄 알
았던 아기가 예사롭지 않은 힘을 보이려는 기미를 보인 것처럼 '내'가
자신이 누군지, '아내'가 어떤 사람인지에 눈을 뜨려 하는 것이 아닌
가 하는 우려를 하게 한 것이다. 낯선 남자와 앉아 있는 것을 보고,
'아내'의 방에서 자려는 마음을 낸다는 것도 자신이 사내, 남편으로서

의 구실을 하겠다는 뜻의 일단을 보인 것으로 생각할 수 있다. 여기서 그녀는 신경이 곤두선 것이다. '내'가 명징한 의식의 눈을 뜬다는 것은 자신이 창녀라는 것을 알게 되고 자신의 추악한 생을 그대로 보게 된다는 것을 의미하기 때문이었다.

'나'는 다시 두 번째 외출을 했다가 자정이 넘어 집으로 돌아오는데 이 때, 대문간에서 '아내'가 그녀의 남자와 무슨 이야기를 하고 있는 것을 본다. 이 날도 '나'는 가지고 있던 돈 2원을 '아내'에게 주고 '아내'의 방에서 잔다. 이튿날 저녁, '아내'는 전에 없이 '나'를 그녀의 방으로 불러 겸상으로 저녁을 먹게 한다. 이것은 '아내'가 '나'를 아직까지는 큰 문제가 없는 '장수' 아닌 평범한 '유아'에 묶어두려고 회유한 것으로 보면 될 것 같다. '나'는 갑자기 자신에게 돈이 한 푼도 없다는 것을 알고 그 사실을 슬퍼한다. 이것도 '내'가 그 전과는 달라졌다는 한 증거다. 그 전의 '나'에 있어서 돈은 손으로 그 촉감을 즐기고 저금통에 넣으면서 그 소리를 듣는 한갓 완구에 불과한 것이었다. 그래서 첫 번째 외출 때 그는 돈이 어디에 쓰이는 것인지 몰라 그냥 가지고 돌아왔었다. 그런데 '아내'의 남자들이 그러듯 돈을 '아내'에게 주고 '아내'와 같이 잔 이후 그것이 교환, 구매의 수단이라는 것을 알게 된 것이다. '내'가 무엇을 필요로 한다는 것을 눈치챈 '아내'는 '나'에게 돈을 주면서 '좀더 늦게 들어와도 좋다'고 한다. 이 말은 액면 그대로 받아들여서는 안 되고, '자정이 넘기 전에 돌아와서는 안 된다'는 아내의 명령이라고 해야 할 것이다. 이는 그녀가 '나'를 자정 이후까지의 시간 속에 감금하려 함을 의미한다.

돈을 무엇에 쓰는지를 알게 된 '나'는 그 전의 외출 때처럼 정처없이 배회하지 않고 京城驛 1, 2등 대합실 곁의 티룸으로 가, 커피 한 잔을 마신다. 이 때 '내'가 마신 커피는 단순한 기호 음료 이상의 의미를 가진 것이다. 커피는 과거 각성제로 쓰인 적이 있다. 그러니까 '내'가 커피를 마셨다는 것은 세상에 새롭게 눈뜨기 시작했다는 것을 뜻한다.

비가 오기 시작하고 추워져 오한을 느끼자 '나'는 집으로 돌아온다. 이것은 전에 볼 수 없었던 '나'의 아내에의 항명이다. 밤도 이미 깊었고 비가 오고 추우니까 집으로 돌아가야 한다는 것은 지극히 당연하고 자연스런 일이다. 그러나 '아내'에게는 이것은 실로 충격적인 대사건이다. 그것은 傳說에서 평범한 갓난아기인 줄 알았더니 아기의 겨드랑이에 날개 같은 것이 돋기 시작한 것과 같다. 이제 傳說에서의 '어머니', '아내'는 장수가 되려 하는 아기, '나'를 죽이기로 한다. 그래서 '아내'는 '내'가 감기가 들었다면서 수면제 아달린을 아스피린이라고 속이고 먹인다. 이는 傳說에서의 어머니가 아기를 죽이려고 가마니로 누르는 짓, 인두로 겨드랑이의 날개를 지지는 것과 같은 행위이다. 아달린을 감기약인 줄 알고 먹은 '나'는 오랫동안 잠에 빠졌다 깨어난다. 그리고는 藥匣을 보고 자신이 먹은 것이 아스피린이 아니고 아달린이었다는 것을 안다. '나'는 여기서 자신이 아내에게 속아 한 달 동안 계속 수면제를 먹고 죽음과 같은 잠을 잤으며 이웃에 불이 났을 때도 잠을 잤었다는 것을 안다.

'나'는 아직 남아 있는 아달린을 모두 가지고 네 번째로 집을 나서서 산으로 올라간다. 그리고는 6알의 정제약을 모두 먹고 벤치에 누워 오랫 동안 깊은 잠에 빠진다. 이 때의 잠은 아내에게 속아 수면제를 먹고 잠든 것과 경우가 다르다. 그 전의 잠은 타인에 의한, 살의를 가진 자에 의한 강제된 잠이었다. 그러나 이번의 잠은 자의에 의한, 非本來的인 자기 죽이기의 잠이다. 이윽고 '나'는 그 잠에서 깨어나는데 이는 '나'의 정상적인 자아로의 다시 태어남이다. 그것은 神話에서 흔히 영웅이

깊이 잠들었다가 새로운 생생력을 얻고 깨어나고 있는 것과 같은 것이
다. 그리고는 '나'는 자기를, 세계를 새로운 눈으로 다시 본다.

　　　　아내는 한 달 동안 아달린을 아스피린이라고 속이고 내게 먹였다.
　　그것은 아내 방에서 아달린 갑이 발견된 것으로 미루어 증거가 너무
　　나 확실하다.
　　　　무슨 목적으로 아내는 나를 밤이나 낮이나 재웠어야 됐나?
　　　　나를 밤이나 낮이나 재워 놓고 그리고 아내는 내가 자는 동안에 무
　　슨 짓을 했나?
　　　　나를 조금씩조금씩 죽이려던 것일까?

　　이제 모든 진상은 명백하게 드러났다. 그러나 '나'는 그래도 설마,
하는 마음으로 집에 들어서다가 「절대로 보아서는 안 될 것을 그만
딱 보아버리고」 만다. '아내'는 '나'에게 밤세워 가면서 도둑질하러 다
니느냐, 계집질하러 다니느냐고 하면서 물어뜯는다. 이에 '나'는 '너는
그야말로 나를 살해하려는 것이 아니냐'고 속으로 항변을 하고는, 아
직 주머니에 남아 있던, 아내가 준 돈, 몇 십 전을 문지방 밑에 두고
그, 죽음의 집을 뛰쳐나온다. 이는 마치 <底流>에서 아기장수가 자
신을 죽이려 하는 어머니를 향하여 '나를 죽이려 하고 있기 때문에'
더 이상 집에 오지 않겠다고 하고 떠나는 것과 같다.
　　영원히 그 어두운 집과 결별한 '나'는 미쓰꼬시 옥상으로 올라간다.
고층건물 옥상은 도시에서는 하늘과 가장 가까운 곳이다. 그리고 그에
이은 이 소설의 결말은 다음과 같이 되어 있다.

　　　　이때 뚜우 하고 정오 사이렌이 울렸다. 사람들은 모두 네 활개를
　　펴고 닭처럼 푸드덕거리는 것 같고 온갖 유리와 강철과 대리석과 지
　　폐와 잉크가 부글부글 끓고 수선을 떨고 하는 것 같은 찰나, 그야말

로 현란을 극한 정오다.

　나는 불현듯이 겨드랑이가 가렵다. 아하, 그것은 내 인공의 날개가
돋았던 자국이다. 오늘은 없는 이 날개, 머리 속에서는 희망과 야심의
말소된 페이지가 딕셔내리 넘어가듯 번뜩였다.

　나는 걷던 걸음을 멈추고 그리고 어디 한 번 이렇게 외쳐 보고 싶
었다.

　날개야 다시 돋아라.

　날자. 날자. 날자. 다시 한 번만 더 날자꾸나.

　한 번만 더 날아 보자꾸나.

위에서 '뚜우' 하고 울리는 정오의 사이렌 소리는 傳說에서의 龍馬
의 울음과 같은 것이다. 위와 같이 하여 현대의 將帥 '나'는 저주받은
현실을 박차고 하늘로 날아가고 있다. 그리고 그가 그의 천재성을 발
휘할 수 있는 그 날을 기약하고 있을 것이라는 것은 의심의 여지가
없다.

위와 같이 읽고 보면 이 소설은 벗어야 할 억울한 불명예가 몇 가
지 있다. 그 중 하나가 이 소설이 도착적 성의 세계를 다룬 섹스문학
이라고 한 것이다. 대표적인 사람이 金宇鐘으로 그는 李箱은 한국
문학사상 가장 위대한 엔티모럴리스트이며 <날개>는 낙서와 같은 소
설로 그의 섹스문학의 대표적인 작품이라고 하고 있다. 그는 이 소설
에서 아내가 외간 사내와 뒹굴어도 분노하지 않고 끼니를 주지 않아
도 말없이 굶고 있는 '나'는 마조히스트의 성격을 보여주며 '나'는 한
편으로 아내에게 돈을 주고 동침을 함으로써 배우자를 매춘부 취급을
하고 있는데 이는 사디스트의 면모를 드러내고 있는 것이라고 하고
있다.[18] 李箱의 사생활에는 엔티모럴리스트라 부를 만한 무절제한 이
성관계가 있는 것이 사실이다. 또 <逢別記>나 <지주회시> 같은

---

18) 金宇鐘, 「韓國現代小說史」(宣明文化社, 1974), pp.268-71.

소설에는 분명히 加虐 또는 被虐待淫亂症 같은 것이 보인다. 또 이들 소설은 작가가 그러한 면을 보여주려고 쓴 작품처럼 보이기도 한다. 그러나 <날개>를 그의 대표적인 섹스소설 이상의 다른 의미가 없는 것처럼 본 데에는 이의를 말하지 않을 수 없다.

<날개>가 비정상적인 남녀관계를 소재로 한 성의 문학 범주에 들어간다는 것은 부정할 수 없다. 金允植은 '33번지'의 33이란 숫자부터가 괴상한 섹스의 냄새를 풍긴다고 말하고 있다.[19] 사실은 33이란 숫자뿐 아니라 '18가구'의 18이란 숫자도 그런 냄새를 풍기고 있다. 33은 글자의 모양이 비정상, 도착적 성희를 연상하게 하고 18은 그 讀音이 외설스런 욕설 같이 들리게 한다. 실제로 이 소설의 주된 장소적 배경이 사창가 창녀의 방이고 제2의 주요 등장인물의 신분이 창녀니까 섹스 냄새가 나는 것은 당연한 일일 수밖에 없다.

그러나 앞에서 우리가 보았듯 <날개>는 인육시장이란 음습한 세계에서 비정상적인 어두운 삶을 살고 있던 한 인간이 밝은 세계, 정상의 세계로 탈출해 나오는 과정을 그린 소설이다. 그러므로 도착적 성의 세계를 보여주려 한 것은 이 작품을 쓴 작가의 진정한 의도가 아니다. <날개>는 아내가 외간남자와 음란한 설비가 되어 있는 독탕에 들어가 있는데도 조금도 언짢아하지 않을 뿐 아니라 또 다른 사내를 권해 간음을 하게 하고 있는 등의 이야기 <逢別記>와는 성질이 다르다. <날개>에서 아내란 어휘를 지나치게 1차적, 사전적인 뜻으로만 새긴다는 것은 무리가 아닐까 한다. 이 말에는 작가가 숨겨둔 은밀한 상징적 의미가 있을 수 있는 것이다. 李御寧은 바로 이를 포착하여 <날개>에서의 작가 李箱의 눈에 비친 당시의 현실이란 「추악한 창부성을 드러낸 아내」라고 하고 있다. [20] 그러니까 작가는 한 사람 창녀의

---

19) 金允植, 「이상소설 연구」(문학과 비평사, 1988), p.89.

추악한 행장을 빌려 당시 현실의 비정상성, 모순성을 비판하고 있는 것이다.

위의 아내의 상징성을 염두에 두고 <날개>가 쓰고 있는 또 한 가지, 보다 큰 누명을 벗겨 보고자 한다. 그 누명은 이 소설에는 사상성이나 사회성이 없다고 한 宋稶의 말에[21]잘 나타나 있다. 그 뿐 아니라 당시 평문들은, 문인들에 대한 일제의 탄압이 심해지고 작품에 대한 검열이 강화되자 李孝石이 <메밀꽃 필 무렵> 등의 소설에서 보여주는 바와 같이 자연과 성의 세계로, 朴泰遠이 <川邊風景>에서 보여주는 바와 같이 世態的인 삶 속으로 숨어들었듯 李箱은 자기 내면으로 은거했는데 그러한 소설 세계가 <날개>라고 말하고 있다.

그러나 <날개>는 암수가 충동에 따라 어울리는 욕망의 세계, 원시적 생명력의 스케치에 몰두한 李孝石이나, 카메라로 잡다한 인간 군상들의 살아가는 모습을 있는 그대로 찍은 것과 같은 朴泰遠의 소설 세계와는 성격이 다르다. 崔載瑞도 <川邊風景>과 <날개>에 대해 언급한 그의 글에서 이 점을 분명하게 밝혀 말하고 있다. 곧 <川邊風景>은 그 자신 한 개의 독립한—혹은 密封된 세계라고 하고 전체적 구성에 있어서 이 좁다란 세계를 누르고 또 끌고 나가는 커다란 社會의 힘을 느끼게 하지 못하고 있다고 말했다. 이는 곧 <川邊風景>이 사회, 현실과 단절, 유리되어 있는 흠을 가지고 있다는 것을 뜻하는 말이다. 그는 그러나 <날개>는 이와 달리 현대의 분열과 모순에 이만큼 고민한 個性도 없거니와 그 고민을 부질없이 영탄하지 않고 實在化한 작품이라고 말했다. 그는 이어 <날개>는 현실에서 배반당하고 그 현실에 대한 분노가 현실에 대한 모독으로 나타난 소

20) 李御寧, "날개를 잃은 證人",「李箱」(文學과 知性社, 1979), p.118.
21) 宋稶, loc.cit.

설이라고 했다.[22] 崔載瑞뿐 아니라 비교적 비판적인 면이 강한 평론가 林和마저도 이 소설에 대해 언급한 글에서 李箱을 自己分裂의 享樂이라든가 自己無能을 實現한 사람이라고 생각하지만 그것은 表面만 본 것이고 그도 역시 相剋을 이길 어떤 길을 찾으려고 搜索하고 苦痛한 사람이라고 말하고 있다.[23] 그러므로 이 소설을 역사 부재, 사회와 단절된 소설이라고 비판하는 것은 가당하지 않다.

이 소설에서 '剝製가 된 天才', 현대의 '아기장수'는 일제 시대의, 민족의식을 가진 한국 지식인이다. 그리고 아기장수를 죽이려 하고 있는 것은 표면상으로는 惡妻, '아내'로 되어 있지만 그것은 짓밟고 빼앗아 한국인들의 삶을 죽음과 같은 지옥으로 만들고 있는, 적반하장의 일제다. 특히 일제의 한국 지식청년들에 대한 핍박은 극악한 것이었다. 尹東柱 같은 청년 시인은 '不逞鮮人(불평 불만을 품고 함부로 행동하는 조선인)'이란 죄명으로 구속해 목숨을 빼앗았고 李箱 자신도 그렇게 하여 죽었다. '말마디나 하는 친구는 감옥소로 가고요-'라고 한 당시 유행하던 민요가 말해주듯 똑똑하다는 한국 청년은 무슨 핑계를 대든 제대로 살아갈 수 없게 했다. 작가, 시인만 해도 李光洙·蔡萬植·金東仁·李陸史·廉尙燮·玄鎭健·沈熏 등이 모두 경찰에 끌려가 고초를 겪거나 옥고를 치른 것만 보아도 사정의 일단을 알 수 있을 것이다.

현대의 '아기장수' '내'가 어두운 현실을 박차고 정상세계를 지향하고 있는 것을 보여주고 있는 것은 그것만으로도 이 소설로 하여금 어떤 의미를 가지게 한다고 생각한다.

이상과 같은 면을 종합하건대 <날개>는 한국문학사에 있어서 한편의 화제작이자 문제작이요 동시에 우수한 작품이라 해도 좋을 것 같다.

---

22) 崔載瑞, op. cit., pp.318-22.

23) 林和, "世態小說論", 「文學의 論理」(學藝社, 1940), p.349.

4. 아기장수의 還生과 昇天

崔仁勳의 <옛날 옛적에 훠어이 훠이>

崔仁勳이 <아기장수> 傳說을 소재로, 4마당의 戲曲을 쓴 것이 <옛날 옛젓에 훠어이 훠이>이다. 崔仁勳은 '작가의 말'에서 이 戲曲의 傳說原話는 平安北道에 전해오고 있는 것이라고 하고 거기서 따 온 것은 애기를 눌러 죽이는 데까지이고 그 다음은 자신의 상상력에 의한 창작이라고 밝히고 있다. 그에 이어 그는 이 작품을 스스로의 운명을 따지고, 고쳐나갈 힘이 없는 사람들의 어두운 이야기, 인간의 보편적 비극으로 읽어 달라고 하고 있다.[24]

이 戲曲의 스토리는 다음과 같다. 어느 산골 마을에 가난한 농부 내외가 살고 있다. 만삭의 아내가 아들을 낳는다. 아기가 태어난 후 용마가 운다. 사람들은 자기들 마을에 용마가 찾는 아기장수가 태어난 것이 아닌가, 두려워한다. 고을 원은 포교들과 마을 남정네들을 동원하여 용마를 잡으려 하나 실패하자 아기장수를 잡으려 한다. 아내는 어느 날 젖먹이 아기가 방안을 걸어다니고 우레처럼 우렁찬 목소리로 말을 하는 것을 보고 자신이 낳은 아이가 '아기장수'라는 것을 알게 된다. 아내의 말을 듣고 이를 안 남편은 겁에 질려 아기를 곡식자루로 눌러 죽여, 산에 묻어버린다. 슬픔을 이기지 못한 아내는 목을 매 자살하고 만다. 아내의 죽음을 본 남편도 목을 매 죽으려 하는데 아기가 용마를 타고 나타나 그 아버지와 어머니를 태우고 하늘로 올라간다는 것이다.

---

24) 崔仁勳, 「옛날 옛적에 훠어이 훠이(崔仁勳全集 10)」(文學과 知性社, 2003), p.78.

1) 民衆의 끈질긴 生命力 - 죽지 않는 아기장수

<옛날 옛적에 훠어이 훠이>는 그 源泉이 된 傳說과 같은 면과 다른 면을 동시에 가지고 있다. 이 두 측면을 살펴보면 이 작품의 傳說과의 관계, 그리고 이 작품이 가지는 현대문학 작품으로서의 의미를 추출해 볼 수 있을 것 같다.

이 戲曲은 다음과 같은 몇 가지 점에서 源泉이 된 傳說과 별 차이가 없는 성격을 볼 수 있다. 무엇보다 사람들이 '아기장수'의 출현을 두려워하고 있다는 점에서 그렇다. 용마의 울음소리가 들리자 관에서는 관민을 동원해 그 말을 잡으려 혈안이 된다. 그들은, 용마의 출현은 어디선가의 아기장수의 탄생을 의미하고 그 아기장수는 지배체제를 전복할 역적이라고 생각하고 있기 때문이었다. 아기장수의 탄생을 두려워하기는 백성들도 마찬가지다. 그들은 그들의 집 또는 그들의 마을에 아기장수가 태어나면 역적을 낳았다는 죄로 모두가 떼죽음을 당하게 될 것을 무서워하고 있는 것이다. 그래서 그들은,

개어(개똥어멈) 글쎄, 용마가, 운다는─ 저, 산이, 우리, 고을 말고도─
           세, 고을에, 걸쳤으니, ─ 아마, 그쪽에서─ 장수가,
           난, 모양이지
아내   글쎄─ 그랬으면 ─제발

라고 하고 있다.

위에서 보는 바와 같이 사람들은 그런 장수가 나더라도 다른 곳에서 나기를 바라고 있다.

또 아기장수를 어머니, 또는 아버지가 죽인다는 점에서도 이 戲曲

은 傳說에서의 이야기와 같다. 대부분의 傳說에서는 그 어머니가 아기를 죽이고 있으나 이 작품에서는 아버지가 죽이고 있지만 부모 중 누군가가 죽인다는 점에서는 같다.

그러나 그러한 같은 면보다는 상이성이 더 많고 그것의 의미가 더 크다. 첫째, 傳說에서는 어머니가 아기를 죽이는 경우가 많은데 이 작품에서는 아버지가 죽인다는 점이 서로 다르다. 그리고 傳說에서는 어머니든, 아버지든, 부모 중 한 사람이 아기를 죽이는 것으로 사안이 종결되고 있다. 그런데 이 戲曲에서는 상황 전개가 그와 다르다. 아버지가 아기를 죽이려 할 때 어머니는 한사코 아버지를 제지하려 한다. 어머니는 아버지가 끝내 아기를 죽이자 스스로 목을 매 자살을 한다. 그리고 아버지도 어머니 뒤를 따라 스스로 목숨을 버리려 하고 있다.

다음, 傳說에서는 아기장수가 죽자 용마가 슬프게 울고 죽거나 어딘가로 사라져 버린다. 그런데 이 戲曲에서는 용마가 죽지 않고 衆人 앞에 실체를 드러내고 아기와 아기의 부모를 태우고 하늘로 올라가고 있다.

그러나 두 서사물 사이의 가장 큰 다른 점은 이 戲曲이 傳說과는 달리, 비극으로 끝나고 있지 않다는 것이다. 이 작품이 비극성을 보여주는 것은 여섯 번이나 되풀이 들려주는 아래와 같은 '슬픈 자장가'에 이은 일련의 사건이다.

> 우리애기 측흔애기
> 젖은먹고 크는애기
> 보채면서 주란애기
> 흉년들면 도적되지
>
> 도적되면 넓은세승

오도갈데 없어지고
관ㄱ기둥 높은곳에
잘린토막 머리되어

끄묵끄치 쪼ㅇ대면
엄ㅁ아프 나ㅇ파
우는신세 되는신세
아이무서 다른애기
우리애기 ㅇ닌애기

   곧 비극성을 보여주는 것은, 노래 속의 애기 엄마는 무서운 형벌을
당한 것이 '다른애기'이기를 바랐지만 이 戱曲에서는 그것이 다른 애
기 아닌 '우리애기'임이 밝혀지고, 그리하여 아기를 죽이고 어머니가
죽고 아버지가 죽으려 하는 데까지이다. 여기서 끝났다면 이 작품은
민중적 삶의 비극성을 환기하는 희곡에서 끝났을 것이다. 결말부에서
용마가 나타나고 아기장수가 환생해 돌아오고, 그 어머니가 다시 살아
나 다 같이 昇天함으로써 이 戱曲은 그 비극성을 떨쳐버린다. 위와
같은 결말은 밟아도 밟아도 다시 살아나는 민중의 끈질긴 생명력, 꺼
지지 않는 불씨와 같은 民衆의 꿈을 보여준다 할 것이다. 그러므로
마지막 장면에서 사람들이 昇天하는 아기장수를 향해 "훠어이 훠이,
다시는 오지 말아, 훠어이 훠이" 하고 있는 것은 反語로 읽어야 할
것 같다. 이때의 무대지시가,

   사람들, 어느덧 손짓 발짓 장단 맞춰 춤을 추며, 어깻짓 고갯짓 곁
   들여, 굿 춤추듯, 농악 맞춰 추듯, 춤을 추며

라고 한 것을 보면 그것을 알 수 있을 것이다. 입으로는 다시는 오
지 말라고 하면서 축제에서처럼 춤을 춘다는 것은 다시 돌아오기를
고대한다는 뜻으로 받아들일 수 있겠기 때문이다. 그것은 또 민중의

결의를 보여주는 것이라고도 할 수 있다. 왜냐하면 그들의 춤은 우리들의 삶이 아무리 고통스러워도 그러면서도 그 속에 애정이 있고 순간순간이나마 樂이 있는 우리들의 이, 인간조건을 안고 살아가겠다는 뜻으로 읽을 수 있기 때문이다.

그런 면에서 이, <옛날 옛적에 훠어이 훠이>는 傳說에서와 같은 단순히, 참혹한 親子 殺害의 비극 아닌, 인간 긍정, 세계 긍정의 노래라 해야 할 것이다.

2) 뛰어 넘은, 傳說의 이야기 수준

이 戲曲은 傳說에 비해 文藝物로서의 세련미, 완성미를 보여주고 있다. 본래 戲曲은 심리 묘사를 行動·臺詞·舞臺指示(stage direction)만을 통해 간접적으로 표현할 수밖에 없다는 한계를 가지고 있다. 이 장르는 그러면서도 독자로 하여금 풍부한 상상력을 구사해 극적 긴장과 카타르시스를 경험하게 하는 강점을 가지고 있다. 이 戲曲은 그와 같은 강점을 십분 발휘하여 逼眞性, 사실성을 얻고 있다. 예를 들면 아래와 같은 臺詞는 두려움에 떨고 있는 사람들의 마음을 생생하게 드러내 보여주는 것이다.

> 아내 장수면-어떻게, 생겼을까요
> 개어 글쎄, 전에-우리, 돌아가신-친정, 할머니가, 그러시는데,
> 　　　몸에는-비늘이, 돋아 있구, -겨드랑 밑에-날개가-붙어 있다는군
> 아내 아이구-그럼-우리 애기는-아니구면
> 개어 암, 아니어야지, 그리구, 나면서부터, 걸어다닌다는군
> 아내 우리, 애기는-아직, 돌아눕지도, 못하니, 호호-아니지요?
> 개어 아무렴, 장수가-나봐요, 저도, 죽구-부모, 죽이구, -온,
> 　　　마을까지 쑥밭을-만들테니

아내 마을은-왜요?
개어 전에-어느, 고을에-장수가, 났는데, 땅이, 나빠-그렇다구-온,
마을에-불을, 질러서, 사람 채로-다, 태워버렸다더군

그리고 가난에 시달리고 있는 백성들의 참상도 눈에 선하게 그려 보여주고 있다. 산나물 죽으로 끼니를 떼우는 모습, 먹은 것이 없어 젖이 안 나와 아기에게 젖을 주지 못해 애태우는 여인의 모습 같은 것이 그런 것이다.

또 아래와 같은, 한 산골여인의 독백은 관리들이 백성들을 어떻게 못살게 들볶았는가를 실감나게 들려주는 것이다.

(들여다보며) 순하기도, 하지-(퍼드러져 앉는다) 어이구-재앙 없는, 세월이 -없구만, 눈이, 푸짐하길래-올해, 풍년이나, 드나싶더니, -난데 없는-용마, 때문에, 남정네란, 남정네가-모두-산에, 올라가서-용마를, 찾고 있으니, 언제, 밭을, 갈아서-씨를, 뿌리나, 그 뿐인가, 벌써-열흘 째-양식이다, 닭이다 도토리다, 하구-마을에서, 거둬, 올려가지, 용마, 잡기, 전에-사람, 잡지 않겠나?

이 작품은 또 상징이란 수사기법을 능숙하게 구사하고 있다. 아기장수를 잉태한 여인은 거듭 만삭이 된 자신의 배를 쓰다듬고 무슨 소리인가를 들으려고 순순히 사립문 쪽으로 귀를 기울이고 있다. 이는 民衆은 日常의 고통스런 삶에 시달리지만 그래도 새 세상에의 기대를 지니고 살아간다는 것을 보여주는 것이다.

그리고 다음과 같은, 아기장수가 하늘로부터 받은 힘을 보여주는 장면도 그렇다.

두 사람의 얼굴 방 쪽으로 돌아간다.

> 벌떡 일어서서 문고리를 흔드는 애기의 그림자
> 문고리 흔들리는 소리
> 밤의 고요함 속에서
> 우레처럼 우렁차게

밤의 고요함 속에서 아기장수가 힘차게 흔들어대는 문고리소리는 바로 "걷혀라, 어둠! 열려라, 새 세상!"의 외침이라 해도 될 것이다.

5. 아기장수와 眞人

<아기장수> 傳說 중에는 재생, 잠적 등의 특징을 지니는 변이형을 중심으로 하여 미래의 희망을 열려 하는 것이 있다.[25] 바로 다음과 같은 <사라진 아기장수> 傳說이 그런 것이다.

> 오륙 십년 전 왜정시대에 내산면 천보리 신씨네에서 아기를 하나 낳았는데, 열 달이 넘어서 낳았으며 낳을 때에 향내가 진동하였다. 이 아이는 하얀 노인이 하나 와서 옆구리를 갈라 꺼냈으며 그 노인이 데려가 버렸다. 그래서 한동안 장수가 났다고 이야기가 굉장했었으며, 해방될 무렵에는 그가 나와서 무슨 정리작업을 하지 않겠느냐는 소리도 떠돌았다. 그 마을에는 농바우라는 큰 바위가 있어 그 속에 그 장수가 입을 갑옷과 투구가 들어있다고들 하였는데, 사람들이 거기 손을 대면 천둥과 번개가 쳤다. 그 동네에 집채만한 바위가 또 하나 있어 해방 후에 거꾸로 뒤집혀졌는데, 사람들은 그것이 그 장수가 한 일이라고들 한다.[26]

> 전북 익산군 함열면 율산리 장군바위—겨드랑이에 날개 난 아기장사를 부모가 죽이려 하자 바위 속으로 들어간 후 안 나왔다.

<hr>

25) 천혜숙, "전설의 신화적 성격에 관한 연구", 계명대 박사학위 논문, 1987.
26) 신동흔, op. cit., p.110. 忠淸南道 扶餘郡 홍산면에서 채록.

　　충남 아산군 온양 수리조합자리 남씨댁 선조—겨드랑이에 날개 난
　아기 장사가 자기발로 나가면서 "목적이 있어 태어난 내가 그냥 나가
　니까 언젠가 남씨집에 빛이 나게 될 것입니다."라고 말하였다.[27]

　앞서 고찰한 현대의 서사물 3편은 위와 같은 <사라진 아기장수>
모티프를 작품 속에 수용한 것이다. 자신을 죽이려는 여자의 손아귀를
벗어나 고층 빌딩 옥상에서 飛翔하려 하고 있는 <날개>의 '나', 부
모를 용마에 태우고 하늘로 날아 올라가고 있는 <옛날 옛적에 훠어
이 훠이>의 아기장수, 10년 뒤에 올 것을 期約하고 날개를 펴더니
어디론가 날아가 버린 <底流>의 아기장수가 모두 '사라진 아기장수'
라 할 수 있다.
　그런데 傳說에서도 그렇거니와 현대의 서사물에서도 사라진 아기장
수는 언젠가 우리 곁으로 다시 돌아 올 것이라는 데 의심의 여지가
없다. 실제로 <底流>에서는 주인공이,

　　"그리구 부모에게 절하더라오. 그러니 그 어머니가 울면서, '에구
　내 만득자야, 네 어디루 가니, 나두 가자' 하고 일어나려니까 그 애기
　는 말하기를, '나는 이제 선생을 따라 ○○산으로 갑니다. 이제 오래
　지 않아 세상에 ○○가 나서 백성이 ○○에 들겠으니, 저는 ○○산에
　가서 공부를 해가지고 그때에 나와서 ○○을 평정케 하겠습니다.—下
　略—"[28]

　라고 하고 있고 그 외의 傳說이나 소설에서도 聽者나 독자는 그들
이 다시 돌아올 것을 믿게 되어 있다.
　여기서 우리는 <아기장수> 傳說과 眞人出現說의 連脈性을 발견

---

27) 최래옥, "아기장사 전설의 연구",『한국민속학』11, 1979, p.124.
28) 위 예문에서의 공백은 정확하게 무슨 말이라고 단정할 수는 없으나 위에서부터 차례로
　　'계룡' '난리' '도탄' '계룡' '세상' 쯤으로 채워 읽을 수 있지 않을까 한다.

Ⅰ. 民衆의 마음 속에 살아 있는 아기장수 崔曙海의〈底流〉외　177

할 수 있다. 한 논문은 이에 대해 아기장수 이야기에는 '사라진 아기장수'라 할 변이형들이 있음에 주목하고 이것이 眞人出現說을 산출하는 바탕이 된다고 하고 있다.29) 또 趙東一도 <底流>에 대해 언급하면서 이 소설이, 태어나자 피살된 아기장수의 단계를 넘어서서, 세상을 뒤집어엎을 眞人으로 나설 장수에 대한 기대를 표출해 說話의 변이에 대한 깊은 이해를 입증하고 있다고 했다.30)

그러면 眞人이란 어떤 사람인가를 먼저 알아보아야 할 것 같다. 眞人이란 天命을 받은, 탄생과 행적이 신비에 싸여 있고 어떤 싸움에라도 나서기만 하면 반드시 승리하는 사람이다. 眞人出現說은 ≪鄭鑑錄≫과 깊은 관계를 가진 것으로 알려져 있다. 趙東一은 眞人出現說이 이 책에 근거를 두었다면서 李씨 왕조는 이미 운명이 다 했기 때문에 鄭씨가 鷄龍山에 도읍을 정하고 새 나라를 세울 것이라는 말이 널리 퍼졌는데 이것이 이 說이 나온 배경이라고 했다. 그는 그러한 말이 異端的 道家思想과 연결되고, 그것이 眞人出現說을 형성하게 되었는데 이는 민중운동의 설화적 표현이라고 보았다.31)

그런데 <아기장수> 傳說이 지속적으로 반복 이야기되는 반면, 眞人出現說은 평시에는 민중 속에 가라앉아 있다가 전쟁이나, 민란이 일어나거나 나라가 극도로 어수선할 때면 갑자기 널리 유포되는 성질을 가지고 있다. 朝鮮時代에 洪景來의 난, 鄭汝立 사건, 李弼濟의 난이 일어났을 때도 眞人出現說이 문제된 바 있다.32) 실제로 반란의

---

29) 천혜숙, loc.cit.
30) 趙東一,「한국문학통사」5(지식산업사, 1990), p.148.
31) 趙東一,「한국문학통사」3(지식산업사, 1990), p.428.
32) 정석종, "홍경래란의 성격",『한국사 연구』7, 1972.
　　김용덕, "정여립 연구",『한국학보』4, 1976.
　　윤대원, "이필제란의 연구",『한국사론』16, 1987.

주모자들이 이, 眞人出現說을 선동수단으로 이용한 예도 있다. 洪景來의 난 때 반군지도자들은 眞人이 鐵騎 10만을 거느리고 진군해 오고 있는데 자기들이 그 선봉으로 먼저 왔다고 하며 사람들을 끌어 모았다.33)

또 이 眞人出現說을 정쟁에 악용한 예도 있다. ≪朝鮮王朝實錄≫에 의하면 西人의 領袖 鄭澈은 宣祖朝에 鄭汝立의 역모사건이 일어나자 정치적으로 미워하고 있던 崔永慶이 汝立의 수괴라고 하는 眞人, 吉三峯이라고 모함하여 국문을 당한 끝에 죽음에 이르게 했다.34)

眞人出現說은 세상이 평안을 되찾으면 어느 새 없어지고 만다. 세상을 새롭게 뒤바꿀 인물이 眞人인데 난이 평정되거나, 전쟁이 끝나면 그러고도 여전히 그 체제가 그대로 존속하고 있으므로 眞人이 설 자리가 자연히 없어져 버리기 때문이다.

그 대신 이 眞人 모티프는 우리의 현대소설에 자주 등장하고 있다. 그 중 <사라진 아기장수>의 변형형 眞人모티프가 등장하고 있는 소설 중 한 편이 洪命憙의 장편 <林巨正>이다. 이 소설은 洪命憙가 1928년 11월 21일에서 1940년 10월까지 13년 여에 걸쳐, 주로 『朝鮮日報』에 연재(몇 차례 중단, 휴재가 있었다.), 발표한 大河小說이다. 이 소설은 朝鮮朝에 있었던 실제 사건을 작품화한 것이다. 주인공 林巨正은 실인으로 明宗 14년(1559)부터 약 3년에 걸쳐 黃海·平安·江原道 일원을 휩쓸고 다닌 群盜의 수괴다. 그는 그 무리를 이끌고 중앙의 討捕使를 격퇴하는 등 한 때 큰 위세를 보이다가 明

---

33) 정석종, "홍경래란의 성격", 『한국사 연구』7, 1972.
34) 이는 그 후 무고임이 밝혀져 鄭澈은 곤장을 맞고 北道로 유배되었다. ≪朝鮮王朝實錄≫
　　宣祖 二十四년(1591) 八月 十三日字.

宗 17년(1562) 1월 捕殺된 것으로 알려져 있다.[35] 이 소설은 林巨正
일당이 관군에 패해, 소굴로 삼고 있던 청석골에서 나와 九月山으로
들어가는 데서 중단 돼 미완으로 남아 있다. 미완작을 두고 그 결말을
추측해 보는 것은 부질없는 짓이겠지만, 만약 이 작품이 끝을 보았다
면 주인공 임꺽정이 관군의 손에 죽게 되는 비극적 서사물이 되었을
것은 틀림없을 것이다. 사람들은 영웅적 인물의 죽음을 믿으려 하지
않는다.[36] 그러나 이 소설에서 임꺽정은 죽지 않을 수 없다. 꺽정은
쏟아지는 화살 아래 쓰러졌거나[37] 붙들려[38] 처형되었거나 간에 그가
비극적 최후를 맞은 것은 명백하다. 그리고 <林巨正>의 독자는 이
미 洪吉童이 硉島國으로 간 것으로 이야기를 전개하던 고대소설의
독자와는 달라 그의 피살은 어쩔 수 없는 것으로 받아들여야 했을 것
이다. 왜냐하면 현대의 역사소설이라고 한다면 상당부분이 역사사실과
합치해야 하며, 더구나 꺽정의 피살과 같은 움직일 수 없는 사실을 변
개할 수는 없는 것이다. 그런데 영웅적 인물의 패배와 죽음은 민중에
있어서 자신들의 패배·죽음이며 그것은 더욱 나쁘게 희망을 잃어버
림 곧 좌절을 의미한다. 홉스보옴에 의하면 민중은 정의가 없는 곳에
서도 살 수 있고, 또 일반적으로 말하면 살지 않으면 안 되지만, 그러
나 희망 없이는 살 수 없는 것이다.[39] <林巨正>의 작가는 이 작품
의 주인공이 비참한 최후를 마친 뒤에도 민중이 절망하지 않게 할 민
중의 희망으로 꺽정의 아들 백손을 창조한 것이 아닐까 한다. 청석골

---

35) ≪朝鮮王朝實錄≫ 明宗 十七年 一月 三日, 八日字에 林巨正을 잡았다는 기록이 보인다.

36) 이것은 현실세계에 있어서도 그렇다. 미국의 열차강도단 두목 제시 제임스는 1882년 그
　　부하의 손에 피살된 것이 명백한데도 많은 미국인들이 그가 죽지 않고 캘리포니아로 갔
　　다고 믿고 있다 한다.

37) 李源命, ≪東野彙輯≫

38) ≪明宗實錄≫ 卷 二十八, 明宗 十七年 一月.

39) E. J. 홉스보옴, 「義賊의 社會史(黃義坊 譯)」(한길사, 1978), p.63.

에 붙들려온 한 관상쟁이는 꺽정의 상을 보고 극히 천하고 귀한 상이라고 해 그가 백정 출신에 도적이면서 그 무리의 우두머리라 함을 알아맞힌다. 그는 꺽정의 壽가 얼마나 되겠느냐는 물음에는 대답하지 않고 성명이 천하 후세에 전하겠으며 귀한 자식을 두겠다고 말한다. 그 앞에 백손을 불러오자 관상쟁이는 좋은 가문에 태어났으면 將相감이지만 平地突出이기 때문에 兵水使는 할 사람이라고 말한다. 관상은 꿈·예언·경고·저주 등과 함께 미래를 암시하는 경우가 많은, 서구에 있어서의 神託에 해당하는 것으로 래머트가 말한 이른바 「未來不確實 豫示」의 하나다. 未來不確實 豫示는 나중의 결과가 반드시 암시된 대로 되는 것은 아니지만 이 소설에서는 관상쟁이가 그곳에 있는 수령과 다른 두령 두목들의 지난 생에 대한 것을 모두 정확하게 알아맞히는 것으로 그려 백손의 장래도 관상쟁이의 말대로 될 것이라 함을 강하게 비치고 있다. 백손은 작가가 독자들의 뇌리에 眞人과 같은 존재로 살아남아 있게 하기 위해서 설정한 인물인 것 같다. 아마 이 작품이 끝까지 쓰여졌더라면 꺽정이 백손을 살리기 위해 사투를 벌여 그에게 活路를 터주고 장렬하게 죽어가는 것으로 絶頂 겸 大團圓의 단층을 삼았을 가능성도 있었을 것 같다. 그리하여 작가는 백손을 異民族에게 억눌리고 착취당한 끝에 지치고 절망감에 빠져 있는 한민족에게 언젠가는 그 아버지의 약점·모순을 청산한 영웅으로 나타날 민중의 꿈으로 남아 있게 하려 한 것이 아닐까 생각한다. 백손이 장래에 나라에 항거하는 도적이 아닌 兵水使가 될 것이라 한 것은 일제시대에 한민족에게 희망과 용기를 잃지 않게 하려는 작가의 심중이 비친 것으로 읽을 수도 있을 것이다.[40]

---

[40] 현대소설 중에는 각각 鄭眞人, 吉三峯이란 眞人을 비판적으로 수용하고 있는 黃晳暎의 <張吉山>과 김훈의 <칼의 노래>가 있으나 여기서는 논외로 한다.

Ⅱ. 變節과 배신의 세상 諷刺
<春香傳>의 패러디 - 임철우의 <옥중가>

　임철우 단편 <옥중가>는 우리의 古小說 <春香傳>과 <春香傳>의 源泉이 된 說話 속의 萬古烈女 춘향이, 철저한 貪利의 천하고 妖邪한 인간으로 등장하고 있는 소설이다. <옥중가>는 장르상 명백한 諷刺小說이다. 그러면서 또 이 소설은 한 편의 패러디소설이라고 할 수 있다. 이 소설은 패러디를 諷刺의 한 전략으로 부려쓰고 있기 때문이다. 그 관계를 좀 더 자세히 설명하면 다음과 같다.

　패러디와 諷刺와의 관계는 상당히 복잡하고 까다로운 것이다. 사람에 따라서는 패러디를 아예 諷刺의 한 하위 장르 개념으로 보고 있는 경우도 있다. Cuddon은 패러디를 일종의 諷刺的 모방이요, 諷刺의 한 가지(枝)로 그 목적은 조롱과 함께 矯正에 있다고 말하고 있다.[1] 또 패러디는 諷刺와 함께 다같이 아이러니를 그 수사적 책략으로 쓴다는 공통점이 있어 더욱 혼동에 빠지기 쉽게 한다. 그러나 패러디와

---

1) J.A. Cuddon, A dictionary of Literary Terms and Literary Theory, Basil Blackwell Ltd., 1991.

諷刺는 분명히 서로 다른 장르다. 패러디에 대해서는 잠깐 미루어 두고, 여기서는 諷刺가 어떤 성격의 장르인가를 우선 사전적 정의에서부터 살펴보고 들어가기로 하겠다.

諷刺는 崇高와 반대되는 滑稽에 속하는 장르로 그 중에서도 主觀的 滑稽라 할 수 있다. 主觀的 滑稽란 대상 자체는 조금도 우습지 않은 것을 작가가 우습게 보고 그것을 표현 기술이란 형식을 통해 우습게 나타나게 하는 것을 말한다.[2] 이 장르는 「일반적으로 嘲笑·非難·攻擊을 내포하는 것으로서 읽는 이나 사회 혹은 시대의 결함, 불합리를 적발하여 이를 교정함을 목적으로 하는 것」으로 정의되기도 한다.[3] 이른바 비웃고 꼬집고 매질하는 것이 諷刺文學이라 할 수 있는데 그러면서도 이 장르가 의미 있게 받아들여지는 것은 그 목적의 건전함 때문이라 할 수 있다. 존슨은 諷刺를 「邪惡이나 愚行이 문책당하는 詩」라고 해 그 비판성을 강조하고 있고[4] 드라이든은 「諷刺의 진정한 목적은 改心시킴에 있다」고 하고 있는데[5] 우리는 이런 명언들에서 그 뜻을 알 수 있다. 곧 諷刺文學은 현실의 모순, 잘못된 것을 비판하고 공격하되 그 뜻하는 바는 그것을 시정하고 개선하려는 데에 있는 것이다.

그렇다면 패러디와 諷刺는 변별적 성격이 뚜렷한 별개의 장르임이 분명한데 무엇 때문에 서로 혼동이 자주 일어나는가를 생각해 볼 필요가 있을 것 같다. 가장 큰 이유는 諷刺가 패러디에 많이 의존하고 있기 때문이다. 결국 패러디와 諷刺가 겹쳐지게 되면 둘 사이의 이질성과 친화성이 뒤섞여 거기서 혼동이 일어나게 마련인 것이다. 이 점

---

2) 李御寧, "諧謔의 美的 範疇", 『思想界』(1958년 11월호), pp.284-95.

3) 李在銑, 「韓國文學의 解釋」(새문사, 1981), p.172.

4) Arthur Pollard, Satire, Methuen and Co. Ltd., 1970, p.1.

5) Ibid., pp.1-2.

에 대해서는 린다 허천이 분명한 정리를 해 두고 있다. 그녀는 패러디와 諷刺가 겹쳐진 형태가 나아갈 수 있는 길은 두 갈래라고 말했다. 그녀는 겹쳐져 있는 두 장르 중 그 목적이 어느 쪽에 쏠려 있는가에 따라 그 갈래가 결정난다고 보고 있는 것 같다. 곧 패러디의 목적은 圈內的이고 諷刺의 목적은 圈外的, 사회적, 윤리적이므로 궁극적으로 그 목적에 따라 어느 한 쪽의 장르에 속하게 된다는 것이다. 그 한 갈래는 패러디 장르의 한 평태, 곧 諷刺的 패러디(satiric parody)로 그 標的은 또 다른 형식의 기호화된 담론이다. 우리는 이 「또 다른 형식의 기호화된 담론」을 패러디된 원천 텍스트로 받아들이면 될 것 같다.

한편 이 諷刺的 패러디 외의 다른 한 갈래는 諷刺 장르의 한 형태인 패러디적 諷刺(parodic satire)다. 이 패러디적 諷刺의 標的은 텍스트 밖의 어떤 것이며 패러디를 諷刺나 수정 목적의 성취를 위한 수단으로 사용한다.[6]

서들랜드에 의하면 현대의 諷刺의 특성을 리얼리즘의 적극적 기능으로서 현실 비판의 정신을 內臟하면서 아울러 현실에의 저항 의지를 가진 국면으로 변모하고 있는 것이라고 말한 바 있다.[7]

이제 우리 문학사의 소설 작품 중에서 위에서 말한 諷刺와 패러디가 겹쳐져 있는 경우의 실례를 찾아 살펴보기로 하겠다.

이 글에서는 먼저 <春香傳>의 모태가 된 說話는 어떤 것인가를 알아 보고 <옥중가>는 그렇게 해서 탄생한 <春香傳>을 어떻게 패러디해서 무엇을 諷刺하고 있는가를 알아 보기로 하겠다.

---

6) Linda Hutcheon, A Theory of Parody, Methuen and Co. Ltd .,1991, p.62.

7) Arthur Pollard, op.cit., p.176.

1. <春香傳>과 源泉 說話

보통 <春香傳>이라고 부르고 있지만 이는 朝鮮 말기에 등장한 같은 이름의 판소리 대본·판소리계 소설·唱劇·演劇·映畵의 劇本을 말한다. 이에는 <春香歌> <春香打令> <烈女春香 守節歌> <獄中花> 등의 異名들이 있다. 異本들도 많아 寫本·板本·改作本·脚色本·飜譯本 등 모두 1백여 종이 있는 것으로 알려져 있다. <春香傳>의 기원은 朝鮮 肅宗 말, 판소리 열두 마당의 하나로 생성된 듯한데 그 정확한 연대는 밝혀져 있지 않다. 학계에서는 비슷한 내용의 說話들을 가지고 廣大가 판소리로 엮은 것이 <春香傳>이 되었을 것으로 보고 있다. 현재까지 알려져 있는 최고본은 英祖 30년(1754) 漢詩本으로 나온, 2천 8백字로 된 晚華本 <春香歌>다. 그 후 李海朝에 의해 唱劇臺本 <獄中花>로 나왔고 柳致眞에 의해 演劇 戲曲 <大春香傳>, 玄濟明에 의해 <오페라 춘향전>이란 오페라로 씌어지기도 했고 여러 차례에 걸쳐 영화로도 만들어졌다. 외국에도 비교적 널리 알려진 편으로 지금까지 프랑스·영국·독일·일본·덴마크·중국어로 변역된 바 있다.

대부분의 古小說들이 그렇듯, <春香傳>도 먼저 그런 이야기와 유사한 사건이 있었고 그것이 세월이 흐르면서 說話가 되고 다시 그러한, 유사한 說話들이 小說로 쓰여졌을 것으로 보면 될 것이다. <春香傳>의 경우는 젊은 남녀의 만남, 사랑, 이별, 고난, 재회의 艶情說話들과 暗行御史의 사랑 이야기들의 합성으로 만들어졌을 것이라는 데는 별 이견이 없을 것 같다. <春香傳>의 기원이 되었을 법한 艶情說話와 御史說話는 우리의 古文獻에서 흔히 찾아 볼 수 있는데 여기서는 그 전형이라 할 만한 것 각 1편씩을 살펴보기로 하겠다.

艶情說話로는 ≪天倪錄≫에 실려 있는 <掃雪因窺玉簫仙> 같은 이야기가 그 源泉이 되었을 것 같다. 그 줄거리를 간추려 보면 다음과 같다.

① 成宗 때 平安道 監營에 이름이 紫鸞, 호가 玉簫仙이란 열두 살난 아름답고 영리한 기생이 있었다.

② 같은 나이의 監司의 아들이 紫鸞과 가까이 지내다 나이가 차가자 사랑하는 사이가 되었다.

③ 監司의 임기가 끝나 그 아들은 아버지를 따라 漢陽으로 돌아갔다.

④ 山寺에 들어가 과거공부를 하던 監司의 아들은 紫鸞이 보고 싶어 밤중에 아무도 몰래 平壤을 향해 길을 떠났다.

⑤ 걸식을 해가며 근 한 달만에 거지행색으로 紫鸞의 집을 찾아갔는데 그녀의 어머니는 그를 문전박대했다.

⑥ 監司의 아들은 한 아전의 주선으로 監營의 눈을 치우는 일꾼으로 가장하여 營內에 들어가 紫鸞과 눈이 마주친다.

⑦ 紫鸞은 꾀로 監營 사람을 속이고 그곳을 나와 監司의 아들과 산골로 달아난다.

⑧ 監司는 아들이 범에게 물려 죽은 것으로 보고 장례를 치른다.

⑨ 紫鸞은 베를 짜고 바느질을 해 살아가며 監司의 아들이 공부를 하게 한다.

⑩ 監司의 아들은 과거에 장원급제하여 吏曹判書로 있는 그 아버지에게 전후 사정을 말하고 사죄한다.

⑪ 왕이 그 사실을 알고 監司의 아들을 용서해 주게 하고 紫鸞을 정실로 삼게 한다.

위의 說話의, 청춘남녀의 만남과 사랑, 이별과 고난, 그리고 재회와 행복 찾음이 <春香傳>의 그것과 흡사하다 함은 더 이상의 설명이 필요 없을 것이다.

御史說話로 <春香傳>에 수용되었음직한 이야기로는 ≪靑邱野談≫에 실려 있는 <托終身女俠捐生> 說話를 들 수 있을 것 같다. 이 說話의 줄거리는 다음과 같다.

① 李匡德이 咸鏡道에 御史로 나갔는데 咸興에 도착하니 그곳에 '암행어사가 오늘 도착할 것'이라는 소문이 파다하게 나 있다.

② 李 御史는 데리고 온 從者가 누설한 것이 아닌가 하여 조사해 보았으나 그런 일은 없었다.

③ 하는 수 없이 그대로 咸興에 出頭하여 그곳 아전에게 그런 소문이 나게 된 경위를 알아 오게 했다.

④ 조사 결과 可憐이라는 일곱 살난 童妓가 최초로 발설했음이 드러난다.

⑤ 御史가 可憐을 불러 어떻게 그런 말을 하게 되었느냐고 물었다. 이에 可憐은 전날 길가에 거지 두 사람이 앉았는데, 보니 그 중 한 명이 옷과 신발은 남루했지만 두 손이 매우 희고 부드러워 거지 같지 않았다, 그리고 또 한 사람의 거지가 그 거지를 대하는 예가 아주 깍듯하여 마치 종이 貴人을 대하는 것 같았다, 그래서 御史가 온 것이라는 것을 알았다고 말한다.

⑥ 御史는 可憐의 총명함에 놀라고 貴愛했으나 일을 다 보고는 그대로 漢陽으로 올라갔다.

⑦ 그 후 御史가 그 지방으로 귀양을 왔는데 可憐이 지극한 정성으로 모신다. 그러나 御史가 죄 지은 몸으로 와 있는 형편

이라 거리를 두고 만난다.

⑧ 御史의 귀양이 풀리자 두 사람은 비로소 사랑을 나누는 사이
가 되었다. 御史는 곧 可憐을 데리고 가기로 하고 먼저 漢陽
으로 돌아간다.

⑨ 漢陽으로 간 李御史는 얼마 안 있어 병으로 세상을 떠난다.
可憐은 그를 위해 祭를 지낸 다음 자살한다.

이상의 이야기도 御史와 妓生의 만남과 사랑, 이별과 재회, 그리고
행복한 결합이 <春香傳>의 스토리와 흡사함을 알 수 있다. 위와 같
은 유의 이야기들이 민간에 떠돌다가 廣大들에 의해 논리적 통일성이
주어진 일관 사건의 한 편의 서사물로 만들어진 것이 <春香傳>이라
할 것이다.

이제 많은 異本들 중 趙潤濟가 '막힘없이 흘러나오는 그 유창한
맛은 도저히 다른 小說의 追及을 許하지 않는다'고 한[8] <완판 84장
본 열녀춘향수절가>를 텍스트로, 이와 <옥중가> 텍스트의 상호성을
집중적으로 고찰해 보기로 하겠다.

---

8) 趙潤濟 編, 「校註 春香傳」(乙酉文化社, 1979), p.180.

2. 模倣과 變換

古小說을 源泉으로 한 현대소설은 古小說과 외적, 내적인 면에서 서로 이질성이 뚜렷하고 또 그것은 당연한 일이다. 그러나 그런 점을 감안하고서도 <옥중가>는 <春香傳>과 특유의 이질성을 보인다. 먼저 몇 가지 측면에서 <옥중가>가 <春香傳>과 어떻게 달라져 있는가를 살펴보고자 한다.

첫째, 스토리부터가 <春香傳>의 그것을 모방하면서도 많이 달라져 있다. <春香傳>은 춘향의 잉태에서 탄생, 李道令과의 사랑, 이별, 고난, 재회, 행복에 이르는 것인데, <옥중가>는 춘향이 守廳 거절로 감옥살이를 하는 데서 시작하여 御史가 된 李道令이 춘향의 집에 들리는 데까지만 이야기가 같고 그 뒤는 전혀 달라져 있다. 御史가 된 李道令은 춘향을 찾지도, 만나지도 않고 御史出頭도, 춘향을 구해 주지도 않고, 다른 고을로 가 버리고 있다. 그리고 춘향도 마음을 바꾸어 卞使道에게 몸을 바치러 간다.

구성도 많이 다르다. 古小說의 구성은 흔히 起承轉結의 4分法的으로 되어 있다고 한다. <春香傳>의 경우도 ① 起段 - 출생 ② 承段 - 結緣과 苦行 ③ 轉段 - 回運, 출세 ④結段 - 幸福의 4단층에 그대로 들어맞아 있다.9) 또 李在銑은 古小說의 서술을 秩序-混沌-秩序의 三分項式으로 되어 있다고 했는데10) 다른 作品과 같이 <春香傳>도 거기에 부합되고 있다.

그런데 <옥중가>는 전형적인 현대소설의 發端, 紛糾(葛藤), 絕頂,

---

9) 金東旭・黃浿江, 「韓國古小說入門」(開文社, 1985), p.73.
10) 李在銑, 「韓國現代小說史」(弘盛社, 1979), p.17.

大團圓의, 4단층 구성을 하고 있다. 發端斷層은 춘향이 잠에서 깨어나 자신이 감옥에 갇혀 있다는 사실을 새삼 깨닫고 혼자 분해 하는 장면으로 되어 있다.

아으웃. 낮은 신음을 토해 내며 춘향은 퍼뜩 눈을 떴다. 토굴 속처럼 음습하고 어두침침한 주변의 풍경이 시야에 들어왔다.
가만, 여기가 어딜꼬.
쇠똥 내음 같기도 하고 상한 된장 내음 같기도 한 시큼하면서도 쿠릿한 악취가 콧구멍으로 훅 밀려들어옴을 느끼며, 춘향은 자신이 지금 어느 집 외양간 아니면 산골짜기 숯막이나 움집 구석에 처박혀 있는 건 아닐까 잠시 의아스러웠다. 그러나 아직 졸음기가 묻어 있는 두 눈을 끔벅이며 주위를 살펴보다가, 춘향은 이내 땅이 꺼져라고 푸우 한숨을 내쉬고 말았다.
그곳은 토굴도 외양간도 아닌, 관아의 감옥이라는 사실이 비로소 뇌리에 되살아 났다.

이 斷層은 고도의 현대적 창작 기교를 보여주는 것이다. 곧 그 전의 인과관계를 설명하는 앞의 이야기 없이 느닷없이 시작하는 것으로 흔히 絕對的 始作(absolute beginning)이라고 불리는 것이다. 이러한 시작은 독자로 하여금 어리둥절하게 함과 동시에 사건의 추이에 빨려 들어가게 한다.[11] <옥중가>도 <春香傳>에서의 춘향의 출생, 李道令과의 만남과 이별, 卞使道의 守廳 강요 같은 이야기는 거두절미하고 옥중의 그녀 묘사부터 시작하고 있다.
紛糾斷層은 춘향이 葛藤 속에서 李道令이 나타나 구해주기를 기다리고 있는 부분이다. 이 斷層에는 그녀의 기대가 무산되고 파국을

---

11) F. 카프카의 장편 <審判>이 '누가 요제프 K를 중상한 것이 틀림없다.' 하고 시작하는 것이 그런 경우다.

맞을 것이라는 것이 예비되어 있다. <春香傳>에서의 꿈이 <옥중가>에서는 아주 다르게 바뀌어 있는 것이 그 중 하나다. <春香傳>에서의 춘향은 옥중에서 거울이 깨어지고, 창 앞의 앵도꽃이 떨어지고, 문위에 허수아비가 달렸고, 태산이 무너지고, 바닷물이 마르는 꿈을 꾸고 그것이 곧 자신이 죽을 것을 뜻하는 꿈이라고 생각한다. 그러나 해몽을 부탁받은 장님은 거울이 깨어진 것은 좋은 소리가 들릴 것, 꽃이 떨어진 것은 열매가 맺어질 것, 허수아비가 문위에 달려 있은 것은 사람들이 우러러 볼 것, 산이 무너진 것은 평지가 생길 것, 바닷물이 마른 것은 용의 얼굴을 볼 징조이니 길몽이라고 풀이한다. 그리고 그 꿈대로 춘향은 李道令을 만나 행복을 맞는다.

그러나 <옥중가>의 꿈은 위와 전혀 다른 것이다.

꿈속에서 그녀는 무슨 연유에선지 머리에 커다란 사기 요강을 이고 집으로 돌아오는 참이었는데, 하필이면 제 집 대문턱을 넘다가 발부리가 걸리는 바람에 우당탕 앞으로 고꾸라져 버리고 말았던 것이다. 순간 와장창 소리와 함께 요강은 땅바닥에 박살이 났고, 덕분에 그녀는 치마부터 저고리까지 온통 누렇고 짭지름한 그 고약한 물을 흠뻑 뒤집어써 버렸다.
에그머니나, 이 일을 어이할꼬, 한 벌밖에 없는 귀한 내 옷, 명절 때나 귀한 손님네 맞을 때말고는 아까워서 숨겨 놓고 입는 옷인디, 어째야 쓸거나.
애지중지 아끼는 청국산 비단 치마저고리가 엉망으로 망쳐 버리게 된 게 분하고 안타까워서 발을 동동동 구르며 어쩔 줄을 몰라하다가, 춘향은 그 고약한 꿈에서 깨어났었다.

소설에 있어서 꿈은 앞일에 대비해 미리 언급해 주는 豫示다. 豫示에는 앞으로 일어날 일을 독자에게 분명하게 미리 알려주는 未來

確實 豫示와 그 豫示가 그대로 될 수도 있고 안 될 수도 있는 未來不確實 豫示가 있다. 未來不確實 豫示에는 예언·神託·警告·저주·축복과 함께 꿈이 있다. <옥중가>에서의 꿈은 위의 未來不確實 豫示로 춘향의 기대, 꿈이 깨어지고 그녀가 오물을 뒤집어쓴 것과 같은 추한 몰골로 전락할 것임을 암시하고 있다. 그리고 이 소설의 결말부에서 실제로 그렇게 되고 있다.

紛糾에 이은 李道令이 춘향을 무시하고 다른 고을로 가버렸다는 絕頂斷層, 그리고 大團圓은 춘향이 烈女 아닌 한갓 추한 娼妓로 전락하는 대문으로 되어 있다.

<옥중가>는 문체에 있어서도 <春香傳>과는 판이하게 다르다. <春香傳>은 판소리의 唱本을 정리한 것이다. 따라서 이는 읽는 쪽보다는 듣는 문학이라 할 수 있다. 그래서 <春香傳>은 全文이 거의 완전한 4·4조의 半律文이다. 듣는, 귀를 즐겁게 하려다 보니 그 언어가 상당히 遊戲的인 데가 있다. 아래의, 月梅가 李道令에게 차려 내온 술상 이야기가 그런 것이다.

> 술병치레 볼작시면 틔결업난 빅옥병과 벽희슈상 산호병과 엽낙금졍
> 오동병과 목 진 황싀병 자릭병 당화병 쇄금병 노상동졍 죽졀병 그 가
> 온듸 쳔은 알안자 젹동자 쇄금자를 차례로 노와난듸 구비함도 가질씨
> 고 술 일홈을 일을진듸 이젹션 포도쥬와 안기싱 자하쥬와 살임쳐사
> 송엽쥬와 과하쥬 박문쥬 쳔일쥬 빅일쥬 금노쥬 팔팔 쒸난 회쥬 약쥬
> 그 가운듸 힝기로운 연엽쥬 골나닉여

술병과 술 이름을 말하고 있는데 이는 실제로 그런 병에, 그런 술이 나왔다기보다 그 이름을 얼마나 아는가를 자랑한 것으로 보아야 할 것이다. 이런 현학적 사설은 당시의 나레이터에게도, 독자, 聽者에

게도 하나의 즐거움이었을 것이다.

　또 이야기가 남녀간의 사랑이다 보니 곳곳에 관능적 묘사도 등장하고 있다. 아래와 같은 춘향과 李道令의 情事 장면은 오늘에 읽어도 외설적이라 할 만큼 노골적이다.

　　실난 즁 옷슨 쓸너 발가락으 싹 걸고셔 찌여 안고 진드시 눌으며 지지기쓰니 발길 아릐 쩌러진다 오시 홣닥 버셔지니 형산의 빅옥쎵니 이 우에 더할 소냐 오시 활신 버셔지니 도련임 거동을 보라 하고 실금이 노으면셔 아차차 손바졋다 춘향이가 침금 속으로 달여든다 도련임 왈칵 조차 들어 누어 져고리를 벽겨닉여 도련임 옷과 모도 한틕가 둘둘 뭉쳐 한 편 구셕의 던져두고 두리 안고 마조 누워슨니 그딕로 잘 이가 잇나 골십닐 졔 삼승이불 춤을 추고 식별 요강은 장단을 맛추워 쳥그릉 징징 문고루난 달낭달낭 등잔불은 가물가물 마시잇게 잘 자고 낫구나

　위와 같은 성적 묘사는 廣大文化의 한 속성이라 할 것인데 어쨌든 소설의 낭만적 요소라 할 것이다.

　그러나 <옥중가>는 처음부터 끝까지 건조체에 가까운 평범한 산문이다.

　　「아으 아으. 백 년 세월 흐르도록 이별하지 말자더니, 지금 와서 떠난다니 이 어인 날벼락이오. 어이 살꼬, 내 어이 살아야 할꼬. 한양 천리 그리운 님 보내옵고, 이 몸 홀로 어이 살아갈꼬. 차차리 죽고 잊자니 죽지는 못하겠고, 살아 기다리자니 그 더욱 서러워라. 아이고 아이고오, 이내 신세 박복한 팔자여……」

　위와 같이 단, 한 군데, <春香傳>과 같은 서술구조가 보이나 이는 <옥중가>에서도 古風(archaic)스런 면을 보이려는 기교일 뿐이다.

그리고 이것은 이 소설의 패러디의 일면을 보여주는 것이기도 하다. 쉬프리는 패러디에는 세 유형이 있다고 했다. 첫째는 言語的(verbal)인 것으로 어떤 말의 모방과 變改가 그 부분을 경박하게 만드는 것이고 둘째는 形式的(formal)인 것으로 어떤 작가의 문체 또는 창작상의 어떤 버릇을 이용해 그 주제를 우스꽝스럽게 만드는 것이다. 셋째는 主題的(thematic)인 것으로 어떤 형식, 흔히 특유의 내용, 작가의 정신이 바뀌는 것이다.[12) 위의 인용문은 바로 둘째, 形式的 유형의 패러디다. 이 소설은 위와 같은 패러디로 아무 지조도 정절도 없는 춘향이란 인물을 우스꽝스럽게 만들고 있는 것이다. 그 외의 <옥중가>의 문장은 아래에서 보는 바와 같다.

  이 도령의 장원급제 소식을 맨 먼저 알아낸 것도 월매였다. 어느 틈에 칠백 리 머나먼 한양 땅에까지 비상 연락망을 좌악 깔아놓았던 것인지, 과거 시험 결과가 나온 지 불과 사흘이 채 되기도 전에 월매는 그 소식을 정확히 입수하는 놀라운 능력을 발휘했었다.
  그러자 바로 그날부터 월매는 치밀하고도 교묘한 계획에 따라 모든 일을 착착 진행시키기 시작했다. 춘향이로서야 얼떨떨한 채로 다만 어미의 분부대로 따르기만 하면 되었다.

위와 같은 문장에서는 낭만성이란 찾아볼 수 없고 칼날 같은 계산이 번득이며 오가는 냉소적인 분위기만을 읽을 수 있다.

---

12) Joseph T. Shipley, Dictionary of World Literary Terms, The Writer, Inc., 1970.

3. 主題— 變節과 背信의 세상

이상에서 살펴본 <옥중가>의, <春香傳>의 模倣과 變改는 이 소설 발표 당시의 현실을 諷刺, 비판하자는 목적을 가진 것이다. 그것은 궁극적으로 <옥중가> 등장인물과 주제의 變改를 뒷받침하는 것이었다. 이제 <春香傳> 등장인물과 주제가 <옥중가>에서 어떻게 바뀌었는가를 살펴보기로 하겠다.

<春香傳>의 주제에 대해서는 많은 논의가 있었는데 연구자들의 견해의 편차도 상당히 많은 편이다. 그 중 대표적인 견해들을 살펴보기로 하겠다. 金台俊은 <春香傳>의 주제를 '抵抗'이라고 했다. 그는 춘향이 '一個 處女의 身分'으로 하늘 같은 卞學道 앞에서 人格을 주장하고 貞節을 내세웠으며 人間平等을 부르짖었다고 말했다. 그는 이어 그것은 곧 個性에 눈뜬 춘향과 自由를 찾는 民衆의 구호라고 말했다.[13] 그는 위와 같은 견해의 전제로 '時代의 壓力과 觀衆들의 要求'를 들었다. 李夢龍이 賤妓 춘향을 아내로 맞은 것은 時代 즉 民衆의 壓力이 그렇게 하지 않으면 안 되게 했다는 것이다. 곧 社會 情勢와 壓力이 춘향의 인간 승리를 이룩하게 했다는 것이다. 이에 대해 '卓見으로 이해되기도 한다'는 견해를 보인 사람도 있으나[14] 필자는 그렇게 보지 않는다. 金台俊은 朝鮮共産黨再建準備委員會 멤버였고 南勞黨文教部長을 맡은 바 있는 골수 共産主義者다. 肅宗朝에 벌써 '民衆의 壓力' 운운한, 그의 위와 같은 견해는 唯物史觀에 의한 <春香傳> 해석으로 현실과 거리가 먼 억설이라고

---

13) 金台俊, 「朝鮮小說史」(學藝社, 1939), pp.209-10.
14) 尹用植, "春香傳", 「韓國古典小說 作品論(金鎭世 編)」(集文堂, 1990), p.511.

해야 할 것 같다.

趙潤濟는 <春香傳>이 계급에 따라 결혼을 한다는 것은 모순인데 이 모순과 구사회의 유물인 봉건제도를 타파하고 四民平等의 정신을 부르짖은 소설이라고 했다.15) <春香傳>에 그런 면이 없는 것은 아니지만 이 또한 사회성에 너무 많은 비중을 둔 견해가 아닌가 한다.

한편 黃浿江은 이 소설을 '사랑에 충실한 두 남녀의 이야기'라고 했다. 그는 그, 사랑의 약속에 충실한 이야기를 만들기 위해서 그 약속을 위협하는 장치를 만들었는데 그것이 신분적 격차라고 했다. 따라서 춘향의 항거는 천민의, 양반에 대한 저항이 아니고 사랑에 충실하려 한, 한 여인이 이를 방해하는 다른 남자에 대한 거부라는 것이다.16) 이 견해는 무리는 없으나 너무 사랑, 일방으로 치우쳐 있는 감이 없지 않다.

필자는 여러 견해들 중 애정과 계급, 양면에서 이 소설의 중심사상을 찾으려 한 金起東의 말이 제일 무난한 주제 파악이 아닌가 한다. 그는 이 소설이 '社會的으로 階級이 다른 兩班階級인 貴族의 子弟 李道令과 賤妓의 딸 춘향과의 階級意識을 초월한 愛情問題를 표현해 보려고 하였다'고 하고 그러므로 愛情小說이라고 했다. 그리고 부수적인 主題로 平民階級의 꿈의 表現, 封建的인 階級意識의 打破, 그리고 貞操觀念의 強調 등을 들었다.17) 그러니까 결국 <春香傳>은 춘향의 불변의 사랑이 主主題, 賤民을 짓밟는 支配階級에의 항거가 副主題로 보면 되지 않을까 한다.

그런데 한 논문이 尹星根의 '완판본 열녀춘향수절가 연구(語文學

---

15) 趙潤濟, 「韓國文學史」(探究堂, 1986), pp.314-5.

16) 黃浿江, 「朝鮮王朝小說研究」(檀國大出版部, 1983), p.206.

17) 金起東, 「韓國古典小說 研究」(敎學社, 1983), pp.835-55.

16)'의 주장에 의거하여 위와 같은 主主題·副主題 주장에 반대되는 의견을 말하고 있어 주목된다. 이 논문은 춘향이 李夢龍과 관계를 맺은 것은 순수한 애정이나 맹목적인 헌신에서가 아니라 뚜렷한 목적의식에서 나온 일이라고 하고 있다. 곧 양반과 혼인함으로써 신분적 해방을 얻으려는 불순한 야심에서 한 행위라는 것이다. 따라서 卞學道의 守廳에 응하는 것은 그녀가 양반과 혼인하여 賤民階級에서 해방되려는 꿈을 짓밟고 다시 妓生으로 환원되는 것을 의미했기 때문에 그것을 듣지 않았다는 것이다. 이어 이 논문은 어느 면을 보아도 춘향이 封建社會의 제도나 不條理에 항거한 흔적은 없으며 守廳을 거절한 것은 卞學道의 학정이나 사회부조리에 맞선 것이 아니며 더구나 이념이나 이데올로기에 대한 문제는 찾아볼 수 없다고 했다. 그러니까 그녀의 저항이 자신의 신분 해방과 상류사회 진출을 목적한 것이라면 그런 저항은 反動的이며 봉건사회의 부조리에 대한 저항과 무관하다는 것이다.[18)]

그러나 위와 같은 주장은 억지스러움을 면하지 못한 것이다. 다른 것은 다 젖혀 두고, 李道슈이 거지꼴을 하고 와 앞날에 대한 아무런 기대도 할 수 없게 되고 자신도 곧 죽을 운명에 처했을 때 춘향이 한 다음과 같은 말은 그녀의 李夢龍에 대한 변함없는 열렬한 사랑과 정절을 분명하게 보여 주고 있다.

> 나 죽은 후의라도 원이나 업게 하여 주옵소셔 나 입던 비단장옷 봉장 안의 드러쓰니 그 옷 늬여 파라다가 한산셰져 박구워셔 물식 곱게 도포 짓고 빅방사쥬 진초믹를 되는디로 파라다가 관망 신발 사 듸리고 결병 쳔은 비늬 밀화장도 옥지환이 함 속의 드러쓰니 그것도 파라다가 한삼고의 볼초찬케 하여주오 금명간 죽을 연이 셰간 두어 무엇

---

18) 吳世榮, "春香의 性格 變化", 「국어국문학」 제70호(국어국문학회, 1976), pp.103-27.

할가 용장 봉장 쎄다지를 되는듸로 팔러다가 별찬 진지 듸접하오 나
죽은 후의라도 나 업다 말으시고 날 본다시 섬기소셔.

그리고 李夢龍이 장난으로 신관 사또를 가장하여 춘향에게 자신의
守廳을 들라고 했을 때 춘향이 한 다음과 같은 말도 굳은 절개와 限
死抵抗을 보여주는 것이라 하지 않을 수 없다.

어삿도 분부하되 너만 연이 수절한다고 관정포악하여쓰니 살기를
바릭소냐 죽어 맛당하되 늬 수청도 거역할가 춘향이 기가 믹켜 늬례
오난 관장마닥 긔긔이 명관이로고나 수의사또 듯조시오 칭암절벽 높
푼 바우 바람분들 문어지며 청송녹죽 푸린 남기 눈이 온들 벤하릿가
그른 분부 마옵시고 어셔 밥비 쥑여주오.

위에서 본 바와 같은, 죽음을 눈앞에 두고도 불변한 사랑을 두고
'다른 목적' 운운하는 것은 납득할 수 없는 말이다. 그리고 죽어도 지
방 守令의 守廳을 들 수 없다고 한 것은 그 자체가 바로 봉건체제에
대한 저항이라고 할 수 있다. 그러므로 <春香傳>의 主主題는 춘향
의 불변의 사랑, 副主題는 支配階級에의 항거라 함이 타당할 것이다.
  그런데 <옥중가>에서는 춘향의 성격이 <春香傳>에서와는 반대
로 되어 있다. 춘향이 李夢龍과 사랑을 하게 된 동기도 <春香傳>
에서와는 전혀 다르다. <春香傳>에서의 춘향은 아래에서 보는 바와
같이 벌써 李夢龍의 풍모, 인품에 반해 사랑을 느낀다.

잇씩 사또 자제 이도령이 연광은 이팔이요 풍치는 두목지라 도량은
창히갓고 지혜 활달ᄒ고 문장은 이빅이요 필법은 왕히지라 이도령을
살펴보니 금세의 호걸리요 진세간 기남자라

그러나 <옥중가>에서 춘향이 李夢龍에게 몸을 허락한 것은 그에
게 '한눈에 반한', 사랑 때문이 아니었다. <옥중가>에서 춘향의 눈에
비친 李夢龍은 다음과 같다.

> 그 변변찮은 위인이 오죽 맘 씀씀이가 소심하고 의심이 많아야 말
> 이지. 예전에도 어쩌다가 다른 남정네들 얘기가 내 입에서 나오기라
> 도 할라치면 그게 누구냐, 언제 어디서 무슨 인연으로 만났느냐 하면
> 서 제법 강짜를 부리기도 했잖았어.

한 마디로 춘향이 본 李夢龍은 소심하고 의심 많고 질투까지 심한
애숭이 소인배다. 그리고 李夢龍이 漢陽으로 갈 때의 춘향의 심정도
<春香傳>에서와 같은, 애절한 이별의 슬픔에 몸부림치는 그런 것이
아니다.

> 말 그대로 그리운 님과의 정별이 아쉽고 안타까워서 만은 아니었
> 다. 오히려 그따위 줏대 없고 미적지근한 어린 녀석에게 고이고이 키
> 워 온 소중한 처녀의 꽃을 고스란히 가져다 바쳤다는 사실이 분하고
> 억울했으며, 무엇보다 그 본전 생각이 더 간절했다.

그가 울부짖은 것은 자신에게 완전히 빠져 있는 李夢龍을 속여 안
방마님이 되려 한 계획이 수포로 돌아가자 그에게 처녀성을 바친 것
이 억울해서였던 것이다.

<옥중가>에서 춘향의 어머니 月梅가 李夢龍의 과거급제와 御史出
頭 소식을 잽싸게 알아내 춘향으로 하여금 卞學道의 守廳을 들지 않
고 옥살이를 하게 한 것도 춘향이 李道슈에게 불변의 사랑을 가지고
있었기 때문도 아니고 지방 守슈의 부당한 요구에 대한 항거도 아니다.

「얘 춘향아, 인생은 한판 노름판이나 매양 한가지인 법이니라. 노름
판에서야 양심이니 지조니 하는 개뼉다귀 같은 소리는 통하지 않는
거여. 먹느냐 먹히느냐, 판쓸이를 하느냐 알거지로 털리느냐, 그것만이
문제인 법이여. 자고로 계집 팔자는 뒤웅박 팔자라지 않더냐. 기회가
오면 잡아야지, 머뭇거리다가는 느이 어미처럼 요 모양 요 꼴이 되고
만단 말이여. <확실한 선택>, 바로 일순간의 그 선택이 평생을 사지
쭉 뻗고 살 수 있느냐 없느냐를 결정해 주는 것이여…… 그러니 옥살
이가 힘들고 고되더라도 조금만 참고 기다려야 한다이. 알았지야?」

위에서 보는 바와 같이 그것은 李道令에게 춘향의 守節을 보여주
어 모녀의 팔자를 고쳐보려는 계산에서 나온 책략이었다.

<옥중가>에서, 순수성이 없고 타산만 하고 있기는 李夢龍도 마찬
가지다. <옥중가>에서도 李夢龍은 처음에는 <春香傳>에서와 같은
춘향에 대한 순수한 애정을 가지고 있었다.

눈물 콧물 억지로 짜내어 가며 천역덕스레 이별 시늉을 하는 춘향
이와는 달리, 애간장이 다 녹도록 서러워하는 쪽은 고스란히 이몽룡
의 몫이었다. 본디 세상 모르게 순진하고 어리숙한 성품인 탓도 있었
지만, 그러잖아도 춘향에게 홀딱 빠져 있던 터라, 급기야 몽룡은 사내
체면 따위는 아랑곳없이 울고불고 생 법석을 부리다가 겨우겨우 등을
돌려 고갯길을 멀어져 가던 거였다.

위에서 보는 바와 같이 그는 춘향과의 이별을 진심으로 슬퍼하고
있었다. 그러나 漢陽으로 올라간 후 그는 달라졌다. 漢陽으로 간 후
그는 닳을 대로 닳은 양반이 되어버린 것이다. 그가 과거에서 장원급
제를 한 것도 그 아버지와 절친한 사이인 변 판서란 심사위원에게 부
탁을 해서였다. 그리고 李夢龍은 그 판서의 사팔뜨기 딸과 결혼을 하
기로 약속이 되어 있었다. 그러니까 그는 시험 부정으로 급제를 한 위

에 불구자와의 정략결혼으로 그의 장래를 보장받고 있은 것이다. 그리고 그 변 판서가 바로 卞學道의 삼촌이라는 것이다. 그런 형편이니까 李夢龍이 아무리 暗行御史라 해도 南原 고을에 出頭를 할 수 없는 형편이었다 할 것이다. 그렇더라도 춘향이 자신 때문에 守廳을 거절하여 감옥살이를 하고 있는데도 냉랭하게 외면하고 가 버렸다는 것은 背信에 틀림없다.

그런데 李夢龍은 <옥중가>에서 더욱 나쁜 짓을 했다는 점에서 그는 背信을 넘어 인간으로서 해서는 안 될 악행을 저지르고 있다. 그가 그런 사정에 있었다면 차라리 모른 척 지나가 버렸어야 했음에도 불구하고 月梅를 찾아가 보고 갔다는 것이 그것이다. 이에는 그가 지난 날 그곳에서 춘향이란 한 처녀를 정복한 과거 회상을 즐기려 했으며, 현재 출세한 자신과 미천한 退妓 모녀와의 하늘과 땅 같은 신분 차이를 견주어 보고 행복감에 젖으려 했다는 것 이외의 다른 동기가 있을 수 없다. 순수한 사랑을 가지고 눈물로 헤어진 그가 이제는 비정하고 잔인한 한 사람의 사디스트가 되어 돌아온 것이다.

그것을 안 춘향 모녀도 주저 없이 그들의 본색을 드러낸다. 춘향은 나이가 좀 많다 뿐, 풍채로 보나 재물 규모로 보나 장래성에 있어서 李夢龍보다 卞使道 쪽이 낫다고 생각하고 그의 守廳을 받아들이기로 한다.

이상을 종합하면 <옥중가>의 주제는 저절로 드러난다. 그것은, 이 세상은 變節과 背信이 난무하는 추악한 곳이라는 것으로 요약해 말할 수 있을 것이다. 그러므로 <옥중가>는 源泉 텍스트 <春香傳>, 특유의 내용, 작가의 정신이 바뀌어 있는 主題的 類型의 패러디다. 그리고 그 패러디는 이 소설 발표 당시의 잘못된 현실을 비판하고 있다.

이 소설은 달면 삼키고 쓰면 뱉는, 당시의 炎凉世態의 정치 현실을 諷刺하려 한 것이다. 누구보다 정치인들에게 필요한 것 중의 하나가 志操임에도 불구하고 우리나라의 현실은 그렇지 못한 것이 사실이었다. 정치인들은 그때그때 필요에 따라 黨籍을 바꾸었고, 오늘의 친구가 내일이면 적으로 돌아서는 일이 예사였다. 이 작품을 발표할 당시에는 與黨과 野黨이 통합하는 일이 있었는데 작가는 그것을 野黨의, 국민에 대한 배신으로 보고 貞節과 志操의 이야기 <春香傳>을 패러디하여 그러한 현실을 諷刺하고 있는 것이다. 그러므로 <옥중가>에는 <春香傳>을 조롱하거나 비판할 의도가 없어 그 표적은 圈外的이고 따라서 이 작품은 한 편의 전형적인 패러디적 諷刺小說이라 해야 할 것이다. 그리고 <옥중가>가 직접 諷刺의 대상으로 삼은 것은 정통성도 없고 도덕성도 없는 신군부 출신 정권의 정당과 통합한 한, 정통 야당과 그 지도자로 보아야 할 것이다. 이 소설은 후반부에 '학실히' '학실하게' '학실한'이란 말들이 등장하고 있는데 이는 그 야당 지도자를 구체적으로 적시하는 것이다. 1993년부터 1998년까지 한국의 대통령직에 있은, 김씨 성의 그는 복모음 발음이 잘 안 돼 '확실'을 '학실,' '과연'은 '가연', '화려'는 '하려'라고 말해 화제가 되곤 했었다. 그러므로 위에서 한 말들은 言語的 類型의 패러디라 해야 할 것이다. 이 言語的 類型의 패러디에서 우리는 대상을 경박하게, 우스꽝스럽게 하려 한 작가의 의도를 읽을 수 있다.

그러므로 <옥중가>는 야당의 정통성, 국민의 지지와 신뢰를 저버리고 이해에 따라 野合한 당시의 정치 현실과 정치인을 비판, 공격하는 諷刺小說이라 해야 할 것이다.

그런데 여기에 한 가지 문제가 있다. 이 소설이 지나치게 강한 時事性을 띠고 있고 구체적 인물과 사건에 매달려 있다는 것이 그것이다. 소설은 보편적 진실의 이야기여야 하지 눈앞의 현실, 사건에 한정

되어 있으면 항구성을 가진 예술작품이 되기 어렵다. 그렇게 되면 그 작품은 세월이 흐르고, 상황이 바뀌면 지나간 한 때의 이야기로, 생명력을 잃게 되는 것이다. 소설 <옥중가>가 그런 한계를 가지고 있는 것이 아닌가 한다.

Ⅲ. 세상을 籠絡하는 현대의 妖女
<許生>의 패러디 - 吳効鎭의 <張씨녀전>

朴趾源의 한문 단편소설 <許生>은 달리 예를 찾아 볼 수 없게 후대 작가들에 의해 자주 改作 되기도 하고[1] 패러디의 대상이 되기도 했다.[2]

역시 그 <許生>을 패러디하고 있는 吳効鎭의 <張씨녀전>은 작가 당대, 작품 당년의 사건을 소재로 한 신랄한 諷刺小說이다. 특히 이 소설은 1980년대 초, 正統性을 결한 정권 주변의 부정 부패 등 부도덕성, 반윤리성을 하나의 대형 금융사기사건을 축으로 하여 정면에서 문제삼고 있다는 점에서 사람들의 이목을 집중시켰던 화제작이었다.

그런데 이 소설에, 남편의 공부를 중도 반단하게 한 소설 <許生>의 不德한 아내가, 俗惡한 여자로 등장하고 있어 이채롭다.

---

1) 李光洙의 장편 <許生傳(『東亞日報』1923. 12. 1 - 24. 3. 21)>, 蔡萬植의 중편 <許生傳(協同文庫,1946)>, 吳泳鎭의 장막 희곡 <許生傳(1970)>이 그 예다.
2) <許生>을 패러디한 소설에는 <張씨녀전> 외에 蔡萬植의 <레디메이드 人生(『新東亞』1934. 5-7.)> <明日(『朝光』1936. 10-12.)>과 이남희의 <허생의 처(「지붕과 하늘」문예출판사,1989)> 등이 있다.

1. 嘲弄 당하는 先覺의 異人

<張씨녀전>의 원천이 된 朴趾源의 <許生>은 널리 알려져 있다
시피 작가의 紀行錄 ≪熱河日記≫ 중 「玉匣夜話」 또는 「進德齊夜
話」에 수록 되어 있는 것이다. <許生>은, 「玉匣夜話」의 '許生後
識其二'에 의하면 작가가 젊은 시절 尹映이란 괴상한 노인한테서 들
은 이야기를 바탕으로 쓴 것이라고 하고 있는데 이는 사실일 수도 있
고 작가가 꾸며서 한 이야기일 수도 있다. 朴齊家는 이 작품이 杜光
庭의 ≪虯髥客傳≫과 太司公의 ≪史記≫「貨殖列傳」을 합친 것이
며 重峯의 「封事」, 磻溪의 「隨錄」, 星湖의 「僿說」 등에서 말하지
못한 것을 말했다고 그 영향관계에 대해 언급하고 있어[3] 朴趾源이
後識에서 한 말이 假託이라 함을 간접적으로 시사해 주고 있다. 꼭
그대로는 아니지만 그 줄거리가 거의 같은 許生說話가 朝鮮 正祖 -
憲宗 연간의 인물 李義平이 편한 ≪溪西野譚≫에 실려 전하는 것
으로 보아[4] 曹喜雄의 말과 같이[5] 朴趾源의 <許生>은 민간설화들
의 收斂으로 이루어진 작품으로 보는 것이 좋지 않을까 한다. <許
生>은 너무 널리 알려진 작품이지만 편의상 그 줄거리를 간략하게
말하면 다음과 같다. 漢陽 墨積洞에 사는 선비 許生은 글만 읽어 끼
니를 잇기 어렵게 가난하다. 굶주림을 견디다 못한 그 처가 살 궁리를
하라고 몰아붙이자 그는 하는 수 없이 책을 덮고 일어서 그 길로 변
부자를 찾아가 돈 만냥을 빌린다. 그 돈으로 제사에 쓰이는 과일, 갓

---

3) ≪熱河日記≫燕巖手澤本 册文 「許生後評」, "次修日 大略以虯髥配貨殖 而中有重峯封事
柳氏隨錄 李氏僿說 所不道能者 -下略- 朴齊家 識"

4) 徐大錫 編「朝鮮朝文獻說話輯要」Ⅰ(集文堂,1991)은 이 설화에 '許生者方外人也'라고 이름
을 붙이고 있다.

5) 曹喜雄, 「朝鮮後期文獻說話의 研究」(螢雪出版社,1981), pp.109-10.

을 만드는 데 쓰이는 말총을 모두 사 모아 값이 크게 뛰게 한 다음 내다 팔아 돈을 늘인 許生은 그 돈을 변산의 도적떼에게 나누어주어 그들을 데리고 빈섬으로 들어간다. 그 섬에서 농사를 지어 거기서 생 산된 쌀을 長崎島에 싣고가 팔아 큰 돈을 손에 쥔 그는 다시 漢陽으 로 돌아와 가지고 온 돈을 높은 이자를 쳐 변 부자에게 다 주어버린 다. 변 부자가 御營大將 李浣을 許生에게 소개하자 許生은 李浣의 무능함을 보고 크게 꾸짖어 그로 하여금 황망히 도망가게 만든다는 것이다.

봉건 유교전통사회의 질서에 길들여진 世俗人의 의표를 찌르는 許 生의 언행은 실로 호쾌한 바 있어 독자를 사로잡기에 충분한 것이다. 특히 許生이 내 놓은, 세상을 크게 개선할 시책을 모두 할 수 없다고 했을 때 許生이 「이 따위는 베어야겠다(是可斬也)」면서 칼을 잡아 일국의 왕의 寵臣이자 당대 제일의 將帥로 하여금 혼비백산, 도망치 게 하고 있는 이 소설의 결말 부분은 무위무능한 주제에 폭압만 일삼 아 온 지배층에 고통 받아온 피지배 민중의 가슴을 후련하게 해 주는 것이다.

吳效鎭이 <張씨녀전>의 소재로 취한 것은 1980년대 초반 한국 사회에 큰 충격을 던져주었던 어음사기사건이다. 뛰어난 미모와 능숙 한 話術의, 張씨성을 가진 한 여성이 당시 최고 권력자의 至近 인척 을 이용해 6천4백억원 규모의 사기를 한 이 사건은 금융질서 면에서 큰 파란을 일으켰을 뿐 아니라 국민 전체에 허탈감과 무력감을 안겨 주었었다. 권력형 부정의 대표적 사례로 꼽히고 있는 이 사건은 국회 에서 화폐개혁이 필요한 것이 아닌가가 논의 되게 할 정도로 나라를 뒤흔들어 놓은 것이었다.6)

___

6) 이상 俞仁浩,"장영자 사건",「現代 韓國을 뒤흔든 60大事件」(東亞日報社,1988), pp.294-7

吳効鎭이 이 사건을 위, 朴趾源의 <許生> 후일담의 얼개에 짜 넣어 한 편의 패러디적 諷刺小說로 쓴 것이 <張씨녀전>이다. 그러니까 <張씨녀전>은 소설의 시간상 <許生>이 끝난 시점에서 시작되고 있어 속편의 성격을 띠고 있다. 許生이 空島에서 손에 쥐고 나온 거금을 가난한 사람들과 변 부자에게 주어버리고 변 부자가 주선해 준 이 대장과의 상면이란 절호의 입신영달의 기회를 스스로 박차버려 다시 적빈한 나날로 되돌아가자 許生의 처 張씨는 더 이상 아무런 희망도 없이 고생을 할 수 없다 하여 許生에게 결별을 선언하고 집을 나와버린다. 그 길로 변 부자를 찾아간 張씨는 자신의 미모와 능변으로 변 부자를 꾀어 그의 첩이 된다. 그녀는 변 부자의 돈으로 高利私債 놀이를 해 재산을 크게 늘인 다음, 그와 헤어지는 조건으로 큰 돈을 받아내 그 집을 나온다. 그녀는 이번에는 어영대장 이완희를 유혹하여 자신과 그의 돈과 힘, 재간으로 어음사기행각을 벌여 큰 돈을 모으는데 성공한다. 그러나 그 돈을 부동산 사들이기에 쏟아 부어 돈이 잠기는 바람에 詐欺가 드러나 결국은 재산도 다 빼앗기고 이 대장과 張씨녀는 감옥으로 향하게 된다는 것이 대강의 줄거리이다.

이 소설에 許生의 처로 扮하고 나온 張씨녀는 1980년대초 실제로 문제를 일으킨 같은 성의 實人으로 볼 수 있고 변 부자는 그 사건에 연루 된 금융인들, 이완희 대장은 당시 최고 권력자의 측근인 유력인사의 알레고리로 볼 수 있다. 이 소설 중,

> 장 보각행 보살한테 돈이 쌓인다는 소문이 고을고을에 퍼지자 이 절 저 절에서 찾아와 목탁을 두드렸다. 보살은 손이 큰 여자라서 달라는 대로 듬뿍듬뿍 집어 줬다. 전라도 아무 절에선 방생법회를 한다

참조.

고 해서 만냥을 선뜻 내어 줬고, 서울 아무 절에서도 부처님을 모신
다고 해서 많은 돈을 쾌척했다.

고 한 대목을 보면 우리들의 귀에 아직도 익은 「큰 손」이란 말이
거의 그대로 나오고 방생법회에 돈을 내 놓았다는 구절은 당시 공개
된, 문제의 여성이 고기를 물에 놓아주는 사진이 망막에 떠오르게 해
이 소설이 일종의 實人 모델 소설이라 함을 말해 주고 있다.

이 소설의 주인공이 망하게 되는 경위, 곧 사회가 깊은 병에 걸려
그 여파로 파국을 맞게 되는 과정도 당시의 실제 사정 거의 그대로
이 소설에 등장하고 있다.

　　헌데 괴이쩍은 일이 자꾸 일어났다. 그 하나는 장사가 잘 되니까
상인들이 돈이 많아져서 돈으로 벼슬을 사고 양반을 샀다. 또 떼돈을
번 사람들은 하나 같이 대궐 같은 아흔 아홉칸 짜리 집을 짓고 땅에
무슨 원수가 졌는지, 논밭과 산판을 자꾸 사들였다. 이렇게 거부들이
실속 없는 토지와 집에 돈을 쓰니, 여기서 이문이 있을 턱이 없고, 그
래서 자연히 장삿돈이 달리게 된다.
　　또 하나는 토색질을 하는 탐관오리였다. -中略-
　　탐관오리들은 그들 나름대로 토색질을 해야 할만한 이유가 있었다.
벼슬을 돈 주고 샀으니 우선 본전을 뽑아야 하고, 본전을 뽑고 나선
더 큰 벼슬을 사기 위해 더 긁어 모아야 했다.

위의 인용문은 돈 가진 사람들이 부동산 사 모으기에 혈안이 되고
공직자들이 걷잡을 수 없이 부패해가던 당시의 세상 모습을 그대로
보여 주는 것이다.

작가 吳効鎭이 이 소설에서 보여주는 諷刺의 기법에는 여러 가지
독특한 데가 있는데 이에 대한 자세한 언급은 조금 뒤로 미루고 여기

서는 먼저 否定의 否定은 肯定이라는 논리에 따라 이야기를 전개해
가는 점에 대해서 살펴보기로 하겠다. 이 논리는 諷刺文學의 이론과
가까운 점이 있다. 흔히 천박함이 적지 않은 흉악함의 불합리성이 본
성적 인간 정서의 소박함을 지배하려 할 때 그것이 諷刺로 기울어지
게 된다고 말한다.[7] <張씨녀전>의 도입부가 바로 위와 같은 경우라
할 수 있다. 張씨녀가 許生과의 결별을 선언하기에 앞서 許生이 저
질렀다고 주장하는 열 가지 잘못 곧 「十不可論」은 처음부터 끝까지
그런 것이다. 張씨녀는 '第一不可'로 許生이 物産의 흐름을 인공으
로 묶었다 풀었다 한 것이라 하고 '第二不可'는 물건을 억지로 한 곳
에 모아 놓고 팔지 않은 것이라고 했는데 이는 굳이 둘로 나눌 것 없
이 하나로 합쳐서 許生의, 오늘날의 용어로 말할 때의 「買占賣惜」
행위를 지적하고 있다고 말할 수 있다. 張씨녀의 許生에 대한 이 비
난은 분명히 수긍이 가는 것이 틀림없다. 그러나 그에 앞서 <許生>
에서 그 주인공이 과일과 말총을 사모았다 팔고 空島에서 생산한 쌀
을 長崎에 내다 판 이야기와 朴趾源의 사상에 대해서 간략하게 살펴
볼 필요가 있을 것 같다.

　<許生>을 두고 重商的인 사상을 강조한 소설이라는 진단을 내린
견해가 있는데[8] 燕巖은 <許生> 뿐 아니라 다른 글에서도 重商的
인 발언을 하고 있다. 그는 漢陽에서 태어나 그곳에서 성장했기 때문
에 상인들의 생태에 많이 접해왔고 그가 한 때 과수를 심고 가축을
기르면서 산 黃海道의 燕巖峽도 商都인 松都와 가까운 곳이어서 다
른 사람보다 특히 상업경제에 많은 관심을 가졌던 것으로 보인다. 더

---

7) Joseph T. Shipley, Dictionary of World Leterature, Littlefield Adams & Co.,1968.

8) 金一根은 이를 重商論的 經濟思想의 작품이라고 했고 ("英正時代 文學의 時代性", 「국어
　국문학」76, 1977, p.377) 李家源도 이 소설이 商業經濟思想을 鼓吹하고 있다고 하고 있다.
　(李家源, 「燕巖小説研究」乙酉文化社,1984.pp.593-5.)

욱 그는 燕京에 다녀온 뒤로 장사를 천한 짓으로 생각하는 사대부들
의 의식이 잘못 된 것임을 절실하게 느낀 것으로 보인다. 實學者 중
에서도 李瀷과 같은 近畿의 重農主義的인 사람들은 사람을 사치하
게 만든다 하여 錢貨를 없애야 한다고 했지만[9] 漢陽 중심의 北學派
학자들은 상업경제가 중시되어야 한다고 주장했다. 朴齊家 같은 사람
도 나라 안의 지방에 따라 특산물이 있어 서로 이용해야 하건만 운반
할 힘이 모자라 그렇게 하지 못하고 있음을 안타까워하고 있다.[10] 燕
巖도 수레를 만들어 이를 널리 이용해야 한다고 하고 있는데[11] 이는
産物의 유통이 시급하다 함을 말한 것이다. 그러한 그가 許生으로 하
여금 과일 말총 등을 買占하게 한 것은 바른 商道를 보여준 것이 아
니다. 그래서 작중의 주인공이 스스로 자신이 한 방법은 백성을 못살
게 하는 짓으로 후세에 나라일을 맡은 자로서 행여 그와 같은 짓을
하면 필경 나라를 병들게 할 것(此賊民道也 後世有司者 如用我道
必病其國)이라고 하고 있는 것이다. 그러니까 許生이 한 짓은 한 시
험의 방편으로 쓴 편법이었던 것이다. 그리고 여기에는 두 가지 면에
서 여느 상인의 반사회적인 獨占, 暴利와는 다른 성격이 있다. 첫째
許生은 나라를 궁핍에서 구할 길을 찾기 위한 한가지 시험을 위해 그
와 같은 편법을 쓴 것이지 사사로운 물욕에서 한 일이 아니라는 것을
말할 수 있다. 다음으로 그가 獨占한 물건이 어떤 성격의 것이었던가
를 생각해 볼 필요가 있을 것 같다. 燕巖은 당시 세상의 허례허식을
큰 병폐로 보았는데 그가 獨占한 과일은 모두 제사에 쓰이는 것이고
말총은 양반들의 몸 차림에 쓰이는 것이다. 이는 어떤 면에서 보면 정

---

9) 李瀷, ≪星湖雜著≫ <論錢貨>
10) 朴齊家, ≪北學議≫ <內編>
11) ≪燕巖集≫ 卷12 「熱河日記」 '車制'

Ⅲ. 세상을 籠絡하는 현대의 妖女 〈許生〉의 패러디 - 吳効鎭의 〈張씨녀전〉 211

도를 넘은, 번거러운 祭禮와 실속 없는 겉치레를 비웃어준 행위로도
볼 수 있게 하는 것이다. 그렇기 때문에 黃浿江도 이를 奸商輩의 謀
利行爲와는 다르다고 하고 있는 것이다.[12] 그러므로 張씨녀가 이를
잘못이니 不可니 하고 있는 것은 시비를 위한 시비 이상이 아니라 할
것이다.

張씨녀는 許生이 변산의 도적들에게 돈을 마음껏 지고 가라고 한
것을 돈의 소중함을 모르는 방자한 짓이라고 나무라고 그 도적들이
데리고 온 여자는 밤중에 업어 왔을 터이니 잘못된 일이라 하여 이를
'第三不可'라고 말하고 있다. 이 중 許生이 돈을 마음 껏 지고 가라
고 한 것은 돈을 아무렇게나 없애려 한 것과는 다르다. 許生은 도적
들이 기껏 백량도 질 수 없음을(力不足以擧百金) 알게 해 남의 재물
을 훔치고 빼앗는 짓으로 큰 재물이 이루어지는 것이 아니라 함을 일
깨워주려 한 것이다.

張씨녀가 말한 '第四不可'는 許生이 무인도로 가서 그곳의 왕이
되려 한 것이라고 하고 이는 무능한 선비들이 걸핏하면 지리산 청학
동이나 찾는 것과 같은 수작이라고 비난하고 있다. 이는 작가가 張씨
녀로 하여금 고의로 許生을 폄훼하게 하고 있는 것으로 볼 수 있다.
許生은 처음부터 空島의 왕노릇을 할 생각이 없었던 사람이다. 그는
변 부자에게서 돈을 빌릴 때「무엇을 조금 시험해 볼 일이 있다(欲有
所小試)」고 했고 長崎에 쌀을 실어다 팔아 큰 돈을 손에 쥐었을 때
도「이제야 내 조그마한 시험을 해 보았군(今吾已小試矣)」이라고 해
空島를 유토피어로 만든 것은 처음부터 예정 되었던 한 가지 시험에
불과했고 정작 그의 큰 뜻은 육지에 있었다는 것을 말해 준다. 한 논
문이 許生은 한 사람의 理想主義者였기 때문에 富家翁이 되어 그

---

12) 黃浿江,"『許生傳』小考",「국어국문학」14(太學社,1982), p.363.

섬에 안주하지 않고 社會問題를 해결하려고 나섰다고 한 것도[13] 그 것을 말해주는 것이다.

張씨녀에 의해 許生의 다섯 번째 잘못으로(第五不可) 지적되고 있는 것은 許生이 空島에서 나오기 전 바다에 돈을 버린 일이다. 許生은 바다에 銀 50만냥을 던져버리면서 「바다가 마르면 이를 얻을 자가 있겠지(海枯有得者)」라고 했는데 바다가 마를 이가 없으니 이는 그 돈을 영원히 버렸다는 것을 의미한다. 이 때 許生은 돈을 버린 이유를 「백 만냥이면 이 나라 안에 용납할 곳이 없으리니 하물며 이런 작은 섬일까보냐(百萬無所容於國中 況小島乎)」라 하고 있다. 張씨녀는 위와 같은 許生이 한 짓은 돌고 돌아야 할 돈의 성질을 모른 행위라고 하고 있지만 이는 그녀가 경제에 관한 참으로 淺薄한 지식을 농한 말에 불과하다. 朴趾源이 許生으로 하여금 돈을 버리게 한 것은 요즘의 경제용어로 말하자면 過多發券·通貨過剩의 병폐를 경계하고 있는 것이다. <張씨녀전>의 작가는 여기서도 <許生>의 작가의 뜻을 백분 헤아려 알면서도 주인공으로 하여금 방자한 입놀림을 하게 해 독자로 하여금 失笑를 금치 못하게 하고 있는 것이다.

張씨녀는 '第六不可'로 許生이 글을 아는 사람을 모두 空島에서 데리고 나와버려 불쌍한 도적들을 섬에 가두어 놓고 금수로 만든 것이라고 하고 있다. 그런데 許生이 글 아는 사람들을 데리고 나온 것은 실생활과 유리 된 朱子學의 글들이 세상을 공리공론에 흐르게 해 크게 그릇 되게 하고 있다고 보고 인간이 인간답게 살기 위해서는 그런 해독이 될 뿐인 글 같은 것은 차라리 없는 것이 낫다고 빗대어 말하고 있는 것이다. 燕巖이 산 18세기에는 朱子學이 현실 대응력을 잃고 헛된 글 싸움, 말싸움만 하게 했을 뿐 아니라 소수 집권층이 이

---

13) Ibid., p.365.

에 기대어 위선과 권위를 세우려 했었다. 이와 같은 시대조류 속에서 燕巖은 朱子主義에 반발하여 새로운 사상을 가져 그는 그 세계관부터가 朱子主義와 큰 거리를 가지고 있었다. 許生이 글 아는 사람을 樂園, 空島에 남겨 두려 하지 않은 것은 그 땅을 그 시대의 僞學의 폐해로부터 온전케 하려 한 것으로 이에는 당시 朝鮮社會에도 그대로 적용된 燕巖의 사상이 담겨 있다고 보아야 할 것이다. 그러므로 張씨녀의 그와 같은 말은 許生의 뜻을 왜곡 해석하려 한 것이다.

이어 張씨녀는 섬에서 나온 許生이 나라 안을 돌아다니면서 가난하고 하소연할 곳조차 없는 자에게 돈을 나누어 주고 변 부자에게 銀 십만냥을 준 것도 돈을 농락한 일로 이는 '第七不可'라고 하고 있으나 전자는 그의 숭고한 뜻에서 나온 貧者에의 救恤行으로 전혀 비판의 여지가 없는 것이고 후자의 경우도 그에게는 처음부터 理財에는 뜻이 없었고 「한 가지 시험」의 의사가 있었을 뿐이었으므로 비난할 것이 못 된다. 이 또한 張씨녀의 각박한 인심과 강한 물욕을 드러내보이기 위한 작가의 의도에 의해 만들어진 이야기라고 볼 수 있다.

張씨녀가 '第八不可'라고 한 것은 許生이 李浣에게 나라를 위해 계책을 제시했다가 모두 실행할 수 없다는 대답을 듣고 李浣에게 호통을 친 일이다. 이는 소위 「時事三難」이라고 불리는 것으로 許生이 어려운 國事를 타개해 나갈 방법을 말한 것이다. 燕巖이 <許生>을 쓴 것은 1780년이고 孝宗이 세상을 떠난 것은 1659년이니 燕巖은 적어도 1백 20여년 전의 인물을 등장시키고 그들로 하여금 그 당시의 國事를 놓고 이야기를 하게 하고 있다. 작가는 현실적으로 자기 당대의 인물을 등장시켜 당대의 國事를 잘못 되었다고 할 수 없다는 것을 알고 역사를 거슬러 올라가 거기서 그 시대와 인물을 빌어 당대를 寓意的으로 비판 공격하고 있는 것이다. 時空이 비록 백 수십년이 격해 있었지만 燕巖 당대에도 여전히 空理空論的인 朱子學이 세상을 지배하고 있었고 비록 孝宗代와 같은 北伐論은 없어졌다 해도 여전히 실속 없이 明에 연연하고 淸을 멀리하여 나라가 어려움에 처하게 하고 있었기 때문이다. 변 부자의 주선으로 李浣과 마주 앉게 되자 許生은 대뜸 臥龍先生을 추천할테니 왕께 아뢰어 왕으로 하여금 三顧草廬하게 할 수 있겠느냐고 묻는다. 李浣은 그 일은 어렵다고 하고 있는데 이는 孝宗이, 여러 賢士를 추천해 주어도 적극적으로 불러 쓰지 않은 것을 빗대어 말한 것이다. 그것은 곧 燕巖 당대의 이야기이기도 한 것이다. 나라에의 공로를 내세우고 宗室과의 혼인으로 권력을 쥔 소수집단이 다른 유능한 인재들이 빛을 보지 못하게 한 것은 孝宗 때의 일이자 곧 燕巖이 산 시대의 일이었기 때문이다. 재능과 器局이 있는 사람이 태어나는 데는 귀천의 別이 없는데 지금은 오로지 문벌만 숭상하며 이와 소원한 자는 백명에 하나도 진출하지 못한다고 한 李瀷의 말은 이를 뒷받침하는 것이다.14)

다음으로 許生은 왕의 주변과 소수 집권층의 부정 부패와 지나친 호사를 문제삼고 있다. 그는 두 번째 계책을 말하면서 李浣에게 김류·장유 등의 집을 빼앗아 國事에 도움이 되도록 쓸 생각이 없느냐고 묻는데 李浣은 이 역시 어렵다고 말한다. 許生이 한 위의 말은 孝宗 당시 勳戚들의 부정한 축재와 호사를 내세워 燕巖 당대의 지배층의 그와 같은 풍조를 비판한 것이다.

許生은 또 李浣을 상대로 잘못 된 외교관계를 개선할 의향이 있느냐고 묻는데 李浣은 이번에도 할 수 없다고 한다. 이는 燕巖이 작가 당대의 실속 없는 명분 외교를 나무란 이야기로 볼 수 있다.

위의 時事三難 이야기야말로 許生의 局量의 큼을 보여주는 것이

---

14) 李瀷, ≪星湖雜著≫<論用人>

요 작가 朴趾源의 현실 개혁 의지를 말해 주는, 소설 <許生>의 핵심적 의미가 담긴 것이다. 吳劾鎭은 張씨녀가 그러한 許生을 비판하게 함으로써 심각한 병을 가진 자가 정상인을 병인으로 모는 諷刺의 한 패턴을 보여주고 있다.

이 소설은 또 許生이 下育妻子를 하지 않은 것과 사나이로 태어나 이름을 천하에 드날리지 못하는 것을 각각 '第九, 第十不可'라고 하고 있다. 이는 작가가 張씨녀를 내세워 私事와 虛名을 버린 大人의 뜻을 비웃는 小人의 모습을 보여주는 것이다.

張씨녀는 위와 같이 十不可論을 늘어놓은 다음 집을 나서 돈 놀이에 뛰어드는데 이는 한 평문이 말하고 있듯, 원작의 건전한 상업경제 사상과 張씨녀의 타락한 경제행위를 대조시켜 보여 주는 것이다.[15]

---

15) 李相沃, 「文學과 自己 省察」(서울大學校 出版部, 1989), p.358.

2. 어두운 시대의 타락한 경제 諷刺

집을 나선 張씨녀의 行狀은 1980년대 초 정통성 없는 정권의 强權 통치하의 부정 부패 퇴폐 타락을 말해 주는 것이다.

<張씨녀전>에서 가장 큰 문제로 제기 되고 있는 것은 당시 사회에 팽배해 있던 拜金主義 사상으로 인한 인성 상실이다. 張씨녀가 변 부자와 벌이고 있는 高利私債 놀이, 이완희 대장과 공모한 어음할인 사기, 돈 가진 자들의 부동산 투기가 모두 그런 것이다. 작가는 여기서 張씨녀 뿐 아니라 그녀를 만든 당대인의 전반적 物神主義, 黃金萬能主義 풍조를 고발하고 있다. 이 소설은 변 부자에게서 私債를 얻으려는 사람들의 모습을 아래와 같이 그리고 있다.

> 변씨 댁 집사들이 그 많은 사람들을 한 줄로 세우는데, 그 줄이 어찌나 길었던지 운종가 일대를 이리 꾸불 저리 꾸불 뱀처럼 감돌고 휘돌았다. 변씨집이 안 보이는 저쪽 끝에선 이게 무슨 줄인지를 몰라, 지나가던 물장수도 서야 되는 줄 알고 줄을 서고, 거지도 서고, 나무꾼도 서고, 양반도 서고, 쌍놈도 서고, 그러다 보니 개도 서고, 말도 서고, 소도 서고, 서고, 서고, 서고, …….

우리는 여기서 부동산 투기로 돈을 벌려고 혈안이 된 사람들이 아파트 추첨을 위해 장사진을 치던, 지난 날 우리 사회의 한 모습을 머리 속에 떠올리게 된다.

<張씨녀전>은 또 당시 재산 증식을 위해 권력층에 빌붙던 재벌, 재산가들의 속성도 張씨녀가 변 부자에게 하는,

> 『그러실 것이오. 자고로 부자는 권력에 붙어왔소. 강에는 약하고, 약에는 강한 것이 그대들이오.』

라는 말로 꼬집고 있다.

작가는 또 1980년대 초 폭력적 통치자의 무도함과 그로 인한 세상의 살벌함, 황량함에 대해서도 매질을 가하고 있다.

　『그것 뿐이 아니오. 임진년 난리 뒤에, 힘이 없어 벼슬길에 나아가지 못하였으나 영리한 남자들은 모두 잡아다가 불알을 까서, 그걸 말려 왜놈에게 바쳤소. 또 다행히 벼슬길에 나아간 사람 중에도 정신이 제대로 박힌 남자들은, 도망가지 않고 오랑캐와 싸우다가 십중팔구가 죽었소. 그러니 이 나라엔 좋은 종자가 떨어졌다 그 말이오.』

위의 인용문에서의 「임진년 난리」는 壬辰倭亂이나 6·25 사변이라기 보다 오히려 1979년 10월 당시의 대통령이 피살당한 일에의 알레고리로 보는 것이 좋을 것 같다. 곧 당시의 폭력적 정치집단이 그러한 변이 있은 후 義氣를 가진 사람들을 죽이고 투옥하고 윽박질러 고개를 들지 못하게 한 것을 위와 같이 그리고 있다고 보면 될 것 같다.

이 소설에 나타나 있는 당시 사회의 부도덕성은 性 풍조의 문란함이 가장 극명하게 보여주고 있다. 우선 모델이 된 여성의 사생활이 그러했듯, 주인공의 이성관계는 복잡한 것으로 되어 있다. 그녀는 남편을 버리고 집을 나와서는 변 부자와 관계를 가지고 그와 헤어지고는 곧 이완희 대장과 내연관계를 갖고 있으며 그에게서도 만족을 느끼지 못한 그녀는 다시 전남편 許生에게서 성적 만족을 취하는 등 그 남성편력이 추하고 복잡하다. 이 소설은 張씨녀의 위와 같은 常軌을 잃은 이성관계 뿐 아니라 당시 사회 일반의 성적 타락상에 대해서도 개탄하고 있다. 아래의 인용문 같은 것이 그 예가 될 것이다.

그자들은 신이라도 들린 듯이 이렇게 거리를 휩쓸고 다녀도 누구

하나 말리는 사람이 없었다. 이게 다 난리 이후에 굳어버린 병폐였다. 난리통에도 장안의 젊은 처녀 총각들이, 언제 죽을지 모르는데 실컷 하고나 죽자고, 남산으로 몰려들어 대낮에도 예서제서 서로 끌어 안 고 차마 못 볼 짓들을 했었다. 그 이후로 남산은 농탕치는 곳이 돼 버린 것이다.

이어서 작가는 이 소설에서 佛敎로 대표 되는 당시 종교계와 그 주변의 타락상을 비판하고 있다.

한편 삼각사에 돈바리가 들어왔다는 소문이 퍼지자, 중들이 어디서 소식을 들었는지, 고승, 저승, 돌중, 쇠중, 까까중, 할 것 없이 구름처 럼 몰려들어, 목탁을 깨어지도록 두드리고 낡은 절이 무너지도록 소 리를 지르며 염불에 열을 올렸다.

고 한 구절은 재물에 눈이 어두워 온갖 추태를 보이고 있는 오늘날 의 佛敎界를 비웃고 있다. 이 소설은 중들 뿐 아니라 정도를 벗어난 佛敎 신도들에 대해서도 비판을 가하고 있다. 아래와 같은 구절은 이 소설의 주인공을 마치 信心이 돈독한 佛子 같이 그려 보여 주고 있다.

보각행은 법성암에 들어간 지 보름이 넘도록 바깥 출입을 하지 않 았다. 종놈 독쇠가 조석 공양을 가져가서 보면 보살은 단정하게 앉아 면벽을 하고 있었다.

面壁 坐禪을 하고 있는 것으로 그려진 張씨녀는 이윽고 자리에서 일 어나는데 그리하여 결행하는 것은 참다운 佛弟子가 되는 길과는 전혀 상반 된 것이다. 그녀는 암자에 앉았는 동안 궁리 한 대로 이완희 대장 을 유혹하여 음행을 저지르고 그와 함께 사기행각을 벌이고 있는 것이다.

이 소설에서는 그 諷刺의 신랄미를 더해주는 독특한 창작기법이 발견되어 우리의 주목을 끈다. 그러한 것 중의 하나로 이 소설이 <許生>을 패러디하고 있으면서 또 다른 古代小說의 어떤 대목을 차용 변환하고 있는 것을 들 수 있다. 변 부자 집의 한 식객은 변 부자가 張씨녀를 만난 것을 두고 고기가 바다를 만난 (魚得大海) 것이라고 하고 있는데 이는 ≪三國志演義≫에서 劉備가 孔明을 만난 것을 큰 행운이라 하여 거듭해서 한 말을 흉내낸 것이다. 다만 劉備의 경우는 그가 실로 하늘이 낸 천재 전략가를 만나서 한 말이라 조금도 이상할 것이 없는 반면 변 부자는 집안에 풍파를 몰고 올 희대의 淫女를 만났다는 데서 苦笑를 금치 못하게 한다. 또 변 부자와 張씨녀가 그릇되어가는 세상을 구할 방도를 각자의 손바닥에 글로 써 맞추어 보기로 한 다음 두 사람이 쓴 글이 모두 「錢」자로 일치했다는 것은 역시 ≪三國志演義≫ 중 赤壁大戰을 앞두고 蜀漢의 軍師 孔明과 吳의 전략가 周瑜가 魏軍을 공략할 방법으로 각자의 손 바닥에 「火」를 써 火攻을 해야 한다는 뜻이 같음을 확인한 장면을 모방한 것이다. 이 역시 후자가 天下 爭覇의 큰 智謀를 말하고 있는데 반해 전자는 淫行을 저지르고 사욕을 채울 奸計를 密議하고 있다는 점에서 그들에 대한 가소로운 생각을 자아내게 해 주는 것이다.

<張씨녀전>은 그 문체에서도 다른 소설들에서 흔히 볼 수 없는 독특한 면을 발견할 수 있다. 이 소설은 전체적으로 상당히 세련 된 현대의 문장으로 서술 되어 있는데 중간 중간에,

> 그날 밤 장씨녀는 저녁을 고기국으로 배불리 먹고, 몸을 정갈하게 씻은 뒤에 속살이 얼비치는 얇은 옷을 입고 별당에 앉아 있으니, 술시가 되어 한 남자 그림자가 완완히 다가오는지라, 교태를 더욱 품고 기다리니 과연 변씨가 방으로 들어섰다.

라고 한 데서 볼 수 있는 바와 같이 명백한 擬古体로 바뀌고 있다. 여기서도 독자는 작가의 그 등장인물에 대한 희롱의 어조를 들을 수 있다.

그러한 擬古體의 문장 중에는 張씨녀가 許生과 재회하는 장면에서와 같이 <春香傳>의 어떤 대목을 패러디하고 있는 것이 있어 홍미를 끈다. 張씨녀가 그녀의 전남편 許生이 거의 폐인이 되다시피하여 나타나자,

> 애고 애고 이게 뉘시오. 날과 함께 가난할 제 술찌꺼미를 먹던 내 낭군이 아니시오. 애고 애고 우리 낭군 예서 보니 웬일이오. -中略- 애고 애고 우리 낭군 어찌하다 이리됐나.

라고 하는 장면은,

> 한참 이리 반기다가 임의 形狀 자세 보니 어찌 아니 寒心하랴.「여보, 書房님 내 몸 하나 죽는 것은 슬픈 마음 없소마는 書房님이 이 地境이 웬 일이요.」 -中略- 春香이 母親 불러「漢陽城 書房님을 七年 大旱 가문 날에 渴民待雨 기다린들 날과 같이 自盡턴가, 심근 남기 썩어지고 공든 塔이 무너졌네. 可憐하다 이 내 身勢 하릴없이 되었구나 -下略-」[16)]

라고 한 <春香傳>을 패러디한 것으로 여러 사내를 전전한 淫女가 우리 고전 속의 烈女의 말을 흉내내고 있다는 데서 諷刺性이 강하게 나타나고 있다. 또,

> 許生을 사랑 마루에 앉혀 놓고 밥 한 상을 차려 주니, 지랑 고추랑

16) 具滋均 校注, 「春香傳」(普成文化社, 1978) 중 <烈女春香守節歌>의 일부분.

열무김치를 덥썩덥썩 한데 부어, 고논에 삽질하 듯 이리저리 비벼 놓
고, 마파람에 게눈 감추듯 한 사발을 뚝딱 하고, 찬물 한 대접을 벌떡
벌떡 들이켠 후에, 크으 하고 거친 소리 끝에 욕설이 튀어 나온다.

고 한 구절은 <春香傳>의,

> 부엌으로 드러가더니 먹던 밥에 풋고추에 절이김치 양념 넣고 단간
> 장에 冷水 가득 떠서 모 盤에 받쳐 드리면서 「더운 진지 할 동안에
> 시장 하신데 우선 療飢하옵소서.」 御사또 반기하며 「밥아 너 본지 오
> 래로구나.」 여러 가지를 한데다가 붓더니 숟가락 댈 것 없이 손으로
> 뒤져서 한편으로 몰아치더니 마파람에 게 눈 감추듯 하는구나.[17]

한 구절을 흉내낸 것으로 이는 작가 당대의 志操 잃은 지식인들의
초라한 모습을 떠올리게 해 주는 장면이다.

이 소설에서는 또 俗物들을 비웃는 통열한 아이러니도 찾을 수 있
다. 그 좋은 예가 변 부자와 張씨녀가 추한 관계를 갖은 후를 서술하
고 있는 다음과 같은 구절이다

> 변씨는 이튿날 아침, 식객 가운데 글씨 잘 쓰는 사람을 시켜 각진
> 당(覺眞堂)이라는 당호를 쓰게 해서 장씨녀의 별당에 붙이도록 하고,
> 그 주인을 각진당 마님으로 부르게 했는데, 각진당이란 당호는 진실
> 을 깨닫게 해 줬다고 해서 붙여진 것이었다.

이에 앞서 張씨녀는, 그 녀가 변 부자에게 천하를 얻을 수 있는 요
체를 알고 있다고 했는데 그것이 무엇이냐고 다시 묻자 그녀는 자신
과 그가 한 淫事라고 대답한다. 변씨가 자신으로 하여금 깨닫게 한
진실이란 바로 그것을 두고 한 말이다. 그러니까 覺眞堂이란 堂号는

---

17) Ibid.

당시의 문란한 성 풍조를 비웃는 反語的 命名인 것이다.

또 하나 이 소설에서 특히 눈에 띄는 수사법은 誇張法이다. 예를 들면 경기가 활기를 띠었다는 것을 말한,

> 글 읽던 선비 가운덴 공자왈 맹자왈을 때려치우고 장사길로 나서는 이가 많았고, 술 빚는 마누라는 하도 바빠 땅 속에 묻은 술독 앞에서 깜빡 깜빡 졸다가, 그만 술독에 거꾸로 첨벙 빠져서 속곳 사이로 엉덩이를 내놓고 발장구를 치는 일도 있었다.

고 한 구절이나 너무 많은 돈을 받고 크게 놀랐다는 것을 말한,

> 부인은 마소에서 내리는 돈꾸러미를 돌아봤다.
> 『이 돈이 50만냥입니다. 한 만냥 떼어서 번듯하게 지으시오.』
> 『예에?』
> 대각선사는 입을 쩍 벌리고 놀라는 듯싶더니, 그 입을 다물지 못하고 그 자리에 털썩 주저앉아 버린다. 까물을 켠 것이다.

한 구절을 들 수 있다. 한 평문은 이를 가리켜 작가가 직접적인 논평과 그것을 담은 과장어법으로 등장인물들을 웃음거리로 만들고 있다고 하고 있다.[18]

어쨌던 이상과 같은 작가의 수사법은 이 諷刺小說에 하나의 묘미를 더 해 주는 것이 분명하다 할 것이다.

결국 <張씨녀전>은 어두운 시절에 발표 된, 현실비판 의식이 강한 패러디적 諷刺小說이자 한편의 社會小說이라 할 수 있을 것이다.

그러나 지나친 사실과의 근접성은 예술작품으로서의 이 소설에 부정적인 요소로 작용하고 있는 것이 분명하다. 그러한 時事的인 성격

---

18) 李相沃, op.cit., p.359.

은 발표 당시의 독자에게는 흥미있는 읽을 거리가 될 수 있지만 긴
생명을 가지기는 어렵게 마련이다. 이 소설이, 발표 된지 불과 30년의
세월도 흐르지 않은 오늘, 이미 잊혀진 작품이 되어가고 있는 것도 그
때문일 것이다.

Ⅳ. 士大夫家 아내의 叛亂
<許生>의 패러디 - 이남희의 <허생의 처>

이남희가 1989년에 발표한 단편소설 <허생의 처>는 한편의 패러디 소설로 작가 당대 사회의 잘못 된 면을 비판할 의도에서 쓰여진 것이 분명하다. 그럴 경우 그 소설은 패러디를 창작 기법으로 구사하고 있지만 정작 그것이 속하는 장르는 諷刺이기 마련이다. 다시 말하자면 그러한 소설은 당대 사회의 모순을 비판 공격할 뿐 원천이 된 텍스트를 꼬집지는 않는 것이 보통이다.

그런데 이 <허생의 처>는 경우가 달라서 오늘 날 우리 사회의 잘못 된 일면을 들추어 내어 그 개선을 부르짖으면서 한 편으로 우리의 지난 날의 한 문학 작품에 대해서도 마땅 찮다는, 비평적 발언을 하고 있기 때문이다. 이 소설의 작가는 소설 <許生>의 주인공이 그 아내를 하찮은 부속물쯤으로 생각하고 있는 데에 비판을 가하고 있다. 그런 점에서 이 소설은 그 아내를, 남편의 큰 뜻을 모르는 속 좁은 아낙 취급을 한 <許生>과 달리, 현대 여성의 '권리 선언'의 성격을 띠고 있다.

또 한 가지 보통 패러디 소설은 원천 텍스트를 모방하면서 일부를 변환하고 있기 마련인데 이 작품은 모방과 변환을 보여주되 그 前代作의 속편의 성격을 띠고 있어 이채롭다.

마지막으로 이 소설이 우리의 시선을 끄는 면은 그 시간적 배경을 수백년 전 과거로 하고 있으면서도 현대적 사상성을 강하게 가지고 있다는 것이다.

1. 절반만의 改革意志 - 무시된 女權

이남희가 <허생의 처>의 착상을 얻은 <許生>을 쓴 燕巖 朴趾源(1737-1805)은 朝鮮朝의 소설가이자 實學者의 한 사람이다. 朴趾源 당대의 實學者는 農本主義的인 성격을 강하게 띤 廣州 계통과 상공업의 필요성, 통상의 촉진, 새 문물의 보급을 주장한 北學派로 나누어 볼 수 있었는데 그는 후자에 속하는 사람이었다. 그는 <許生> 외에 <虎叱><兩班傳> 등 뛰어난 사실주의적 한문소설들을 발표하여 한국 문학사에 있어서 하나의 큰 이정표가 되어 있는 사람이다. 燕巖은 44세 때 淸 황제에의 進賀使로 燕京에 간 그의 三從兄을 수행한 바 있는데 <許生>은 이 때의 紀行錄 ≪熱河日記≫ 중 「玉匣夜話」에 실려 있다. 이 소설은 그가 당시 淸 황제가 있던 熱河에 머물고 있던 1780년 8월에 쓴 것이 아닌가 추측되고 있다.

「玉匣夜話」에 실려 있는 '許生後識其二'에 의하면 燕巖이 20세 때 奉先寺에서 글을 읽고 있을 때 한 노인으로부터 들은 이야기를 오랜 세월 뒤에 쓴 것으로 되어 있다. 한 異人을 소재로 하고 있는 이 소설은 실제로 그러한 노인으로부터 듣고 쓴 것인지, 그것은 그냥

둘러댄 이야기이고 당시 유포 되고 있던 說話를 소설로 개작한 것인
지는 알 수 없다. 이 소설은 부패한 정치와 피폐한 사회 경제에 대한
燕巖의 정치적 경제적 포부의 일단을 보여 주는 작품으로 평가 받고
있다.[1] 또 이 소설은 작가의 實學精神이 가장 잘 나타난 작품으로
문학적으로 보나 사상적으로 보나 높이 평가 받아야 할 작품으로 받
아들여지고 있다.[2]

이 소설의 주인공 許生은 과거에도 응시하지 않으면서 공부만 한
다. 가난에 시달리다 못한 그의 처가 무엇이든 먹고 살길을 찾아야 할
것이 아니냐고 하자 그는 비로소 책을 덮고 일어섰다. 장안의 부자
卞씨로부터 돈을 빌린 그는 과일 말총 등을 買占하여 큰돈을 만든
다음 도둑떼를 교화하여 빈 섬으로 들어가 농사를 지었다. 거기서 거
둔 쌀을 일본의 한 섬에 실어다 팔아 巨金을 손에 쥔 그는 단신 漢
陽으로 돌아와 卞씨에게 원금과 이자를 갚고 자신은 다시 赤貧한 옛
날로 돌아간다. 그는 당시 왕이 총애하던 대감 李浣의 무능함을 꾸짖
고는 어디로 사라져버리고 다시는 세상에 나오지 않는다는 것이 <許
生>의 줄거리다.

이 소설은 고루한 儒敎 전통사회의 폐습을 씻고 새 세상을 열어가
야 한다는 것을 강도 높게 주장하고 있다. 작가는 먼저 實學者 답게
空理空論만을 농하고 있는 당시의 儒學者들을 비판하고 있다. 許生
이 마지막으로 空島를 떠나오면서 "이 섬에서 화근을 뽑아버려야지
(爲絶禍根此島)."라고 하면서 글을 아는 사람(知書者)을 데리고 나와
버리는 것도 그런 뜻을 담고 있다. 朴趾源은 또 규칙 예절 절차 등이
너무 형식적이고 번거롭고 까다로운 점 곧 煩文縟禮를 철폐해야 한

---

1) 朴晟義, 「韓國古代小說論과 史」(集文堂,1986), p.352.
2) 金起東, 「韓國古典小說研究」(教學社,1981), p.662.

다고 주장해 왔는데 <許生>에서도 그러한 목소리를 들을 수 있다. 우선 주인공이 일차로 돈을 늘이기 위해 買占한 물건들을 보면 작가의 의도를 알 수 있다. 許生이 모조리 사버리고 있는 것은 과일과 말총인데 과일은 모두 祭床에 오르는 것이었고 말총은 갓을 만드는데 쓰이는 필수 재료였다. 그러니까 작가는 지나치게 형식을 찾아 헛되고 번거로운 祭祀와 불편하기 짝이 없는 衣冠整齊 등의 허례를 비판하고 있는 것이다. 또 許生이 空島를 떠나면서 그곳에 남아 살 사람들에게 마지막으로 당부한 말도 유심히 들을 필요가 있는 것 같다. 그는 아이를 낳거든 오른 손으로 숟가락을 잡게 하고 하루라도 먼저 난 사람이 먼저 먹게 하라고 하고 있다. 이는 곧 온갖 번거러운 禮 다 헛된 짓이니 禮는 그저 숟가락 바로 쥐고 어른 알아볼만하면 그것으로 족하다는 것을 의미하고 있다.3)

<許生>은 또 18세기 朝鮮 지배층의 무능에 대해서도 매질을 가하고 있다. 소위 時事三難 話素가 그런 것이다. 許生은 나라를 위한 좋은 견해를 물어온 御營大將 李浣에게 세 가지 시책을 제시하는데 李浣은 그 모두가 시행하기 어렵다고 한다. 그러자 許生은 신임 받는 신하(信臣)라는 것이 고작 이 따위란 말이냐고 하고 이런 자는 베어야겠다고 하면서 칼로 찌르려 한다. 이것은 작가 당대의 위정자들이 국록을 축내면서 말만 앞세우고 나라를 위해 하는 일이 없음을 빗대어 꼬집고 있는 이야기로 보아야 할 것이다.

작가는 또 이 소설에서 백성들의 고달픔은 돌아도 보지 않고 자신의 致富만을 도모하고 있는 지배층의 부패도 공격하고 있다. 李浣과

---

3) 金義淑의 아래의 논문은 위의 구절을 禮度만을 가르치는 것을 교육의 전부로 하라고 명한 것으로 새기고 있는데 필자로서는 이에 동의하기 어렵다.
　　金義淑,"燕巖 朴趾源의 유토피아 思想考", 『人文學研究』第20輯(江原大學校,1984), pp.30-1.

마주 앉은 許生은 李浣에게 勳戚 김류 장유 등의 집을 빼앗아 나라 일에 요긴하게 써라고 하는데 이는 바로 당시 정치 담당층의 致富를 문제삼고 있는 대목이라 할 것이다.[4]

한편 許生이 도둑떼를 이끌고 空島로 들어가 그곳을 樂園으로 만든다는 이야기에는 작가의 實學思想의 알맹이가 담겨 있다고 할 수 있다. 이는 나라에서 정치를 잘 해, 몸을 움직여 일하면 먹고 살 수 있게 해 주기만 하면 백성은 모두가 良民이라 함을 말해 주는 것이다. 이에는 務實 곧 힘써 일하면 생활이 豊厚해지고 생활이 豊厚해지면 德이 바로 선다(利用然後 可以厚生 厚生然後 德可以正矣)고 한 작가의 사상이 담겨 있다.

한 마디로 <許生>은 朴趾源 당대의 朝鮮社會의 일대 개혁의 필요성을 역설한 소설이라 할 것이다. <許生>이 오늘날까지 우리 문학사에 흔하지 않은 秀作 소설로 평가 받고 있는 것은 이의 뛰어난 예술성과 함께 위와 같은 사회 참여의식 때문이 아닌가 한다.

오늘의 少壯 여류작가 이남희는 여느 독자들과는 달리 <許生>을 비판적 시각에서 읽은 것이 분명하다. 무엇보다 朴趾源도, 그의 소설 <許生>도 여성을 경시하고 있다기 보다 무시하고 있는 것이 못마땅한 것 같다. <許生>에 주인공의 처가 직접 등장하는 것은 이 소설의 도입부에서 그 남편을 먹고 살 도리를 찾으라고 다그치는 장면 한 번 뿐이다. 그 뒤로는 단 한 번, 許生의 집을 찾은 卞 부자에게 한 노파가 "許生이 가난하되 글 읽기를 좋아하더니 어느 날 아침 집을 떠나고는 안 돌아온지 벌써 다섯 해나 된답니다. 홀로 그 아내가 집을 지키고 살면서 남편이 나간 날에 제사를 지내고 있지요(許生-中略-貧而好讀書 一朝出門 不返者已五年 獨有妻在 祭其去日)."라고 한

---

4) 李東歡, "燕巖의 思想과 小說", 「古典文學을 찾아서」(文學과 知性社,1978), p.213.

말에 간접적으로 언급 되고 있을 뿐이다. 그러고 나서 그녀는 이 소설의 작중에 다시는 나타나지 않는다. 이 소설의 결말은 許生이 칼을 찾아 들고 호통을 치는 바람에 황급히 도망쳤던 李浣이 '이튿날 다시 그를 찾아갔으나 이미 집을 비우고 어디론지 가버리고 없었다(明日復往 已空室而去矣)'고 하고 있다. 이 글은 許生이 떠났으니 그 처는 그의 일개 소지품처럼 따라 간 것이 아니겠느냐는 뜻을 암시하고 있을 뿐이다.

그 후 許生의 처 이야기는 朴趾源의 <許生>에 관한 여담에 다시 한 번 나타난다. 前記 '許生後識其二'는 작가가 17년 전 許生 이야기를 들려 준 노인을 다시 만나게 되었는데 그 노인이 "안됐어, 許生 처 말이야. 필경 다시 굶게 될거야(可哀 許生妻竟當復飢也)."라 했다고[5] 하고 있다.

이남희는 이 한 마디에서 소설 <허생의 처>의 착상을 얻었다 한다.[6] 여기서 이남희는 소설 <許生>은 사회 개혁을 부르짖고 있는 것이 사실이지만 그것은 남성들만의 것으로 여성들과는 아무런 상관이 없다는 것을 눈여겨 보았다. 이것은 분명히 페미니즘적인 시각에서 본 것이라 할 수 있다. 그것은 마치 19세기 후반 수잔 앤터니가 미국을 민주주의 국가라고 하나 모든 가정에서 남성은 군주이자 주인이고 여성은 종이자 노예이므로 미국의 정치는 '혐오스런 성에 의한 소수 독재정치'라고 규정한 것과[7] 같은 눈으로 본 것이라 할 것이다.

---

5) 이남희는 <허생의 처> 첫머리에 이 '許生後識其二' 거의 全文을 한글로 번역하여 轉載하고 있는데 이 구절을 "허생의 아내 말씀이오, 참 가엾더군. 그러고도 그 여잔 여전히 굶주렸던거요."라고 번역하고 있다. 여기서 과거형 시제로 옮긴 것은 잘못인 것 같다.

6) 최인훈 외, 「내가 훔친 소설」(갑인출판사,1991), p.140.

7) 조세핀 도노번, 「페미니즘 이론(김익두·이월영 옮김)」(文藝出版社,1994), p.45.

2. 廢棄된 足鎖 - 婦德

<허생의 처>는 朴趾源의 <許生>에서 그 주인공이 空島에서 돌아온 다음 어느 날로부터 이야기를 시작하고 있다. 집을 나간 지 5년만에 돌아온 허생은 그 아내에게 그 동안 어디에서 무엇을 했는지 말하지 않는다. 그리고 여전히 그 아내를 돌보지 않는다. 불의에 강간을 당해 임신을 해 정신적으로 큰 상처를 입은 데다 또 다시 굶주릴 형편이 된 허생의 처는 양식이라도 얻기 위해 친정을 다녀오려 한다. 路資를 빌리러 이복 여동생에게 들렀던 그녀는 거기서 남편이 엄청난 돈을 벌어 왔으나 그것을 卞 부자에게 돌려주어 여전히 빈손이 되어 있다는 것을 안다. 그녀는 또 남편이 자신을 큰댁에 맡겨 두고 집을 처분하여 어딘가로 떠나려 한다는 것도 알게 된다. 너무나 큰 충격을 받은 허생의 처는 남편에게 결별을 선언하고 새 삶을 찾아 나선다는 것이다.

<허생의 처>는 패러디 소설의 보편적 속성을 따라 먼저 원천이 된 텍스트 <許生>의 상당 부분을 본 따고 있다. 허생의 처가 굶주리다 못해 남편에게 따지고 드는,

> "당신은 밤낮없이 글을 읽는데, 과거에 응시하지 않으니 어찌 된 것입니까?"
> 남편은 여전히 책에 시선을 둔 채 가볍게 대꾸했다.
> "공부가 미숙한 때문이오."
> "그럼 장사라도 하여 먹고살아야지요."
> "장사는 밑천이 없는데 어찌 하겠소."
> "그럼 공장이 일이라도 하지요."
> "공장이는 기술이 없으니 어찌 하겠소."
> "당신은 주야로 독서하더니 배운 것이 고작 어찌하겠소 타령입니까?"

라 한 대문은 <許生>의,

『子平生 不赴擧 讀書何爲』許生 笑曰『吾讀書未熟』妻曰『不有工乎』
生曰『工未素學 奈何』妻曰『不有商乎』生曰『商無本錢 奈何』其妻
恚且罵曰『晝夜讀書 只學「奈何」-下略-』

라 한 부분을 거의 그대로 번역한 것이다.
또 허생의 5년 동안의 행적도,

"아니에요. 애 아비가 사역원에 다니는데 변 부자 네는 원래 역관
집안 아니에요? 그래서 좀 알아요. 한양에선 아는 사람은 다 아는 일
이에요. 형부가 무턱대고 변 부자에게 가서 통성명도 않고 만금을 꾸
어달라고 했대요. 변 부자는 두말 않고 내주었대요. 어음도 안 받고.
이름조차 묻지 않았대요. 그런데 지난 여름에 나타나 십 만금을 가져
다 갚았다는 거예요. 오 년 동안의 이자까지 셈한 거라고 하고선."

라고 해 <許生>의 이야기를 요약해 옮겨 싣고 있다. 그밖에도 대
사동의 이 대감이 조정에 중용하려고 허생을 찾자 허생은 이 대감을
피하기 위해 유람을 떠난 것도 <許生>에서, 李浣이 다시 찾아가니
허생이 사라지고 없더라는 이야기 그대로이다. 그러나 이 模倣의 부
분은 그렇게 심각하게 받아들일 필요가 없다. 그것은 어디까지나 소설
창작상의 기교에 해당하는 것이다. 패러디 소설이 으레 그렇듯 <허생
의 처>에도 <許生>에서의 變換이 뚜렷하게 나타나 있고 그 부분이
이 소설에서 중요한 의미층을 구성하고 있다.
이남희는 <허생의 처>에서 朴趾源이 <許生>에서 외면하고 무
시했던, 짓밟히고 있는 女權에 소설의 많은 분량을 할애하고 있다.
그 중 독자에게 가장 큰 충격을 던져 주는 것은 남성들의 여성을

상대로 한 정절 강요와 여성들의 이에 대한 순종과 殉死다. 이남희는
이 소설 속에 허생의 처의 친정어머니가 어떻게 죽었는가를 보여 주
고 있다. 丙子胡亂이 일어나 적병이 도성에 이르렀을 때 피난할 차비
를 하면서 그녀의 아버지는 그 어머니에게,

라고 말한다. 마치 어디 잠깐 다녀오라고 하기나 하는 것 같은, 아
무렇지도 않게 말하는 이 담담한 어조가 독자로 하여금 소름이 끼치
게 한다. 이에 대한 그 어머니의 대답은 "알고 있습니다." 한 마디이
고 그녀는 실제로 胡兵의 손에 끌려가 욕을 당하게 될 처지가 되자
주춧돌에 머리를 짓찧어 스스로 목숨을 끊는다. 이것은 儒敎에 있어
서의 節烈觀을 보여 주는 것으로 그것이 남성 일방의 잔인한 희생
강요라 함을 말해 주는 것이다. 儒敎에 있어서 여성의 貞節은 처음부
터 반드시 지켜야 할 것이었는데 특히 宋代의 朱子學에 와서 더욱
강조 되었다. 굶어 죽는 것은 아무 것도 아니요 貞節을 잃는 것은 더
없이 큰 일이다(餓死事極小 失節事極大)라 한 당대의 말이 이를 웅
변하고 있다. <허생의 처>는 주인공 어머니의 위와 같은 죽음을 보
여 줌으로써 그러한 婦德 강요의 잔혹성을 고발하고 있는 것이다.
　　<허생의 처>는 또 朝鮮時代의 班常嫡庶 差別과 거기서 희생되
는 여성에 대해서도 언급하고 있다. 주인공의 아버지는 자신의 첩에서
난 딸을 中人에게,[8] 주인공은 正室의 몸에서 났다 하여 선비에게 시
집을 보낸다. 그러나 中人에게 시집간 딸은 별 불만 없이 살고 있고

---

8) 朝鮮시대의 中人은 宗親·國舅·附馬·兩班 다음의 계급으로 사회적으로 낮은 신분 계급
　　이다.

이상적 배우자라 하여[9] 선비에게 시집간 딸은 버림받다시피 한 불행한 삶을 살고 있다. 주인공의 여동생이 주인공에게 한,

> "원 언니두. 그런 뜻으로 한 소리가 아닌데. 그저 아버진 당신 생전
> 에 밤낮 선비타령만 하셨구. 덩달아 나도 그랬다는 거죠. 실속도 없이
> 말이죠."

란 말은 班常과 함께 嫡庶 差別의 모순성을 비웃고 있는 것이다.

페미니스트 월스톤 크래프트에 의하면 歐美의 여성들이 오랫동안 감금 당한 채 살아 무기력해지지 않을 수 없었다고 한다.[10] 동양, 특히 한국의 경우는 그 감금 사정이 歐美의 그것과 비교할 수 없을 만큼 심했던 것 같다. 朝鮮時代에는 婚喪과 같은 대사 때와 떳떳이 허용된 출입 이외에는 여자는 內房과 內庭에나 있을 일이지 대문 밖 출입은 고사하고 外庭에도 나가지 못 했다.[11] 昭惠王后가 쓴 朝鮮 여성의 修身書 《內訓》은 여자는 집안에서 날이 저물어야 한다(女 及日乎 閨門之內)고[12] 하고 있다. 《內訓》은 부모의 상을 당했을 때에 대해 여러 가지 엄격한 喪禮를 이르고 있으면서도 여자는 백 리가 넘는 거리이면 친상을 당해도 갈 수 없다고 하고 있는데[13] 이것만 보아도 당시 남성들이 여성의 바깥출입을 얼마나 엄격하게 금했던가를 알 수 있다. 그것은 가히 감금이라 해도 좋을만한 것이 아니었나 한다.

---

9) 이 때의 허생은 歐美에서 흔히 말하는 prince charming(신데렐라와 결혼하는 왕자)과 같은 존재이다.

10) 로즈마리 통, 『페미니즘 사상(이소영옮김)』(한신문화사,1995), p.20.

11) 申貞淑,"韓國傳統社會의 內訓에 대하여","국어국문학」10(太學社,1982), p.106.

12) 昭惠王后,《內訓》<婚禮章>. 《內訓》은 昭惠王后가 《小學(宋 劉子澄 著)》《烈女傳(前漢 劉向 撰)》《女誡(後漢 曹昭 撰)》《明鑑(高麗 忠烈王代 秋適 撰)》을 토대로 여성의 삶의 규범을 쓴 책이다.

13) 1bid.

남성에 의한 여성의 속박은 <허생의 처>에서 주인공이 덮어쓰고 있는 쓰개치마가 상징적으로 말해 주고 있다. 페미니스트 조세핀 도노번은 인도의 수트(sutte : 남편을 火葬하는 장작더미에 미망인이 스스로 몸을 던져 殉死하는 의식)·중국 여성의 纏足·아프리카 여성의 陰核切除·유럽의 魔女 火刑·미국인의 부인과 의학과 같은 잔학한 의식은 여성에 내재해 있는 신성한 섬광을 파괴하고자 하는 심각하고도 보편적 의도가 있는 것이라고 말했다.14) 그녀는 또 아랍여성들의 베일도 纏足과 함께 여성에 대한 잔학행위라고 말하고 있다.15) <허생의 처>의 주인공이 쓰고 있는 쓰개치마는 바로, 위에서 말한 한국여성의 纏足이요 베일이요 속박인 것이다. 라이트는 종교가 여성의 종속을 유지시켜 주는 주요한 힘들 중의 하나라고 했다는데16) 朝鮮에 있어서는 儒敎가 바로 여성의 손발을 묶는 잔인한 힘이었던 것이다. 작가는 위와 같은 이야기에서 여권이 유린 된 朝鮮 사회의 모순성을 들추어 내 보여 주고 있다. 그러나 그것을 단지 그 사회만 나무라고 있는 것이라고 보는 것은 너무나 단순한 讀法의 해석이라고 해야 할 것이다. 위와 같은 이야기에는 작가의 양날(兩刃) 칼의 주장이 숨겨져 있다. 곧 작가는 한편으로 그러한 인간 이하의 삶을 아무런 비판이나 저항 없이 받아들이고 있는 당시의 여성들에 대해서도 질타를 가하고 있는 것이다. 足鎖에 매여 살던 남성의 노예, 주인공은 어느 해 가을의 되풀이되는 凶夢 이후 自我에 눈뜨기 시작한다.

> 가을로 접어들면서 똑 같은 꿈을 되풀이 꾸고 있었다. 돌아가신 어
> 머님이 하얗게 소복을 입고 아버지 무덤 가에 서 계신 꿈이었다. 거

---

14) 조세핀 도노번, op.cit., p.286.
15) 1bid., p.269.
16) 1bid., p.33에서 재인용.

기서도 어머님은 온전한 몸이 아니어서 머리 한쪽이 으깨어져 피가
흘렀고 다리의 상처로 기울어져 보였다. 얼굴엔 이상스런 웃음을 띠
시며 나를 향해 손짓하시는 것이었다.

  "여그 오니라. 여그는 먹을 것도 많은께. 여그는 아주 편타. 어서
오니라."

  아주 느리고 구슬픈 음성으로 재촉하셨는데, 나는 공포로 굳어버려
부들부들 떨기만 할 뿐이었다. 어머님이 등지고 계신 하늘은 누랬고,
그해 겨울처럼 까마귀떼가 자욱이 날았다.

  누른 하늘, 까마귀떼가[17] 자욱이 날고 오래 전 死別한 어머니가 등
장하고 있는 곳은 저승 세계다. 꿈에서 亡母가 그녀로 하여금 자신이
있는 곳으로 오라고 하는 것은 그녀가 무의식 세계에서 죽음을 願望
하고 있었다는 것을 말해 주고 있다. 죽음의 유혹은 그녀가 꿈을 깨어
있을 때도 엄습해 온다. 그녀는 그와 같은 무서운 꿈에서 깨어났을 때
날이 밝기를 기다리면서 자투리 헝겊을 모아 끈을 꼬곤 하는데 그때
갑자기 덮쳐오는 느낌에서 그러한 것을 볼 수 있다.

  그러나 하루는 문득 등뒤로 오싹 한기가 타고 지나가며 끈을 꼬는
자신에 섬짓한 두려움을 느꼈다.
  '실제로 목 매달 끈이 없어서 못 죽었다는 사람은 없지 …….'
  보이지 않는 곳에 끈을 치워두고 범연하려고 애썼다. 끈은 어느 구
석인가 숨어 독사처럼 달려들어 무는 순간을 기다리고 있었다.

  흉가와 같은 삼간집에 홀로 버려져 굶주림과 고독에 시달리면서 한
마디 항변도 하지 못하고 살아가고 있은 그녀는 차츰 그러한 삶이 죽
음보다 나을 것이 조금도 없다는 사실에 눈뜨기 시작하고 있다. 스텐

---

17) 한국의 풍습에서 까마귀의 울음소리는 죽음의 불길한 징조로 받아들여지고 있다. 韓國文
  化象徵辭典 編纂委員會,「韓國文化상징사전」(東亞出版社, 1992), '까마귀' 項.

턴은 여성 각자를 그녀 자신의 충실한 종 프라이데이(Friday)[18]와 함께 있는 상상의 로빈손 크루소라고 말한 바 있는데[19] <허생의 처>의 주인공은 그러한 從僕 하나 없는 절대고독 속의 인간이다.

그녀는 어느 날 밤 예의 그 흉몽에서 깨어났을 때 문득 꿈속에서 울부짖던 까마귀의 울음소리가 집 부근의 은행 고목을 울리고 지나가는 세찬 바람소리였다는 것을 알게 된다. 이 때의 바람은 그녀를 부대끼게 하고 있는 남성 중심 세상에서의 시련이기도 하고 동시에 그러한 노예적 삶을 떨쳐 버리고 인간다운 삶을 찾아야 한다는 각성의 촉구이기도 하다.

이후 허생의 처는 달라지기 시작한다. 우선 달라지기 전의 그녀의 삶, 그녀의 의식부터 살펴보고 들어가기로 하자.

> 바가지를 긁는다고 분연히 책을 덮고 나가버린 후 오년 동안 나는 남편이 죽었는지 살았는지조차 모르고 지냈었다. 굶기를 밥 먹듯 하며 무작정 기다렸었다. 들어오면 밥이라도 한 술 해주려고 입쌀을 구해두기도 했고, 매일 사랑방을 청소하고 간간이 불을 때었고, 장마철 전후로 서책을 바람 쐬어 말려두고, 의복도 금방이라도 입을 수 있게 매만져 두었었다. 내년까지 소식이 없으면 제사를 지내야겠다고 하면서도 남편이 집에 있을 때나 다름없이 해두었다.
> 다 어머님이 가르치신 바였다. 어쨌든 남편이었고, 살아 있다면 언젠가 돌아올 것이었고, 난 기다릴 도리 밖에 없었다.

위와 같은 그녀의 삶은 儒敎 세계가 강요한 婦德에 따른 것이었다. 儒敎에 있어서 여성관의 주를 이루는 내용은 크게 두 가지로 볼 수 있다.

---

18) 디포의 <로빈손 크루소>에 나오는 인물. 식인종 출신의 이 인물은 로빈손 크로소의 忠僕이 된다.
19) 조세핀 도노번,op.cit., p.43.

첫째가 夫婦有別觀으로 우주 만물에는 하늘과 땅이 있듯 남자와 여자가 있는 것은 陰陽의 법칙에 의한 것이라는 것이다. 그래서 남자는 外業, 여자는 內業에 종사해야 하고 남자는 剛, 여자는 柔해야 했다. 이에 따라 ≪內訓≫은 남편은 하늘인지라(夫乃婦天) 오직 순종하되 감히 그 뜻을 거슬러서는 안된다(不敢違背)고 하고 또 공경함은 순함과 함께 아내의 큰 예(敬順之道 婦之大禮)라고 하고 있는 것이다. 이 책은 이어 공경함은 다름 아니라 오래 견딘다는 것(夫敬 非他 持久之謂之)이라고 하고 있다.[20] ≪內訓≫은 또 여성은 가난해도 그 가난함을 편히 여겨야(貧者 安其貧) 한다고 하고[21] 그 속에서도 婦功을 행해야 한다고 요구하고 있다. 婦功이란 여성이 길쌈에 몰두하여, 쓸 데 없이 놀고 웃고 즐겨하지 않으며 술과 밥을 정갈히 마련하여 손님을 극진히 대접하는 것(專心紡績 不好戲笑 潔齊酒食 以奉賓客)이다.[22]

허생의 처가 굶주리면서도, 남편으로부터 버림받고 있으면서도 그를 하늘 같이 떠받들고 있는 것은 바로 위와 같은, 朝鮮의 여성에게 강요 된 婦德의 실행이다.

儒敎 여성관의 주요 내용의 다른 하나는 節烈觀이다. 남자는 새로이 부인을 맞을 수 있으나 여성은 새로이 남편을 맞을 수 없다(夫再娶可 婦再嫁不可)고 한 節烈觀은 朱子와 程子 대에 와서 더욱 강조 되었고 朝鮮朝도 남자가 다시 장가드는 것은 당연한 일이나 여자가 다시 시집갔다는 말은 들은 적이 없다(夫有再娶之義 婦無二適之文)고 하여[23] 이를 철저히 지켜야 하는 것으로 삼았다. 허생의 처가

---

20) 昭惠王后,op.cit.,＜夫婦章＞

21) 1bid.,＜言行章＞

22) 1bid.

23) 1bid.,＜夫婦章＞

그 남편이 살아 있다면 돌아오기를 기다릴 뿐이고 죽었다면 제사를 지내면서 살겠다고 한 것은 그녀가 바로 그러한 節烈觀에 따르려 하고 있었음을 말해 주는 것이다.

허생의 처는 연달아 뒤숭숭한 꿈을 꾸고부터 자신의 삶에 대해 회의를 시작한다. 처음 무의식중에 자살을 머리 속에 떠올리게 되었던 그녀는 다음에는 「죽든지 도망치든지 해야겠다」는 생각을 하게 된다. 隸從 이외의 다른 길로는 죽음 밖에 모르던 그녀가 '도망'을 생각하게 된 것은 그녀에게 상당히 큰 변화가 왔다는 것을 의미한다.

그러던 그녀가 결정적으로 심경 변화를 일으키게 된 것은 그녀의 남편이 집을 나가 있은 5년 사이에 10만금을 벌어와 그 돈을 모두 卞부자에게 주어버렸다는 사실을 알고 부터다. 더 정확하게 말하자면 그녀는 그러한 사실을 漢陽 안 사람들이 거의 다 알고 있는데도 자신만이 모르고 있었다는 사실에 큰 충격을 받아 사람이 변하게 된 것이다.

5년 동안 굶주림과 고독 속에 기다려온 그 남편이 돌아온 날 그녀가 그에게 집을 나가 무엇을 했느냐고 물었을 때 그는 "조그맣게 한 가지를 시험해 봤소."라고 일축해 버린던 일을 새삼 머리 속에 떠올린 그녀는 비로소 거기서 더 할 수 없는 배신감과 모욕감을 느끼게 된다. 그녀는 남편으로부터 그에게 종속 된 하찮은 물건 취급 밖에 받지 못하고 있는 자신이나, 자신을 그와 같이 비인간적인 대접을 하면서 그것을 당연한 양 생각하고 있는 그 남편의 삶이 모두 참다운 인간의 삶이 아니라는 것을 깨닫는다.

사람들은 남편은 뛰어난 인재라고 했다. 능히 천하를 경영할 재주가 있다고 하는 이도 있었다. 그러나 남편이 죽는지 사는지 아내가 모르고, 아내가 죽는지 사는지 남편이 몰라야만 뛰어난 인재가 되는

거라면 그 뛰어난 인재라는 말은 분명 이 세상에서 쓸모없는 존재라
는 뜻이리라. 이 세상이 돌아가는 법칙이란 성현들이 주장하는 것처
럼 그렇게 복잡하고 어려운 것은 아닐 것이다. 사람이 행복하게 살며,
자식을 낳고, 그 자식에게 보다 좋은 세상을 살도록 해주는 것, 그것
말고 무엇이 있을 수 있겠는가?

허생의 처가 한 위와 같은 말은 그녀가 이제 새로운 사람으로 다시
태어났음을 말해 주는 것이다. 그녀의 남편은 이 세상, 이 우주를 두
고 一言而蔽之曰 하고 말할 수 있는 것을 찾고 있다고 했는데 그것
은 참다운 인간이 되고 참다운 삶을 사는 길이라 해도 될 것이다. 그
녀는 남편은 그것을 찾지 못했고 어쩌면 영원히 찾지 못하게 될 것이
나 자신은 그것을 터득했다고 말하고 있는 것이다.

그녀의 節烈觀도 달라진다. 丙子胡亂 때 그녀의 어머니는 胡兵들
에게 짓밟힐 위기에 처하자 스스로 목숨을 끊지만 그녀의 서모는 자
살하지 않고 그들에게 끌려간다. 그 서모가 뒷날 贖還 되어 왔을 때,
그녀는 그것이 서모의 허물이 아니라는 것을 알고 있었지만 편한 마
음으로 그녀를 대하지 못한다. 그때까지만 해도 그녀는 失節은 곧 죽
음보다 큰 일이라는 貞節觀을 가지고 있었던 것이다. 그러나 세상에,
인간에 새로이 눈뜬 그녀는 그러한 節烈觀에 대해서도 근본적인 회의
를 느낀다.

어머니는 죽고 서모는 살아남았다. 난 판단할 수는 없다. 어머니는
죽어 잠시 칭송 받았는지 모르나 서모는 살아남아 자식들을 키우고
집안을 돌보았다. 지금도 청안에서 윤복이의 뒤를 봐주고 있는 것이다.

말은 「판단할 수 없다」고 하고 있지만 이제 그녀는 貞節을 지켜

목숨을 버리고 그것으로 듣게 되는 한 때의 칭송 따위는 참으로 하찮은 것이라는 생각을 하고 있는 것이 분명하다.

그런 그녀에게 마지막으로, 또 한 번 남편으로부터의 모욕이 가해진다. 그녀는 남편이 자신과는 의논도 없이 집을 처분한 다음 자신을 큰댁에 맡겨두고 어딘가로 떠나기로 결정했음을 알게 된 것이다. '도망치든지' 하려는 데까지 의식변화를 일으키고 있던 그녀는 드디어 여기서 '팔자를 고치기로' 결심한다.

그녀가 남편과 결별하고 집을 떠나기에 앞서,

> "그래요. 당신은 붕새예요.[24) 그러나 난 참새여서 당신의 높은 경지를 따를 수가 없어요. 그렇지만 나는 단 한가지를 알고 있는데 난 앞으로는 그걸 따라 살 것이예요. 나는 열 살 때 전란을 겪었고 그 와중에서 뼈저리게 느꼈어요. 당신은 무엇 때문에 십 년이나 기약하고 독서했지요? 당신은 대답할 수 없으시지요! 난 말할 수 있어요. 그건 사람이 살고 자식을 낳고 그 자식들을 보다 좋은 세상에서 살게 하려는 때문이라고요. 난 그렇게 하고 싶고, 꼭 그렇게 할 거예요…."

라고 한 말은 바로 그녀의 인간선언이라 할 수 있을 것이다.

<허생의 처>는 한편의 페미니즘 문학작품이라 할 수 있다. 페미니즘 문학은 性과 깊은 관련을 가진 문학이다. 우리가 심상히 쓰는 性이란 용어는 섹스(sex)와 젠더(gender)란 상이한 두 의미를 내포한다. 섹스란 타고난 생물학적 차이에 의한 구분이고 젠더란 각각의 성에 부여된 사회 문화적 性 역할로서의 의미를 가진다. 性의 의미를 섹스에 한정하려는 남성 중심의 세상에서 젠더의 개선과 재정립을 주장하며 운

---

24) ≪莊子≫「逍遙遊」에 등장하는 새. 그 등은 泰山과 같고 날개는 하늘에 드리운 구름과 같이 크다고 한다. 흔히 작은 것과 큰 것의 구별을 의미할 때 큰 것의 뜻으로 寓意的으로 쓰인다.

동을 통해 이를 실천하려 하는 것을 페미니즘이라 할 수 있다. 이 때 여성의 현실과 상황을 고려하여 여성해방운동과 관련된 여성 시각을 중요시하는 사상의 문학을 페미니즘 문학이라고 부르고 있다.[25]

한국은 家父長制가 아주 강한 사회인데 그러한 사회에서의 한국 여성의 불합리한 현실을 개선하는 것을 주된 과제로 삼는 문학이 특히 한국의 페미니즘 문학이라고 할 수 있을 것이다.

학자들은 흔히 페미니즘을 계몽주의적인 것, 문화적인 것, 마르크시즘적인 것, 프로이트주의적인 것, 급진적인 것과 함께 實存主義的인 것으로 분류하는데 <허생의 처>는 이 중 實存主義的 페미니즘 문학이라 할 수 있을 것 같다.

實存主義는 철학사상으로 헤겔에서 출발하여 하이데거·사르트르에 이어져 내려와 오늘에 이르고 있다. 하이데거는 現存在(Dasein) 곧 自我를 소외 되고 구체화 된 대상으로서의 存在의 수준과 기획적이고 창조적이고 초월적인 주체로서의 存在의 수준 사이의 어떤 영속적인 긴장 속에 存在한다고 보았다. 이 때 대상으로서의 存在 곧 存在의 대상수준(object-level)은 日常人(das Man)의 수준 곧 대중의 수준이다. 그는 개성이 없는 인간이요 非本來的인 양식 속에 사는 인간이다. 이러한 存在는 우리들 자신의 現存在를 他者들의 存在와 같은 것으로 분해해 버린다. 이와 같은 타락된 非本來的인 日常的 自我(they-self)와 대립 되는 것이 本來的 自我(authentic-Self)다. 이는 자기 자신의 방법으로 포착 되어진 自我다. 이는 군중과 대립 되어 스스로를 특수화하는 自我 곧 本來的인 양식을 거쳐 자기 자신을 실현하거나 확립하는 自我이다. 自我는 現存在 속에 놓여 있는 무시무시함의 느낌으로부터 벗어나려고 한다. 自我는 틀에 박힌 식으로 전개 되는

---

25) 송지현, 「다시 쓰는 여성과 문학」(평민사,1995), p.141.

아이덴티티의 日常的, 부르주아적 친숙성 속에서 자기 자신을 상실해 버림으로써 그렇게 되고 만다. 그러나 이 평온해진 조건 속에서의 現存在는 自己最善의 存在를 위한 잠재력이 그 모습을 감추어버린 소외 쪽으로 표류한다. 이 소외는 現存在로부터 그것의 本來性과 가능성을 차단해 버린다.

사르트르는 하이데거의 위와 같은 이론에 바탕을 두고 自我는 卽自와 對自란 두 차원 속에 存在한다고 말한다. 이 때 卽自는 내재적·非本來的·우발적인 對象自我(object self)의 수준이고 對自는 非存在(non being)·「무(無)」의 수준이다. 卽自는 他者意識에 의해 구성 되는 고정 된 아이덴티티로 거기에는 어떤 本來的인 변화도 따르지 않는다. 그러므로 그것은 잘못된 구조이다. 한편 對自는 초월적 창조적 미래지향적인 自我이다. 對自는 日常의 내재성에서 물러나 여러 가지 계획을 수립할 수 있는 반성적 의식·반성적 능력으로, 어떤 변화나 성장의 가능성도 없는 고정된 自我를 초월한다. 그런데 사르트르에 의하면 이 卽自와 對自란 한 쌍은 어떤 영속적인 변증법 속에 갇혀 있다. 對自는 卽自에 의존해 있으면서 卽自 혹은 存在로서 고정되기를 거부하는 하나의 연속적인 과정 속에 존재한다. 인간의 자유 창조, 인간의 해방을 구성하는 것은 바로 이 과정 속에 포함되어 있는 自我 창조의 存在 가능성이다. 여기서 한 가지 더, 사르트르가 말한 他者 개념에 대해서 말해 둘 필요가 있겠다. 他者(the Other)는 일종의 실체화 된 공적인 의견이다. 그것은 어떤 非本來的인 태도 속에 우리를 고정시킬 수 있는 하나의 강력한 凝視(gaze), 우리로 하여금 어떤 本來的이고 독립적이고 분리 된 의식으로 存在하도록 허락하지 않는 하나의 강력한 凝視를 투사한다. 이 凝視 혹은 他者意識은 卽自를 형성하는 데 도움을 준다.

實存主義的인 입장에서 페미니즘 이론을 전개한 사람이 드 보부아르다. 사르트르의 철학에서 영향을 받은 그녀는 여성이란 存在에 대해서 다음과 같이 말하고 있다. 곧 주체는 자기 스스로를 他者 곧 非本質的인 것, 對象과 대립되는 本質的인 것으로 규정짓는데 남성 쪽의 주체의 관점에서 他者·非本質的인 것, 주체의 對象·주체와 대립되는 것으로 규정 된 것이 여성이라는 것이다. 사르트르에 의하여 對自와 卽自로 묘사된 그 투쟁 속에서 남성은 對自의 독립적이고 초월적인 입장을 취하는 반면 여성은 卽自의 역할 속에 내던져진다는 것이다. 드 보부아르는 여성의 초월은 本質的이고 자주적인 또 다른 自我(남성)에 의해 가리워지고 있기 때문에 남성은 여성을 對象으로 고정시키고 내재성으로 운명지우려고 획책한다고 말한다. 그녀는 그러므로 여성은 對自의 충동을 느끼면서도 卽自의 상태에 고정 된 채 영원한 딜레마 속에 붙잡혀 있게 된다고 주장한다.

<허생의 처>에서 주인공이 그 남편의 暴擧, 모욕에 忍從하고 있는 것은 하이데거가 말한 틀에 박힌, 日常的 부르주아적 친숙성 속에서 자기 자신을 상실해버린 自我다. 이 때의 허생의 처는 現存在 속에 놓여 있는 무시무시함 속에 있기를 거부한 對象 수준의 自我다. 그녀는 또 사르트르의 용어로 말하자면 儒敎 전통사회란 강력한 凝視 곧 他者에 의해 만들어진 卽自存在라 할 것이다.

한편 現存在는 本來性과 가능성을 차단 당한 상태, 상실한 상태에서 불안을 느낀다. 이 불안이나 공포는 實存主義 윤리학에 있어서의 또 하나의 근본적인 개념이다. 이것은 現存在가 그 現存在의 가능성에 따라 살고 있지 않다는 것을 現存在에게 경고하는 일종의 바로미터 역할을 한다. 곧 불안은 實存主義의 원죄의 표현이다. 그것은 現存在를 現存在의 本來的인 存在 가능성의 실현에로 소환하는 양심

의 소리다. 이 불안은 現存在를 本來的인 데로 데리고 간다. 그리하
여 日常的인 친숙성은 무너지게 되고 만다.

　<허생의 처>의 주인공이 남편으로부터 사실상 모욕적으로 버려진
상태에서 악몽에 시달리면서 살 때 「여름26) 내내 불안하기 짝이 없었
다」고 하고 있는 것이 바로 現存在가 現存在의 가능성에 따라 살고
있지 않다는 것을 現存在에게 경고하는, 實存主義의 원죄로서의 불안
이다. 이 경고에 即自人間 허생의 처는 초월적 창조적, 미래지향적
自我 곧 對自人間으로 이행해 간다. 남편에게 일방적으로 결별을 선
언하고 있는 허생의 처가 바로 그런 사람이다. 곧 비인간적 모멸적인
대접을 받고 살던 그녀가 집을 뛰쳐나오는 것은 드 보부아르가 말한,
即自狀態의 딜렘마에서 헤어나 對自存在가 되고 있음을 의미한다.
그녀는 그럼으로써 現存在 속에 놓여 있는 무시무시함을 느끼게 되겠
지만 그러나 기획하고 창조하는 초월적 存在, 주체로서의 存在에로
나아가게 되는 것이다. 다시 말하면 그녀의 現存在는 하이데거가 말한
「자기-최선의 存在를 위한 存在 가능성(own-most potential-for-Being)」
을 향한 일종의 自己企投的(self-projective) 存在가 된 것이다.27)

　그런데 여기서 한 가지 생각해 보아야 할 것이 있다. 儒敎 傳統社
會가 무너진 것은 이미 까마득히 오래 전이다. 그리고 허생도 허생의
처도 이미 지나간 시대의 인물이다. 그런데 무엇 때문에 새삼 오늘에
와서 그러한 과거의 이야기를 꺼내며 그것은 무슨 의미가 있겠는가
하는 것이 문제인 것이다.

　이 소설은 과거를 배경으로 하고 과거의 인물을 등장시켜 그를 통

---

26) 여기서의 「여름」은 「가을」이 되어야 옳을 것 같다. 왜냐하면 작가는 그 앞에서 가을로 접
　어 들면서 그러한 악몽을 되풀이 꾸고 있다고 하고 있기 때문이다.
27) 이상 조세핀 도노번, 「페미니즘 이론」(文藝出版社,1994), pp.217-60 참조.

해 오늘 날 한국 여성이 처한 부당한 현실의 개선을 주장하고 있다는 점에서 의의를 지닌다 할 것이다.

한국은 家父長制(partriarchy)가 특히 강한 나라다. 家父長制란 글의 뜻은 가족에 대한 아버지의 지배를 의미하지만 보편적으로 '남성의 지배'를 뜻한다. 이 家父長制, 父權的 이데올로기는 남성 우월성의 이데올로기다. 그것은 여성이 남성에게 봉사하는 행동을 보일 것과 남성에게 봉사하는 역을 수용할 것을 조건으로 한다. 이러한 사회는, 모든 인간에게는 그 내면에 남성성과 여성성이 함께 잠재하는데도 이들에게 어느 한 성향에 고착되기를 강요하며 이 같은 강요에 의해 성차에 의한 성 역할은 결코 변화 될 수 없는 것처럼 고정화 한다.[28] 이와 같은 고정화는 개인이 성 역할을 익히는 최초의 단위인 가정에서부터 시작 된다. 가족들은 남아에게는 자립성, 공격성을 키워주고 勝者가 되기를 요구하며 강인성, 적극성을 강조한다. 반대로 여아에게는 의존적·수동적이 되기를 요구하며 나약한 성품이 되게 한다.

어린이가 성장해감에 따라 가정 다음으로 경험하게 되는 중요한 사회는 학교다. 그런데 이 학교라는 사회도 성차를 존속시킬 뿐 아니라 고정 된 성 역할을 강화하는 훈련에 기여한다. 교과서들은 남성은 성취인으로 묘사하는 한편 여성은 어머니, 아내로만 묘사하여 남편에 종속되어 남편과 자식의 뒷바라지를 하는 사람으로 그리고 있다. 곧 전통적인 현모양처를 이상으로 그리고 있는 것이다. 오늘날의 현실 세계에는 많은 취업여성이 있고 여성들에 의해 값진 일들이 많이 이루어지고 있는데도 교과서들은 그러한 면은 외면해버리고 여성을 남자에의 봉사 인내 희생을 미덕으로 가진 사람으로만 그리고 있는 것이다.

우리 사회의 대중매체도 여성에의 편견을 이미지화하여 현대화 된

---

28) 송지현, op.cit., p.19.

현모양처를 강조하고 취업여성을 부정적으로 묘사하며 여성을 상품화
하는데 앞장서고 있다.

  이 소설은 그러한 성의 고착으로 억압당하고 부림당하고 차별 당하
는 여성이 다시 한 번 해방되어 기획하고 계획하는 存在가 되어야 하
며 그러한 일은 우리 사회의 여성 스스로가 하지 않으면 안 된다는
것을 강조하고 있다.

  그러니까 이 소설의 첫 머리에 싣고 있는 '許生後識其二'는 독자
에게 이 소설이 <許生>의 패러디라는 예비지식을 제공하는 머리말(f
oreword)인 동시에 위와 같은 것이 주제라는 것을 암시하는 에피그라
프(epigraph)의 성격을 띠고 있다.

  여러 가지 의미에서 이남희의 소설 <허생의 처>는 독특한 착상에
서 쓰여진 수준급의 패러디적 諷刺小說이라 할 수 있을 것이다.

V. 死地로 팔려 가는 어두운 시절의 孝女
<沈淸傳>의 패러디 - 蔡萬植의 <童話> 외

　지금 국문학계에서는 우리의 현대문학이 고전문학과 단절 된 것인
양 생각하는 것은 잘못 된 것이라는 자기반성의 소리가 높다. 그리고
고전과 현대문학을 관통해 흐르고 있는 어떤 맥을 찾아내려고 하는
노력이 적지 않게 기울여지고 있다. 많이 뒤늦은 깨달음이라는 생각이
들지만 비록 늦었다 하더라도 그와 같은 움직임은 퍽 반갑고 고무적
인 일이라 하지 않을 수 없다.

　그런데 놀랍게도 비교적 우리의 현대문학 초기에 문단에 나온 한
작가가 지금으로부터 半世紀도 훨씬 더 전에 우리의 현대문학이 고전
문학과 단절되어 있어서는 안 된다는 사실에 눈뜨고 이를 역설하고
있어 주목을 끈다. 작가 蔡萬植이 그 사람으로 그는 1930년대에 한
사회나 민족의 문학은 그 사회나 그 민족이 가진 과거의 문학적 전통
과 현재의 문화 수준과 및 양자간의 긴밀한 연관 관계에 의거한다고
말하고[1] 이어 우리의 고전은 정리 연구되어 현대문학의 일부 영양물

로서의 기능을 맡아 하게 해야 한다고 주장하고 있다.[2]

　蔡萬植은 同道 문인들을 향해 그와 같은 주문만 한 것이 아니고 스스로 이를 실행하려 애썼고 또 그렇게 했다. 그렇게 하여 쓰여진 것이 그의 우리 고전문학 작품을 패러디한 소설작품들이다. 그는 어느 작가보다 많은 패러디 소설을 발표하고 있는데[3] 그 중에서 <沈淸傳>을 源泉으로 하여 쓴[4] 두 편의 단편소설이 <童話(『女性』1938. 3권 7호)>와 <病이 낫거든(『朝光』 1941. 7권 7호)>이다.

　이들 두 편의 소설은 <沈淸傳>의 상당한 부분을 수용하고 있으면서도 강한 현실 비판적 성격을 띠고 있어 특별히 연구할만한 가치가 있다고 생각한다.

1. 아주 죽게 되는 30年代의 沈淸

　<沈淸傳>은 <春香傳>과 함께 우리의 선인들 시대로부터 오늘에 이르기까지 가장 애독되어 온 古小說 중 한 편이다. 이 소설은 너무나 잘 알려져 있는 작품이라 새삼 장황한 소개를 할 필요는 없겠으나 여기서는 본격적으로 다루고자 하는 현대소설 작품들의 源泉이 된

---

1) 蔡萬植, "한 作家로서의 抗辯",『朝鮮日報』1934. 10. 3.

2) 1bid.,『朝鮮日報』1938. 8. 4.

3) 그는 이 글에서 다룰, <童話> <病이 낫거든> 외에 다음과 같은 패러디 소설을 발표했다. ( )안은 源泉이 된 우리 고전 문학작품이다. ①<痴淑>(「柳西崖成龍」說話) ②<明日> <레디메이드 人生>(朴趾源의 <許生>) ③<興甫氏>(<興甫傳>) ④<팔려간 몸>(「牽牛織女」說話)

4) 蔡萬植은 우리의 고전 문학 작품 중에서도 <沈淸傳>에 특별히 많은 관심을 기울였다. 그는 <沈淸傳>을 원전으로 하여 다음과 같은 작품들을 썼다. ① 戱曲 <沈봉사> 1936년『文章』에 발표하려다 검열로 삭제. ② 中篇 <沈봉사> 1944년 11·12월과 1945년 1월 3회 『新時代』에 연재하다 중단. ③ 戱曲 <沈봉사> 1947년『全北公論』10·11월호에 연재.

것인만큼 얼마간 언급을 하고 들어가고자 한다.

오랫 동안 많은 독자의 사랑을 받아 온 古小說이 흔히 그렇듯 <沈淸傳>도 異本이 많아 현재 확인 된 것만도 70여 종에 이르는 것으로 알려져 있다.[5] 異本 중에는 H. N. Allen이 번역한 英文本을 비롯한 3종의 번역본도 있어 <沈淸傳>은 국외에까지 그 독자를 가지고 있는 셈이다. 또 1972년 뮌헨의 국립 오페라座에서 <오페라 沈淸傳>이 상연되어 세계인의 시선을 모은 바 있다.

이 작품에 대한 학계의 관심도 그만큼 커서 安自山이[6] 처음으로 언급한 이래 오늘날까지 80 여년에 걸쳐 많은 연구가 이루어져 지금은 그 硏究史가 논의되기에 이르러 있다.[7]

위에서 말한 바와 같이 <沈淸傳>은 異本이 상당히 많아 세세한 부분에서는 이야기가 상이한 경우가 있지만 기둥줄거리는 모두가 같다. 이야기는 크게 네 개의 단층으로 이루어져 있다. 첫째는 주인공의 출생으로, 沈淸은 仙人謫降의 胎夢 끝에 고귀한 家系에 晚得 無男獨女로 태어난다. 둘째는 成長·孝行 이야기로 태어나자 말자 그 어머니를 여읜 沈淸은 비범한 소녀로 성장, 동냥을 하고 품팔이를 해 아버지를 봉양하고 盲人인 아버지의 눈을 뜨게 하기 위해 몸을 팔아 부처에게 쌀 삼 백 석을 공양한다. 셋째는 죽음과 再生의 이야기이다. 沈淸은 임당수에 뛰어들어 이 세상을 떠나지만 龍王에 구출되어 되살아난다. <沈淸傳>의 결말은 황후가 된 沈淸이 그 아버지를 다시 만나

---

5) 정하영, "沈淸傳", 「古典小說硏究(華鏡古典文學硏究會編)」(一志社,1993), pp.505-06. 이 글은 <沈淸傳>의 異本으로는 坊刻本이 10여종, 활자본이 5종이 있고 나머지 50여종은 필사본이라고 했다.

6) 安自山, 「朝鮮文學史」(한일서점,1920), p.105.

7) 그 전형적인 것이 印權煥의 "「沈淸傳」 硏究史와 그 問題點", 「韓國古典小說 硏究(李相澤·成賢慶 編)」(새문社,1983), pp.156-75이다.

게 되고 그 아버지가 佛力으로 눈을 뜨게 되는 것으로 되어 있다. <沈淸傳>이 說話를 모태로 하여 탄생 된 소설임은 의심의 여지가 없을 것 같다. 이 소설의 근원이 되었을 것이라고 보는 說話는 여러 개가 거론되고 있다. 金台俊은 인도의 專童子·妙法童子 傳說, 일본의 小夜姬 說話, 우리나라 ≪三國史記≫의 孝女 知恩說話, ≪三國遺事≫의 居陀知 說話, 全南 觀音寺의 緣起說話와 <翟成義傳> <楊風雲傳> 등을 그 根源說話라고 하고 있다.[8] 그밖에도 이 소설이 人身供儀 說話의 대표적인 소설화로 본 사람도 있고[9] 開眼說話와 處女 生贄 說話의 결합으로 이루어졌다는 주장도 있다.[10]

　<沈淸傳>의 주제가 孝行을 절실하게 그린 것이라는 데는 반론의 여지가 없다. 다만 이 孝의 성격을 두고 여러 가지 서로 다른 견해들이 나와 있다. 金台俊·趙潤濟 등은 沈淸의 아버지를 위한 희생을 중시하여 이를 儒敎的 德目으로서의 孝로 보았고 鄭鉒東·史在東 등은 부처에의 供養과 그 결과로서의 開眼에 주목하여 이를 佛敎的 德目으로 해석했다. 또 金起東은 玉皇上帝와 四海龍王의 등장 등을 주목한 듯, 이것이 道敎的 성격을 띤 것이라고 보았고, 김준겸 같은 이는 儒佛道 세 사상이 習合 된 것이라고 보았다. 그러나 이는 어떤 종교와 연결짓기보다는 인간의 원초적인 사고의 표현, 인간의 보편적 심성의 표출이라고 보는 것이 무난하지 않을까 한다.

　<沈淸傳>은 庶民小說이란 지칭에서도[11] 알 수 있듯, 민중의 사랑을 받으면서 긴 생명을 갖고 있는 작품이다. 상당수의 우리 古小說에 漢文本이 많은데 반해 <沈淸傳>의 경우는 漢文本으로 여구형

---

8) 金台俊, 「朝鮮小說史」(學藝社,1939), pp.145-50.

9) 張德順, 「韓國古典小說」(啓明大 出版部,1974), pp.161-2.

10) 金東旭, "열 두 마당의 根源說話 및 成立過程", 「韓國歌謠의 硏究」(乙酉文化社,1961)

11) 史在東, "沈淸傳 硏究", 「韓國古典小說選(李相澤外編)」(啓明大學 出版部,1980), p.216.

本 한 편 밖에 없다는[12] 사실만 보아도 이를 짐작할 수 있다.

한 孝女가 부모를 위해 제 몸을 팔아 죽는다는 <沈淸傳>의 줄거리를 수용해 쓴 蔡萬植의 두 편의 단편소설이 앞에서 말한 <童話>와 <病이 낫거든>이다.

<童話>의 주인공 업순은 17세 난 농촌 소녀다. 그녀는 자기 집을 가난에서 구하기 위해 전주에 있는 비단 짜는 공장의 공원으로 가기로 한다. 그녀는 돈을 벌어 부모에게 돼지를 사 주어 그녀의 집이 가난에서 벗어나게 하고 남은 돈으로 시집을 가겠다는 부푼 꿈을 가지고 집을 떠난다는 것이 이 소설의 줄거리다.

<病이 낫거든>을 두고 작가는 이것이 <童話>의 續篇이라고 하고 있으나 필자의 견해로는 改作이라고 하는 것이 맞지 않을까 한다. <病이 낫거든>에는 <童話>의 주요 줄거리가 거의 다 옮겨져 와 실려 있기 때문이다. <童話>에서 희망에 가득 차 집을 떠나 비단 공장의 공원이 된 업순은 1년여만에 폐병에 걸려 하는 수 없이 집으로 돌아온다. 당초 4 백 원을 벌겠다던 꿈은 깨어져 이것저것 집으로 돌아오면서 돈을 쓰게되어 남은 돈은 얼마 되지도 않는다. 그 보다 더 큰 문제는 그녀의 병이 너무 모진 것이어서 나을 가망이 거의 없는 절망적인 상태라는 것이다. 그러나 그녀는 자신의 병이 나을 것이라고 생각하고 병이 나으면 부모의 권유대로 시집을 가겠다고 생각한다.

두 편의 소설 중 <童話>만을 읽었을 때는 이 작품을 <沈淸傳>의 패러디 소설이라 하기 어렵다. 崔元植은 어떤 자리에서 이 소설이 <沈淸傳>의 패러디라고 하고 업순이 전주의 비단 짜는 공장으로 가기로 결정한 장면을 인용한 다음 이것이 남경(南京)으로 장사 가는 선인(船人)에게 백미(白米) 삼 백 석에 몸을 판 심청이와 충격적인 대비

---

12) 정하영, op.cit., p.506.

를 보여 준다고 하고 있다. 그는 이 소설이 한편의 민족의 수난·민중의 고통을 표상하는 상징성을 띠고 있다고 하고 있는데[13] 필자로서는 이 말을 납득하기 어렵다. 그러한 해석은 이 작품을 발표한 3년 뒤에 발표한 <病이 낫거든>을 읽었을 때에만 가능한 것이다. <童話>만 떼어놓고 보았을 때 이는 꿈에 부풀어 도회의 새 일터로 떠나고 있는 한 소녀의 모습을 그려 보여 주는 이야기 이상이 될 수 없다. 이 소설의 첫머리에 「그 날까지가 '동화'고 그래서 업순이는 그리로 떠났다.」고 한 말이 있으나 그와 같은 말이 주인공이 죽음에 이르게 될 것이라는 암시라고 볼 수는 없다. 따라서 <童話>만으로 이야기하자면 이 작품은 서정적 목가적 농촌 풍경을 그린 한 폭의 寫生畵 이상이 되기 어렵다. 그러므로 사회적 추세에 희생되는 개인의 삶에 동정을 보내고 있는 주제의식은 <病이 낫거든>까지 읽었을 때 드러나는 것이고 이 작품만으로는 그 주제가 '農民에게는 農村이 地上 樂園'이라는 식의 평범한 것에 불과하다고 한 말은[14] 타당하다 할 것이다. 한 마디로 <童話>는 <病이 낫거든>의 前篇 또 <病이 낫거든>으로의 改作 이전의 소설이라는, <病이 낫거든>과의 관련 하에서만 앞의 논자가 말한 의미를 가지게 되는 것이다.

또 한 가지 덧붙여 두어야 할 말은 <童話> 자체도 그에 앞서 발표한 단편 <보리방아(『朝鮮日報』1936. 7. 4 - 18)>의 續篇이라고 하는 말이 있다는 사실이다.[15] 그러나 <보리방아>가 검열로 2백자 원고지 50매 가량이 잘려나간 것으로 알려져 있어 그 결말이 어떻게

---

13) 崔元植, "蔡萬植의 古典小說 패러디에 대하여", 「民族文學의 論理」(創作과 批評社, 1982), pp.168~70.

14) 禹明美, "蔡萬植論", 「現代文學研究」第26輯(서울大學校 大學院 現代文學研究會, 1987), pp. 72 - 3.

15) 『蔡萬植 全集』7(창작과 비평사, 1989), p.8.

나 있는지 모르는 실정이므로 <童話>가 <보리방아>의 續篇인지 改作인지 현재로서는 단언하기 어렵다.

<보리방아>와 <童話> <病이 낫거든>이 連作의 성격을 띠고 있는가 續篇의 관계에 있는가 또는 改作인가 하는데 대한 논의는 다음 기회로 미루고 여기서는 <童話>와 <病이 낫거든>의 <沈淸傳>에의 패러디 소설적 성격을 집중적으로 살펴보고자 한다.

<童話>의 주인공 업순은 沈淸의 환생이라 할 만큼 효성이 강한 소녀다. 그녀가 전주로 떠나기에 앞서 그 아버지의 삼베 적삼을 짓고 어머니의 점심 걱정을 하고 있는 모습은 沈淸이 구걸과 바느질로 그 아버지를 봉양하는 장면을 떠올리게 해 준다. 업순의 효성은 지극한 것으로 그녀는 공장에서 돈을 벌어 돌아오면 시집을 가려 하고 있는데 그것도 아래 인용문에 나타나 있듯 그녀의 부모를 위해서다.

> 시집이란 게 무엇인지 알 수도 없고 가고 싶지도 않기는 하지만 어머니 아버지가 하도 걱정을 하시니까 꼭 가기는 가야 하는 것인가 보니, 그러면 그렇게 해서 그 끈터리로라도 시집을 가는 것이 옳을 것 같고, 또 그럴 밖에는 별수가 없다.

업순은 또 비단공장으로부터 받은 先拂 勞賃으로 그 부모에게 양식과 옷감을 사게 해 주고 있는데 이것도 沈淸이 선원들로부터 쌀 삼백 석을 미리 받아 몽운사에 공양하는 것과 호응한다.

또 업순이 전주로 떠나는 날 아침의,

> 마침 구장이 사립문 밖에서 얼찐거리다가 업순이를 보더니, 턱을 쑥 내밀면서
> "조반 일찍 먹구 말끔 다아 채리구서 기대려라, 응? 늦으면 못 쓴다, 응? 이따가 내가 데릴러 오마, 응?"

　　　남은 대답할 겨를도 없이 제 말만 부리나케 늘어놓고는 이내 또 부
　　리나케 달아나버린다.

　라고 한 장면도 沈淸이 船人들의 재촉을 받아 죽음에의 길에 오르
고 있는 장면을 떠올리게 한다.
　그러나 <沈淸傳>과 <童話>의 주인공이 각각 자신의 앞날에 대
해 보여 주는 심정은 다르다. 船人들의 안전을 비는 祭物로 팔려가는
沈淸은 너무도 명백한 죽음을 눈앞에 두고 있어 자신의 사후 그 아버
지에 대한 걱정과 자신의 비운에 한없이 슬퍼한다. 그러나 업순은 자
신의 취업으로 그녀의 집이 가난에서 헤어날 수 있게 될 것이라는
희망에 들떠 있다.

　　아닌게 아니라, 업순이는 시방 정신은 딴 데 가 있으면서 보드라운
　　비단을 만지고 있다.
　　깨끗하고 정하게 생긴 하얀 비단, 눈이 부신 진자주 비단, 시원스러
　　워 보이는 남색 비단, 하늘거리는 연분홍 비단, 첫봄 머리의 개나리꽃
　　같은 반가운 노랑 비단, 이런 여러 가지 비단들이 피륙으로 혹은 말
　　라 놓은 옷감으로 도리 없이 손에 만져지는 것이다.
　　그저께 아침, 일이 다 그렇게 작정이 되어, 그 이야기를 어머니 아
　　버지한테 듣던 때부터 업순이는 무시로 이렇게 비단 만지는 꿈 아닌
　　꿈을 꾸곤 했다.
　　그리고, 그런 때면 으레껀 저도 모르게 방긋이 웃음이 떠오르곤 한다.

　이, 沈淸의 눈물과 업순의 부픈 꿈은 <沈淸傳>의 중반 이후와
<病이 낫거든>에서 서로 자리바꿈을 하는 역전을 보여준다. 沈淸은
임당수에 뛰어들어 죽게 되지만 玉皇上帝의 명을 받은 四海龍王에
구조되어 살아난다. 사람에 따라 이를 한국인들의 ‘偶然에의 信仰’
‘僥倖에의 期待’ 의식이라 하여 부정적으로 보기도 하지만[16] 어쨌든

이 대목 이후 <沈淸傳>의 이야기는 대 반전을 보여 주어 그녀의 생
에는 행운이 잇달아 그 앞날이 현란하게 펼쳐진다. 그녀는 몽매에 그
리던 어머니를 만나보게 되고 皇后가 되어 이 세상 영화의 극을 누린
다. 그리고 아버지와의 상봉이 이루어지고 거기서 그녀가 거기에 자신
의 목숨을 바쳤던 마지막 소원, 아버지의 開眼이 이루어진다.
　그러나 업순은 <病이 낫거든>에서 불치의 병을 얻어 한 걸음 한
걸음 죽음으로 다가간다. <童話>에서,

　　한가운데로 탄 가리마가 새하얗게 그린 그림 같다. 조금 뒤로 젖혀
　진 콧등에는 땀방울이 송골송골 배어올랐다. 살결 희고 도도록한 볼
　때기가 귀밑께로 가면 배내털이 아직 부얼부얼하다.

　라고 한 아름답고 건강한 모습은 <病이 낫거든>에서 볼모양 없이
시들어 死相이 된다.

　　살은 야위고, 핏기는 밭아 핼슥하고. 그렇게 핏기가 없고 야윈 얼굴
　이라, 본시도 크던 눈이, 눈만 한결 더 크고.
　　목은 참으로 볼 수 없게시리, 실내끼처럼 길고 가늘고.
　　완연 그리하여, 잎이 다 떨어진 나뭇가장구와 같은 앙상한 형용이
　었다.

　작가는 위와 같은 서술에서도 자신이 전하고자 한 뜻이 독자에게
제대로 전달되지 못했다고 생각한 듯 作中에 직접 개입하여,

　　참으로 업순이 지금, 제 병이 어떠한 병인 줄을 안다면. 소위 사형
　을 선고받았음이나 다름없다는 그런 끔직한 병인 줄을 안다면. 현대

의학의 가장 정수를 다하고, 돈을 얼마든지 들이고 해도, 열에 둘이나
셋이 살아나기가 어렵다고 하는 그런 무서운 병인 줄을 안다면.
약간 슬프고 마음이 어둡고가 무어랴. 사뭇 기절을 않으리.

라고 해 주인공이 피할 수 없는 죽음을 눈앞에 두고 있다고 말하고
있다. <沈淸傳>에서는 하늘과 바다를 주재하는 존재들이 주인공을
구해 그녀로 하여금 행복을 찾게 해주지만 <病이 낫거든>에서는 아
무도 업순을 구해주지 않고 또 구해줄 수도 없다. 그녀는 이미 병세가
아주 기울어 머잖은 죽음의 날을 앞두고 있다.
  <病이 낫거든>에서의 비극은 주인공의 일신에서 끝나지 않는다.
그녀의 부모는,

처음 겸 마지막으로 딸 하나를 낳았더니, 생긴 게 또 복슬복슬하대
서 어머니 아버지는 삼신님이 업[17]을 점지해 주셨다고, 그래 업순이
라고 이름을 지었었다.

라고 해 그녀가 그들 생의 의미요 희망이었는데 그녀가 죽게 됨으
로써 그들의 내일은 아무 바람이 없게 되어 있기 때문이다.

2. 勞動力 착취와 肉身의 荒廢化

<童話>와 <病이 낫거든>은 작가가 식민지 통치 일본의 한국에
대한 비인간적인 착취를 고발하기 위해서 쓴 소설들이다. 작가는 먼저
업순이 열 일곱 살이라는 어린 나이로 부모 품을 떠나 낯선 곳, 낯선

---

17) 업은 民俗에서의 業神을 의미한다. 業神은 흔히 사람업 구렁이업 족제비업 등으로 상징
    되며 우리의 조상들은 이런 業이 집안에 머물러 있어야 가업이 번창하고 반대로 집을 나
    가버리면 家運이 쇠퇴한다고 믿었다. 업순의 경우는 사람업 곧 人業에 해당한다.

일터로 가지 않을 수 없었던 배경을 말해 주고 있다.

> 어머니는 한숨을 후유 내쉬면서 이글이글 불볕이 내리는 하늘을 심
> 정스럽게 내다본다. 말짱하니 구름 한 점 없다.
> "숭년은 또 들어두었어! 별말 헐 것 없이 숭년인걸. 작년에 그 모진
> 숭년이 들구 보리숭년까지 겹치더니, 어쩌자구 올에두 이러는지! 이년
> 의 고장은 누가 살인을 히였단 말인지 ……"

위의 인용문 문면에 나타나 있는, 업순이 비극을 맞게 된 원인은
겹친 흉년으로 인한 그녀의 집의 가난이다. 그러나 하늘 탓으로 돌리
고 있는 가난의 참 된 원인은 글의 이면에 숨겨져 있다고 보는 것이
옳을 것이다. 작가는 그것을 일본의 한국에 대한 식민지 통치란 시대
상황 때문으로 인식하고 있다. 업순이 출발하기 하루 전 자신을 죽음
으로 몰아 넣을 그곳으로 떠날 준비를 하고 있을 때,

> "둥, 둥."
> 새말 오까무라상네 절에서 울리는 낮북 소리가 그것도 꿈결같이 아
> 스라하게 들려온다.

고 한 글에서 그런 뜻을 읽을 수 있다. 흉년은 다 같이 들었어도
식민지 한국 농민들을 수탈한 일본인은 여름 낮 한 때를 북이나 울리
면서 태평하게 보내고 있는 반면 이 땅의 주인인 한국 농민의 어린
딸은 死地로 팔려가고 있다고 할 수 있겠기 때문이다. 일본은 韓日
合邦 후 그들만의 독점자본으로 한국의 농지를 강점하여 대부분의 한
국인들을 그들의 소작농으로 전락하게 했다. 그들은 해가 갈수록 소작
료 율을 높여 한국의 농민들은 농사를 지을수록 빚이 쌓여가 枯死의
지경에 이르렀다. 업순 부모의 가난도 그렇게 하여 온 것으로 보아야

할 것이다. 이 소설에서의 오까무라상네 농장에서의 북소리는 작가가 일제의 그러한 수탈을 암시하는 정교한 문학적 장치라 할 것이다.

업순이 왜 여공으로 팔려가지 않으면 안되었던가를 말해 준 작가는 이어 그녀가 전주의 비단 공장에서 병을 얻어 절망적인 상태로 집으로 돌아오고 있는 이야기에서 일제의 한국 幼年女工들의 노동력 착취와 거기서 온 비극을 보여 준다.

업순은 공장으로 간지 채 2년이 안 되어 거의 빈손으로 집으로 돌아온다. 여기서 우리는 일본인들이 자행한 1930년대 한국 幼年女工들을 상대로 한 노동력 착취와 비인간적으로 열악한 노동환경, 그리고 거기서 받은 몇 푼 안 되는 노임의 수탈에 대한 작가의 고발을 읽을 수 있다. 농촌 경제의 파탄으로 일제시대의 한국 여성의 노동 취업은 선진국 수준보다 훨씬 높았다. 그리고 취업한 여성 노동자의 대부분이 섬유업체에 종사했다. 한 논문에 의하면 1931년 취업 여성의 79%, 1938년 취업여성의 81%가 방직공장에 종사했다고 하고 있는데[18] 거기에 그것이 잘 나타나 있다. 섬유공업은 일의 성질상 세심한 주의와 수공적 재능을 요하는 노동력에 의존해야 했는데 한국의 여성들이 바로 그러한 요구에 부응하는 양질의 저렴한 노동력이었기 때문이다. 그러한 여성 노동자들은 또 대부분이 20세 이하의 미성년 소녀들이었다. 자료에 의하면 1935년 전체 여성 노동자의 71.8%가 미성년 여공들이었던 것으로 나타나 있다. 이것은 10대 소녀공이 노임이 싸면서도 능률이 높고 조업성적이 좋아 수요가 높았기 때문이었다.[19] 일본인의 노임과 대조해 보았을 때 한국인 성년 남자의 임금은 일본인 성년 남자

---

18) 徐廷美, "女性과 勞動", 「女性解放의 理論과 現實」(創作과 批評社, 1991), p.313.

19) 李効再, "日帝下의 韓國 女性 勞動 問題 硏究", 「韓國近代史論(尹炳奭 外 編)」Ⅲ(知識産業社, 1978), pp.110 - 1.

의 2분의 1, 한국인 성년 여자의 임금은 4분의 1, 그리고 幼年女工
의 임금은 6분의 1도 못 되는 것이었다.[20] 업순이 팔려간 비단 공장
은 바로 그러한 노동력 착취의 현장이라 할 것이다. 일제는 그 위에
하잘 것 없는 소비상품으로 어린 여공들을 유혹해 그 자리에서 그 알
량한 노임을 되 빼앗아갔다. 이에 대해 이 소설은,

> 크림도 한 병 사고 싶었다. 크림은 못 사더라도 비누라도 두어 개
> 사 가지고 싶었다.
> 크림이나 비누 같은 것은 쓰잘 데 없는 호사감이라지만, 목 긴 양
> 말이라도 새 걸 한 켤레 사 신고 싶었다.
> 양말은 그러나, 인제 집으로 가면 버선을 신을 텐데 새 걸 사면 무
> 얼 할까마는, 이쁘장스런 거울이, 그건 하나 샀으면 꼭 좋겠었다.
> 빗도 한 개 사고 싶었다.
> 파아란 알을 박은 반지도 사고 싶었다. 머리에 꽂는 핀도 사고 싶
> 었다.
> 모두, 사고픈 대로 사자면, 수중에 있는 돈을 죄다 쓰고도 모자랄
> 것 같았다. 무서웠다.

라고 하고 있다. 업순은 결국 그 유혹을 이겨내지 못해 한 달 노임
의 3분의 1이 넘는 돈을 주고 가방 하나를 사고 만다. 작가는 여기서
업순이 산 그 물건을 ‘그 굉장한 가방’ ‘눈 속임의 트렁크’라고 해 분
노를 표시하고 있다. 또 이 소설은 그 가방을 업순의 친구 여공들은
첫 월급을 받는 그 날 모두 산 것이라고 해 그와 같은 착취가 전체
노동자들 모두를 대상으로 한 것이었다 함을 말해 주고 있다.
韓日合邦 후 일본은 한국을 그들의 상품 시장으로 만들어 한국인
들의 膏血을 짰다. 1939년 현재 일본의 총 수출액의 34%가 한국에

---

20) 1bid., p.109.

판 것이라는 수치를 보면 사정이 어떠했던가를 알 수 있다. 또 이것은 이 소설의 배경이 된 시대의 한일 간의 교역상황을 보아도 금방 알 수 있다. 1935년 일본이 한국으로부터 수입해 간 것은 食料(주로 쌀)가 59.7%, 원료가 16.5%, 원료제품이 17.2%로 원료 또는 원료 상태를 별로 벗어나지 못한 것이 전체의 93.4%였고 완제품은 5.1%에 불과했다. 이것은 일본의 한국을 상대로 한 物産 수탈을 그대로 보여주는 것이라 할 수 있을 것이다. 한편 그들이 1921년 이래 한국에 판 물건은 衣料(옷감)·糸類·酒類·煙草·紙類·機械 등 대부분이 일용품이었다. 그리고 그들이 한국에 내다 판 상품은 절반 이상이 완제품으로[21] 가뜩이나 열악한 한국의 경제사정을 더욱 악화시켰다.

<病이 낫거든>에서 업순이와 그녀의 친구 여공들이 산 하잘 것 없는 물건들은 바로 그들이 노임을 빼앗아가기 위해 던져둔 미끼라 해야 할 것이다.

비극은 노동력과 노임의 착취에만 있는 것이 아니었다. 그들은 중노동과 나쁜 노동환경·좋지 못한 영양으로 여공들의 몸이 병들게 했다. 당시 한국인 남자 성년공들의 노동시간은 일본인들에 비해 훨씬 길었고 특히 부녀자·幼年女工의 노동시간은 성년 남자보다 길었다. 작업장들 중에서도 가장 장시간 노동을 강요당한 곳이 방직공업 부문이었는데 전체 노동자의 82.2%가 12시간 이상 장시간 노동을 강요당하고 있었다.[22] 당시의 한 신문은 여공들이 노동시간은 길고 식사는 형편없이 나빠 그들의 영양 상태와 건강은 극도로 악화하고 있었다고 보도하고 있다.[23] 한 논문은 방직공장 여공들이 최악의 노동환경에서 과로

---

21) 1935년도 전체 수입품 중 완제품이 차지한 비율은 61.6%였다. 이 비율은 한때(1921년) 75.6%에 이른 적도 있었다.

　　이상 李基白, 「韓國史新論」(一潮閣, 1989), pp.410 - 1. 참조.

22) 李効再, op.cit., p.111.

와 영양실조로 각종 질병에 걸리지 않을 수 없었다고 말하고 있고[24] 史學者 李基白도 당시 많은 노동자들이 재해와 질병으로 고생했지만 이에 대한 대책은 거의 없다시피 했다고 하고 있다.[25] 업순은 위와 같은 당시의 열악한 작업환경, 계속 된 중노동으로 인해 쌓인 피로, 형편없는 식사로 인한 영양 부족으로 병을 얻어 죽음에 이르게 된 것이다. 그것은 업순만의 것이 아닌, 당시 한국의 여공들이 너나 없이 당한 비극이었다. <病이 낫거든>은 이에 대해,

> 병이 나서, 얼마동안 공장의 전속의사한테 약도 먹고 하며 치료를 받았으나 좀처럼 차도가 없었다. 몸은 아프고, 몸이 아프니 집 생각은 여느 때보다도 더 간절하고, 이래저래 집으로나 가보는 것 밖에 없었다.
> 흔히 있는 일이다.

라고 하고 있다. 위의 인용문에서 傍點 친 (傍點은 필자가 친 것임) 「흔히 있는 일이다」라고 한 말이 그것이 당시 한국 여공 일반의 비극이었다 함을 말해 주는 것이다.

<童話>와 <病이 낫거든>은 현실참여적인 성격 곧 사회성 뿐 아니라 예술성에 있어서도 상당한 수준에 이르고 있는 작품이라 해야 할 것이다. 특히 이들 소설에서 볼 수 있는 反語의 기법은 다른 작품들에서 흔히 볼 수 없는 뛰어난 것이라 할 수 있을 것 같다. 다 아는 바와 같이 反語 곧 아이러니란 표면진술 밑에 반대의 의미를 숨겨두고 있는 서술이다. 에이브럼즈는 이에는 가끔 한 번씩 사용되는 언어적 아이러니(verbal irony)와 의미의 이중성을 지속화하는 구조적 아이

---

23) 『朝鮮中央日報』 1936년 7월 2일자 釜山紡織工場 女工들에 대한 현장 취재 보도 기사.
24) 李効再, loc.cit.
25) 李基白, op.cit., pp.421-2.

Ⅴ. 死地로 팔려 가는 어두운 시절의 孝女 〈沈淸傳〉의 패러디 - 蔡萬植의 〈童話〉 외　263

러니(structural irony)가 있다고 했는데 <童話>에서의 그것은 후자에 속하는 것이다. 構造的 아이러니에는 천진한 주인공(naive hero)이 등장한다. 그는 너무도 단순하고 우둔하여 독자는 작가의 아이러니적 의도를 알고 있지만 그는 모른다. 여기서 희극성 또는 비극성은 한층 강화된다. <病이 낫거든>의 前篇으로서의 <童話>에서 업순이 공장으로 떠나려 할 때 자신의 운명이 어떻게 될지 아무 것도 모르고 비단의 빛깔과 무늬 같은 화려한 꿈을 꾸고 있는 장면에서 우리는 그와 같은 아이러니를 읽을 수 있다. 「童話」라고 한 이 소설의 제목 자체가 희생되는 줄도 모르고 희생에의 길을 떠나는 업순의 의식을 상징하는 통렬한 반어라고 한 것도 그 때문이다.26)

에이비럼즈는 또 아이러니를 언어의 몇 가지 상관적 용법에 따라 여러 가지로 구분하고 있는데27) <病이 낫거든>에서의 경우는 그 중 劇的 아이러니(dramatic irony)에 해당한다. 이 아이러니에서는 작중 인물이 실제 상황에 아주 부적절한 처신을 하고 있거나 숙명적으로 결정되어 있는 것과는 정반대의 것을 예상하고 있거나 실제로 일어나기는 하지만 그가 생각하고 있는 것과는 전혀 다르게 일어날 일을 예상케 하는 말을 한다. <病이 낫거든>의 경우는 劇的 아이러니 중에서도 悲劇的 아이러니라 해야 할 것이다. 우선 <病이 낫거든>이라 한 제목부터가 그러한 아이러니다. 그리고 업순이 죽음을 눈앞에 두고 있으면서,

> 참, 아버지 말씀따나, 시집이나 가는 거라고. 병이 낫거든, 인제는 시집이나 가는 거라고.

26) 崔元植, op.cit., p.169.
27) 이상 M.H.Abrams, A Glossary of Literary Terms, Holt Rinehart and Winston, Inc., 1971. 'Irony' 참조.

라고 생각하고 있는 이 소설의 결말 부분도 독자의 가슴을 저미는 애처러운 여운을 남기는 아이러니다.

그밖에도 작가는 업순이 건강한 몸으로 꿈에 부풀어 떠나던 날의 아름답고 서정적인 아침과 병들어 집으로 돌아오는 날 아침을 대조적으로 그려 보여 주고 있는데 이러한 면도 그의 뛰어난 창작 기교를 보여주는 일면이라 할 것이다.

> 그 날 아침.
> 휘엿이 먼동이 트면서, 엷은 안개가 땅 위에 내려앉아 조용히 흩어지기 시작하는 새벽이었다. 나뭇잎마다 번지르하게 이슬이 묻고, 풀 끝에는 이슬 방울이 영롱하게 맺히고. 마당도 이슬에 젖어 촉촉했다.

> 업순이는 눈물을 건사하지 못해, 강잉하여 고개를 돌리며 한 걸음 공장문을 나서는데, 이윽고 그때에 마침 아침 해가 뜨는 것이 보였다. 질펀히 퍼져나간 먼 벌판 저 끝으로 아스라한 산봉우리에서 광채 없는 햇조각이 비죽이 비어지고 있었다.

앞의 예문이 떠나던 날 아침, 뒤의 예문이 돌아오던 날 아침을 그린 것으로 이는 등장인물의 심리상태가 풍경과 직선적 類比, 곧 조화를 이루고 있는 경우다. 작가는 여기서 독자로 하여금 식민지 한국인들의 삶의 황폐화의 상징성을 읽을 수 있게 해 주고 있는 것이다.

이들 소설, 특히 그 중에서도 <童話>는 문체 면에서도 어느 수준을 넘어서고 있음이 분명하다. <童話>는 감각적 묘사와 의성어, 의태어의 현란한 구사 등으로 작가의 문체상의 두드러진 특징을 보여 주고 있어 주목할 만 하다고 한 말도[28] 그것을 뒷받침 해 준다. 그 중에서도,

---

28) 禹明美, op.cit., p.73.

키만 훨씬 크지 가지나 잎은 않고 난 머리 같이 엉성한 배나무가
저처럼 엉성한 그늘을 장독대 옆으로 던지고 섰다. 까치가 한 마리
끼약끼약 짖다가 심심한지 이내 날아 가버린다.

울타리 밑에서 메를 헤적이던 수탉이 깜박 생각이 나서 홰를 툭투
욱 치더니
"꼬꼬오오."
늘어지게 한 마디, 이어서 또 한마디 거푸 세 마디를 울고는 구국
구국 암탉한테 자랑을 한다.

라고 한, 한여름 낮 한때의 한가로운 농가의 묘사는 그의 뛰어난
寫生 솜씨를 보여 주는 것이라 할 것이다.

그러나 이들 소설에도 약간의 아쉬움, 문제점은 있다.

첫째, 한창 피어나던 건강한 주인공을 그와 같이 짧은 기간에 死境
에 이르게 한 그, 공장이란 일터가 너무 나타나 있지 않다는 것이다.
당시의 한 여공의 수기는 방직공장은 공기가 들어오면 실이 끊어진다
고 삼복에도 문을 열지 못하게 했다고 하는데[29] 이 한 가지만 보아도
그 환경이란 것이 얼마나 지독한 것이었던가를 짐작할 수 있다. 그런
데 이 소설에는 그러한 인간이 견디기 힘든 작업환경에 대해서나 지
나치게 긴 노동시간·부족한 영양 등에 대해서 거의 한 마디의 언급
도 없다. 물론 당시의 검열 등 시대상황이 작가에게 여러 가지 압박과
제한을 가했겠지만 어느 정도의 암시마저 없다는 것은 아쉬움을 준다.

다른 한 가지 문제점은 <病이 낫거든>에 <童話>의 내용을 지나
치게 많이 그대로 옮겨 싣고 있다는 사실이다. <病이 낫거든>에는
<童話>의 「처음 겸 마지막으로 딸 하나를 낳았더니」에서 「구미가
당기는 좋은 계제였다.」에 이르는, 업순이 태어나 성장하여 비단 공장

---

29) 李効再, op.cit., p.116.

으로 가기로 하기까지의 과정을 서술한 37행이 거의 글 한자 틀리지
않고 그대로 옮겨 실려 있다. 작가는 또 '희엿이 먼동이 터온다.'에서
시작하여 '짚신이 두 켤레 놓여 있다.'에 이르는, 업순이 집을 떠나는
날 아침의 집안 정경을 그린 대목 36행과 '업순이는 예산을 이렇게 세
웠다.'에서 '또 그럴 밖에는 별수가 없다.'에 이르는, 업순이가 돈을 벌
어 집안 형편을 펴보려는 꿈을 그린 대목 13행 등 <童話>에 실려
있는 내용의 3분의 1이 넘는 총 86행을 <病이 낫거든>에 그대로 옮
겨 싣고 있다. 한 작가가 자신이 앞서 발표한 소설의 내용을, 그것도
몇 행도 아닌 상당히 많은 양을 다음에 쓴 작품에 그대로 옮겨다 놓는
다는 것은 아무래도 바람직한 일이라 하기 어려운 것이 아닐까 한다.

그러나 그러한 아쉬움, 그러한 문제가 없는 것은 아니지만 <童
話>와 <病이 낫거든>은 일제치하에서 거둔 한국 소설문학에 있어
서 뜻 있는 수확임을 부인할 수 없을 것이다. 작가가 그린 업순의 비
극은 단순한 그녀 개인의 것이 아니라 식민지 한국인 모두의 것이라
는 점에서 특히 그렇다. 그리고 이들 소설은 <沈淸傳>을 패러디하
고 있으면서 이들 소설 특유의 의미를 가지고 있다. 한 평론문은
<沈淸傳> 속에서는 심봉사 집의 궁핍만이 강조되어 있는데 비해
<童話>에서는 세계사의 모순의 현장, 식민지 백성의 집단적 고난으
로 확산되어 있다고 했는데[30] 이는 수긍이 가는 말이라 할 것이다.

그러므로 이들 소설은 작가의 투철한 현실 인식력이 엿보이며, 현실
비판적 성격이 강한, 일제치하에 발표된 소설작품들 중에서 특별히 주
목할만한 작품이라 해도 될 것 같다.

---

30) 崔元植, op.cit., p.169.

VI. 공부 권하는 현대의 許生의 妻
<許生>의 패러디 - 蔡萬植의 <明日>

    燕巖 朴趾源이 자기 당대의 잘못 된 현실을 신랄하게 諷刺한 近世의 한 한문 단편소설에서 착상을 얻어 일제의 악의에 찬, 한민족에 대한 식민지 교육정책을 비판한 패러디 소설들이 있어 이채를 띠고 있다. 蔡萬植이 1930년대에 발표한 단편 <레디메이드 人生>[1]과 <明日>[2]이 그러한 소설이다. 역시 현실에 대한 諷刺性이 강한 이들 두 소설은 <許生>과 여러 가지 면에서 유사성이 많으면서도 그 諷刺의 표적이 다르고 따라서 주제의 성격도 많이 다르다. 그런데 이들 소설이 <許生>에 등장하는 許生의 처의, '공부는 소용없다.'는 주장을 역설적으로 수용하고 있어 흥미롭다.

    그래서 필자는 먼저 <許生>이 독자들에게 말하고자 한 것이 무엇이었던가를 살펴본 다음 蔡萬植의 위의 두 편의 소설은 <許生>의 무엇을 모방하여 어떠한 자기 목소리를 내고 있는가를 살펴 보기로 하

---

1) 이 소설은 『新東亞』 1934년 5-7호에 연재 발표 되었다.
2) 이 소설은 『新東亞』 1936년 2권 10 - 12호에 연재 발표 되었다.

겠다. 지금까지 <許生>이 공리공론을 일삼는 儒學者들의 삶을 비판하고 務實力行의 새로운 생활태도를 갖기를 촉구한 작품이라는 주장은 많았다. 그리고 蔡萬植의 위의 소설들이 일제의 한국인에 대한 愚民教育을 비판하는 諷刺小說이라는 진단은 많았으나 후자가 전자의 패러디 소설이라는 논문은 없었다. 따라서 이 측면에서의 논의는 비록 그것이 하나의 試論이라 할지라도 뜻있는 것이 되리라 생각한다.

연구의 방법론은 텍스트의 상호성에 주목하는 形式主義 批評의 것을 원용했다.

1. 利用·厚生 강조한 <許生>

朴趾源은 18세기 朝鮮의 소설가이자 實學者다. 그의 燕京 紀行錄 ≪熱河日記≫는 한국 문학사에 길이 남을 명저로 평가 받고 있고 그 밖의 다수의 그의 논저들도 그가 한국의 선각자였음을 말해 준다. 그의 여러 가지 업적 중 문학사의 측면에서 보면 <虎叱> <兩班傳>과 함께 한문 단편 <許生>을 남겼다는 사실이 특히 돋보인다.

<許生>은 그가 44세 때 清 나라 황제에의 進賀使로 燕京에 간 그의 三從兄 錦城都尉 朴明源(1725-1790)을 布衣로 수행하여 당시 황제가 머물고 있던 熱河에서 1780년 음력 8월에 쓴 것으로 추측 되는 소설이다. ≪熱河日記≫ 가운데 「玉匣夜話」 또는 「進德齊夜話」에 수록 되어 있는, <許生>은 「進德齊夜話」의 後識에 의하면 燕巖이 20세의 나이로 奉先寺에서 책을 읽고 있던 시절 尹映이란 노인을 만났는데 그로부터 들은 이야기를 그 뒤에 쓴 것으로 되어 있다. 避世藏名의 異人을 소재로 한 이 소설은 後識에 나타나 있는 그대로

정말 한 노인의 이야기를 듣고 쓴 것인지 아니면 그것은 燕巖의 假託이고 당시 전해지고 있던 說話를 소설로 개작한 것인지 알 수 없다.

그것은 어쨌거나 이 소설은 작가의 實學思想이 가장 잘 나타나 있는 작품의 하나로 문학적으로 보나 사상적으로 보나 높게 평가 되어야 할 작품이라 한 말이[3] 조금도 과장이 아닌 秀作임이 분명하다.

이제 필자는 먼저 諷刺小說 <許生>에서 「空島」와 「群盜」가 어떤 의미를 띠고 있는가를 살펴보기로 하겠다. <許生>의 이야기는 크게 두 단락으로 나누어져 있다. 첫째 단락은 낙원에의 꿈을 가지고 그것을 실제로 건설한다는 하나의 시험에 착수해 이를 해내는 한 선비의 행적으로 되어 있다. 나머지 한 단락은 許生이 낙원 건설에 성공한 후 그 경험을 토대로 모순 투성이의 현실을 보다 바람직한 세계로 고치기 위해 노력하는 모습을 보여준다. 이 글에서는 그 중 첫 단락을 집중적으로 살펴보고자 한다.

소설의 발단은 許生으로 대표 되는 선비들의 무능에 대한 비판으로 되어 있다. 남편이 밤낮 책만 읽고 아무 하는 일이 없어 바느질로 생계를 꾸리려니 끼니를 잇지 못한 許生의 처는 그 남편에게 무슨 일이든지 해야 할 것이 아니냐고 다그친다. 이에 견디지 못한 許生은 본래 10년으로 계획했던 책읽기를 7년으로 중단하게 됨을 아쉬워하면서 책을 덮고 일어선다.

그는 그 길로 漢陽에서 돈이 제일 많다는 卞 부자를 찾아가 萬金을 빌려 畿湖의 어우름이요 三南의 어귀인 安城에 나가 앉아 대추 감 밤 등 과실을 시세의 두 배 값을 주고 모조리 사 모은다. 이렇게 買占을 해버리자 나라 안에서 잔치, 제사를 치르지 못해 얼마 안가 과실을 판 장사들이 10배의 돈을 내고 그것을 되 사간다. 許生은 그

---

3) 金起東, 「韓國 古典小說 研究」(敎學社, 1981), p.662.

렇게 늘인 돈으로 이번에는 칼 호미 베 명주 솜을 사가지고 濟州島로 가서 그것들을 팔아 말총을 모두 사버린다. 나라 안에 망건 만들 재료가 없어져 말총 값이 급등하자 그는 이를 산 값의 10배에 내다 팔아 돈을 더욱 늘였다. 30만냥의 돈을 만든 許生은 사람 살기에 좋은 빈섬(空島) 하나를 찾는다. 許生은 邊山의 도적 1천명에게 돈을 주어 아내를 얻고 소 한 마리씩을 사 오게 해 그들 2천명을 데리고 그 無人空島로 들어간다. 그는 거기서 농사를 지어 거둔 곡식을 배에 싣고 마침 흉년이 들어 기근에 허덕이고 있던 일본의 한 屬州에 가서 팔아 백만금을 만들어 돌아온다.

空島는 實學思想에 입각한 이상향이다. 도둑을 타일러 낙원을 건설했다는 것은 燕巖 자신이 利用然後 可以厚生 厚生然後 德可以正矣라 한 말에[4] 따른 세계인 것이다. 「利用」은 본래 科學行爲를 일컫는 말이겠지만 여기서는 務實을 뜻한다고 보면 될 것 같다. 그러니까 실속 있는 노력을 한 끝에 「厚生」 곧 그 생활이 풍부해지고 그렇게 되면 「正德」 곧 그 德이 바로 서게 된다는 것을 말해 주고 있는 것이다.

마음을 고친 도적들이 空島로 들어가 농사를 지은 것은 「利用」이라 할 것이고 거기서 거둔 곡식 중 삼년 먹을 분량만을 남겨두고 나머지를 長崎島에 가 팔아 백만금을 만들어 궁핍에서 헤어나 부족 없는 삶을 확보한 것은 「厚生」에 해당한다. 그런 다음 許生은 그 섬을 떠나오기 전 그들을 불러 모으고 「어린애가 태어나거든 오른손으로 숟가락을 쥐게 하고 하루라도 일찍 난 사람에게 양보하여 그로 하여금 먼저 먹게 하라(兒生執匙右手 一日之長讓之先食)」고 한다. 이것은 「利用」과 「厚生」 다음에 이룩하게 될 「正德」을 가르친 것이라 할 수 있다.

---

4) ≪燕巖集≫ 卷1 「洪範羽翼序」

許生은 그들에게 풍요한 생활을 마련해 준 다음 그 섬을 떠난다. 이때 그는 자기가 타고 나갈 것만 남기고 「가지 않으면 오는 이도 없겠지(莫往則莫來)」라고 하면서 나머지 배를 모조리 불태워버린다. 이것은 모순투성이의 육지세계에 의한 이 낙원의 오염을 우려한 조치일 것이다.

그는 또 그들 중 글을 아는 사람을 불러내 배에 태워 데리고 나와 버린다. 이 때의 「글」이란 煩文縟禮와 맥이 닿는 말이라고 보는 것이 옳을 것이다. 그는 실생활과 유리 된 朱子學의 그 글들이 당시 세상을 크게 그르치고 있다고 보고 여기서 인간이 인간답게 사는 데는 그런 글이 해독이 될 뿐이니 차라리 없는 것이 낫다고 빗대어 말하고 있는 것이다.

許生이 육지로 되돌아오고 있는 것을 두고 「韓國 유토피아 小說의 姑息的 限界」라고 한 사람이 있는데[5] 이에는 좀 다른 해석이 있을 수 있지 않나 한다. 만약 許生이 樂土가 된 그 섬에 安住해버렸다 했을 때 이 소설이 갖는 의미가 무엇이겠는가를 생각해보면 더욱 그렇다. 그럴 경우 許生은 한갓 부유 안락을 찾아 괴로운 현실을 도피한 사람에 불과할 것이다. 許生은 섬을 떠나기에 앞서 「내가 처음 너희들과 함께 이 섬에 들어 올 때에는 먼저 부하게 한 연후에 따로이 문자를 만들며, 옷 갓을 지으려 했더니 땅이 좁고 덕이 엷어 이제 이곳을 떠난다」고 하고 있다. 그러나 이것은 그들에게 한, 한갓 핑계일뿐 許生에게는 처음부터 그곳에서 평생을 보낼 뜻이 없었다. 그는 사공과 함께 그 섬을 처음 둘러 보러 갔을 때 벌써 「땅이 천리에 차지 못하니 무엇을 하겠느냐」고 말하고 있어 그 때 이미 그곳이 자신의 永住할 곳이 못된다 함을 말하고 있다. 許生은 卞 부자에게서 돈을 빌릴 때

<hr>

5) 金錫夏, 「韓國文學의 樂園思想 硏究」(日新社, 1981), p.252.

「조금 시험해보고 싶은 일」이 있어 돈이 필요하다고 했는데 이 말도
흘려 들을 것이 못된다. 그는 長崎島와의 무역으로 백만금을 손에 쥔
다음 「내 이제야 조그마한 시험을 해보았군」하고 있다. 그러니까 그가
空島를 찾아 유토피어를 건설한 것은 처음부터 예정한 한 가지 시험
에 불과했던 것이고 정작 그의 큰 뜻은 육지에 있었던 것이다. 백성을
도탄에서 구하고 나라를 부강하게 할 수 있는 길이 있지 않을까 하는
하나의 가설을 가지고 空島라는 좁은 땅에서 그것이 가능함을 확인하
고 난 다음 許生은 이제 뭍에 나가 이 나라의 위정자들에게 그 길을
일러주려 한 것이다. 그래서 黃浿江은 이 점을 높이 사 許生은 한 사
람의 理想主義者였기 때문에 富家翁이 되어 그 섬에 安住하지 않고
사회문제를 해결하려고 나섰다고 말하고 있다.[6]

燕巖은 일찍이 당시 農工商이 실업상태에 있은 것은 士가 實學을
갖지 못한 데에 그 책임이 있다고 한 바 있는데[7] 空島 이야기는 이
를 소설을 통해 강조한 것이다. 그러니까 이 이야기는 공허한 文字
희롱이 아니라 農業 商業 등의 육성만이 백성을 보다 잘 살게 하고
나라를 부강하게 할 수 있는 길이라는 것을 역설하기 위해 한 것이라
고 보아야 할 것이다.

이상에서 살펴본 理想鄕 空島는 許生의 집이 있는 漢陽 묵적골로
대표되는 현실세계와 함께 <許生>이란 한 편의 諷刺小說을 떠 받
들고 있는 좋은 對立構造를 이루고 있다.

그런데 이 소설에서는 李浣과 群盜라는 대조를 이루는 성격의 설
정에 의한 또 하나의 對立構造를 발견할 수 있다. 李浣은 從二品이
란 높은 신분의 인물인 반면 邊山의 도적들은 그 이름이 도적의 명부

6) 黃浿江, "許生傳 小考", 『국어국문학』 제62·63 통합호(太學社, 1982), p.365.
7) ≪燕巖集≫ 卷 1.

에 올라 있는 (名在賊簿) 천한 인간군이다. 또 李浣은 왕을 호위하는 소임을 맡은 御營大將의 자리에 앉아 있는 막강한 힘을 가진 사람인 반면 도적들은 쫓김을 받아 밖으로 나오지도 못하는 무력한 자들이다. 李浣은 許生이 「그러니 당신은 나라의 믿음직한 신하로군(則汝國之 信臣)」이라 할만큼 신망을 얻고 있는 사람인데 도적들은 나라에서 「 쫓아 잡으려(逐捕)」하는 대상이다. 그리고 李浣은 그 지위가 말하듯 어려움을 모르는 부유한 사람인 반면 도적들은 처도 없고 田地도 없 는 무리들이었다. 이러한 모습으로 등장한 李浣과 群盜는 이 소설의 후반에 이르면 그 자리가 反轉되고 만다.

許生은 그가 임금으로 하여금 나라를 부강하게 할 賢士를 천거해 쓰게 할 수 있겠느냐는 등 세가지 계책을 제시했을 때 李浣이 모두「 어렵다(難矣)」고 하자 「믿을만한 신하란 게 겨우 이런가!(信臣固如是 乎)」라고 해 그가 신망을 받을 만한 사람이 못됨을 꾸짖는다. 그러나 도적들은 백량씩을 주어 각각 아내와 소 한 마리씩을 구해 오라고 보 냈을 때 한 사람도 어기지 않고 돌아와 信義를 지킨다. 李浣의 세 번에 걸친 「어렵다」는 대답에 화가 난 許生이 칼을 찾아 들고 「이런 놈은 베어야 겠다(是可斬也)」라고 한다. 이에 李浣은 뒷담을 뛰어넘 어 도망을 가는데 이것은 그의 무력함을 보여 주는 동시에 죄지은 사 람과 같은 초라한 모습을 보인 것이다. 그러나 도적들은 許生의 한 마디에 空島로 가 열심히 일함으로써 과거의 도적의 이미지를 깨끗이 씻고 힘차게 살아가는 良民의 모습을 하고 있다. 그리고 보면 李浣의 「有産」이란 것도 적극적으로 국사를 보지 않고 明哲保身만 하면서 힘 없는 백성들로부터 뺏은 不淨한 재물에 불과한 것으로 볼 수 있 다. 반면 空島 사람들은 열심히 일해 삼년 먹을 양식을 남겨 두고도 나머지를 국외에 내다 팔아 백만냥을 마련했으니 그들은 스스로의 손으로 떳떳한 부를 이룩하고 있는 것이다.

<許生>에 群盜가 등장하는 것은 하나의 아이러니를 보여 주기 위한 것이 분명하다. 이 소설은 李浣이 대표하는 燕巖 당대의 무능하고 부패한 소수 지배층의 실상을 폭로하고 있는 것이다. 燕巖이 도적이란 철저한 밑바닥 인생들을 등장시키고 있는 데에는 상당히 깊은 의미가 내재해 있는 것 같다. 그는 <許生> 외의 그의 다른 소설에서도 흔히 그 前代 소설에 비해 볼 때 등장인물의 신분상의 하강을 보여주고 있다.

漢陽 廣通橋에서 交友論 일석을 펴고 있는 <馬駔傳>의 宋旭등은 거리에서 얻어 먹고 사는 거지고 張德弘은 저자에서 미친 노래나 부르고 다니는 사람이다. 蟬橘子가 穢德先生이란 호를 지어 바친 <穢德先生傳>의 嚴行首는 왕십리 살곳이 등지의 논밭에 분뇨를 저나르는 役夫다. 그리고 <廣文者傳>의 廣文은 거지두목, 약포고용원, 妓房의 모잡이로 전전하는 인물이다. 이들 소설에는 그러한 천민들이 廣通橋 水標橋 雲從街 日負里 往十里 등 지난 날의 서울을 천대와 학대를 받아가면서 살아가고 있다.

그런데 <許生>에는 그런 천민 중에서도 세상이 버린 천민인 도적떼가 등장하고 있는 것이다. 이 소설에서의 도적떼는 燕巖이 어느 정도 史實에 근거해서 등장시키고 있는 것이 아닌가 한다. <許生>에 등장하고 있는 群盜는 邊山에 모여 있었다고 되어 있는데 기록에 의하면 肅宗(1661-1720) 말년에 湖南의 泰仁 扶安에 群盜가 봉기하여 위로 林巨正의 계통을 이어 받고 아래로 鄭希亮의 反軍과 호흡을 같이 했다고 하고 있다.[8] 이들 지역은 邊山에 인접한 곳으로 시대상으로 이러한 사실이 그의 소설에 수용 되었을 것으로 추측할 수 있겠

---

8) ≪頤濟續稿≫卷12 張29「漫錄」下.

기 때문이다. 그가 그리고 있는 도적은 흉악한 무리가 아니다. 許生이
그들을 찾아갔을 때 그들은 처도 없고 논밭도 없어 도적으로 사는 것
이 나쁜 줄 알지만 할 수 없이 그 짓을 하고 있다고 말하고 있다. 金
台俊이 말한 바와 같이[9] 도적이란 원래 종자가 있는 것이 아니요 衣
食의 缺乏에 의한 것이며 빈궁과 도적은 惡政의 산물이라는 燕巖의
견해에서 설정한 인물들인 것이다. 본래 어진 백성들이, 위정자들이
정치를 잘못 해 살길이 없어지자 도둑이 되었다는 燕巖의 이러한 시
각은 그가 민중과 호흡을 같이 하고 있었기 때문에 가질 수 있은 것
이었을 것이다.

燕巖이 도적들을 전면에 등장시킴으로써 소설 <許生>은 한층 생
명력을 얻고 있다. 상류층의 꿈 같은 이야기에서 우리가 얻는 것은
筆戱에서 오는 허망한 재미 이상은 없다. 西浦의 <九雲夢>에 등장
하는 인물들이 모두 민중과 거리가 먼 비현실적 자기도취적인 인물들
이라 그들은 성격도 시대도 없는 허공에 뜬 幻影일 뿐이라 한 비판
도[10] 그래서 나온 것이다. 그에 비하면 살길이 없어 도적이 된 邊山
의 群盜가 등장하는 <許生>의 경우는 그 인물들이 생동감과 개성을
가지고 있고 그 시대가 생생히 드러나 있다. 燕巖은 <許生>에서의
도적떼 이야기로 버림받은 인간 가치를 재생시키고 사회에서 그 존재
의 의미가 부정당한 사람들의 내부에 잠재하는 긍정적인, 고귀한 인간
본성을 발견해주고 있는 것이다. 이것은 그가 가진 인간 긍정, 인간애
사상의 발현이라 할 것이다.

<許生>은 또 당시의 지배층에 따끔한 충고를 하고 있다. 燕巖은
이 소설을 통해 백성을 安保해야 할 위정자의 책임을 강조하고 있는

---

9) 金台俊, 「朝鮮小說史」(學藝社, 1939), p.176.
10) 李佑成, "實學派의 文學", 『국어국문학』제16집(太學社, 1982), p.617.

것이다.[11] 許生이 자신이 교화한, 글과 까마득히 거리가 먼 도둑들의 힘으로 理想鄕을 건설할 수 있은 반면 文武를 닦아 높은 벼슬에 오른 李浣에게서는 아무 일도 할 수 없다는 자인을 받아낸 것은 진정한 힘은 민중에 있다는 것을 말하는 것이다. 도둑 話素의 소설 <許生>을 통해 燕巖은 近世 朝鮮 지배층의 민중에 대한 시각 교정을 촉구하고 있는 것이다.

결론적으로 <許生>은 燕巖이 부패하고 고루한 朝鮮 봉건왕조 사회의 개혁을 부르짖은 소설로 작가 당시 朝鮮의 활로는 공허한 儒學의 진흥에 있는 것이 아니라 農業 商業 등 실업을 일으키는 것이라는 사실을 일깨워주고 있는 소설이라 할 것이다.

2. 日帝의 惡意的「글 읽히기」정책 고발

<레디메이드 人生>과 <明日>은 <許生>에서 주인공이 벼슬도 하지 않고 匠人이 될 수도, 장사를 할 수도 없다고 하자 그 처가『당신은 밤낮 글 읽었다는 것이 겨우「어쩌겠소」만 배웠어요?(晝夜讀書只學「奈何」)』라고 한 말에서 착상을 얻어서 쓴 소설이 분명하다. 두 작품은 여기서「공부는 소용없다」란 발상을 빌어 한 걸음 더 나아가 공부는 필요없을 뿐 아니라 당시의 한국인을 노예 또는 폐인으로 만드는 毒素性을 지니고 있다 함을 폭로하고 있다.

편의상 蔡萬植의 두 소설의 줄거리부터 간략히 소개하고 들어가기로 하겠다.

<레디메이드 人生>의 주인공 P는 전문학교를 나온 지식청년으로

---

11) 黃浿江,op.cit., pp.359-73.

취직을 하려고 백방으로 알아보나 실패만 되풀이 한다. 끼니조차 잇지 못하고 있는 그에게 어느 날 그의 형으로부터 전보가 온다. 그가 아내와 이혼한 후 양육을 맡겨 놓았던 아홉 살 난 그의 아들에의 교육이 어려워 올려 보내니 그가 맡아 학교에 입학시키라는 내용이었다. 아들이 도착하자 그는 공부를 한 탓에 아무 일도 못하는 생활 무능력자가 된 자신처럼 되지 않게 하기 위해서 그 아들을 학교에 보내지 않고 인쇄소에 보내 일을 배우게 한다.

<明日>의 주인공도 대학을 나온 지식인이다. 그 역시 일자리를 구하지 못해 끼니를 걸르고 있는 형편이다. 허기에 져 장안 거리 금은방 앞을 지나가고 있던 그는 금붙이 하나를 훔쳐볼까 하는 마음으로 그 점포에 들어가나 몸이 떨려 실행하지 못하고 나온다. 그는 다시 한, 돈 많은 친구를 만나게 되는데 그 친구가 윗옷을 벗어 놓은채 자리를 뜬 사이 그 옷주머니에 든 돈을 훔치려 하지만 이번에도 손이 떨려 실행하지 못한다. 한편 그의 집에서는 끼니를 걸러 배고픔을 견디지 못한 그의 어린 아들 형제가 두부장수의 두부를 훔쳐먹다 들켜 소동이 벌어져 있다. 주인공은 그래도 도둑질이라도 했으니 자기 보다는 낫다고 하고 다음 날, 아이들을 기어이 학교에 넣어야 한다는 아내의 고집을 물리치고 10살난 맏아들 종석을 자동차 서비스 업소에 넣어 일을 배우게 한다.

蔡萬植의 이들 두 소설은 앞에서 <許生>과 한 가지로 諷刺小說이라고 말한 바 있는데 여기서 諷刺란 무엇인가에 대하여 간략하게 언급하고 들어가기로 하겠다. 諷刺는 「일반적으로 嘲笑 非難 攻擊을 내포한 것으로서 인간이나 사회 혹은 시대의 결함 불합리를 적발하여 이를 교정함을 목적으로 하는 것」이라고 정의 되고 있다.[12] 그러나

---

12) 李在銑, 「韓國文學의 解釋」(새문사, 1981), p.172.

이것은 지나치게 사전적인 뜻매김에 가까워 아무래도 약간의 부연이 있어야 할 것 같다. 李御寧은 諷刺가 崇高와 반대 되는 滑稽에 속한다고 하고 주관적인 滑稽는 대상 자체는 조금도 우습지 않은 것을 작가가 우습게 보고 그것을 형식 곧 표현기술에 의해서 우습게 나타내 주는 것이라고 규정했다.[13] 그가 말한 웃음이란 흔히 말하는 滑稽와는 다른 것이다. 아더 폴라드는 諷刺家는 독자의 감정을 웃음을 비롯하여 조롱 멸시 분노 및 증오에 이르는 여러 정서 상태로 감동시켜야 한다고 말하고 있는데[14] 여기서 우리는 諷刺가 諧謔과 다른 성질을 가진 것이라 함을 알 수 있을 것이다. 諷刺는 그 목적을 살펴 보면 그 성격을 좀 더 분명하게 알 수 있는 바 존슨은 이를 「邪惡이나 愚行이 문책 당하는 詩」라고 말하고 있다.[15]

우리는 蔡萬植의 위의 두 소설에서 이 두 가지 목적을 다 읽을 수 있다. 그것은 두 소설의 諷刺의 표적을 살펴보면 알 수 있다. 두 소설은 각각 그 표적을 複數로 하여 邪惡과 愚行을 문책하는 重層的 諷刺의 성격을 띠고 있다.

두 소설의 첫 번째 諷刺의 표적은 일제의 愚民敎育을 받은, 또 받고 있고 받으려 하는 어리석은 한국인들이다. 작가는 그 중에서도 특히 자신을 포함한, 고등교육을 받은 소위 인텔리라고 불린 지식인들에 대해 嘲笑를 보내고 있다.

<레디메이드 人生>의 주인공 P도, <明日>의 주인공 범수도 각각 전문학교와 대학을 나왔으면서도 아무런 생활능력도 가지고 있지 않다.

"-前略-⋯⋯있는 땅까지 팔아서 머리속에다 학문만 처쟁였으니 그게

---

13)李御寧,"諧謔의 美的 範疇",『思想界』1958.11월호, pp.284-95.

14) Arthur Pollard, Satire, Methuen & Co.Ltd., 1970, p.74.

15) 1bid., p.1에서 재인용.

무어야? 씨어먹을 데도 없는 놈의 세상에서 공부를 했으니 그게 무어
란 말이야? 좀먹은 책장허구 무엇이 달러?"

라고 한 <明日>의 구절이나,

　　인텔리가 아니 되었으면 차라리(7~8자 삭제) 노동자가 되었을 것인
데, 인텔리인지라 그 속에는 들어갔다가도 도로 달아나오는 것이 99%
다. 그 나머지는 모두 어깨가 축 처진 무직 인텔리요, 무기력한 문화
예비군 속에서 푸른 한숨만 쉬는 초상집의 주인 없는 개들이다. 레디
메이드 인생이다.

라고 한 <레디메이드 人生>의 구절들은 그러한 현실을 自嘲的으
로 말해주고 있다.

특히 <明日>은 <許生>에서 주인공의 처가 주인공을 향해『그래
공장(工匠)도 장사도 못한다면 도적질이라도 해 보는 것이 어때요?(不
工不商 何不盜賊)』라고 한 말을 이 작품 속에 수용하여 흥미 있는
장면을 보여주고 있다. <明日>의 주인공은 금은상에서 두 번, 음식
점에서 한 번 모두 세 차례에 걸쳐 도둑질을 하려다 실행하지 못하고
있는데 이는 소위 「計劃行爲」의 반복을 의미한다. 리몬 캐넌은 작중
인물의 실현 되지 않은 계획이나 의도를 위와 같이 부르고 있는데[16]
「재치도 기술도 담보의 단련」도 없어 마음 뿐 도둑질을 하지 못하고
있는 범수의 경우가 바로 그에 해당한다. 리몬 캐넌은 計劃行爲가 습
관적이 될 때 작중 인물의 受動性이나 행동으로부터의 위축이 암시되

---

16) S. 리몬 캐넌, 「小說의 詩學(崔翔圭 譯)」(文學과 知性社,1985), p.96.
　　「計劃行爲(contemplated act)」는 실행하지 않은 행위라는 점에서는 「不作爲行爲(act of o
　　mission)」와 같으나 후자가 수행해야 함에도 불구하고 하지 않은 행위인데 비해 전자는
　　수행하려 했으나 실현 되지 않은 행위라는 점에서 서로 다르다.

고 흔히 아이러니의 효과를 낸다고 했다. 그의 이와 같은 말은 이 작품의 해석에 하나의 훌륭한 지침이 되고 있다. 범수의 습관적 計劃行爲는 당시 한국 지식인의 受動的이고 위축된 모습을 선명하게 보여주는 한편 유위유능한 全人的 인간을 양성하는 것이 궁극의 목적인 고등교육이 인간을 무위무능한 폐인으로 만들고 있다는 것을 反語的으로 말하고 있다고 볼 수 있기 때문이다.

<明日>에서 친구의 돈을 훔칠 기회를 놓친 범수가 스스로를 '도적질도 할 수 없는 인종'이라고 하고 그 아들이 남의 것을 훔쳐 소동이 있었다는 것을 알고는 피가 한꺼번에 머리로 치밀어 오르는 충격을 받지만 그래도 도둑질이라도 했으니 「제 아비보다는 낫다(勝於父)」고 한 말에서 당시 한국 지식인의 自己嘲笑는 절정에 달하고 있다 할 것이다.

작가는 또 <明日>에서 한국인을 근본에서부터 망치려 하고 있는 일제의 愚民敎育에 맹목적으로 따르려고 하는 사람들에 대해서 냉소를 보낸다. 범수가 선로공사 인부로라도 일을 하고파 하자 그의 아내 명주는 "죽으면 죽었지 그짓을 해요?"라고 말해 있을 수 없는 일이라고 하나 범수는 그것을 '괜한 객기'라고 되받는다. 여기서의, 남편이 배운 사람이니 막일을 해서는 안되며 비록 자신들은 「이 지경」이 되었지만 자식이나 잘 가르쳐야 한다고 고집하고 있는 명주는 당시의 절대다수 딱하기 짝이 없는 한국인들이라 해야 할 것이다.

작가는 두 소설의 처음에서부터 끝까지 일제의 愚民敎育을 맹목적으로 받아들여서는 안 된다고, 自省을 촉구하고 있는 것이다. 이 점에서 볼 때 작가는 이들 소설을 통해 존슨이 말한 諷刺의 목적 중 「愚行에 대한 問責」을 실행하고 있다고 할 수 있을 것이다.

두 번째, 정작 작가가 의도한 이 소설의 비판 공격의 표적은 일본의 反歷史的이요 악의에 찬 對韓植民地教育政策이다.

　한국에 있어서 신식교육의 필요성이 주창 된 것은 開化 이전부터였
다. 열강이 韓半島에 야욕의 눈길을 보내고 한국은 무력했기 때문에
그들 외세에 당하지 않을 수 없는 受侮가 잇달으자 뜻 있는 사람이면
누구나 국가 민족의 앞날을 위해 신식교육이 절실히 필요하다는 것을
느끼게 되었다. 이러한 자각은 開化 이후의 한국 문학에 그대로 반영
이 되었다. 1800년대 말에 나타난 唱歌의 주제가 바로 신교육의 필요
성을 강조한 것임은 文學史가 증명하고 있다. 이 신교육의 필요성을
주장하는 주제는 唱歌뿐 아니라 新體詩 新小說 近代小說에까지 이
어져 나타나고 있다.

　그러나 1910년 韓日合邦 이후 한국의 교육은 그 전과 다른 것으
로 변질되고 말았다. 韓半島를 强占해 통치한 일제는 그들이 한민족
을 통치하는데 필요하고 편리한 교육을 한 때문이다. 弓削幸太郎은
1919년 이후 朝鮮總督府는 조선인에 대한 교육지침을 「朝鮮 統治
의 고마움을 깨닫게」하는 것으로 잡고 있었다고 말하고 이어 朝鮮人
들에게 일본의 國政과 世界의 大勢, 그리고 일본의 世界的 地位를
이해시켜 일본의 통치를 받지 않을 수 없게 되었다는 관심을 갖게 하
는 것이었다고 부연하고 있는데[17] 여기서도 당시 일제의 한국인에 대
한 교육이 正軌를 벗어난 사악한 목적성을 띤 것이었다 함을 알 수
있다. 위에서 볼 수 있는 바와 같이 당시 일제의 한국인을 대상으로
한 교육에는 正論的인 입장에서 볼 때 명백하게 순수성이 결여 된,
왜곡된 목적이 끼어들어 있었다. 그들은 한국인들을 잘 길들여진 노예

---

17) 弓削幸太郎, 「朝鮮の教育」1923, p.113.
　　鄭在哲,"日本의 植民主義 教育政策과 韓國民族의 教育的 抵抗","韓國近代史論」Ⅰ(知識
　　産業社,1977), p.389에서 재인용.

로 만들려 한 것이 궁극적인 한국인을 상대로 한 그들 교육의 목적이
었던 것이다.[18] 그러기 위해서 한국인들은 현실을 올바로 인식할 줄
모르는 바보가 되어야 했고 그래서 펼쳐진 것이 愚民敎育이었던 것
이다. 그러나 蔡萬植의 이들 소설이 나오기 전까지 우리 문단에서는
신교육의 필요성이 거듭 강조된 이래 위와 같은 심각한 점을 직시하
지도 문제삼지도 않고 있었다. 그럴 때 나온 것이 <레디메이드 人
生>과 <明日>인 것이다.

> "야학을 설시하여라."
> 재등(齋藤)총독이 문화정치의 간판을 내어걸고 골골이 학교를 증설
> 하였다.
> 보통학교의 교장이 감발을 하고 촌으로 돌아다니며 입학을 권유하
> 였다. 생도에게는 월사금을 받기는 커녕 교과서와 학용품을 대주었다.

라고 해 당시의 교육이 그들의 필요에 의해 정책적으로 실시된 것
임을 말해 주고 있다. 그들이 위와 같이 한국인들에 대한 교육에 열을
올린 이유와 목적은 아래와 같은 <레디메이드 人生>에서의 인용문
에 나타나 있다.

> 그리하여 민중의 지식 보급에 애쓴 보람은 나타났다.
> 면서기를 공급하고 순사를 공급하고 군청 고원을 공급하고 간이 농
> 업학교 출신의 농사 개량 기수(技手)를 공급하였다.
> 은행원이 생기고 회사 사원이 생기었다.

---

18) 宋建鎬는 「日帝의 文化와 政治」란 그의 글 [「文化와 統治」(民衆社, 1982)所載]에서 일본
　　의 朝鮮에 대한 동화정책의 대표적인 예가 교육정책이었다고 말했다. 그는 이 때의 교육
　　을 3단계로 나누어 제1단계(1905-1919)의 교육은 愚民化에 주력한 것이었고 제2단계(192
　　0-1938)의 것은 文化政策이란 이름 아래 朝鮮 靑少年을 일본인화 하는데 주력한 것이었
　　으며 제3단계(1938-1945)의 것은 皇民化, 民族抹殺政策이었다고 했다.

위에서, 일제가 양성하려 한 면서기 순사 군청 고원 농사개량 기수 은행원 등은 그들의 한국에 대한 식민통치의 최말단 촉수들이다. 이들은 초등 또는 중등 교육을 받은 사람들로 그들이 주입하는 교육을 받아 민족의식 같은 데는 눈뜨지 못했다. 따라서 이들은 일본인 아닌 일본인이 되어 동족을 부리고 억누르고 빼앗는 일을 앞장서 한 사람들로 냉정하게 보아 그들의 노예요 走狗였다. 실제로 일제시대에 이들이 동족을 상대로 한 行惡이 여간 심한 것이 아니었다 함은 그 시대를 산 사람들이 이구동성으로 증언하고 있다.

일제치하 한민족의 빈궁화는 급격히 가속화하여 고등교육을 받을 수 있는 형편에 있은 사람은 극히 적은 수에 불과했다. 그래서 전문학교나 대학을 다닌 사람 역시 극소수에 지나지 않았다. 그리고 일제는 한국 청년들이 그러한 고등교육을 받는 것을 바라지 않았다. 중등 이하의 교육을 받은 한국인들은 쉬 그들의 뜻대로 그들에게 隸從하는 사람들이 되었지만 고등교육을 받은 사람들은 그렇게 되지 않았다. 그들은 고등교육을 받음으로써 세계와 역사를 보는 눈을 뜨게 되어 자연히 일본의 한국에 대한 식민통치가 잘못된, 반역사적인 일이라는 것을 알게 되었다. 한민족의 獨自性을 깨달은 이들은 이를 지키려하게 되었고 그것은 바로 한국의 주권 회복을 추구하려 하게 되었다. 일제는 이를 잘 알고 있었기 때문에 內心, 엘리트 한국 청년들이 전문학교나 대학교육을 받는 것을 싫어하고 두려워 했다. 그러나 밖으로는 될수록 많이 배우기를 권장했다. 전통적으로 향학열이 강한 한국인들 중에는 여러 가지 어려운 여건 속에서도 고등교육을 받으려 하는 사람이 많았다. 일제는 이들에 대해서 야비한 대책을 세웠다. 당시의 일본은 산업 경제구조가 상당히 부실한 상태에 있었기 때문에 고등교육을 받은 사람들이 그 학력에 상응하는 직업을 구하기가 쉽지 않았다.

그러한 사정이었는데다 일제는 고의로, 고등교육을 받은 한국인들의 취업의 길을 막았다.[19] <레디메이드 人生>은 주인공 P와 그의 친구 M・H 등에 대해,

> 무어나 일을 맡기었으면 불이 번쩍나게 해낼 팔팔한 젊은 사람들이다. 그렇건만 그들은 몸을 비비 꼬고 있다.
> 아무 데도 용납치 못하는 사람들이다.

라고 해 일본의 그들에 대한 취업에의 길의 차단을 간접적으로 시사하고 있다.

그렇다고 이들 지식인은 노동을 할 수도 없었다. 책상머리에 앉아 세월을 보냈으므로 이미 막일은 손에 익지 않은 것이 되어 있었다. 노동일은 몸이 따르지 않아 할 수 없고 의식은 투명하게 깨어 있으니 그들은 현실과의 괴리감, 무력감을 느끼게 되었다. 배운 것은 무용하게 되고 일신의 생계조차 꾸려나갈 능력도 없게 된 이들은 사실상 폐인과 다름없이 되고 말았다. <레디메이드 人生>은 이에 대해,

> 인텔리…인텔리 중에서도 아무런 손끝의 기술이 없이 대학이나 전문학교의 졸업증서 한 장을 또는 조그마한 보통 상식을 가진 직업 없는 인텔리… 해마다 천여 명씩 늘어가는 인텔리… 뱀을 본 것은 이들 인텔리다.

라고 하고 있다. 또 <明日>에서도,

> "허! 그게 참…여보 임자도 여자고보를 마쳤지? 나도 명색 대학을 마쳤지? 그런데 시방 우리 둘이 살아 가는 꼴을 좀 보지 못해?"

---

19) 이러한 현실을 가장 리얼하게 보여 주는 소설은 俞鎭午의 단편 <五月의 求職者>다.

“그거야 공부한 게 잘못이요? 당신 잘못이지…”
“세상 탓이요…….”

　　라고 한 두 사람의 대화를 통해 고등교육을 받은 한국의 젊은이들
을 폐인으로 만든 것이 일제라는 것을 말하고 있다. 그러므로 <레디
메이드 人生>에서 주인공 P가,

> “먼점 경무국에 들어가서 아주 까놓고 이야기를 한단 말이야. 우리
> 가 지금 대상으로 하는 것은 총독부가 아니라 조선의 소위 민간측 유
> 지들이니까 간섭을 말어달라고.”
> “그러면 관허(官許) 메이데이로구만.”
> “그래 관허도 좋아… 그래 가지고는 기에다가 무어라고 쓰느냐 하
> 면 ‘우리에게 향학열을 고취한 놈이 누구냐?’…· 어때?”

　　라고 한 말은 그들의 정책에 속은 한민족 자신에 대한 自責이면서
더욱 그러한 정책을 편 일제에 대한 鬱憤에 찬 항변이라고 해야 할
것이다. 두 소설의 주인공은 그 아들을 보통학교에도 보내지 않고 각
각 자동차 서비스 업소와 인쇄소의 견습공원을 만들고 있다. 이 대목
은 <許生>에서 주인공이 空島를 떠나기에 앞서 「이 섬에서 화근을
없애버려야지(爲絕禍於此島)」라고 하면서 글을 아는 자를 자신과 함
께 배에 태워 데리고 나오는 (有知書者 載與俱出) 장면을 연상하게
한다. <許生>의 작가가 헛된 文字 희롱이 세상을 그르친다고 보았
듯이 <레디메이드 人生>과 <明日>의 작가는 일제치하에서 그들의
교육정책에 따르는 것이 재앙을 부르는 것이라고 말하고 있는 것이다.
　　蔡萬植은 또 위의 두 소설에서 이 땅의 주인인 한국인이 굶주림에
견디지 못해 빚게 되는 참상과 남의 나라를 빼앗아 裕足한 삶을 누리
고 있는 일본인들을 그려 보여 주는 한편 지식인이기 때문에 받아야

한, 배우지 못한 사람이었다면 받지 않아도 되었을 고통을 그리고 있어 한민족의 비운을 실감나게 읽을 수 있게 해 주고 있다.

곧 <明日>에서 주인공이 그의 어린 아들이 배고픔을 견디다 못해 두부를 훔쳐먹다 들켜 그 어머니로부터 피가 나게 매질을 당하고 있는 그의 집으로 향하고 있을 때 지나게 되는 다음 인용문에서와 같은 마을의 묘사가 전자의 경우다.

> 언덕을 올라가느라니까 서편을 등진 일본집들이 시원하게 문에다 발을 쳐놓았고 문앞에는 날아갈 듯이 유까다를 걸치고 아이 데린 일본 아낙네들이 저녁 후의 이쑤시개를 문채 집집이 나와서 서 있다. 초조 없이 안정된 생활에서 오는 침착과 단란을 족히 엿볼 수 가 있는 한 폭의 그림이다.

바로 위의 인용문에 이어지는 것이 女高普를 나온 명주와 대학을 나온 범수의 아들이 굶주림을 못 견뎌 도둑질을 하고, 그것이 들켜 매질을 하는 그 어머니와 매를 맞은 아들이 다 함께 울음을 터뜨리고 있는 장면이다. 이것은 좋은 대조로 이야기의 비극성을 한층 심화시키고 있다 할 것이다.

후자의 예는 <레디메이드 人生>에서도 찾을 수 있다. 주인공 P는 친구의 책을 잡혀 마련한 돈으로 술집을 찾는다. 그 술집의 접대부는 P에게 20錢만 주고 자신의 몸을 사달라고 조른다.[20] 그러는 상대는 성도덕도 없고 자신의 타락을 슬퍼하지도 않으며 그러한 신세에 대한 동정도 바라지 않는데 주인공은 내일을 굶어야 할 형편임에도 가지고 있던 돈을 다 던져주고 그 집을 뛰쳐나오면서 눈물을 흘리고 있다. 그

---

20) 이 소설에서는 주인공이 객기로 고급담배 한 갑을 사는데 그 값이 15錢으로 되어 있어 20錢이란 돈이 얼마나 적은 액수인가를 알 수 있게 해 주고 있다.

는 배웠기 때문에, 눈이 떠 있었기 때문에, 亡國民의 삶이 얼마나 비참한 것인가를 알았기 때문에 거기서 오는 아픔을 견디지 못하고 있는 것이다. 그러니까 <레디메이드 人生>과 <明日>은 존슨이 말한 邪惡함에 대한 問責이 주목적인 諷刺小說이라 해야 할 것이고 여기서 邪惡함이란 일제의 반역사적 반인륜적 對韓植民統治라 할 것이다.

위와 같은 점을 감안할 때 우리는 위의 두 소설에서 한 민족주의 작가의 비분에 찬 목소리를 들을 수 있다. 두 소설의 곳곳에 검열에 의한 削除의 흔적과 伏字가 있는 것은 당초 작가가 썼을 때의 이 소설에 작가의 그러한 민족적 울분이 배어 있었기 때문일 것이다.

한 연구자는 지식인의 삶과 고뇌의 문제를 집중적으로 또 본격적으로 다룬 작품을 특별히 「知識人小說(novel of intellectuals)」이라고 부른 바 있는데21) 그런 의미에서 보면 이 <레디메이드 人生>과 <明日>이야말로 전형적인 知識人小說이라고 해야 하지 않을까 한다.

결론적으로 <레디메이드 人生>과 <明日>은 <許生>에서 착상을 얻어 쓴 한 편의 패러디소설로 일제의, 당시 한국 문인들에 대한 심한 탄압과 강한 검열이란 극악한 시대 상황 속에서 허용된 범위 안에서 최대한의 현실 비판을 하고 있는 뛰어난 민족주의 문학작품이라 할 수 있을 것 같다.

흔히 일제치하 한국의 3대 소설가로 불리는 蔡萬植의 대표 諷刺小說이라 해야 할 <레디메이드 人生>과 <明日>이 작가 前代의 뛰어난 소설가 朴趾源의 대표 諷刺小說 <許生>에의 패러디적 성격을 띠고 있어 주목을 끈다.

첫째, <레디메이드 人生>은 <許生>에서 주인공이 살 궁리를 해보라는 그 아내에게 아무 일도 할 수 없다고 하자 그 아내가 밤낮 글

---

21) 曺南鉉, 「韓國知識人小說硏究」(一志社,1984), pp.134-5.

을 읽었다는 것이 겨우 「할 수 없다」는 말 밖에 못 배웠느냐고 한 말에서 착상을 얻어 쓴 것이라고 볼 수 있다.

둘째, <明日>은 주인공이 자신과 가족이 굶주림을 면하기 위해 도둑질을 하려다 몸과 마음이 떨려 그 마저 실행하지 못하고 있는 것은 <許生>에서 그 부인이 주인공에게 「工匠도 장사도 못 한다면 도둑질이라도 해 보는 것이 어떠냐」고 한 말에서 착상을 얻어 쓴 패러디 소설이다.

셋째, 蔡萬植의 위의 두 소설에서 그 주인공이 자신의 어린 아들에게 학교교육을 시키지 않고 공장의 견습공으로 취직하게 하는 것은 <許生>의, 위의 모티프를 모방 변환하여 작가 당대와 같은 세상에서는 공부하면 오히려 폐인이 된다는 주장을 하고 있다. 이는 작가가 당시 한국을 식민통치하고 있은 일본이 초등교육을 통해 절대 다수의 한국인들을 그들의 노예로 만들고 소수의 고등교육을 받은 사람들에게는 취업 곧 사회진출의 길을 막아 무위무능한 인간을 만드는, 毒素性이 강한 愚民敎育을 행했음을 폭로 공격한 것이다.

결국 蔡萬植의 위의 두 소설은 작가가 그 先代 작가의 우수한 소설을 패러디한 작품으로 우리 문학의 전통성의 연면함을 확인하게 해 주면서 동시에 모순에 찬 일제 식민지 현실을 비판한 민족주의 문학 작품으로 높이 평가해야 할 것이다.

Ⅶ. 精神病者로 비친 顚倒된 세상의 志士
蔡萬植의 <少妾>

古說話에서는 여자는 남자가 하는 일에 함부로 간섭하거나 나서서는 안 되는 것으로 되어 있다. 만약 그런 다면 그 여자야말로 妖女 바로 그것이다. 앞서, 제1章에서 살펴 본, 變身術의 책을 불살라버려 孝子 황팔도를 죽게 한 그 아내의 妄動說話같은 것이 그런 경우다.

그런데 잘못된 세상에 항의하고 있는 志士 남편을 정신병자 취급을 하고 있는 현대의 妖女 이야기를 들려주고 있는 소설이 있으니 蔡萬植의 단편 <少妾>이 그것이다. 이 소설은 1932년 『朝光』 10월호에 발표된 것이다. 蔡萬植의 문단 등단에서부터 해방까지의 문학은 대체로 5기로 나누어 볼 수 있다. 제1기는 1924년에서 30년까지로 이 때의 그는 이렇다 할 문제의식을 가지지 못한 한갓 이야기꾼으로 習作 수준의 글을 발표하고 있었다. 제2기는 1931년에서 34년까지로 소위 同伴者作家로 불리던 시기이고 제3기는 1934년에서 36년까지로 잠정적인 절필 상태에 있은 때다. 그리고 제4기는 1936년부터 38년까지

로 이때 그는 주로 諷刺小說을 발표했다. 마지막 제5기는 1939년에
서 45년까지로 그는 이때 허무주의적인 색채가 강한 소설, 친일적 소
설을 발표했다.

<少妾>은 위의, 제4기에 발표한 작품으로 이때 그는 그의 대표작
이라 할 만한 장편 <太平天下>, 단편 <痴叔> 등을 발표하는 등
왕성한 작품 활동을 했다. <少妾>도 諷刺性이 강한 소설로 그의 작
품 중에서 사회비판의식이 강한 것으로 평가되고 있다.

<少妾>은 한 젊은 부인이 그 언니를 찾아가 아무래도 남편이 신
경과 질환을 심하게 앓고 있는 것 같다고, 걱정 겸 하소연을 하고 있
는 내용으로 되어 있다. 두 사람의 대화 중 한 쪽의 것만 들려주는
독특한 서술 양식의 이 소설은 작가 蔡萬植의 自傳小說的 성격이
강한 것이다.

신문사 나온 거? 머 누구 동료나 손윗 사람허구 다투거나 의견 충
돌이 생겼던 것두 아니구, 그저 불시루 그날 그 자리서 사직원을 써
서는 편집국장 앞에다가 내놓구 나왔다는걸. 그게 벌써 신경이 심상
챦어진 표적이 아니우?

신문사서두 어디루 보구, 어떻게 생각했든지 첨에는 편지가 오구,
둘째 번은 정치부장이 오구, 세째 번에는 사장의 전갈이라구, 편집국
장이 명함을 적어 보내구, 도루 사에 나오라는 권면이야. 그래두 번번
이 몸이 건강틸 못해서 일 감당을 못하겠다는 핑계만 대지, 종시 움
쩍을 안했더라우.

남들은 다같이 대학을 마치구 나와서두 삼사 년씩 취직을 못해 쩔
쩔매는 세상에, 그해 동경서 나오던 멀루 신문사에 들어갔구, 인해 오
년이나 말썽 없이 있어 왔으니까, 그만하면 신문사 인심두 얻구 또
사장두 자별하게 대접을 했답디다. 그런 것을 헌신짝 벗어 내던지듯
내던지구는 사람마저 저 지경이 됐으니……

나레이터는 남편이 아무 문제 없이 잘 나가던 신문사를 이유도 없이 뛰쳐나왔다고, 그것부터 정상이 아니라고 하고 있다. 그러나 주인공에게는 이유가 있었다. 그가 그 무렵 '눈동자가 옳게 박힌 놈은 이 짓 못해 먹겠다'고 하면서 침울해 했다고 하고 있는 것을 보면 그것을 알 수 있다. 이는 작가의 이력을 그대로 말해주는 것이다. 그는 1923년 『東亞日報』사에 입사해,『朝鮮日報』사로 옮겨 1936년 1월까지 13년 가량 기자로 일하다 갑자기 회사를 그만두었었다. 당시 신문사들은 朝鮮總督府의 압력으로 자유롭게 발언을 할 수 없었을 뿐 아니라 경우에 따라서는 일본인들의 심부름이나 하는 꼴의 일을 하지 않을 수 없었다. 작가가 창작에 전념하고 싶다면서 굳이 회사를 그만 둔 것은 그러한 이유 때문이었다고 할 수 있다.

아내는 또 주인공을, 다음과 같이 自閉症을 보이고 있는 사람으로 보고 있다.

그이가 작년 초가을에 신문사를 그만두던 그날버틈서 인해 일 년 짝을 굴속 같은 그 건넌방에만 처박혀 누워서는, 통히 출입이라구 하는 법이 없구, 산보가 다 뭐야. 기껏해야 화동(花洞)사는 서씨(徐氏)라는 친구나 닷새에 한 번큼, 열흘에 한 번큼 찾어가는 게 고작이더라우.

그리구는 허는 일이라는 게 책 디리파기, 신문 잡지 뒤지기, 그렇잖으면 끄윽 드러누워서 웃지두 않구, 이야기두 않구, 입 따악 봉허구서는, 맘 내켜야 겨우 마지못해 묻는 말 대답이나 허구, 그리다가는 더럭 짜징이 나가지굴랑 날 몰아세기나 허구, 그럴 때만은 여전한 웅변이지. 그러니 나만 죽어날 밖에.

이것도 작가 자신의 성격을 보여주는 것이다. 그는 내성적이고 외곬의 성격을 가지고 있어 金東煥, 辛夕汀, 李無影 등 일부 극소수의 문인들과만 내왕했을 뿐 사람을 널리 사귀지 못 했다. 그러나 그것은 그의 개성이라고 할 수 있는 것이었을 뿐 병적인 것으로 볼 성질의 것은 아니었다.

또 아내는, 친정에서 남편더러 자기들이 살고 있는 해변으로 와서 심신을 좀 쉬고 가라고 한다면서 다녀오라고 졸라도 남편은,

> 대체 무엇이 그대지 서울이 탐탁해서 죽어두 안 떠날 테냐구 캘라 치면, 네까짓 것 하등 동물이, 동아줄 신경이, 설명을 해 준다구 알아 들으면 제법이게? 설명해서 알 테면 설명해 주기 전에 알아챌 일이지, 이리면서 몰아세요.

라고 해 그 때마다 거절하고 있다고 하고 있다. 그러나 행간을 읽으면 주인공이 서울을 떠나지 않으려 하는 이유는 쉽게 알 수 있다. 그는 지금 세상이 소풍이니 휴양이니 재미를 찾을 때가 아니라는 것, 아무리 고통스러워도 세상을 뒤집고 있는 이, 발악하는 것 같은 짓거리들을 자신의 눈으로 직시하고 있겠다는 마음을 가지고 있는 것이다. 나레이터의 걱정은 주인공이 계절을 바꾸어 거꾸로 옷을 입었다는 것을 말하는 구절에서 절정을 이루고 있다.

> 저를 어쩌니가 아니라, 머 정신이 아찔하더라니까.
> 그게 제 정신 지닌 사람이 할 짓이우? 하얀 아사양복을 싹 빨아 대려서 양복장에다가 걸어 준 걸 두어두고는, 이 삼복 염천에 생판 겨울 양복 허구두 그나마 머, 홈스팡이라든지, 그 손구락같이 올 굵구 시꺼무레한 거, 게다가 맥고모자며 흰 구두까지 멀쩡한 걸 놓아두구서 겨울 모자에 검정 구두에 넥타이 와이샤쓰꺼정 언뜻 봐두 죄다 겨울 거구려.

나레이터는 여기서 남편의 증세가 심한 정신병이라고 단정하고 그
녀의 형부에게 대책을 의논하려 한다.

   그래서 섬뻑 엄두가 나든 않지만, 그래두 어떡하우. 증세가 좀처럼
심상털 않어 뵈구, 그러니깐 무슨 도리를 좀 차리기는 차려야지만 할
것 같은데.
   이 집 아저씨 동창이든지 친구든지 누구 신경과(神經科) 전문 하는
이 없나 모르겠어? 신경쇠약이냐구?

   이 소설의 제목 '少妄'은 '老妄(痴呆)'의 언어적 패러디다. 곧 나레
이터가 보기에 남편은 새파랗게 젊은 나이에 망령이 들어 있는 것이다.
   그러나 주인공은 그렇게 생각하는 아내가 가소롭기만 하다. 놀라는
그녀에게 한 다음과 같은 말이 그것을 잘 보여주고 있다.

   『속 모르는 소리 말아. 이걸 떠억 입구 이걸 푸욱 눌러 쓰구, 저 이
글이글한 불볕에, 어때? 온갖 인간들이 더우에 항복하는 백기(白旗)
대신 최저 한도루다가 엷구 시원한 옷을 입구서 그리구서 허어덕허덕
쩔쩔매구 다니는 종로 한복판에가 당당하게 겨울 옷을 입구서 처억
버티구 섰는 맛이라니! 그게 어떻게 통쾌했는데!』

   그러므로 다음에서 보는 것과 같은 주인공의 웃음은 아내 뿐 아니
라 당시 세상, 세상 사람들 전체를 향한 嘲笑라고 보아야 할 것이다.

   아이머니, 저이가아! 이 소리 한 마디를 죽어 가는 소리루 겨우 입
술만 달싹거리구는 넋이 나간 년 매니루 멍해니 섰느라니깐, 그이 좀
보구려! 마당에 우뚝 선 채 나를 마주 뻐언히 바라보더니, 아 혼자서
벌심허구 웃겠지! 웃어요 글쎄.
   작년 가을 이짝 도무지 웃는 일이라구는 없던 사람이, 근 일 년만

에 웃는구료. 전에 혹시 무슨 유쾌한 일이 있든지 허면, 벌심허구 웃
던, 꼭 그런 웃음째야.
　일변 반갑기두 허구, 그리면서두 가슴이 더 두군거려쌌는군. 그럴
게 아니우? 일 년 짝이나 웃질 않던 사람이 갑자기 웃으니, 여편네 된
맘에 웃는 그것만은 반가워두 저이가 영영 상성이 된 게 아닌가 해서
말이야.

　그에게는, 멀쩡한 남의 나라를 총칼로 빼앗고는 그 나라의 주인을
종으로 삼고 있는 本末이 顚倒된 이 세상에 대해서는 조금도 잘못되
었다고 생각하지 못하고 한여름에 겨울옷 한 번 입은 것을 가지고 그
렇게 놀라는 사람들이 우스운 것이다. 그는 그에 대해 그러는 자신을
보고 '그 친구 토옹쾌허다! 이 소리 한번 치는 놈 없구, 모두 피쓱피
쓱 웃기 아니면 넋나간 놈처럼 멍하니 입을 벌리구는 치어다보구' 섰
더라고 하고 있다.
　그는 자신의 칩거가 아무 이유 없는 것도 아니고 이유가 잘못된 것
도 아니라고, 그 아내에게 다음과 같이 말한다.

　　『그만 입 다물지 못해! 이 하등 동물 같으니라고.』
　　소리를 버럭 지르면서 도사리구 일어나 앉아요, 화가 나설랑.
　　『이 동물아! 내가 이렇게 꼼짝 않구서 처박혀만 있으니깐, 아무 내
　력 없이 그리는 줄 알아? 나는 이게 싸움이야, 이래뵈두. 더위가 나를
　보꾸니까, 누가 못 견디나 보자구 맞겨누는 싸움이야 싸움!』

　그는 눈앞의 안락, 이익밖에 모르는 사람들을 모멸하고 혐오한다.
그의 아내가 돈 잘 벌고 점잖다고 부러워하는 그의 처남, 의사를 병자
고름이나 긁어서 돈이나 모을 줄 알고 세상이 곤두서건 인간이 돼지
가 되건 감각도 못하고, 그저 맛있는 음식에 좋은 옷, 편안한 집에서

아내에 빠져 있는 '하등동물'이라고 하고 있다. 그리고 그의 아내를 향해서는 거듭 '천민' '속물' '속충(俗蟲)'이라고 부른다.

요컨대 이 소설은 1930년대 당시 우리 사회를 휩쓸고 있던 俗物根性(snobism)을 꼬집고 있는 것이다. 俗物, 俗物根性은 인간의 어떤 屬性이다. 이 말은 몇 語節로 명쾌하게 정의할 수는 없다. 그러나 그런대로 간략하게 풀이해 본다면 俗物이란 '自己喪失者'라고 할 수 있지 않을까 한다. 俗物은 자신의 판단을 믿지 않고 다른 사람에 의해 요구되는 대상을 바란다. 그러한 사람은 진정한 자기가 그의 意識의 領域에 나타나는 것을 막고 그가 자신이라고 인정하는 더욱 훌륭한 성격으로 투시되게 하기 위해 끊임없이 애쓴다. 그는 항상 다른 사람으로의 變身을 위해 노력하며 자기 存在의 實體는 잃어버린다. 이 屬性에는 일종의 자만심과 천박성이 뒤섞여 있다. 俗物은 자신이 임의로 神性을 부여한 사람에게 인정받기 위해 아첨을 하고 빌붙으려 한다. 그리고 그들은 동물적 쾌락에 빠져 거기서 헤어나지 못한다. 작가는 당시 대부분의 한국인들이 세상이 거꾸로 돌고있는 것은 모른 척하고 남의 눈에 그럴 듯한 사람으로 비치기를 바라고 일신의 안락과 쾌락을 탐하고 있다고 하고 있는 것이다.

뒤집어진 세상을 직시하고 그것을 개탄하고 그러한 세상을 개량할 길은 없는가를 숙고하고 그러한 우울한 마음을 항변의 몸짓으로 보여주고 있는 것이 이 소설의 주인공이다. 그런데 현실에 안주하고 노예적 삶에 만족하고 있는 사람들은 그러는 그를 비정상이요 중증의 정신질환자라고 하고 있는 것이다. 이와 같은 쌍방간의 상대에 대한 비난에서 우리는 지라르가 말한 「心理學的 圓(psychological circle)」의 세계를 대하게 된다. 지라르는 가장 심하게 병을 앓고 있는 사람이 다른 사람의 병에 대해 가장 심각하게 걱정하고 있는 것을 위와 같이 부르고 있다.[1] 이 소설에서 '가장 심하게 병을 앓고 있는 사람'은 두 말 할 것도 없이 나레이터다. 작가는 비난받아야 할 사람을 칭찬하고 칭찬 받아야 할 사람을 비난하는 逆論理의 기법, 즉 '칭찬-비난의 轉倒(praise-blame inversion)'라는 아이러니를 구사하고 있는 것이다. 작가의 이러한 의도에 의해 나레이터의 無知·無識·淺薄함이 노출되고 이에 따라 그가 걱정하고 있는 주인공은 더욱 긍정적인 인물이 되어가고 있다. 그리고 그를 걱정하는 나레이터는 비천한 俗物로 매질을 당하고 있는 것이다.

위와 같이 정리하여 읽고 보면 이 소설의 제일 첫머리에 나와 있는,

男兒여든 모름지기 末伏날 冬服을 떨쳐 입고서 鐘路 네거리 한복판에 가 뻗치고 서서 볼지니…… 외상 진 싸전 가게 앞을 闊步해 볼지니……

라고 한 머리말은 이 소설의 주제를 그대로 드러내 보여주고 있다 할 것이다. 소설에 있어서의 머리말은 작가의 발언인 것도 있고(이 경우에는 preface라고 한다), 작중인물이나 화자 또는 가상의 편집자의 말일 수도 있는데(이때는 foreword라고 한다) <少妾>의 경우는 작중인물 곧 화자의 남편의 말이라고 보아야 할 것 같다. 이 머리말은 독자에게 이 소설에 대한 예비지식을 주려고 내세운 것이다. 그리고 그 예비지식이란 이 소설이 거꾸로 선 세상에 거꾸로 된 행동으로 맞서고 있는 사람의 이야기라는 것이다. 곧, 한여름에 한겨울 옷차림으로 장안 한복판에 나서는 것은 價値顚倒, 主客顚倒된 세상에 몸으로 항거하는 것이다. 또 외상이 있는 싸전을 피해 돌아가지 않고 그 앞을

____

1) 르네 지라르, 「小說의 理論(金允植 譯)」(三英社, 1978), p.87.

당당히 지나가는 것은 남의 나라를 통째로 강탈한 강도들이 큰소리치고 있는 세상인데 배고파 외상 먹은 것은 하나도 죄 될 것이 없다고 외치고 있는 것이다.

　그런 의미에서 이 소설은 일제시대에 발표된 한 편의 抗日文學이자 당시 우리 민족을 향한 자성 촉구의 글이라 할 수 있을 것이다.

韓國 妖女說話 研究

인쇄일 초판 1쇄   2007년 02월 15일
          2쇄   2015년 03월 20일
발행일 초판 1쇄   2007년 03월 25일
          2쇄   2015년 03월 23일

지은이 장 양 수
발행인 정 찬 용
발행처   국학자료원
등록일 1980.12.21, 제17-270호
서울시 강동구 성내동 447-11 현영빌딩 2층
Tel : 442-4623~4 Fax : 6499-3082
www. kookhak.co.kr
E- mail : kookhak2001@hanmail.net

ISBN 978-89-92517-01-0 (93800)
가 격 15,000원